U0580600

我也有女朋友了，她叫陆惟真。
她愿意陪我一起生活。

黄河出版传媒集团
阳光出版社

图书在版编目（CIP）数据

半星. 1 / 丁墨著. -- 银川：阳光出版社, 2021.9
ISBN 978-7-5525-6083-1

Ⅰ. ①半… Ⅱ. ①丁… Ⅲ. ①长篇小说－中国－当代
Ⅳ. ①I247.5

中国版本图书馆CIP数据核字(2021)第191071号

半星1
BAN XING 1

著　　者　丁　墨
责任编辑　陈建琼　谢　瑞
统筹策划　邓　理　杨　旋
装帧设计　罗静颖　张娅君
插　　画　lost7　齐桑树　何贝贝　米　花　小张今天也要开心吖

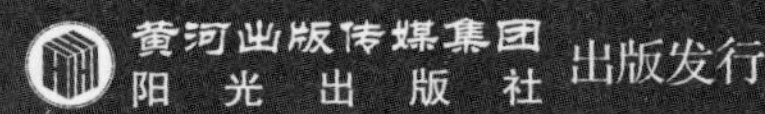

出 版 人　薛文斌
地　　址　宁夏银川市北京东路139号出版大厦（750001）
网　　址　http://www.ygchbs.com
网上书店　http://shop129132959.taobao.com
电子信箱　yangguangchubanshe@163.com
邮购电话　0951-5014139
经　　销　全国新华书店
印刷装订　湖南天闻新华印务有限公司
印刷委托书号　（宁）0021821

开　　本　710 mm × 1000 mm　1/16
印　　张　21.5
字　　数　362千字
版　　次　2021年9月第1版
印　　次　2021年9月第1次印刷
书　　号　ISBN 978-7-5525-6083-1
定　　价　48.00元

目 contents 录

第一卷

旷世英雄 /001

第二卷

如露如电 /127

旷世英雄

【001】

一片金灿灿的夕阳，慢吞吞地淹没办公室的西窗。寂静的屋里，透着一股子无言的急躁。每天临近下班，都是这样。

陆惟真在电脑上敲下最后一个字，点击“保存文件”，慢慢呼了口气，伸个懒腰，看一眼时间，离下班还有十分钟。

坐在斜前方的主管周姐站起来，拿着两张表格，走到陆惟真桌前，笑盈盈地道：“小陆，这份报表朱经理明天早上要，你做一下。”

周围没人看过来。

陆惟真没接。周姐的笑容收了收：“怎么，有什么问题？”

陆惟真已经不记得这是第几次了，临近下班，周姐把工作丢给她。更别说这两张表，下午陆惟真亲眼看到，是朱经理安排给周姐自己的工作。

无奈周姐是她的顶头上司，为公司服务十年。陆惟真只是个大学刚毕业，工作不到两个月的菜鸟。

想到瘪瘪的钱包，陆惟真挤出笑：“周姐，我今天有事，你看……能不能你自己做？”越讲声音越低，懦弱中透着委屈，连头都低下去，只让人看到厚厚的刘海和黑框眼镜。

这话说的……周姐脸一垮，碍于已有同事偷望过来，她似笑非笑，眼神略冷：“那怎么办？我要去接孩子，孩子没人接怎么办啊？”

陆惟真头垂得更低：“我要去相亲，约好的，六点半，一下班就得去。”

周姐愣了一下，没想到是这个原因。有同事听到了，笑呵呵地问：“小陆，你还这么小，就去相亲？”

“嗨，小什么啊，小陆这是聪明，越早下手越好，等到二十五六再找，好男人早被分完了。”

“是干什么的，长得帅不帅？”

好几个同事七嘴八舌地问。

陆惟真平时就是个木讷的人，清汤寡水似的性格，此刻身板挺得直直的，小声答："不知道，没看过照片。"

在这样的氛围下，周姐倒不好把工作强压下来了，她也是要脸的。略一思索，她拉了把椅子，挨着陆惟真坐下，笑着小声说："相亲是好事，周姐支持你。但我真要去接孩子，要不你看这样行不行？你回家再做，明天早上交给朱经理就行了。"

陆惟真紧紧握了一下拳头，又缓缓松开。

她僵着巴掌大的一张脸，略带哭腔，嗓音不高不低："周姐，这个月过了二十天，我有十五天，没有在八点前下班。我刚刚才把你早上布置给我的一整天的工作做完，我今天真的想好好去相亲……"

周姐也僵了一下。

同事们也都安静下来，但是没人开口。

周姐站起来，笑容已经很僵硬了："看这话说的，难道是我要你加班？加班更多是个人能力和时间管理问题吧。行，那就我来做吧。多大点事儿啊，搞得好像我在欺负你似的。你好好相亲吧，祝你成功。"

陆惟真的声音还是小小的："谢谢周姐。"

下班时间到了，同事们陆续离开。陆惟真起身时，听到周姐在打电话："老公，你去接一下玲宝吧，我要加班。嗯，今天有点糟心事……"

陆惟真扭头就走，走出公司玻璃门时，她慢慢吐出口郁气。谁让她现在不能没有工作、没有收入？上学时不知道，原来做蝼蚁是这个滋味。

前一拨同事刚走，电梯前没人。陆惟真等了一会儿，公司又出来个人。她眼角余光一瞟，就感觉那股好不容易压下去的郁气，又在往心口撞。

在陆惟真眼里，公司有两大烂人。一个是周姐，她的顶头上司。另一个就是朱经理，她上司的上司——三十六岁，已婚，育有一子。

朱鹤林看到陆惟真一个人站在这儿，金丝边眼镜后的眼睛里，就冒出笑。他习惯性地打量陆惟真的身材，个儿高、腿细、肤白，哪怕穿着一成不变的黑色西装套裙，也掩不住前凸后翘。脸蛋也小，眉眼好看。就是太土了，八分的相貌硬被她穿成五分的平庸。

小姑娘，欠调教。一想到这里，朱鹤林心头隐有一丝燥火升起，却不动声色走近，端的是文质彬彬的模样。

"下班了？"朱鹤林和蔼地笑着。

“朱经理好。”陆惟真一副老实模样。

电梯来了，门一开，空的。陆惟真心一沉，微微侧身，请他先上。朱鹤林不动：“女士优先。”陆惟真便走进去，他跟进来，陆惟真按一楼键，他按负一楼停车场键。

陆惟真盯着电梯按键。朱鹤林把手插进裤兜，问：“下班打算干什么去？”

陆惟真：“相亲。”

朱鹤林看向她：“相亲？开什么玩笑？你需要去相亲？这么急着找男朋友？嗯？”

陆惟真觉得最后那个“嗯”字，简直嗯得她灵魂战栗。她低着头，答：“别人介绍的。”

“相亲能遇到什么好的？”朱鹤林没好气地说。

陆惟真不说话。

于是从朱鹤林的角度，正好看到她微微弯下的脖颈，白皙纤细，线条优美，似乎还有特别细小的绒毛。朱鹤林心头一跳，低声说：“别去，好吗？”

那叫一个吐气如兰，热乎乎的气息隐约冲到陆惟真脸上，她半个身体都僵直了。朱鹤林看不到，陆惟真闭了闭眼，垂落在身侧的拳头，今天第二次握紧。

就在这时，一个数字冲进陆惟真脑海里。

二十。

今天是二十号。

再干十天，就能拿这个月工资。

整整五千块！

她的拳头慢慢松开，并且不动声色往旁边退了一步，说：“我要去的，说不定就遇到个合适的。”

朱鹤林沉默不语。这时电梯也到一楼了，说时迟那时快，朱鹤林伸手就抓向她的手臂，“我开车送你”这句话还没说出口，谁知陆惟真恰好一侧身，就那么巧避开了他的手，出了电梯。

朱鹤林一愣，她已走出了五六步。他看到周围没人，喊道：“你这是白费心思，信不信？不可能合适的！”

陆惟真没有回头。

直至走出办公楼，在金灿灿的晚霞中，呼吸着新鲜空气，陆惟真才觉得浑身轻松，不再需要压抑什么。她刚上地铁，介绍人邻居阿姨的电话就打过来了：“真真，你过去了吗？”

“在路上了。”

“好呐！向月恒也在路上了。”热情过头的阿姨笑着说，“哎呀，小向真的特别帅，人又踏实，你俩肯定能看对眼。”

陆惟真语气里也带上了几分调皮劲儿：“有多帅啊？”

阿姨语气肯定：“等你到了，一餐厅的人，你一眼就能把他认出来。”

到了餐厅门口，陆惟真脚步一顿，先拐去了洗手间。洗了把脸，对着镜子，看着自己老气横秋的装扮，摘掉眼镜，镜中人的五官立刻清晰了几分。她望着镜子，末了，自嘲地笑笑，又把眼镜给戴上了。

餐厅里已有不少人，陆惟真看了一圈，目光停在一个单身男人身上。他坐在一个靠窗的清静位置，两人桌。黑色长袖T恤，迷彩色长裤，短靴，和介绍人说的正好对得上。这也不是一身随处可见的装束。

灯光柔亮，气氛静谧。他的长腿在桌下轻轻交叠，靠在椅子里，在看手机。头发很短，眉眼很精神。皮肤黑了点，那是在许多许多阳光里浸出的健康色泽。陆惟真觉得他看起来至少有一米八几，高瘦结实，隐约可见布料下肌肉起伏的线条。介绍人的话，还真没错。他往这儿一坐，整个餐厅，就没别的男人什么事儿了。

这么个男人，没女朋友，来和她相亲？

有毛病吧？

先聊。就人家这一百分的身材，八十八分的相貌，陆惟真觉得怎么着也不会是自己吃亏。

大约察觉到她的目光，对方抬起头，视线对上。陆惟真又怔了一下，他的眼睛非常黑，非常亮，仿佛有光在其中湮灭。说不出是种什么感觉，生活在城市里的男人，很少能有一双这样的眼睛。

一时间，陆惟真走路时，好像都有点不知道怎么摆动手臂了。她微垂下头，避开他的目光，走到桌前，拉开椅子坐下，说：“你好，我是陆惟真。”

他一直盯着她的一举一动，闻言静默几秒钟，说：“你好。”

陆惟真也不知道该聊什么，只好寒暄：“你来多久了？”

这回，他又沉默片刻，才答："没多久。"

反应有点慢的样子，好像每说一句话都要想一想……陆惟真脑海里有念头闪过，莫非这就是他在相亲市场滞销的真相？她却没露出半点嫌弃神色，语气温和："你点吃的了吗？"

男人看着她，还没回答，正好服务员送了一份牛排套餐，放在他面前。

陆惟真感觉哪里有点不对，但是也没深想。

服务员问她："女士，要点餐吗？"

陆惟真说："给我来份海鲜炒饭，谢谢。"

话音刚落，就见男人又看了她一眼，目光有点复杂。

陆惟真："……"点海鲜炒饭，有什么不妥吗？

两人都沉默了一会儿。

陆惟真决定把气氛拉回正轨，她嗓音柔柔地问："你有什么爱好啊？"

似乎又过了几秒钟，他才反应过来，她在问什么。

"我没有爱好。"他说，拿起刀叉，开始自顾自地切牛排。

陆惟真："……"

她觉得自己找到真相了。虽然长得帅，身材好，路子野，但是脑子不太灵光，比她还不会聊天，难怪没人要。

陆惟真干脆也闭嘴，只是看着他。不好一直看脸，就盯着手。他的手很大，修长，手背也是太阳晒过的颜色，看起来非常稳，动作利落漂亮。牛排落到了他手里，变得不像牛排，像豆腐。

陆惟真一时走神。

一切就发生在瞬间。

陆惟真耳边听见服务员一声惊呼，眼角余光只来得及瞥见背后有人扑过来，手里还端着热腾腾的什么。说时迟那时快，对面的男人抬头、丢牛排刀、站起、伸臂的一系列动作，只发生在一眨眼间。陆惟真感觉到一股大力抓住自己手臂，身子一轻，人就已离开椅子，撞进了男人的怀里。

鼻头重重地磕在他的胸口，只感觉到布料下的肌肉，硬邦邦的，好痛。一只陌生的手，牢牢箍在她的后腰上。隐约间，有一缕特别原始的洗衣粉和阳光暴晒后的气味。

与此同时，"哐当"一声，一名服务员摔倒在桌旁，大半盆热汤，浇在陆惟真原本坐的椅子上，周围惊呼声一片。那名跌倒的服务员脸色发青，连忙爬起来，惊魂未定地望着面前的空椅子，又望了望抱在一起的这对男女，张了张嘴。

也不怪这服务员一副呆样。刚才他没注意路，走得急了，脚下一绊，眼见着滚烫的一盆热汤，就要浇得这位女顾客满头满脸，只吓得他魂飞魄散！谁知道就一眨眼，座位空了！女顾客被自己的男伴拉开了！他真的是要谢天谢地，否则后果不堪设想！

服务员忙不迭地道歉，值班经理和其他几个服务员也跑了过来，向陆惟真道歉。身旁人早已松开陆惟真，恢复了沉默不语的模样。陆惟真也只觉得刚才那一刹那，跟做梦似的。她长这么大，还是第一次被男人这么强势地保护。

那服务员都要愧疚死了，值班经理也说要给他们免单。陆惟真摆摆手，表示没事，又看向那犯错的服务员，她记得他那跤跌得不轻，她问："你没事吧？"话刚出口，就感觉到一道目光落在自己身上。等她看过去，向月恒却已移开了目光。

服务员都快感动坏了，忙说："没事没事，您人真好。"

这个小插曲终于过去了，服务员都回到各自的岗位，桌子和地面也打扫得干干净净。两人重新坐下，陆惟真的炒饭也送上来了。

她拿起勺，舀了两下，面色微红地开口："刚才谢谢你，你的反应好快啊。你当过兵吗？还是警察什么的？"

向月恒："没有，我都没干过。"仿佛刚才令全餐厅人吓一跳的小插曲，未对他有丝毫影响，他重新拿起叉子，吃了起来。

但是陆惟真看他的眼神，已经不一样了。她想知道，他到底是四肢发达头脑简单，还是只是不善言辞加深度面瘫而已。

陆惟真的心绪还未完全平复，总想拼命再找点话题，他却像是感觉到了她的努力，片刻停顿后，放下刀叉，抬头直视着她，今晚头一次主动开口："你到底想要干什么？"

陆惟真愣住。

或许是她的表情太无辜，他看了两眼就移开目光，但是脸上的忍耐和冷淡已经藏不住了，他说："我没有谈恋爱的打算。"

这两句话，他说得清晰连贯果断，哪有半点反应迟钝？

反倒是陆惟真脑子转了好几圈，才明白他在说什么。她的感觉，就像是原本平平徐徐、波光点点的海面，突然一个大浪撞击，你还没反应过来，还在回味，却发现那一身风流的逐浪人，原来只是想把你一脚踹进海沟里。

陆惟真问："所以，你没有看上我？"

不是反应慢，不是不健谈，只是不想和她谈。原来第一眼他就没瞧上。

他说："没有。"

陆惟真静默片刻，笑了一下。

这些天，她初为社会人，一直丧一直丧，但是也一直在努力适应，努力工作和生活。刚刚看到向月恒的时候，她是真的有些惊喜和雀跃。尤其他伸手保护她那一刻，她是真的有被感动到。毕竟平凡生活里，是很难遇到这样惊心的小浪漫。

却原来，只是她没眼色。却原来，还是这么丧啊。

陆惟真放下勺，这饭也没必要吃了。她端起茶水，喝了一口，也不看他的神色，只是盯着他的衣领，说："向月恒，如果不是刚才你替我挡那一下，这杯水就该浇在你脸上。我觉得，即使是目的明确的相亲，对于对方，也应该有基本的尊重和礼貌。譬如等到对方来了再点餐，而不是一个人闷头先吃，什么问题都不回答，拒对方于千里之外。就算你对我再不满意，我们也可以和和气气聊天，把这顿饭吃完。不过，今天还是要谢谢你，再见。"

她站起来刚要走，那向月恒脸色微沉，眸光幽深隐忍："陆小姐。"

陆惟真脸上带着无懈可击的傲气微笑："向先生难道还有什么事？"

他说："我不叫向月恒。"

陆惟真的脑子里有那么片刻的空白，他又说："我也不是来相亲的，我只是来吃饭的，某个人。"

"那你……"陆惟真张口就要质问，突然反应过来，他是真的没有承认过自己是向月恒，她却没确认。

可她一开始坐下自我介绍时，他为什么不赶她走？

"你好""你来了多久""没多久"……是了，他只应付了两句，就没再搭理她。而后她再挑起什么话题，他要么沉默，要么一句话把她堵回去。

若他真的不是向月恒，突然来个陌生女孩，双眼含春脸色紧张，形同搭讪，大庭广众之下，他忍了这么久，没有口出恶言，让她颜面扫地，只是冷处理，希望对方知难而退，涵养已经算很好了。

所以他才会在冷处理无效后，不再忍耐，问她，到底有什么事。

他说，我没有谈恋爱的打算。这不是相亲没有看对眼，这是在拒绝一个陌生女子的搭讪。

她还是站着没动，只是身躯僵硬，一抹红晕，慢慢从脖子爬起，在她白生生的脸庞蔓延开。实在是太丢人了，她张了张嘴想道歉，却没说出一个字。

他却似乎全都看在了眼里，语气反而比之前每一次都温和，说："好了，没事。"

陆惟真全身紧绷的弦刹那绷断，脸已红透，慢慢低下头说："对不起，真的很抱歉。"

他没说话，目光却看向她身后，陆惟真下意识回头，就看到一个年轻男人，走进了餐厅。瘦高个，远远望去，肤白，清俊斯文。来人身上几乎是与眼前人一模一样的装束，只不过，来人的黑色T恤是短袖，迷彩裤的颜色也要更鲜亮一些，不像他，是深灰色。那人脚下是一双白色运动鞋，而不是他那样的黑色短靴。于是整个人显得休闲而非劲朗，与他气质迥异。

陆惟真想：我到底有多倒霉，这样的撞衫都能遇上？

现在的陆惟真并不知道，后来她才明白，这样的撞衫，并非巧合，而是有人有意为之。

"不打扰你了，再见。"陆惟真飞快离开这一桌，假装什么也没发生过，朝着真向月恒坐下的方向走去。

却没看到身后男人的视线一直追着她，今晚第一次，目光变得深沉难辨。

【002】

当你吃完一份又香又辣又咸的麻辣香锅后，再给你端来一份甜酸可口的甜品，是什么感受？

答案就是陆惟真此刻面对真向月恒的感觉。竟是环肥燕瘦，各有千秋。介绍人没有忽悠她。

眼前的真向月恒，看起来比上一个假的，小一两岁，也就二十四五的模样，清瘦，但也是个衣架子，相似的T恤穿他身上，就显得很清爽。肤白，眼睛又水灵又大，一看到陆惟真他就笑，有点害羞的样子，还露出两个浅浅的小梨涡。

“你好，我是陆惟真。”大概是因为吃过大餐再吃甜点，陆惟真的心情居然特别平静。

“你好，我是向月恒，请坐，请坐。”向月恒说。

两人第一次对视，陆惟真还没反应，向月恒先不好意思地笑了，侧开目光，眼睛里有光，但神态局促。陆惟真都有点想拍大腿了！心想：这才是相亲该有的反应嘛，哪像刚才那人……下意识往不远处瞄了一眼，就见那人半个后背侧对着他们的方向，牛排吃完了，在喝水，动作不紧不慢，背影沉稳得跟座山似的。

接下来，相亲双方的对话就比较循规蹈矩，正常得不能再正常了。

向月恒问：“路上堵不堵？”

“不堵，你呢？”

“还好。你是江城大学毕业的？”

陆惟真：“是啊。”

向月恒明显很满意：“我是湘城大学的，我有好几个同学在江大，我去武汉时，还去江大玩过。”

“我也去过湘大，你们学校的食堂好好吃。”

向月恒：“是吗？下次找机会一起去。”说完自己先不好意思地错开目光。

他对她的第一印象明显不错——陆惟真心想。平心而论，向月恒的条件是非常适合她的，否则她也不会答应这次相亲。学历不错、相貌身材不错，工作收入据说也比她好。性格更是如介绍人所说，老实温厚。这分明就是陆惟真一直以来想要寻求的理想型男友。

她应该好好把握这个机会。

思及此处，陆惟真的视线下意识往远处一瞟，结果看到假向月恒，把她之前点的那份还没动过的海鲜炒饭，拖到面前，不紧不慢地吃了起来。

“陆小姐？陆小姐？”

陆惟真这才回过神。对面的真向月恒目光无奈：“是不是……我哪里表现得不好，所以你走神了？”他的眼睛里却有宽和的笑意。

就这一句话，令陆惟真终于对他生出真切的好感，她忙说：“对不起，我刚才突然想起工作的事，抱歉，我们接着聊。”

于是两人又聊大学生涯，聊彼此家乡，聊可能有交集的朋友圈，聊对于职场的感受……你一言，我一语。你起话头，我必配合；你无话说，我拼命想新梗。一顿饭的工夫，很快过去了。两人谈不上一见如故干柴烈火，但算得上和谐融洽，基本无冷场，于是彼此都暗暗松了口气。

结账时，陆惟真想要AA，向月恒哪里肯干，坚持买了单，笑着说：“要不……下回你来？”

陆惟真低头抿嘴笑，说：“好。”

餐厅柔和的灯光下，她高高瘦瘦，神态温婉。虽然话不算多，偶尔还会发愣，却自有一种初出象牙塔的女孩子所独有的知性青涩之美。向月恒看得心“怦怦”跳，心里只有一个念头：就是她了。

站在一旁，等向月恒结账时，陆惟真往餐厅里望了一眼，那个座位早空了，那人不知何时已离去。

两人走出餐厅，面前是一片停车场，向月恒掏出车钥匙，近处的一辆普通黑色轿车响了一声，向月恒说：“我送你回家吧。”

陆惟真：“不用，我坐公交车回去就好。”

向月恒：“别客气，反正我也没事。路上咱们还可以聊聊，多增进一下了解，好吗？”大男孩的脸在路灯下微微泛红，那份腼腆和勇气像是从骨子里流露出来的，让人不忍心拒绝。

“那好，谢谢你了。”陆惟真大大方方地说。

向月恒别过脸去，唇畔带笑，嗓音低低的：“我谢谢你才是。”

陆惟真的心“怦”的一下，也有点脸红，转头不看他。

湘城不大，没多久，就到了。

陆惟真租住的是个普通居民楼，有些年头了，因为房租便宜，但是小区还算干净整洁。车停了，陆惟真下车，说：“今天谢谢了，下次一定让我请你。”

向月恒望着她笑：“好，晚安，祝你做个好梦。”

陆惟真转身上楼，快到楼梯转角时，回头。向月恒还站在原地，抄着双手，倚着车，居然有几分自在风流味道。夜色里只见他的眼映着清澈微光，面容温和如玉。陆惟真朝他挥挥手，上楼。

直至进了家门，陆惟真忽然想起，他没有跟她约下次见面的时间，甚至连微信和电话都没有交换。她压根忘了这事，他是不是也忘了？不过没关系，介绍人有他们双方的联系方式，回头再说。

夜色已完全覆盖这个湘江边上的精致城市。陆惟真家住十七楼，不算宽敞的一居室，简单装修，她从大四找工作时就租了这里。快速洗了个澡，陆惟真披着一头湿漉漉的头发，去阳台晾衣服。

从阳台倒是可以俯瞰大半个湘城的景色。晾好衣服，陆惟真趴在阳台上，发了一会儿呆。

所以，这就是相亲的感觉吗？还不错，舒舒服服，平平稳稳，没有很激动的感觉。心动，暂时还谈不上。倒是向月恒，对她明显挺满意……陆惟真抓了抓头发，感觉到了一丝对未来的茫然。

但无论如何，她不能忘了一点，也是最重要的一点——向月恒这样的，大概就是她能找到的，最适合自己的男人了。温厚、老实、单纯，将来就能任她摆弄，翻不出她的掌心。

陆惟真的视线投向远方，缓缓流动的湘江，江上还有几艘乌木船。在两岸灯光映照下，江面泛着粼粼的波光。陆惟真脑海里突然闪过一双眼睛，漆黑、安静，光线隐没其中。还有他那反应极快的一拉一抱，硬邦邦的跟石头似的胸膛。

那才是个看不透的人。

陆惟真正出着神，眼角余光却瞥见阳台斜上方，有一道黑影，极快地一闪而过。她回过神来，定睛望去，夜幕漆黑，灯火四缀，阳台上方分明空荡荡的，什么也没有。

是鸟吗？还是谁家的衣服什么的，被吹下去了？她也没太在意，转身进屋。

既然已经面向未来，美好地憧憬了相亲前景，接下来，就该面对现实了。陆惟真躺在床上，看手机上的银行卡余额：一千两百四十七元……

连下个季度的房租都付不起。

伴随着大学毕业，走向社会，一切现实的烦琐和残酷，都涌到她面前。她耳边仿佛又响起母亲冰冷的话语：“既然你已经选择了自己的生活方式，完全无视我的想法，那就自己养活自己吧！今后我不会给你一分钱。”

然后她就真的没给陆惟真一分钱了！连第一个季度的房租，还有吃方便面的钱，陆惟真都是跟朋友借的！

爸爸倒是想补贴她来着，偷偷给她塞过两次钱，一次四千，一次两千。可爸爸本来就穷，一遇到她妈，比她还㞞。后面肯定指望不上了，她也不能让她爸把最后一点烟钱都捐出来。所以，她现在绝对不能辞职。至少，不能在这个月发工资前辞职。

想到这里，陆惟真长长地叹了口气，相亲时的岁月静好未来可期，瞬间变得纸糊一样，脆弱薄白。每一天乏善可陈还荆棘丛生的社畜生活，才是她不得不面对的。

手机响了一声，是微信群里有人说话。

群名叫作“三个臭皮匠”，顾名思义，群里只有三个人。

说话的是许嘉来：“陆老板，相亲怎么样？今晚睡哪里？”

陆惟真：“……”

她没好气地回复：“还不错。自己家。”

许嘉来又问：“进度不快啊……有没有照片？长得高不高？鼻子大不大，喉结粗不粗？”

陆惟真只说：“没照片。”脑海中不由得浮现向月恒的模样，似乎，不大，也不粗。

“能不开车了吗？”陆惟真问。

许嘉来：“我这是关心你的终身幸福，你没经验你不懂。”

一直沉默的第三人——高森，终于也开口了：“人可靠吗？”

陆惟真：“看着可靠。”

高森：“恭喜。”

陆惟真：“说恭喜还早。”

两人又问了陆惟真相亲的细节，主要是许嘉来问的，陆惟真一一说了，只是没说自己一开始认错人的事——毕竟她也是要脸的。三人讨论之后的结论，和陆惟真的想法一样：继续接触，深入考察，争取拿下。

末了，陆惟真又问他俩最近的工作和收入情况。

许嘉来：“最近我非常有钱，接了三个单，赚了一万多。钢管舞生意也不错，来看我的人越来越多，一个晚上能挣一千多。陆老板，等我养你。”

高森：“还在工地打工，存了几千块吧。”

果然最惨的还是她自己。

陆惟真：@许嘉来，钱别乱花掉，搞不好过些天，我要跟你借生活费。

三人认识已有许多年，那是另一份机缘。如今，看起来背景迥异的三个人——美工兼职钢管舞女郎、货真价实的搬砖工人、名校“社畜”，却成为最亲密最值得信赖的朋友兼同伴。

许嘉来和高森同租一套房，但非情侣关系。由于两人工作时间比陆惟真还不规律，所以三人隔三岔五才约着吃个饭，撸个串。

聊完了，时间也挺晚。他俩肯定还有各自的夜生活，陆惟真明天还得早起赶公交车，关灯睡觉，心无旁骛。

半个晚上，无梦好眠。

陆惟真是在某个瞬间，突然睁开眼的。

那是一种非常微妙的、令人骤然汗毛竖起的危机感，她毫无预兆地就醒了过来。但还没醒透，人迷迷糊糊的，所以当她睁开眼后，随意地望了眼屋里，闭上眼，翻了个身，想要继续睡。

一瞬之后，她的眼睛猛然再次睁开。

光，黑影。

房间里有光，橘色，是床头的台灯亮着。可她睡觉前，分明记得关掉了。她从不开灯睡觉。

灯为什么会开？谁开的？

还有黑影。刚刚睁眼匆匆一瞥，床的正上方，分明有一团黑影。

陆惟真慢慢地、僵硬地把脖子转回来。

天花板上。

一个人，趴在那里。

真的是趴。按理说，人类的四肢，是无法倒挂在天花板上的，但是那人稳稳地趴着，四肢仿佛生了动物才有的吸盘。

他穿着……黑色T恤、迷彩长裤。就这么挂在距离她不到两米的位置，不知道已挂了多久。

而此刻，台灯柔和的光线中，陆惟真瞬间停滞了呼吸，他似乎察觉了什么，慢慢地、慢慢地，把头转了过来，那脖子随之发出“咔嚓咔嚓”的关节响声。

他身体没动，头整整转过了一百八十度，那是人类脖子不可能完成的动作，就像正脸长在了背上，对着陆惟真。那是一张陆惟真白天见过的，帅气而熟悉的脸，只是此时，这人的神态就像换了个人。他的眼里仿佛藏着夜光灯，直勾勾盯着陆惟真，伸出一条湿漉漉的舌头舔舔上唇，忒坏忒坏地笑了。

【003】

陆惟真全身一僵，脸色发白，呆呆地望着头顶的人。半晌后，把眼一闭，嘴里念念有词：“我在做梦，我一定是在做梦……”就是不看向那人。

反挂在天花板上的向月恒：“……”

“喂！”向月恒莫名有种不被尊重的感觉，喊道，“你不是在做梦！不信，掐自己一下，看疼不疼？”

然后就看到这女人半睁开眼，一只手哆哆嗦嗦地往另一只手臂上摸，掐了一下，神色一变。

向月恒哈哈大笑，那张脸还反长在背上，看起来诡异至极。

陆惟真颤颤巍巍地问：“你是什么？妖怪吗？还是鬼？”

向月恒说：“迷信！世界上哪里有鬼，我就是你们人类口中的妖怪。”

陆惟真哆嗦着嘴唇：“真的是妖怪……世界上怎么可能有妖怪，你从哪儿来的？”

向月恒看她一眼，这女的居然没有被吓晕过去，还在哆哆嗦嗦地问他的来历，倒是让人感到意外，胆子挺大啊。他说：“你管我从哪儿来，今晚，你是我的——知道这个就行了。”

陆惟真全身一缩：“你想干什么？”

向月恒露出个狰狞的笑：“当然是……吃了你啦！”全身骨骼发出“嘎吱嘎吱”转动的声音——

“等一下！”陆惟真单手一抬，像是鼓足了勇气，“你如果是个妖怪，那么今晚……和我相亲的那个人，是不是你？”说完竟露出一丝悲戚神色。

向月恒愣了一下，全身的动静又停下来。

灯光昏黄的房间里，顿时一静。

“是啊。”他说，“是我。”

陆惟真咬着下唇，脸色复杂，但更多的还是惊惧，身上每一寸皮肤仿佛都紧绷着。

“为什么是我？”陆惟真说，“为什么和我相亲，现在……又说要、说要……”

向月恒眉宇间的笑意彻底散去，说实在的，今晚的相亲，他的感觉也很好，这个女孩，比他之前遇到过的每一个，都要让他感觉到舒服和喜爱。他轻轻叹了口气，说：“我在街上闲逛的时候，看到了你，我很喜欢你的气味，也喜欢你的身体。所以想办法和你相亲。但是请不要难过，你不是第一个，也不是最后一个。等我把你吃到肚子里，你就和那些女孩一样，成为我身体的一部分，我们呀，永远在一起。”

陆惟真像是吓傻了，一双眼在夜色里水盈盈的，仿佛一直含泪。她呆呆地问：“我是第几个？”

“第四个。”

陆惟真抬手捂住眼睛，那模样落在任何雄性生物眼里，都是娇弱又可爱。向月恒也有些心烦气躁，重新露出狞笑：“亲爱的，我要开动啦！”全身骨骼转动的声音再次响起。

“再等一下！”陆惟真喊道，再一次伸出手掌挡住。

向月恒再多的耐性都要被耗尽，怒吼道：“又怎么啦？！你这个女人，被吃前话最多了！”

陆惟真吓得全身一抖，但还是咬紧牙关，声音也在发颤：“你能不能……放过我？我不想死，我没做错什么。我是无辜的啊，我还有爸爸妈妈，他们只有我一个女儿……求求你，放了我，好吗？”

向月恒长长叹息一声，说：“不行啊，开弓没有回头箭，我干了这些事，迟早死路一条，会有人来杀了我的。我放过你，谁放过我呢。放心，我也喜欢你，我会很温柔的。我决定先从脑袋吃起，这样你一下子就死了，不会太痛。”话音未落，人已朝陆惟真扑来。

陆惟真刚刚在和他耗着，顾左右而言他时，已经在心里盘算逃生途径，这时她反应很快，就势一滚，滚到了地板上。

向月恒扑了个空，也不生气，反而兴奋了。他很喜欢这种狩猎的感觉，嘻嘻一笑，说：“跑啊，你跑啊！我要来追你啦！”

陆惟真飞快从地上爬起，转身就往房门跑。这一回，向月恒却是料准了她的反应，朝她的前进方向直扑过去！陆惟真只看到一团黑影，朝自己扑来，而她离房门还有五六步的距离。她下意识就单手抱头，另一只手朝他推挡出去……

就在这瞬间。

她的视野里，多了一双黑色短靴，踩在她房间门口的地板上，迷彩裤扎在短靴里。

陆惟真抬头，她看到那张线条冷厉的脸，也看到那双能吞噬光的眼睛。她感觉像在做梦——出现在同一个餐厅的两个相似的男人，一前一后居然在半夜来到她家。一个自称光怪陆离的“异种”，一个无声无息仿佛鬼魅。一个不可思议的念头，猛然冲进陆惟真脑海里——

莫非，他也是妖怪，是同谋，是帮凶？

陈弦松站在这里，第一眼看到的，也是陆惟真。

她抱头靠墙，全身抖得像朵小雏菊，她还穿着睡衣，头发蓬乱，狼狈至极。可当她看到他，那双眼清澈无比。

她的肩膀全露着，皮肤在灯下白得发亮。陈弦松立刻移开目光，一个闪身，比妖怪还快，挡在了陆惟真面前。陆惟真一呆，抬头只见他宽肩窄腰，高大如山，挡在了她和妖怪之间。

“别怕，别动，别看。”他说。

陆惟真忽然明白了什么，下意识伸手，抓住他背部的衣服，只感觉到其下的肌肉猛地一紧，但他纹丝不动，任她抓着。

但是，陆惟真怎么可能不看？她吓得眼睛都不敢闭上。

然后她就看到，他从腰间，拔出了一把剑。

是真的剑，黑乌乌的，隐约可见锈迹斑斑，又旧又破。只是在他拔出的那一瞬间，仿佛有浅浅水波在剑身上浮动。

陆惟真倏地睁大眼。

正恶扑过来的向月恒也是一惊，说实在的他其实有点眼花，因为这男人出现的速度太快，一眨眼就站在陆惟真跟前了。可他也是识货的，一瞄见那剑，就知道自己很可能遇到最可怕的那种存在了。他的手原本都要抓到陈弦松肩膀了，触电般缩回去，空中一个翻身，急速后退。

却见那男子眉眼冷意凝结，一剑划出。

一剑。

一道光。

一道凭空出现的雪白的光，如同皎洁半月，从那剑身迸出，无声无息，膨胀开去，光芒覆盖整个房间。

灿烂光影背后，是屁滚尿流的向月恒，他几乎是使出了吃奶的劲儿，往后狂翻，但是一只胳膊还是被剑光所伤，瞬间鲜血直流。过程太惊险、身体太扭曲、去势又太快，只听“嘭”一声，窗玻璃被撞破，他直直跌了下去。

十七楼。

整个战斗过程不足两秒钟。

陆惟真呆呆地靠在墙上，看着眼前人把剑往腰间一收。他的腰上没有剑鞘，只有一个黑色腰包，那么长一把剑，足有两尺长，不知怎的一下收了进去，了无踪迹。和哆啦A梦的口袋有一拼。

他转过身来。

陆惟真放下抓着他后背的手。床和墙之间的过道狭窄，两人几乎紧挨着。他高大的身影在灯下几乎罩住她。

他看着她，目光深沉。

陆惟真往后退了一步。

“不用怕，我是来救你的。”他说，嗓音很低很沉。

陆惟真心中稍安，问：“你……是什么人？这、这到底是怎么回事？”

他没答，上前一步，突然伸手。陆惟真侧身躲开，全身再次紧绷：“你想干什么！”

陈弦松眉一扬，她的灵活让他有点意外，看起来她是那么瘦弱。他对她的问题恍若未闻，伸手再次一抓。这回的动作又快又重，陆惟真还没来得及反应，手臂就被他紧扣住。陆惟真抬腿就向他踢去！可他连躲都没躲一下，显然不把她的花拳绣腿当回事。

陆惟真踢在他的小腿上——

好硬，脚痛……

他连眉都没皱一下，往前一推，陆惟真就被他单手压在墙上，动弹不得。

“你、你干什么！”陆惟真又急又怕，张嘴咬他，他偏头一躲，陆惟真口中热气便扑在他耳朵上，嘴巴也撞上他的肩膀。陈弦松下颌飞快地动了一下，低喝道：“老实点！”

那微微带着沙哑的嗓音，就在陆惟真耳边，她一缩。他飞快伸手，在她前额后脑连点几下。陆惟真只感觉到又疼又麻，眼睛一闭，身体歪下去。陈弦松伸手一接，感觉到一团温香软玉落入怀中。他的动作有刹那迟滞，而后迅速将人轻放到床上。

按照以往经验，几处和脑神经相连的经脉要穴被击打，她至少会昏迷几个小时，醒来后，也会短暂失忆，这段经历不会记住。

陈弦松不再耽搁，在窗口看了看，辨明方向，又从腰包中掏出段细绳索，往窗户上一挂，人如同鹞子般，在黑夜中急速直降下去。

陈弦松轻盈落地。手一抓，收起绳索。

此时接近凌晨三点，小区里一个人都没有，路灯朦胧。他拔腿就往向月恒逃窜的方向追去。

越过围墙，踩过屋顶。他脚下的动静极轻，速度却快得像一道流光，眨眼就跑出很远，宛如一头在黑夜里捕食的猎豹。

向月恒却只觉得受伤的手臂快要断掉，痛得他好想哭。他心想都跑出这么远了，刚想歇口气，回头一看，一条黑影直射过来。向月恒吓得魂飞魄散，心想：变态啊，跑这么快！他赶紧使出浑身解数，继续往前跑。可两人间的距离，还是以肉眼可见的速度在缩小。

两人跑到了一条无人的长街上。

向月恒气喘吁吁。他知道落到身后那人手里，只会死得渣渣都不剩。要拼一把吗？可是向月恒完全没有把握，那把剑让人如此忌惮。他现在也认出这个人了，就在昨天，路上遇到过。当时他还觉得这人身上衣服挺好看，特意模仿了一套去相亲。谁知道人家就是盯着他呢！

身后，传来那人低沉如庙宇洪钟般的声音："站住！"

向月恒好想哭，当他傻啊，当然不能站住。

那人说："找死。"说出这两个字时，那人仿佛已近在身后几步远。向月恒猛地转身，张嘴就吐。一大口，至少能装满满一碗，绿色的散发出腥臭味的汁液，朝陈弦松喷射过去。

陈弦松原本在奔跑，瞬间急停，身体飞转，避开毒汁。他看了眼几十米外的一个摄像头，没有拔剑，一拳朝向月恒的脸打去。

这一拳快得像风，向月恒明明偏头躲了，居然没躲过！一拳狠狠地砸在脸上，只砸得他眼冒金星，他涕泪齐流，干脆拼命晃头，跟个花洒似的，无差别地乱吐毒汁。陈弦松早有防备，原地跃起，空中一个翻身，落在他身后，又是一脚踹在他屁股上。向月恒被踹得原地滚了出去。

他趴在地上，眼见着陈弦松不慌不忙地走过来，竟是极有耐心的样子，只是眉梢眼角都是狠辣。向月恒知道对方忌惮毒液，可自己扛不了多久，毕竟他又不是个喷泉，肚子里的毒汁也是有限的，很快就会喷完。陈弦松显然也是算准了这一点。

向月恒把心一横，变为四肢着地，快速往一条岔路口爬去。他的爬行速度竟比两肢奔跑快了一倍还要多。陈弦松眉一紧，拔足就追。

陈弦松追到巷子里，眼见向月恒已经快跑出去，那头灯火通明，还有行人走动。陈弦松心中暗叫不好，心里顾忌的还是向月恒狗急跳墙伤人。这时向月恒已直起身冲出去，不见了。

陈弦松追出去。

眼前是条夜市街，好几家大排档还开着门，满满地坐着客人，人声喧哗、油烟冲鼻。陈弦松目光如炬，扫视一圈，脸色越发的阴沉——向月恒竟已不见踪影。这是条直路，两人前后只差了几步，按理说，向月恒无论如何都跑不了这么快。他的体力也不支持他跑远。

陈弦松极有耐心，将这条街前前后后又找了一遍，甚至潜入每家饭店的大厅和后厨查探。可那受伤力竭、不可能走远的向月恒，竟像是凭空消失了。

如此翻找一通后，一个多小时过去了，陈弦松知道今晚只怕不能将向月恒捉住。不过，他也翻不出自己的手掌心。

陈弦松还得去善后。

他翻墙回了陆惟真所在小区，不急不慌搭电梯上楼，悄无声息地进了陆惟真的家。

还是那一盏台灯亮着，床上趴着个人影。满地狼藉。

陈弦松轻轻吐了口气，也不往床上看，挽起袖子，抓紧时间干活。去厨房找了扫帚，将碎玻璃碴儿都扫干净。又看了眼那扇烂掉的窗户，拿出尺量了尺寸。这活儿他经常干，家里也存有玻璃。他在心里计算往返一趟的时间，应该来得及。

等明早陆惟真醒来，什么痕迹都不会留下，她也会认为什么都没发生过。这头，就抹平了。

想到这里，他下意识转头往床上看了一眼。去而复返后，看那女人的第一眼。他的动作停住。

床上，披头散发的姑娘，抱着双膝坐着，一双清凌凌的眼，呆滞中带着防备，望着他，不知已望了多久。

陈弦松站直了。

沉寂。

死一样的沉寂。

他开口："什么时候醒的？"

陆惟真往后微微一缩，静默几秒，才答："你跳窗的时候。"

这回，换陈弦松沉默了。也就是说，她只昏迷了几秒钟。是他大意了。

以前不是没遇到过这样的情况，只是非常非常少，他只遇到过一次。人的体质不同，有极少数的人被击打后，不一定会昏迷，或者很快醒来，也不会造成失忆。以前他救过的一个老头子就这样。但是那老头什么也不问，什么也不说，只是向他深深鞠躬。之后，也没有关于他的任何消息，传到正常人那个光明唯物的世界里。

陈弦松手腕一抖，手里的扫帚丢向墙角，竟稳稳地靠着不动。

陆惟真又是一缩，心想：这人丢个扫帚，都丢出了几分霸气。

陈弦松拉了把椅子在床对面坐下，腰背笔直，双手平放于扶手上，他问："之前的事，还记得吗？"

陆惟真小心翼翼打量他的脸色。

"记得……"她小声说，指了一下他的腰，"你从那里抽出……呃，一把神剑，砍向那个怪物。"

陈弦松沉默片刻，抬起手，用力按了按眉心，又按了按眉心。

【004】

对于陈弦松来说，这是个两难的选择。如果再点她一次穴，有没有效果还不一定。短时间内两次对脑神经进行强烈刺激，说不定会对脑部造成损伤，这是他不愿意也不能做的事。但如果撒手不管，她能保密吗？今夜看来，她虽腼腆，内里却是个胆大且好奇心旺盛的姑娘，只怕不好摆脱。

陈弦松放下手。

陆惟真感觉出了他的隐忍和思量。

他不会杀人灭口吧?

可直觉告诉陆惟真，他不是那种人。现在凌晨四点多，他一个陌生人，坐在她的卧室里，却不会令她感到害怕。

“那个……向月恒到底是什么东西？”陆惟真说，“他说他是妖怪。”

陈弦松明白再无遮掩的可能，答道：“他的确是。”

“那你呢？”陆惟真慢慢问，“你又是什么人？”

“你还没猜出来？”他反问。

“……捉妖师？”

“嗯。”

又面面相觑了几秒钟，陆惟真往后重重地靠在床上，凌乱又崩溃：“我是个唯物主义者，一直都是……世界上怎么可能有妖怪？居然真的还有捉妖师，不可能的……”但她的自语显得如此苍白无力，毕竟眼见为实。

“好了。”他说，与在餐厅时语气不同，这两个字，有点严厉。

陆惟真抬起脸，怯怯望着他，还咬着下唇。由于睡觉没戴眼镜，长发也披散，整个模样气质和白天很不一样，五官很清晰，也很生动。

陈弦松移开目光，落到一旁的被子上。

“不必多问，后面的事，我会处理。”他说，“之前三个，他都费尽心思吃掉了。你是唯一逃掉的，还知道了他的秘密。我想他应该会回来找你。接下来一段时间，我会暗中跟着你。”

陆惟真打了个寒战。

他仿佛没看到，继续说道：“另外，陆小姐，我有个不情之请。今晚发生的事，还有未来即将发生的事，希望你能保密。作为报答，我会确保你的安全。”

陆惟真嘴唇动了动，说：“你刚才说，之前三个，都被吃了？死了？”她的声音有点颤，之前向月恒自己也说过。

陈弦松点头。

“你……没能保护得了她们吗？”

“我盯上他时，已经来不及。”

陆惟真低下头，只留给他乌黑如云的发卷和一抹雪白脖颈。陈弦松的目光瞬间又跳开，望向她身后的墙壁。

“不。”陆惟真抬起头，“抱歉，这件事我不能隐瞒，我要报警。”

陈弦松沉默不语。

他坐得笔直，右手拇指和食指，互相慢慢搓着。明明他什么也没说，陆惟真却有点怕了，但还是坚持说：“三条人命，我必须报警。”

“没得商量？”他问。

陆惟真摇了摇头。

他盯着她，忽然，很浅地笑了一下，几乎只是勾勾唇角。然后他站起来，说：“行，再联系。”

陆惟真呆呆地望着他走出去，忍不住说道：“但是你放心，我会替你保密，不会和任何人提起你，我会把这件事圆过去。”

“好。”他应了一声，陆惟真听到大门“咔嚓”一声，没动静了。

陆惟真安静地坐在床上。

任何一个孤身女孩，遇到今晚的事，正常反应，都是报警吧？难道就这么相信了自称捉妖师的男人，把性命都交付给他，也不管之前的三条人命，接受这荒诞的一切？

想到这里，陆惟真心中一定，拿起手机。

晨光熹微。

一老一少两名警察，站在陆惟真的卧室里。年轻那个，瞪大眼望着天花板。上了年纪那个，望着被撞破的玻璃，倒是一副若有所思的表情。

年轻警察慢吞吞地开口：“所以你说，昨天半夜三点左右，一个男人，潜入了你家里，他能不靠任何外力趴在天花板上，还说要吃掉你？”

陆惟真：“……是。”

“门锁一点没被损坏，他也没有钥匙？”

“……是。”

“他说他已经吃了三个女孩？”

“嗯！”陆惟真用力点头。

年轻警察笑了一下，迅速收起，跟变脸似的，轻咳一声，又问：“他还能把头扭到脖子后面，扭成一百八十度，像个壁虎似的挂在天花板上？”

陆惟真：“……没错。”

年轻警察别过脸去。

老警察的神色倒是淡淡，走到窗前，戴着手套摸了摸破碎的玻璃边缘："这是那个男人撞破的？"年轻警察也凑过去。

陆惟真："是。"

"倒像是重物击破的……"老警察嘀咕了一句，看了眼楼下，十七层，地面空空荡荡，小区里正常得不能再正常。他笑笑，和年轻警察交换个眼色，两人走回屋里，和陆惟真一起，在客厅坐下。年轻警察习惯性掏出笔记本，顿了一下，干脆又丢回口袋里。

陆惟真看着他们的神色动作，一声不吭。

老警察还算和颜悦色："姑娘，这段时间是不是没休息好？"

陆惟真用力抿了抿唇："没有，我最近休息得特别好，一夜睡到天亮，精神饱满，连梦都很少做。"

老警察被顶了一下，倒也不生气，这种小姑娘，他见得多了，工作压力大胡思乱想也好，爱玩瞎胡闹也好，瞎编个故事来报警，就是想吸引别人的注意。

老警察又问："我问你个问题，不要介意——最近有没有吃什么药物？"

陆惟真的脸色已经不太好看了，答道："什么药都没吃，你们以为我……没有！我的身体很好，真的不是幻觉。"

老警察摆了摆手，又说："好，没吃药，工作压力大不大？"

陆惟真："……大。"这是实话。

老警察和年轻警察对视一眼，得，找到原因了。现在的工薪阶层啊，还真是不容易。这么奇葩的幻想都整出来了。壁虎男，转头怪，要吃她。她怎么不去上《奇葩说》呢？

年轻警察辅修过犯罪心理学，他琢磨了一下，觉得雄壁虎，代表的应该是陆惟真在职场遇到的强势男性上级。于是他郑重其事劝导，让陆惟真放松心情，乐观看待职场挫折，最好多和朋友聚会交流，释放压力。老警察则语重心长地对她说："年轻人，你的路还长，等你到了我这个岁数，就会知道什么都不算个事……"

两人做完思想教育工作，就要收队。陆惟真怎么跟他们保证是亲眼所见，他们也不信，甚至有点不耐烦了。最后，陆惟真不甘心，脱口而出："难道最近，市里没有连续失踪三个年轻女孩吗？生不见人，死不见尸。"

就这一句话，把两个警察问住了，他们站在玄关不动。

他俩是片区民警，刑事大案是不沾边的。但也听说过市里最近有几宗年轻女孩失踪案，比较古怪。

陆惟真知道自己说到点上了。

“就当壁虎什么的，是我极为恐惧之下的幻觉吧……可是，他害了三个女孩，我是第四个，这是向月恒亲口告诉我的，不然我怎么会知道呢？他昨晚真的袭击了我。如果不是我机灵，把他……赶走，现在我也失踪了。你们为什么不去查查他昨晚的不在场证明？查查那几个女孩的失踪日期，以及他的行踪？他就是真凶！”

她的逻辑居然很完整，两名警察对视一眼，老警察沉思片刻，说：“你现在就跟我们回所里！”

坐在警车上，驶向派出所时，陆惟真想起了那个自称捉妖师的男人。虽然警察不信她的话，但她现在还是成功让警察对向月恒起疑了。这一查就能查出问题。捉妖师一定没想到吧。

陆惟真转头望着窗外，清晨的街景，清晰安静。一辆辆车和无数行人，一闪而过。在拐过一个弯时，陆惟真倏地一怔。

窗外，街边，停着辆八成新的黑色SUV。那人就抄手靠在车身上。换了件灰色T恤，还是迷彩裤，裤腿扎进短靴里，非常利落。

他静静地望着她。

陆惟真与他遥遥对视片刻，也不知是被什么驱使，对他抬了抬下巴，露出个淡淡的笑。

你看，我办到了。

传说中的捉妖师。

顷刻间，警车拐弯。

陈弦松盯着警车尾巴，脑海里是刚才陆惟真那个小小的骄傲的笑，仿佛抢松果得胜的松鼠。片刻后，他轻轻失笑。

然而接下来的案情发展，完完全全出乎陆惟真的预料。哪怕是隔着走廊，陆惟真都能隐隐约约听到隔壁房间里，向月恒及其同居女友，愤怒而激动的声音。

“我们昨晚就在家里待着，哪里都没去！证明？我们人和车都没出小区，小区的监控摄像头肯定能证明！”

“陆惟真？陆惟真是谁？不认识！我有女朋友，感情很好，我为什么要去和她相亲？我连见都没见过她，神经病吧她是！”

“你说的这些女孩，我一个都不认识，听都没听过。上个月八号？我哪里记得去干什么了？等一下……上个月八号那个星期，我去北京开会了！”

老警察再次来找陆惟真时，那眼神已经不对了。但事关重大案情，他还是忍耐着，把陆惟真带到审讯室内间，让她隔着单向玻璃，辨认向月恒。

在看到这个向月恒的第一眼，陆惟真就愣怔了一下。

他穿着件短袖格子衬衣，牛仔裤，长得是一模一样的，神态气质却很不同。大概是因为激动，他的脸还涨红着，眼睛极亮。警察问什么问题，他都答得干脆利落，思维敏捷，眼神锐利。

判若两人。

陆惟真心里的疑窦，不断扩大。

这时，有人给老警察打了电话，他接完后，对陆惟真说：“我们已经查清，上个月八号，他的确是在北京出差。而且他昨晚的不在场证明，已经查实。整晚，人和车，就没有出过小区。你告诉我，他怎么潜入你家，去害你？”

陆惟真紧紧咬唇不语。

她转过头，最后望了眼对面这个向月恒。气质迥异，振振有词，证据确凿，清白无辜。

到底……怎么回事？

他，是他？

他，不是他？

陆惟真的报案，以一场闹剧的结论收尾。

在接受了整整两个小时严厉的F批评教育警诫后，陆惟真才被放出了派出所。

她整夜就没睡几个小时，此时形容枯槁，垂头耷脑，活脱脱的丧家之犬。她木然走出派出所，心想还是先搭公交车，却发现根本就没带钱包，手机也没电了。

她呆呆地站在街头。

“嘟——”车喇叭响。

陆惟真抬起头，黑色SUV缓缓沿路边驶来。旭日阳光刺眼，捉妖师戴了副墨镜，单手搭在方向盘上，望着她。

他把车停在她面前，俯身打开了副驾的门。

“只被关了半天，不错。”他淡淡地说，“上车。”

【005】

上午的阳光，清透温暖，洒在车窗上。柔软的座椅，凉爽的温度，干净的气味，竟让陆惟真感觉到安宁和放松，于是她沉默了好一阵子。

捉妖师也不开口，先将车驶离派出所附近。

“你叫什么？”陆惟真忽而问，“我总不能喂、啊地叫你。”

他静了静，才答：“我叫陈弦松。”

“哪几个字？”陆惟真问。

“泠泠七弦上，静听松风寒。”

陆惟真看他一眼，一言不合就吟诗，要不是他的表情太过严肃，她都会觉得这人挺骚气的。

别说，这名字，有古韵。

哪像她的名字，当初问老爸，身为大学教授的老爸一把将她抱起，说：“因为，我们所站的地方，我们所处的每一刻，都是茫茫时间长河与宇宙万物间，唯一的真实。”简直大而空泛，不知所谓。

“我叫陆惟真。”她说。

“我知道。”

陆惟真想起相亲的时候，她傻傻地一个人自我介绍过。

于是又是片刻寂静。

到底刚才的派出所之旅，让人狼狈又受挫，她的心情怎么好得起来？加上还有昨晚的惊魂荒谬。

陆惟真想，他早料到了对不对？报警就会是这么个结果。所以昨晚，在她坚持不听话后，他才露出那一点带着冷意的笑。他什么都明白。

陈弦松也看了身边女人一眼。大概是在派出所被折腾的，看起来比昨晚还憔悴，但是眉宇间有隐隐的不甘。

还是个孩子，他心想。

“去哪里？回家吗？”他问。

陆惟真刚要点头，突然看了眼外头大大的太阳，反应过来，魂飞魄散——

“几点了？”

陈弦松看了眼手表，陆惟真注意到他的手表也是户外款，看着结构就很复杂，功能很多的样子。

“十点半。”

陆惟真抬手按住脸，慢慢吐了口气。

昨晚她差点被妖怪吃掉，捉妖师亲自来派出所接她，都抵不过卑微社畜对旷工的恐惧。

“麻烦你，能不能送我去公司？”

“好。”

两人又安静了一会儿。陆惟真到底忍不住开口：“究竟是怎么回事？刚才在派出所，向月恒有不在场证明，还有女朋友，他看起来和昨天那个人，也很不一样……”

“详细说说。”他说。

陆惟真把今早的遭遇事无巨细、和盘托出，陈弦松安静听着，偶尔发问，听得很仔细。

听完之后，他说：“我心里有数了。”

陆惟真：“什么意思？你知道是怎么回事了？”

他却又跟没听到似的，看着前方，安静不答。

陆惟真：“喂！”

“你不需要知道太多，对你没好处。”陈弦松说，“你也不用做什么，一切如常，其他的交给我。接下来我不会出现在你面前，避免打草惊蛇。但是记着，我就在你身边，寸步不离。”

陆惟真走进办公室时，其他员工并没有注意。但是有人注意到了，周盈主管抬起头，目光不冷不热望着她。

陆惟真心里抖了一下，避开她的目光，快步走到自己位子前坐下，翻开文件打开电脑。

没过一会儿，陆惟真就听到有人站起来，步伐不紧不慢，朝这边走了过来。一步步，仿佛棒槌一下下敲在陆惟真头上。她真的好想钻到桌子底下去，不想看到周盈。但是什么也阻止不了，周盈抓她小辫子。

脚步在桌前停住，周盈的嗓音平平淡淡地传来："陆惟真，几点了？"

这一下，周围好几个同事抬头。陆惟真明白，周盈这是故意要给她没脸了。

陆惟真没吭声。

周盈才不会觉得一个巴掌拍不响呢，自问自答："十一点了！一个上午过去了，你如果有事，为什么不请假？还是说，昨晚相亲太开心，睡过头了？连上班都忘记了！"

这话，就是有所影射，有点侮辱人了。

陆惟真握紧拳头，黑框眼镜下，脸色阴沉。

周盈才不当回事呢，心中畅快，又一脸严肃为公的样子，布置了几项工作，才作罢。

陆惟真能说什么？不好说，也白说。

中午陆惟真就没下楼吃饭，让同事带个盒饭，埋头干活。面对堆积如山的报表，什么可怕的壁虎男，神秘高冷捉妖师，险些被吃掉的命运，都变得非常遥远。她觉得自己此时就像只小小的蚂蚁，一抬头，看到那座叫作社会的大山，高耸入云霄。

正全神贯注干着，有人走进办公室。午休刚一会儿，大家都去吃饭了，办公室里本来只有陆惟真一个人。这个时间点，是很少有人回来的。

陆惟真抬头看了一眼。

一僵。

笔挺整洁的西装，浅浅含笑的面容，写满了"若有所思"的双眼，不是经理朱鹤林是谁。

陆惟真全身微微一麻，马上低头。

气氛有那么一丝尴尬，但是朱鹤林不在意，他慢慢悠悠地走过来，陆惟真后背都挺直了，跟刀背似的。朱鹤林一只手往她面前的办公桌隔板上一搭，声音就在她头顶响起："怎么，没去吃饭？"

你如果厌恶一个人，他说每一个字，你都觉得做作和恶心。

陆惟真低下头，身体也慢慢前倾，避开他的体温：“没有。”

朱鹤林不是察觉不出她的冷淡，心念一转，语气淡了几分，说：“今天上午旷工了半天？”

陆惟真：“家里出了点事。”

“可周盈说你是无故旷工，我该相信谁？”

陆惟真也有点来气了：“随你。”

这话听在朱鹤林耳里，却有了一丝任性撒娇的味道，叫他心里痒痒的。他嘴上却一本正经地说：“公司成立这么久，旷工的情况，很少出现。你来我办公室一下，这件事我要问清楚。”说完也不管陆惟真，走向自己的办公室。

陆惟真握拳撞了几下桌子，站起来，跟进去。

午后的阳光，淡淡地洒了满屋。朱鹤林站着在泡茶，头也不回：“坐。”

陆惟真在沙发坐下。

朱鹤林端了壶茶过来，倒了两杯，语气却比刚才柔和了很多：“朋友送的雨前龙井，试试正不正宗。”

陆惟真心想，我试得出个鬼，她端起茶吹吹气，沾沾唇，假装抿了一小口。

朱鹤林看着她细细白白的手指握着茶杯，同样白皙的脸颊肤若凝脂。这样的肤色，比家中三十多岁的妻子，不知青春娇嫩多少倍。他看了眼门还开着，心里更痒了，走过去，关上，坐回来。

陆惟真心里暴躁极了，心想还有好多工作做不完，却要耐着性子应付这个色鬼。

朱鹤林却不急，他深知心急吃不了热豆腐，先语气温和地问：“昨天家里出什么事了？”

陆惟真嗫嚅了几下道：“来小偷了。”

朱鹤林“啊”了一声，立刻问：“人没事吧？有没有伤着？”

陆惟真：“没有。后来警察来了，所以耽误了上班。手机没电了，没能及时请假。”

朱鹤林点头，打一棒给个甜枣嘛，说道：“我就知道，你是个负责任的女孩子，不会没交代。这事儿我会和周盈说。你下午要是累的话，我给你放半天病假，回去休息，工作先放着，我会安排。”

陆惟真立刻说：“谢谢朱经理，那我现在就回去了。”

陆惟真刚要站起，朱鹤林笑着伸手一拦，心想：小丫头这时候挺机灵啊，得了便宜就想走。他说："急什么，我还有话问你。"

陆惟真只好坐回去。

然后朱鹤林就开始和她"闲聊"了。聊他大学时的风流韵事，聊他刚进公司时，是如何天不怕地不怕拿下几个大单，聊他和公司的几位老总，是多么熟稔的朋友……陆惟真漠然听着，中间忍不住打了两个哈欠。朱鹤林见了也不在意，顺带关怀一番，问她是不是昨晚太累了，陆惟真一个字都不想说了。

朱鹤林却感觉气氛烘托得差不多了，终于开始聊他的婚姻生活。在他的嘴里，自己当年和老婆在一起，是对方先追的。那时候年纪小，根本不懂什么是爱情，觉得不能让女孩子丢面子，稀里糊涂就好上了。而后就是平静安稳的婚姻生活，他是多么的负责，挣钱买房买车，又有了孩子。直至今日功成名就，忽然发现自己根本不懂爱情是什么。

陆惟真面无表情地看着他。

朱鹤林到底觉得这个女孩是真的呆，都说到这个份上了，她要么懂了，要么娇羞，要么窘迫，要么害怕，有个反应，都好。偏偏人家还是一副老佛入定的模样，甚至让他有种是自己不懂事的感觉……这是什么奇怪的感觉?

但是，朱鹤林是个不轻易放弃目标的人。哪怕此刻感觉对着的是根木头，他也要把她撬开一道口子，于是他还是按照原计划开口："小陆，你觉得朱哥这个人，怎么样?"

陆惟真这才低下头，不用那八百瓦的黑眼睛直勾勾地盯着他。她说："挺好的，对工作、对家庭、对嫂子、对孩子，都很负责任。"

朱鹤林一愣，突然明白，这姑娘其实一点都不傻。他低低笑了，说："你呀，还装傻。"

陆惟真鸡皮疙瘩都起来了，说："朱经理，我没有，我什么都不懂，我也不想懂。"

他说："可我偏偏想让你懂怎么办?"话音刚落，他伸手一抓。明明看准了她放在扶手上的小手，谁知她恰好抬起手去端茶，他抓了个空，也不知道她是有意还是无意。

气氛有刹那的僵持，陆惟真低头喝茶，像是什么也没察觉。

朱鹤林不知道，陆惟真正在疯狂对自己做心理建设：还有十天。她反复想，就发工资了，领了工资，坚决走人。这公司没法待了。

忍一时之气，就值五千！反正她也不会让他占便宜！

一想到这里，她胸中的郁气，到底平复下去。

朱鹤林费了半个中午的工夫，一无所获。而且他盯上她都一两个月了，不想今天还没有半点进展。更何况今天交锋之下，她分明藏拙，比他原以为的更聪慧灵活。女人嘛，嘴上说不要，身体最诚实，更何况这种只怕连初吻都没有过的雏儿。

主意一定，他一下子站起，身体朝她覆盖去，今天就算亲不到，抱也是要抱一下的。办公室性骚扰？她有证据吗？谁信？他只不过不小心绊了一跤摔在她身上，她顶头上司周盈会为谁作证？她还想不想在公司干了？他嘴里却说着："你看看你，头发都乱了……"朝她伸手。

陆惟真一动不动地看着他，看着他的爪子不怀好意伸向自己的脸。

她想，真倒霉，这个月终究要白干了，那白花花的银子啊……她的左脚尖已微微抬起，膝盖也紧绷起来，只要一脚，就能踹在他的命根子上，踹得他如只小鸡仔般嗷嗷叫唤……

她在脑海里已将朱鹤林打得生活不能自理，朱鹤林的手却一偏，没有碰到她，而是落在沙发靠背上。他想了想还是觉得要徐徐图之，低头看着她，问："昨天相亲怎么样？那个人，跟我比怎么样？"

陆惟真脑子里一个激灵，想起了陈弦松，想起他说的"寸步不离"。下意识的，陆惟真越过朱鹤林的背，往窗外瞟了一眼。

这里是二十六楼。

一瞟不知道，一瞟吓死人。

明晃晃的玻璃外，真的有个人，倒挂在那里。

明明是倒着的，可他的神色看起来很沉静，眉目庄严，嘴角紧紧抿着，线条冷厉。唯有衣摆轻轻随风飘动，以及头发倒竖。他也注意到陆惟真终于看到自己了，微微颔首示意，非常平静的样子，目光又落到朱鹤林身上。

陆惟真："……"

陆惟真还注意到，陈弦松手里握着个……飞镖？那是六角镖吧，金属质地，小小一枚，但是看起来非常锋利，在他手指间慢慢转着，像是正在掂量，又在等待。而离他的手臂不到半米的距离，就有一扇斜窗，往外开着。他手一伸就能把镖丢进来扎人。

陆惟真这才意识到，陈弦松那双眼，隐有冰冷杀气。她毫不怀疑，一旦朱鹤林的咸猪手碰她，陈弦松就会果断掷出那一镖，就像昨晚他劈向壁虎男的神剑。

他居然真的在贴身保护她，以这样令人瞠目结舌的方式……

“你在走神？”头顶传来朱鹤林不高兴的声音。

陆惟真的目光回到他脸上，忽然，笑了。

是啊，差点忘了，她还有个保镖呢。大太阳天，就跟块腊肉似的挂窗户外头，沉默暴晒。原本她就快憋不住的怒和恨，就这么神奇地，被自己给笑没了。

见她嫣然一笑，朱鹤林心神一荡，这回低头真想亲了，没想到陆惟真跟泥鳅似的，一下子从他手臂和身体的空当，钻了出去。

正噘起嘴的朱鹤林：“……”

少女略显戏谑的声音传来：“经理，你说的，让我回家休息，我走了，你和周盈说啊，拜拜。还有，我现在不打算谈恋爱，和谁都不谈。”

朱鹤林几时见过她如此调皮鲜活的样子，一呆之后，望着窈窕身影远去。虽然又没得手，他心里竟半点不生气，反而更加快活了。他心中暗想：回头再给她些甜头，譬如这个月绩效奖金评定高一些，下个月又减掉。磨她，熬她，折腾她，关怀她，她自然就懂得他这样的成功男人的好处了。

陆惟真深深感谢自己在最后关头的理智，还是五千块比较重要。当然此时她并不知道，自己即将拿到的是六千三。

陆惟真立马收拾桌面，没完成的工作资料，整整齐齐地叠好，放在周盈桌上，正好这时，给她带饭的同事回来了。怕夜长梦多，陆惟真拎着饭，走出公司，想了想，又在楼下餐厅再买一份盒饭，去了地下停车场。

只逛了两排车，陈弦松的车还没找到，他人先现身了。还是那身灰T恤迷彩裤，一个腰包，简简单单，利落挺拔。他站在两米外，嗓音低低的，透着被太阳暴晒后的干涩：“什么事？”

陆惟真：“想和你再聊聊。”

陈弦松看她一眼，转身就走：“跟上。”陆惟真连忙跟着。没一会儿，就到了他的车前，两人上车。

陈弦松此时的感觉有些复杂。他从来不和受害人或者事件相关者有第二次接触，更不会让对方和自己的生活，有任何交集。这么多年了，事了拂袖去，孑然一身，无人知晓。但是现在，他看到了什么？

这个女人拎着两个散发着浓郁饭菜香味的饭盒，坐上了他的副驾驶座，还抽出了筷子，并且顺手从中控台抽了张纸巾。

陈弦松莫名有一丝焦躁，很克制地压下，问："要聊什么？"

陆惟真却没答，而是递了盒饭给他。

陈弦松不接："我吃过了。"

陆惟真不信，刚刚还跟忍者似的，挂在玻璃窗外呢，又要跟她寸步不离，哪来的时间吃饭。她问："吃的什么？"

陈弦松怔了一下，吃的压缩饼干。

陆惟真："不会是压缩饼干吧？"他这么个人，感觉和军用水壶、压缩饼干什么的就很配。

他没说话，陆惟真突然明白自己真猜中了。

印象中的捉妖师，不应该都是白衣飘飘、超凡脱俗吗？这人却像块坚硬的石头，像沉默的苦行僧。

她把饭放在他手里："吃吧，刚才谢谢你。不吃也浪费了，吃完再说。"说完也不管他，打开自己的饭盒，慢慢吃了起来。

陈弦松握了几秒钟饭盒："谢了。"打开饭盒，拿起筷子。

两人都没说话，陆惟真听着动静，只感觉他吃饭很快，好像在往嘴里扒。陆惟真才吃了一小半，他已整理好空饭盒，拿袋子装好，去后备厢取了两瓶水，递给她一瓶。

"谢谢。"

等她把饭吃完，收拾好，刚要下车去扔垃圾，他已接过去。

望着他走向不远处垃圾桶的背影，陆惟真下意识地想：还挺勤快能干的。

他坐回来，两人都沉默了一会儿。

他说："开出去再说。"

"嗯。"毕竟是公司楼下停车场，人多嘴杂。

陈弦松把车停在一个公园边上，这里没什么车，大白天也没什么人，路的两旁树荫深深。他把车窗都打开，车子熄火。徐徐的风吹进来，陆惟真有片刻的恍惚。而他静静等着，显得心志极稳。

陆惟真说："我想明白了，只能相信你、依靠你。所以我愿意配合你，抓住他。”

陈弦松：“好，多谢。”

陆惟真转头看他：“你确定能保护我吗？以我为饵，会保护我不被他抓走？”

他的一只手按在方向盘上，骨节分明，宽大有力。而他侧脸看起来眉眼沉稳，显得很有意志力。更别说灰色布料下，精瘦结实得没有一丝赘肉的肌肉线条，都在彰显这个男人身体里蕴藏的可怕力量。

他答：“我拿性命担保，不会让你有事。”

陆惟真：“……哦。”

“还有什么问题？”他问。

陆惟真的目光落在他的腰包上：“你那天，抽出了一把剑。那是什么剑，我能再看看吗？”

“不能。”

陆惟真还是盯着：“你腰包里还有什么？”

他干脆不吭声了。

陆惟真也默然。这个合作态度……完全是她单方面配合他好吗?除此之外什么都不让她知道，原来她就是传说中的工具人。

“你知不知道这样我很没有安全感？”她说。

他很淡地笑了一下，很快，笑意消失。然而他双眼乌黑深邃，偶尔这么一笑，非常生动。

“没必要。”他说。

是她没必要知道，还是没必要缺乏安全感？然而他就是块钢板，多一句话都没有。

“好吧，我换个问题，这是你第几次捉妖了？你业务熟不熟练，这我总得知道吧？”

他眉眼平静：“很多次，熟练。”又皱了皱眉，似乎已经在嫌她话多了。

陆惟真却默不作声。很多次，那就是有很多只妖了？看来情况比她想象的还要糟糕。

“你的联系方式？”她又说，“你总不可能时时刻刻都在我身边，我也不能总是被动等你联系。万一遇到什么，可以及时通知你。”

陈弦松又沉默了几秒钟，才报了串数字。陆惟真记下来后，心念一动，在微信一搜，还真搜到了。

“松林木业”。

怎么像是个用来做生意的号码？

她把手机屏幕送到他面前：“这是你？”

陈弦松面无表情，点了一下头。似乎已经有点在忍耐了。

陆惟真：“通过一下啊。”

他一愣，居然又笑了一下，有点自嘲的味道，一闪而逝，然后拿出手机，给通过了。

陆惟真不知道他的笑是什么意思。

她把自己电话号码发给他，而后顺手点进他的朋友圈，微愣。

——新到黄花梨整套家具。（附图）

——黄花梨螳螂捕蝉手工雕刻摆件。（附图）

——小叶紫檀梳妆台。（附图）

——黑胡桃木大板4米×2米。（附图）

……

陆惟真瞪大眼：“这是……”

陈弦松刚才那一点波动的情绪已消失不见，神色恢复沉静：“我的店。”

“……你还有副业？”

陈弦松答：“这才是我的工作。捉妖才是副业，一年最多一两回。”

陆惟真不知道说什么好，原来这年头，捉妖师也这么接地气，居然还是个小老板。她好奇地问：“那你为什么会干捉妖这一行？”

“祖训。”陈弦松说，“一个字都不要再问，安静待着！我送你回去。”

【006】

说是送陆惟真回家，隔了两条街，陈弦松就把她放下，重新戴上墨镜。陆惟真觉得捉妖师配墨镜，苦修风格便荡然无存，看起来酷酷的，还有点冷心渣男的味道。

陆惟真知道他这是以防万一，怕壁虎男发现。她下了车，挥挥手，往家的方向走。她并不知道，陈弦松隔着五十米左右，徐徐驱车跟着。

走了一段，陆惟真踹了一脚路边石子，因为伏案工作，腰酸背痛，又甩了两下膀子，揉揉脖子。路过一家网红奶茶店，下午排队人不多，她眼睛一亮跑过去排队。

于是陈弦松的车跟不下去了。再用这么慢的速度，只怕交警都要怀疑他图谋不轨。他索性把车放在路边停车带，下了车。

没多久，就见女孩一脸满足，捧着杯奶茶，咬着吸管，出来了。陈弦松扶了一下墨镜，远远步行跟随。

阳光温煦，街上嘈杂。她的步子似乎很轻快，一杯奶茶而已，整个人仿佛又被全面治愈了，生龙活虎，没心没肺。她乖乖在路边等红灯，从不和人争抢。过没有红绿灯的人行横道时，从来都是她让车，不是车让她。

骨子里就是个老实孩子——陈弦松再次巩固了对她的判断。刚才在车上，她对他的追问，应该是出于好奇。

陆惟真回到家，嘴里还轻轻哼着歌，哼了一会儿，一愣，心想：我的心情怎么挺好的？大概是因为能够不扣工资，休假半天吧。这么好的事，谁心情不好呢？

这一觉睡得昏天暗地，等她醒来时，天色已暗，接到许嘉来的电话："陆老板，来吃饭吗？我请客。"

"有人请客那还用说，马上到。"

许嘉来约的是离她家不远的大排档，华灯初上，烟火蒸腾，热闹非凡。许嘉来和高森已经坐桌上了，还没到盛夏呢，许嘉来穿一件很小的吊带加热裤，露出雪白的肩、腰和腿，小巧妖艳，引得邻桌的小伙子们不住偷瞄。高森坐在她身边，身上是一件惯常看不出原本颜色的T恤、黑色短裤、人字拖，一身肌肉，雄壮如山。两人坐一块，活脱脱美女与野兽，泰山与姣儿。

看到陆惟真，许嘉来用大嗓门喊："陆老板——"高森则憨厚一笑，点了点头。

他们早已点好一桌的龙虾烤串。陆惟真当然不客气，坐下开吃。一箱啤酒在桌下，三人边吃边喝。没多久工夫，陆惟真三瓶啤酒下去了，眼神清亮，脸蛋微红。

守在阴暗树上口干舌燥蚊叮虫咬纹丝不动神色冷漠的陈弦松："……"

原来和朋友在一起，这姑娘是另一副样子，直爽可爱。

"最近你们公司那个老色鬼，没骚扰你吧？"许嘉来问。

陆惟真："我没让他占到便宜。"

高森和许嘉来异口同声："要不要我揍他一顿？"说完对视一眼，许嘉来目露凶光，意思是"别和我抢，我要保护我方美人！"高森笑了一下，朝她抬了抬手掌，示意"你先"。

陆惟真笑了："一只蚊子而已，哪里到要干架的地步，我有分寸。"

许嘉来："那还打算换工作吗？"

"过段时间就换。"

"昨天的相亲男呢？"许嘉来露出坏笑，"合不合陆老板胃口？性不性感？娇不娇弱？听不听话？什么时候带出来让我们见见？"

陆惟真白她一眼，心想自己答应过陈弦松，不对任何人提他的事。也不知道他现在躲在哪里，不知道会不会听到他们讲话。

于是陆惟真开始胡扯，语气深沉回味："性感、娇弱、听话，而且身材好，长得帅，简直人见人爱，我都不舍得带出来。回头我问问他的意思吧。"

许嘉来："哦哦。"

高森露出钦佩目光："陆老板就是陆老板。"这么快就让一个相亲男成了"裙下之臣"。

从小接受地狱训练、五感过人的陈弦松，将他们的话听得清清楚楚。他面沉如水地坐在树上，耳根微微发红。

"不说这个了。"陆惟真改变话题，"我要重新找工作，你们说去干什么好呢？哎，换个单位，干文员，不见得比现在的好。"

高森语塞，他只了解并擅长搬砖类工种。

许嘉来也冥思苦想，目前她是三个人里最富有的，莫名就油然而生一种要带着两个小伙伴共同致富的责任感和荣誉感。可是她仔细一想呢，冒犯地说一句，陆惟真这人，还真没有什么才艺……

许嘉来自己会画画，会跳舞，都是感兴趣自学成才。所以现在能干美工，跳钢管舞，处处来钱。陆惟真，从小规规矩矩念书、考试、毕业、找工作，虽然学历比他俩高了十万八千里，然而社会就是如此现实，除了底层文员，她还能干啥呢？

不过山人自有妙计，许嘉来仔细打量过陆惟真的身材，比自己还前凸后翘，也足够纤细灵活，于是她打了个响指："要不和我一起去跳钢管舞？"

高森一直就反对女孩去跳钢管舞，无奈许嘉来强横，反对无效。闻言他表示一言难尽地看许嘉来一眼。

许嘉来继续鼓动："钱很多的。"

陆惟真摸摸鼻子："我爸会揍我，我妈会杀了我。"

高森松了口气，他知道陆惟真的妈有多可怕。真的，一个就够让他操心了，哪次许嘉来遇到纠缠的男人，不是他扛着砖头赶去镇场子？为了避免许嘉来继续胡说八道，他终于想出了一条路："我有个主意。"

两个女孩都望着他。高森说："我听一个工友说，现在送外卖很挣钱，只要肯干，一个月大几千、上万都能拿到。"

许嘉来："喊。"

"真的？"陆惟真眼睛一亮。

高森点头："我打算下个月就去试试，你要不要跟我一起？就是辛苦一点。听说现在也有大学生干这个。"

陆惟真说："我不怕辛苦。"想想干外卖员，虽然累，但是自在啊，钱居然比她做文员还多。只是哪天父母要是知道了，可能依然会引来雷霆怒火。

许嘉来想到了另一个关键点："可是……会晒得很黑吧？"

高森根本没想过这个，一脸不以为然。

陆惟真却明显迟疑了："是哦……"

于是三人又琢磨别的行当。只不过，陆惟真只有三个月工作经验，对别的职业知道也不多。许嘉来能想到的，不是钢管舞，就是夜店驻场、夜店保安、卖酒女郎；高森冥思苦想出来的，则是快递员、码头卸货工、司机、打手……

陈弦松听着三人越说越不像话，眉头轻轻皱起。

在他看来，柔弱、内向还聪颖的陆惟真，还就适合坐在办公室里，舒舒服服，斯斯文文，白白净净。不必日晒雨淋，不必尝遍艰辛。那才是她这样的女孩，该过的日子。他也听出来了，陆惟真这两个好朋友，一个莽撞没脑子，一个老实没脑子。

他们的学历和社会地位也远不如陆惟真。她却坐在街头，穿着拖鞋和他们喝啤酒，一起胡天胡地胡说八道。都说物以类聚人以群分，她的性子，果然天真纯善。

最后，三人各喝了七八瓶啤酒，许嘉来拖着高森走了。陆惟真有点晕，拎着打包的一份辣椒牛肉炒米面和一瓶啤酒，往家里晃——他们以为她还要加夜宵。

走到一段树荫深深清静无人的小路时，陆惟真喊了句：“泠泠七弦上，泠泠七弦上……出来。”

很快，身后多了道高大的影子。陆惟真望着地上的影子，咧嘴笑，她酒意上头，没转身，把手里塑料袋往后一丢。

他一把接住，手稳得像神仙。

“给你带的，难为你看着我们吃喝那么久。”陆惟真说。

陈弦松：“……谢谢。”

“不客气。”陆惟真摇头晃脑地说，“我也是……熟悉一下，将来万一去送外卖，服务要到位啊。”

开始说胡话了。陈弦松看着她晃晃悠悠的身体，看了看前后无人，走上前，低声问：“用不用我扶你回去？”

陆惟真拼命摇头，转头看见是他，一下子瞪大眼睛：“你快躲起来！怎么出来了！我是诱饵啊！你怎么可以靠这么近！”说完把他往后推。

陈弦松哪里会被她推动？任她使劲推了几下，跟挠痒似的，看着她大惊失色的模样，他终于忍不住低声笑了。

陆惟真一呆。

星空之下，树荫连绵。高大挺拔的男子，低头看着她，眉鬓如裁、鼻梁高挺，黑衣黑裤，剑藏腰间，那赫然是一张宛如古代侠士的脸，却偏偏同她站在21世纪的湘城街头。他的唇畔泛起淡淡的笑，与之前任何一个奚落的、冷酷的、自嘲的笑容都不同。此时的他，温暖、散漫而不设防。

天地苍苍，星河变幻。陆惟真觉得自己大概永远也忘不了，捉妖师站在树下对她笑的这一幕了。

于是陆惟真严肃地对他说：“你长这么帅，身材好，人品也好，牙齿还白，怎么就是个捉妖师呢？”

陈弦松脸上的笑慢慢收了。

“回家去！不要再在路上晃！”他说完很快就走不见了。

陆惟真晃晃脑袋，嗨，气性还挺大。

接下来的几天，陆惟真的日子照常过。上班、下班，偶尔和许嘉来、高森出来撮一顿，回家睡觉。起初一两天，陈弦松还会出来接受她的投喂，后来就给她发短信说不要再叫他，他估计着那妖怪该行动了。

于是陆惟真已经有三天，没有见过陈弦松了。倘若不是知道他在暗处跟随，这个人就像蒸发了一样。

提到向月恒，陆惟真也有自己的思考。

尽管警方拿到了一堆证明，说明那天派出所的向月恒，不是壁虎男。但是，对于一个从十七楼掉下去都没死、会飞的妖怪来说，陆惟真觉得监控啊，不在场证明什么的，都不是什么事儿。

而且警方认定了陆惟真胡说八道，所以也没有去调取餐厅监控。

只是，陆惟真后来去联系当时的介绍人，一个邻居阿姨，那个阿姨却矢口否认，信誓旦旦地说根本不认识什么向月恒，也没有给她介绍过。

这就耐人寻味了。

陆惟真也想起次日一早，她从派出所出来后，把向月恒的言行举止，都描述给陈弦松时，陈弦松若有所思，说了句“我心里有数了”。陆惟真推测，这说明她的描述，给了他新线索。而她的描述，无外乎是派出所里的向月恒和壁虎男看起来是两个人。

再加上陈弦松的行动计划，也说明了这一点。如果他认定向月恒就是真凶，那就应该去跟踪向月恒，岂不是更加简单直接？但是他没有，他似乎没有管去派出所的那个向月恒，而是二十四小时跟着陆惟真这个诱饵。

这就说明，陈弦松认定了，真凶不是去派出所的那个向月恒。

陆惟真相信专业人士的判断。

那个傲娇而残忍的壁虎男，会攀岩走壁，会飞，会勾搭女人，会演戏，还会原地转体一百八十度。

莫非，还会变形？如果他可以变成向月恒，是不是也可以变成介绍人阿姨？一人分饰两角什么的，陆惟真觉得他应该挺乐在其中的。

这几天，朱鹤林倒是没再找陆惟真麻烦。一是陆惟真尽量避着他；二是总公司那里好像给部门经理们下了新任务，朱鹤林忙得焦头烂额，倒是没空搭理她了。陆惟真听到风言风语，说有领导对朱鹤林的工作不太满意，他挨了几顿批，所以最近几天上班，都是一副黑着脸的样子。

也不知道是不是因为火气太大，偶尔陆惟真撞见他，他的脸色都显得不阴不阳，看她的目光也冷幽幽的，看得陆惟真心里又毛又堵。

有一次，陆惟真去他办公室里送文件让他签，他正在打电话，抬头看到是她，目光就深沉了两分。陆惟真转身刚想走，他捂着手机说："等一下。"陆惟真只好站着等。

他走过来坐下，一边讲电话，一边拿起文件，扫了一眼，是常规签字。他指了指她手里的笔，陆惟真递给他，谁知他居然可以一心几用，一下子就抓住她的手指，按着不动，嘴里还在讲电话。陆惟真这一下没防备，中招了，抽了几下，才抽出来，脸色也不好看。他却跟没事儿人似的，看她一眼，脸色淡淡的，拿起笔签了字，丢还给她。

陆惟真转身就往外走。这时朱鹤林也挂了电话，说了句："装吧你就，我有哪里让你看不上？别搞得我没耐性了。"

陆惟真都快气死了，站在办公室门口，到底是人来人往，憋着气走了。

总部打给各部门经理的电话越来越多，办公室里的气压越来越低，朱鹤林的脸也越来越黑。所有员工都忍气吞声，免得撞枪眼上。

陆惟真也不想往枪眼上撞。无奈有人不肯放过她。

这天夜里，陆惟真回到家，正打算加班干活，周盈一个电话过来："小陆，朱经理那边和人谈业务，人手不够，你过去凑个数。"

陆惟真为难："主管，我已经回家了，还要干你下午布置的工作。"

周盈笑了一下，说："那个明天再说，朱经理那边比较急，人家七八个人，他只带了三个人，喝都喝不过人家。你是女孩子，去了人家总要给面子，朱经理他们压力就小一些。快去吧，我现在只能指望你了。"

周盈发了个地址过来，陆惟真一看，是夜总会，更不想去了。周盈知不知道朱鹤林的心思，是不是和他联手设局？这些，陆惟真懒得去想。

结果没多久，周盈电话又打来了："出发没有？陆惟真，这也是工作，你不要不当回事。咱们部门的业绩，总部最近本来就不满意，今天这个合同要是没签下来，你这个月的绩效奖金也别想了！"

陆惟真整个人都不好了，心里的火也快压不住了。

"行！我马上去。"她挂了电话。

陆惟真沉着脸，换了身保守的西装裙，戴上眼镜。朱鹤林要是跟平常一样，耍点小手段，她看心情，忍忍避过去就是了。要是他敢乱来，急什么，她现在手里有人，有飞镖。

陆惟真拉开门，吓了一跳。

门外站着几天不见的陈弦松。

这人真是，突然就冒出来，也不怕吓着她。

陈弦松还是那副打扮，黑衣黑裤，修长挺拔，全身上下却仿佛都是冷硬棱角。他问："这么晚了，去哪里？"

陆惟真莫名有种被家长管束的感觉，一仰脸："周盈打电话，让我去沐花夜总会，朱鹤林在那里，和人谈业务。"

陈弦松的眉头轻轻一蹙，又展平，说："行，去。"

陆惟真愣了一下，反应过来："你怀疑……这可能是他的手笔？"

陈弦松点头："有可能。算时间，他也忍得差不多了。"

陆惟真嘀咕："他会变成朱鹤林吗？我就说怎么突然打电话叫去夜总会，以前从没有过。"她刚才还想，可能是朱鹤林最近工作压力太大，失去耐性了。

陈弦松看了她一眼。她居然猜出来了，而且是非常笃定的语气。

聪慧，也够胆大。

"他"，会变形。所以，才会有两个截然不同的向月恒。所以那个晚上，陈弦松才会跟丢了他。

"我先走了。"陆惟真转身下楼。

陈弦松站在楼梯上方没动，说道："他要真敢变成朱鹤林，对你……不轨……"

陆惟真转头看着他。哦哦哦，投飞镖投飞镖？

他从表情到语气都是平和的："……我就剥了他的皮。"

陆惟真："……"

身为工具人，活动诱饵，她是不是应该表示很欢欣鼓舞？

只是现在，她更加真切地感受到了，他是一个心狠手辣的捉妖师。

【007】

陆惟真怀着破釜沉舟的心情，走进夜总会。她的装束毫无疑问与这里格格不入，黑西装、高跟鞋、丝袜、黑框眼镜，宛如办公室老处女误入纸醉金迷之地。门口迎宾女郎惊讶而嘲笑的目光，说明了一切。

陆惟真心有点慌，头反而倔强昂起："301包间在哪里？"

包间门推开，至少看着挺正经的，灯光明亮，一桌人，一桌菜，没有乌烟瘴气。除了朱鹤林和公司三个同事，其他有男有女，她都不认识。女的有三四个，长得都不错。朱鹤林手里夹了支烟，眸光闪亮，招招手，示意她坐自己身边的空位。

男的女的，都微微笑着。陆惟真从没来过这种场合，很是局促。另外三个男同事脸上透着世故的淡笑，像是陌生人。桌上也没有别的空位了，陆惟真只好走过去坐下，朱鹤林慢条斯理地说："这是我们部门最年轻能干的姑娘，陆惟真。小陆，叫人，陈总，谢总。"

陆惟真："陈总，谢总。"打量对方几眼，看不出什么端倪。

毕竟现在，谁都有可能是壁虎男。

朱鹤林想破脑袋都想不到，他在想爱情，她在想捉妖。

他有些得意，给陆惟真倒了杯白酒："来晚了，自罚一杯吧。"

立刻有人笑："不是自罚三杯吗？朱总太护着自己人了吧？"

朱鹤林淡笑道："人家小姑娘，一杯够了。"然后看着陆惟真。

陆惟真还不打算丢掉本月绩效奖金。这一桌如果都是正常人，那这就是正常应酬。况且还有公司其他同事在，这让陆惟真放心不少。她端起酒杯，抿了一口，皱起眉头。

朱鹤林哈哈大笑，一把扯下她束头发的橡皮筋，又摘了她的眼镜，两样东西往口袋里一塞，说："陈总、谢总都是我朋友，你不用跟在公司里似的，打扮得那么正式，放松点，今天就是朋友之间吃个饭。"

陆惟真抬起头，长发披散下来，白皙无瑕的脸也更醒目了。

朱鹤林盯着她，目光幽幽。其他人都怔了一下，陈总说："陆小姐很漂亮啊。"

陆惟真扯了扯嘴角，礼貌地笑笑。朱鹤林只感觉大大有面子，在她耳边说：

“还给我装吗？”

酒过三巡，众人兴致越来越高，玩笑尺度也越来越大，荤素不忌。其间那陈总、谢总还和身边的女孩喝了交杯酒，大家起哄也让陆惟真和朱鹤林喝，陆惟真就是不举杯子，朱鹤林脸色黑了两分，有一阵子没搭理她，陆惟真乐得清闲。

偶尔陆惟真抬头，望窗外，也望天花板上的通风口。无奈夜色漆黑，天花板上也没有异常动静，她看不到陈弦松的所在。

其间，双方还谈定合作意向，约定明天签合同，朱鹤林少不得又喝了很多酒，陆惟真见他坐得都不太稳了，讲话也开始打磕绊，更是大大放心。心想赶紧醉死，她就可以回家了。桌上其他人也好不到哪里去，看起来晕乎乎的。

夜色已经很深了。

朱鹤林站起来，说：“我、我要去放水。”刚走两步，人就差点撞桌子上，一旁的陈总对陆惟真说：“小陆，赶紧扶一把，看好你们朱总别摔了。”陆惟真没动，朱鹤林已转身，迷迷糊糊喊道：“那个谁，扶我一把啊，傻啦？忘了谁是你领导？”

同公司其他几个男的，都醉趴下了，指望不上。又有两人抬头看，陆惟真不想闹大，只好上前扶住他。朱鹤林似乎真的醉了，根本没正眼看她，也没往她身上靠占便宜，大概连是谁扶着自己都不知道。

穿过一段走廊，到了洗手间外。这家夜总会是宫殿风格，洗手间都是一间一间的华丽小屋，陆惟真推开其中一扇门，首先看到的是沙发、洗手台和茶几，厕所还在里头。陆惟真一指里头：“朱经理，你自己进去吧，我在外面等你。”

朱鹤林没吭声，好像还在晕。陆惟真松开他，把他往里轻轻一推，他走了两步，轰然倒在沙发上，不动了。

陆惟真：“……”

真没用！

她真想就这么丢下他，不管了，却突然想起之前看到过的新闻，什么同事聚餐一人猝死，同桌人全都承担赔偿责任。又见朱鹤林的脸色一阵青一阵白，心里有点怕，只好走过去，在他身旁蹲下，喊：“朱经理？朱经理？”

没反应。

陆惟真又拍拍他的脸。

就在这时，朱鹤林猛地睁开眼，一把抓住她的手臂，将她压在沙发上，同时脚一钩，把背后休息室的门关上。

陆惟真：“……”

朱鹤林连喷出的气息都是滚烫的，整个人像刚从酒罐子里捞出来，神态邪气又疯狂：“你现在是不是瞧不起我？我不过被总公司那群没人性的骂了几次，你就看不上我了？”

陆惟真直视着他的眼睛，能说出这话，看来他不是壁虎男，只是发泄情绪。

陆惟真略有点失望，脸色也变得难看：“让开！”

朱鹤林哪里肯听，他冷冷地道：“装什么纯？现在还不是被我压？你要是真没半点意思，今晚干吗来？”

陆惟真死死盯着他。这和强奸犯怪女孩夏天穿短裙有什么区别？

她忽然微微一笑。

朱鹤林一愣。

陆惟真在心里倒数：五、四、三……

只数到了三。

陆惟真想象过陈弦松会以何种方式出现，譬如从天花板掉下来，譬如破窗而入，甚至直接推门而入……

她万万没想到，陈弦松会如同幽灵一样，凭空出现在朱鹤林身后。

真的是凭空。

室内，平地，灯火通亮。窗没动，门没动，天花板没动，屋内的光影也没有一丝变化。

数到四时，朱鹤林背后还是空的。

数到三时，陈弦松已站在那里，衣袖裤脚发梢的线条还有些模糊，人却是活生生的。陆惟真眼睛都看直了，甚至忘了反抗朱鹤林。朱鹤林瞅准机会，嘴巴就要落在她脸上。陈弦松脸色骤变，长臂一伸，就跟提只猴子似的，将朱鹤林从她身上提起，再一个手刀，重重落在他颈后。朱鹤林闷哼一声，双眼翻白，晕死过去，陈弦松将他丢在地上，眼神狠辣无比，一脚重重踹在他的肚子上。朱鹤林全身一抖，似只煮熟的虾蜷了起来，显得痛楚无比，但是还没醒。陈弦松又弯腰一摸，从他口袋里摸出陆惟真的眼镜和皮筋，丢还给陆惟真。

陆惟真机械地伸手接住，人却还在发蒙。她刚才看到了什么？瞬间移动？还是独属于捉妖师的古怪功法？他到底是怎么做到的？

是了，她突然想起，最初的那个晚上，她被壁虎男攻击时，陈弦松也是这样，突然出现在她的房门口。那时候她有没有听到门或者窗户响，或者脚步声……没有。什么都没有。当时客厅的大门分明是关着的。事后警察来时，也说门锁没有遭到任何破坏。但当时，她没注意到这个细节。

所以他是真的可以穿墙而过，瞬间移动！

陈弦松看向眼前的女孩，她还坐在沙发上，双臂撑着身体，衣裙被压得皱巴巴，头发乱糟糟，脸色又白又红，眼神茫然。

是吓坏了吗？陈弦松心中又涌起一阵懊恼和怒火。他问："有没有事？刚才外面有两个服务员，我避了一下，来晚了，抱歉。"

陆惟真摇摇头："没事，多亏了你。你刚才是怎么……"

陈弦松朝她伸出手，陆惟真一愣。他一身黑衣，站在灯下，眉宇磊落，只是眼睛里还有几分未退的怒火。陆惟真突然觉得，谁要惹他发火，一定是很可怕的事。

她下意识把手交给他，他一把将她拉起，还握着她的胳膊没放。陆惟真的感觉有点怪，但是没挣脱。

她继续刚才没问完的话："你刚才是不是瞬间……"陈弦松看了陆惟真一眼，陆惟真突然就闭了嘴。

他不会给她答案。

陆惟真一阵沮丧，只好看向朱鹤林："他应该不是吧？"

陈弦松眼眸中像是有暗光一闪，握着她手臂的手也是一紧。

陆惟真突然反应过来，不妙！被保护几天就忘了，他其实什么秘密都防着她呢！这是有新情况了！

她想把手臂从他手里抽出来，抽不动！而他一个错身，就到了她背后，手臂一压，陆惟真就被他牢牢勒在怀里。

陆惟真："……"

真的是勒，绝对、完全没有半点抱的感觉。她好不舒服，四肢乱挣，有点喘不过气，他以为勒的是只鸡仔吗？这死脑筋的男人，他脑子里是不是就没有怜香惜玉四个字！

"你给我松开！"陆惟真怒吼。

他没吭声，装死。

陆惟真无法，又想起之前那回，忙喊："不许再打晕我！"

不管他要对朱鹤林做什么，验证也好，拷打也好，用什么神乎其神的技能也好。她和他配合这么久，到了揭晓悬念的时刻，他又要把她丢开！

工具人也是人！工具人也会有小情绪！

呜呜呜，亏她还以为他这么好心温柔，主动伸手扶她，原来早就算计好了要弄她！

"我什么时候打过你？"陈弦松说，然后大手往上一抬，就重重捂住了陆惟真的眼睛。

陆惟真："……"

这样就想拦住她？没门！陆惟真使出吃奶的劲儿，想要把他的手掌从脸上拉下来。可她这时才真正体会到，普通女人和捉妖师男子之间的力量差距，他只用一个手臂就死死压住了她两个手臂，怎么也挣脱不了，她甚至够不到他的手掌。陆惟真的眼前黑乎乎的，只有他的手掌，温热，有劲，硬硬的指腹还擦得她的脸微痛。一点稀疏的光线，从他的指缝漏进来。背后，是他的胸膛，像堵硬邦邦的墙。

就在这时，眼前那一点漏进来的光线，陡然大盛，白亮无比。陆惟真一下子呆住，也不挣扎了。她能感觉到陈弦松单手从腰包里掏出了什么东西，过了一会儿，又装回去，那白光瞬间消失。他松开了手掌，将她放开，说："好了。"

陆惟真呆呆地看着地上的朱鹤林，看起来一点变化也没有，还是那昏迷的死样。又转头看陈弦松，也是老样子，神色平静，手里什么也没有，腰包大小也没变化。

"他不是。"陈弦松说。

陆惟真："你怎么知道？"

"我验证过了。"

她就知道。

陆惟真瞄了一眼他的腰包，不肯给她看的，就是刚才从腰包里掏出来的，用来验证朱鹤林的宝贝吧？难不成他还有照妖镜？

"我先撤。"陈弦松对她点了一下头。

你你你，点个鬼头！

"等一下！"陆惟真拦住他的去路，咬牙，"你刚才……刚才……"

可说出来有用吗？陆惟真很清楚，他只是因为上次意外失手，被迫让她知情、参与。一旦涉及任何隐秘，他不想开口，谁也别想撬出一个字。

所以她现在控诉，有什么用呢？他有他的立场。

她脸色发红，白皙柔软的手拦住他去路，眼里像在喷火，话却半天说不出口。陈弦松就这么看着她，突然间，笑了，把她的手拨开，走了出去。

陆惟真："……"

笑什么笑？！太讨厌了。

突然又气不起来了。

"喂，他怎么办？"陆惟真追问。

"你该怎么做就怎么做，当我没来过。"陈弦松答。

陆惟真想了想，抬脚，在朱鹤林脸上身上，狠狠踢了几脚，这才解气。然后她拉开休息室的门，门外空荡荡，陈弦松早已不见踪影。

该怎么做就怎么做，一切如常吗？

如果陈弦松没出现，朱鹤林想要对她动手动脚，被她挣脱，而他醉倒在休息室里，她会怎么做？

她不会回包间了，她要回家，立刻，马上。

陆惟真转身走向大门。

临近午夜，正是夜总会生意最好的时候，门口也停了几辆出租车。陆惟真招手，一辆出租车驶过来，司机是个四十来岁的胖大姐，大声说："你好！"

陆惟真："你好。"报了地址。

大姐的车开得又平又稳，驶上大路。陆惟真靠在座椅上，闭上眼，仿佛又看到陈弦松瞬间移动而来的画面，即使回想，依然惊心动魄。还有他踹朱鹤林时凶狠的样子，还有他最后那个笑。他不是大好人吗？不是降妖除魔的正道英雄吗？怎么可以笑得那么坏坏的！

捉妖师浑身上下，都是秘密。

等他抓到壁虎男，一切是否就结束？他会带着全部秘密离开，不留半点给她。

等陆惟真回过神，望着窗外的景色，感觉有点陌生，似乎不是她常走的回家的路。

"师傅，你走的哪条路啊？"她问。

“哦，我抄的近路，这不是给你省钱嘛。”司机大姐爽朗地说，“放心，我是老司机，路熟得很。”

“哦。”

陆惟真便不再吭声。

又开了一会儿，车越来越少，路也越来越暗。路两旁都是围墙，看不到行人，只有他们一辆车。陆惟真偷偷打开手机上的地图，已经完全偏离她家的方向。这里像是一个公园后门附近，距离主干道很远，难怪深夜无人。

陆惟真全身紧绷，时刻防备着前座的人。司机也始终沉默，只留给她一个圆润的女性侧脸。

陆惟真偷偷给陈弦松发短信：你在哪里？我坐出租车，司机不对劲。

他秒回：知道，别怕，抬头，我在。

陆惟真连忙抬起头，前方一条黑黢黢的路，路的一旁是岳麓山，一旁是公园高墙，啥也看不见。

他的思维，和她总是不在一条线上。

——我看不见啊！她回复。

就在这时，司机突然开了远光灯，前方一下子亮了许多。陆惟真眯眼一看，果然，路前方，一百米处，正中央，有个人影。

陆惟真忙又发：看到了！

他：嗯。

感觉这对话怎么怪怪的……明明是捉妖这么恐怖的氛围。

司机也看得清清楚楚，陆惟真听到她的呼吸粗重了几分，竟不像女人的声音，而像男人。司机猛地转头看过来，陆惟真立刻低头看着手机，假装一副疲惫的毫无防备的样子。“她”这才回过头去。

车子突然提速。

持续提速。

两侧景物飞也似的后退，陆惟真连忙抓住扶手，慌里慌张问：“师傅，你你你开这么快干什么？”

司机冷笑，双眼直视前方，这时陈弦松的身影越来越清晰。司机自言自语：“这个狗皮膏药，臭捉妖师，不要脸！又跟来了，破坏我们的好事！”

陆惟真：“……”

自恋傲娇的语气，蛮不讲理的精神病，是壁虎男没错了。他真的又来了。

神仙打架，陆惟真慢慢缩在一角，试图减少存在感。关键是车开这么快，她汗毛都竖起来了！

司机显然已经达到了情绪高潮："啊——啊——啊！我撞死他我撞死他，等了这么多天，一出手就被他抓，这叫妖怎么活啊啊啊！"

陆惟真："……"

"冷静！不要硬碰硬！"陆惟真苦口婆心劝道，他们一个妖怪，一个捉妖师，她既然是一个平平无奇的普通人，岂不是要当炮灰受伤？

可司机眼圈都红了，哪里听得进去，明明是中年妇女的相貌，却露出狰狞扭曲的表情。

任轿车飞驰而来，陈弦松一动不动，黑夜在他身后匍匐如兽。而他笔直的长腿分立，头微微低着，一身黑衣，高大冷峻。还没动手，看着就挺吓人了。

陆惟真：这捉妖师……该酷的时候，绝不含糊。这也是祖传的吗？

灯光终于照亮他的脸。

陆惟真脱口而出："当心！"

司机一脚油门，朝他直撞上去！

【008】

周围漆黑，唯有车前一片光，陈弦松就像道影子，眼见要撞上，陆惟真死死扒在车门上，就看到陈弦松这时才不紧不慢抬起头，目光精准无误穿过车窗，落在陆惟真身上。

陆惟真突然有种感觉，他就是等着看她一眼，确认安全，然后就可以动手了！

一眨眼，陈弦松不见了！

不，不是不见了，陆惟真看到了他的身影朝上一跃的余影。壁虎男撞了个空，悲愤极了，居然低头往方向盘上"砰砰"撞："太可恶了！太讨厌了！"

陆惟真："……"

搞得她都想揍他了！

雪白月亮降临。

陆惟真和壁虎男同时抬头。

月亮背后，是陈弦松高高跃起的身影，他已拔剑。

盈盈白光，皎洁无瑕，就如同坠落地球的一轮圆月，令人不可直视。壁虎男吓得魂飞魄散，他的反应还算快，一个急转弯刹车，堪堪停在距离白月亮半米远的位置。陆惟真也重重撞在车椅上，抬头望去，月亮刹那泯灭在空气里。

壁虎男往车外一伸脑袋，猛地转头看向后排。陆惟真早有准备，车一停稳，推开车门跳下去。壁虎男哪里想到区区一个人类小妞，这么冷静反应这么快，她不是应该摊在椅子上或者干脆撞晕过去吗？壁虎男顿时傻了眼——人质……就这么没了？

“砰——”一声巨响，一个人落在车顶。陆惟真爬起来往后退了两步，抬头望去，那人单膝跪地，左手按在车顶，右手握光剑，仿佛古代侠客现身。

壁虎男只吓得魂飞魄散，连滚带爬出了驾驶座，往外跑。陈弦松刚才那一剑，本就是逼他出来，都没有瞄准劈，此时陈弦松不慌不忙，手里剑轻轻一挥，一道小月亮落在壁虎男逃亡的前方。壁虎男连忙刹住脚步，一时间竟走投无路。

陈弦松跳下车顶，淡淡地说：“跑啊，接着跑。”

陆惟真躲到车后，只露出个头，她倒是没想到，陈弦松也有这么让人，不，让妖恨得牙痒的一面。

果然，壁虎男露出屈辱又惧怕的表情，但他特别能屈能伸，“扑通”一声，跪了下来，哀求道：“先生！先生！你饶了我吧，我再也不敢了……我们这一族，只剩我一个，如果我死了，就绝种了……”

陈弦松将剑收回腰间，说：“绝种就绝种。”

壁虎男的哭声一滞。

眼见陈弦松的手又摸向腰间，要取什么宝贝，壁虎男猛地从地上跃起，张开血盆大口——真的是血盆大口——明明是人类女人相貌，嘴巴却张开了一尺宽，里头碧绿碧绿一片！他伺机这么久，为的就是这全力一击。一股又浓又臭的汁液，终于像喷泉一样，劈头盖脸朝陈弦松袭来。

陆惟真失声喊道：“当心！”

就在这一瞬间。

空气中留下陈弦松冷哼的声音，他再一次，原地消失了。

陆惟真和壁虎男同时陷入呆愣。

下一秒，陈弦松居然出现在陆惟真身边，和她并肩，惊得她全身一抖。

哪怕是第三次看到他瞬移，陆惟真心中还是涌出个荒谬的念头——捉妖师到底是人是鬼是妖还是……如果是人，怎么可能做到这样?

壁虎男用尽全力放了这个夺命大招，却没想到人家还有这么高级的隐藏技能，轻描淡写就化解了。

白喷了！攒了好几天的毒汁！壁虎男露出绝望表情，四肢着地，拔腿就跑。那速度实在太快，快得像一道光影，转眼就逃远了。

陆惟真的心都提起来了，陈弦松忽然转头看了她一眼，那目光是如此急促、熟悉而无情，陆惟真看懂了，立马往后一躲。

然而关键时刻，陈弦松到底来不及腾出手管她了。他垂下目光，从腰包里取出个东西。陆惟真只看到一团光影，其间脉络隐隐。

陈弦松神色凝重，嘴里念念有词，听不清晰。

而后陆惟真就看到那团东西，凌空飞起，骤然膨胀！那分明是一张光交织成的网，一刹那就膨胀到篮球场大小，朝壁虎男直扑过去！

壁虎男奔跑速度超快，肉眼已看不清了，可那光网更快，壁虎男骇然抬头，光网迎头罩下，瞬间收缩，紧紧将他束缚住。

仿佛飞虫，落进了蜘蛛的网。壁虎男拼命挣扎，但那条条光索，如同铜墙铁壁，他寸步难行，哀号、求饶都是徒劳。

陆惟真再一次看得目瞪口呆，失声道："缚……缚……缚妖索？"

这种小说、电视、传说里的宝物，竟然真的存在?

几乎不费吹灰之力，就抓住这只恶贯满盈的妖怪的捉妖师，转头看向她。他黑眸深深，俊脸清冷，挺拔如松，眉梢眼角都是降妖除魔一心正道的威严冷酷。陆惟真的心突然抖了一下。

他问："你没事吧？"

陆惟真转头就钻进了车底。

陈弦松："……"

前方，缚妖索还在闪烁，壁虎男哀号不断。陆惟真缩在车底正中，看到一只有力的大手，抓住车底边缘。陈弦松一低头，隔着半个车底看着她，目光幽暗：

“出来。”他朝她伸出手。

陆惟真：“不出。”

“怎么？”

陆惟真哼哼唧唧：“你又想捂我眼睛，别以为我会上当，这次我一定要看。”

陈弦松没吭声，算是默认。他头一探，就要来捉人。陆惟真吓得又往后爬了几步，很聪明地提醒道：“你真要跟我耗时间？还不快去收了他？那个缚妖索的光好像越来越暗了哦！”

陈弦松手一顿，抬头望了一眼，确实如她所说，没有无所不能的宝贝，缚妖索一次只能维持两分钟，耽误这会儿工夫，亮度和法力都只有最初的一半了。而且短时间内不可以重复使用。而壁虎男的挣扎动作明显也剧烈了。况且这还是在城市里，随时有可能被人发现。

他又低头看了眼陆惟真，陆惟真缩成一团，做出很乖的样子，可怜巴巴地望着他。她看到陈弦松抓在车底上的手指，点了两下，到底松开，站了起来。

“待着别出来！”

“嗯！一定！”

陆惟真连忙把头钻出另一边的车底，目不转睛地观看。

此时，缚妖索的亮度，大概是最开始的三分之一，壁虎男显然也察觉了，甚至开始拖着缚妖索，极其缓慢艰难地往前移动。陆惟真听到陈弦松嘴里又念了两句什么咒，脸色越发的无情，他从腰包里拿出了第三件东西。

陆惟真慢慢瞪大眼。

一个葫芦。

他居然掏出了一个葫芦！

葫芦大概有他的两个巴掌大，比较暗的紫金色，还有斑，看起来很有些年头了。当然现在陆惟真已经不去计较，这么多东西是如何塞进那么小一个腰包里去的。

陈弦松一脸庄严，站得笔直，单手高高举起了葫芦，对准壁虎男。

陆惟真：“……”

这一幕实在太熟悉，她一时心情复杂难言。

一道幽幽紫光，从葫芦口射出，射到壁虎男身上，令人震惊的画面出现了，他的相貌、身材逐渐发生变化。壁虎男也呆呆站着，不挣扎了，抬头望着那道紫光。显然他并未感觉到任何不适，只是以他的脑容量，搞不清楚状况。

壁虎男的身上，出现了第二个影子。而原本那个中年大姐的模样身形，渐渐模糊，退去，另一个身影显现了，并且越来越清晰。陆惟真突然明白，这才是他原本的样子，他的真身。

陆惟真慢慢张大嘴。

那是个圆圆的人，或者说是，生物。通体黄澄澄的短毛，椭圆的身体，上窄下宽，有点像企鹅。绝对正圆形的脑袋，没有耳朵，圆圆的眼睛，圆圆的樱桃似的红鼻头，圆圆的白色嘴巴，还傻傻张着，四肢也是肥溜溜圆滚滚的。而且它只有一米二左右的高度，抬着头，呆呆地望着葫芦。

这是人类世界里不会有的物种。

陆惟真恍然大悟。所以，在夜总会时，陈弦松才说，验证过朱鹤林了。这个葫芦，就是他捂着她的眼，不让看的宝贝吧?

他没有照妖镜，但他有照妖葫芦。

陆惟真还注意到，那生物的后脑勺上，挂着个什么东西，鸡蛋大小，平平扁扁的，还在反光，像是块小镜子。这时陈弦松问："你从哪里来？为什么要吃人？这面镜子又是什么？"

它哭道："先生，我从岳麓山深处来，我、我本来不吃人的，只吃鱼啊虾啊，以前我觉得可好吃了。可就是三个月前的某一天，我突然觉得不舒服，突然变得很饿、很饿，完全忍受不了。我突然觉得鱼虾不好吃了，开始想吃人……我也不知道为什么啊，我也不想的……这面镜子，是我祖上传下来的，有改变你在他人眼中外形的作用。我愿意把镜子献给先生，只求先生饶我不死。"

陈弦松摇头："你杀了三个无辜人类，罪不可赦。留下你的名字。"

它号啕大哭："我叫凯文十八世。"

陈弦松点头，一拍葫芦，紫光骤然大盛，妖怪还是呆呆地抬头看着，它的实体仿佛瞬间融化，化成一道光影，随着紫光被吸进了葫芦。"哐当"一声轻响，那面小镜子落在地上。

陈弦松将葫芦往腰间一收，而后手一抓，已经失去亮度的缚妖索，也飞回他手里，塞回腰间。他走过去，将那面小镜子拾起来。

陆惟真全程屏气凝神，减少存在感，此时才从车底爬出来，跑过去一看，地上空空如也，一点痕迹都没有。所以那妖怪真被吸进葫芦里，就这么死掉了？

陈弦松拿着那面镜子，目光深沉，不知在想什么。

陆惟真："怎么了？"

他这才抬头看她，那目光略凉。

陆惟真有点心虚，说："我不会说出去的，烂在肚子里。"

他却点了一下头，说："我信你。"

他说得郑重，陆惟真微怔。

"这是什么东西？"陆惟真盯着他手里的镜子，挨近了看，才发现它通体莹亮，质地像玉，非常干净清澈。边缘还有花纹，但不是什么古朴篆文，而是非常有几何感的一组组线条，重叠繁生，似有规律，但一眼又看不明白。

陈弦松没答，举起镜子，突然对她照了一下，吓她一跳，但是什么事也没有。而后陈弦松把镜子往自己胸口一拍，镜子背面明明光滑如也，却就这么粘在他的衣服上。

然后，就在陆惟真的眼前，不可思议的一幕出现了——陈弦松的身形轮廓渐渐退去、模糊，镜子也渐渐不见，另一个人影却逐渐浮出，完全就是刚才壁虎男被葫芦照时的反向变化过程。

慢慢地，一个女孩，出现在陆惟真面前。披散的长发，黑色西装套裙，高跟鞋，那么熟悉的样貌，一双清凌凌的眼，直直地望着陆惟真。只不过这个"她"，双腿分开站立，腰背挺得笔直，眼神完全不同，瞳仁沉得像水底的石头。

陆惟真："……"

他开口："像吗？"赫然就是她的嗓音，但是清清冷冷的。

陆惟真："……像。"

要命，他用她的嗓音说话，怎么比原主还有磁性还动人！

陈弦松忽然轻轻笑了一下，又是那很淡的，意味不明的笑，陆惟真看到这样有韵味的笑容出现在自己傻乎乎的脸上，感觉好窘。但她能感觉出来，他得了这个，其实很高兴。

然后他伸手往胸口摸了一下，手里出现了那面镜子，而他的样貌也渐渐恢复原样。

陆惟真轻舒口气，又跃跃欲试，问："我能试试吗？"

话音未落，陈弦松已经将镜子塞进腰包里。

陆惟真："……"

他看她一眼，显然没有把镜子再拿出来给她玩的意思。

陆惟真："陈弦松！"

"陆惟真。"他喊道。

她抬头，就见他站得跟棵安静的黑松似的，双手抱拳，用这样很复古的姿态，深深向她鞠了个躬，偏偏丝毫不让人感觉到违和，他郑重地说："这些天，多谢了。"

陆惟真："不、不客气。"

他直起身子，两人对视，已是浓浓夜半时分，他一时无声，陆惟真也没说话。

片刻后，陈弦松说："这件事已经了结，走吧，我送你回家。"

陆惟真问："这出租车怎么办？还有那原来的女司机，不会有事吧？"

陈弦松答："不会，它每次都留下原身，混淆视听，为自己提供不在场证明。车就留在这里，我们不管了。警察很厉害，做得越多，痕迹越多。"

"哦。"

两人往前走了一段，路边出现了陈弦松的车。

夜色深沉，一路寂静。

对于陆惟真来说，今夜发生的一切，就像一场梦。不，从壁虎男与她相亲开始，这一切就跟梦一样——活生生的捉妖师出现了，腰揣无数宝贝，坐在她身旁。但这也许是最后一次了吧。

陈弦松似乎开车开得很专注，眼睛一直看着前方，一句话都没和她说。当他不笑，也不怒的时候，眉宇间就只剩下某种沉默的、难以撼动的气息。

木材店老板，祖传捉妖师，堪比特种兵的身手，宽容而克制，心狠且手辣。而他超乎神鬼的能力，也许只展露出冰山一角。

"要谢谢你……"陆惟真开口，"谢谢你救了我的命。"

陈弦松答："不客气，我分内的事。"

"即使是你分内的事，我也应该谢你。"

他笑了一下，没说话。

陆惟真："这件事，从头到尾，我不会和任何人提起，我向你承诺。"

"好。"

陆惟真忍不住又问："万一……我是打个比方，万一有人把你的事泄露出去，你会怎么办？你会……杀了那人吗？"

陈弦松很平静地看她一眼，答："我从不杀，人。你们正常人的世界，和我的世界，本来应该各行其是，永不相交，永不影响。如果哪一天，你是因为不道德的原因，泄密，破坏了这种平衡，或者背叛于我，我……不会杀你，会把你永远关起来，让你以这种方式从世界上消失。"

陆惟真忽然有点不寒而栗的感觉，她知道他说的是真的。

"那你关过人吗？"

陈弦松："……没有。"

好吧，感觉好多了。

到了楼下，陆惟真下车，他没动。陆惟真有点磨磨蹭蹭的："那……再见了。"

夜色寂静，整个小区里都没有动静。捉妖师坐在光线暗淡的车里，神色不甚清晰，似乎还对她笑了一下。

"陆惟真，那些饭菜都很好吃。"

这一夜陆惟真好久都睡不着，脑子里翻来覆去的都是当晚的画面，还有陈弦松最后说的那句话，明明很平静的语气，为什么她感觉到了一丝忧伤呢？

终于睡着了，却做了很多梦：一会儿梦到壁虎男还趴在她床边，顶着个黄澄澄的毛脸，眨着大眼睛卖萌，看得她很无语；一会儿梦见自己站在陈弦松的缚妖索内，他手举着葫芦，面无表情看着她，而她用力一指他，特别激动地叫：难怪你叫泠泠七，你，就是七娃！

于是很早就醒了，在床上躺了好一阵子，终究心绪难平，陆惟真摸出手机，给陈弦松发微信：早啊。

刺眼的红点，消息发送失败。

对方不在你的联系人列表里。

陆惟真一下子坐起来。

他一夜都等不了，就把她拉黑了！

【009】

陆惟真起床时，看了眼日期，明天是发薪日。她笑了。

平常她都是提前二三十分钟到公司，为一天的工作做好准备，做一颗任劳任怨的螺丝钉。今天，她是踩着点到的，同事们都到了。不过她少了一日的勤勉，也没人注意。就像她拼命了三个月，也不会有人真的关心。

但有道是，世界上最关心你的人，往往是最恨你的人。有一个人注意到她了。

周盈在自己座位上，抄手看着陆惟真，陆惟真没搭理。过了两分钟，周盈憋不住了，喊道："陆惟真，过来！"

陆惟真神色自若，把手里文件一放，起身走过去，笑容可掬，语调欢欣："周主管，什么事呀？"

周盈被她难得的灿烂笑容晃了一下眼，一时间猜不出她在想什么。

"今天怎么到这么晚？"周盈说，"昨天的工作都完成了吗？昨晚和客户谈得怎么样？什么时候签合同？"

这些事情陆惟真哪里知道，都是朱鹤林和客户定的。而且昨晚后来她也没回包间。陆惟真没有马上回答她连珠炮一般的问题，而是低头看了眼手表，把白嫩光滑得令人嫉妒的手腕递到周盈面前，怯生生地说："主管，我应该没记错时间……八点五十九，还有一分钟才上班。哪里晚了……"嗓门却不小。

周盈顿时被堵得有点下不来台，看了眼周围同事，刚要开口，又听陆惟真一本正经地说："合同的事，朱经理说要亲自跟你交代，他说我层次低，看问题不全面，还是和你比较说得来。"

周盈也搞不清，朱鹤林是不是真的跟她交代过这话，有点受用，又有点怀疑。但她今早的找茬，就不好进展下去了。总觉得陆惟真虽然还是低眉顺眼的样子，可有哪里不一样了。一大早，给她吃两个软钉子，也不知道是不是故意的。

周盈板着脸，给她布置今天的工作，量比平时还要大，不到深夜干不完。陆惟真脸上不见半点忧愁和抗拒，一口答应下来后回到了座位上，搞得周盈更加莫名其妙。

一上午，陆惟真照常干活。但她不再像从前，埋头苦干老实到死，连喝口水的时间，都不舍得留给自己。专注干一个小时，她就起来走动，休息一会儿。午休时还用电脑干了一会儿自己的事。等她查到想要的资料和地址后，端着咖啡，转了转椅子，若有所思。

旁边的同事，注意到陆惟真今天的变化，看起来灵活了不少，不再像个苦哈哈的木头人，只知道闷头干活。尤其有一两个年轻男孩，忍不住多看了几眼，说实在的，陆惟真长得挺不错呢。

朱鹤林下午才来上班。

他以为自己昨天彻底醉倒，后头的事，怎么都不记得了。据说有个男同事进了夜总会休息室，看到他醉倒在地，把他送回家，而陆惟真早走了。

只是他今早醒来后，后脑勺痛，肚子痛，背也痛！他想是不是撞到哪儿了，还是陆惟真趁他喝醉打的。结果他跑去医院一看，啥毛病没检查出来，也没外伤。最后医生给开了几颗解酒药，又鄙视地说他年纪轻轻就有酒精肝，让他以后必须少喝酒，免得发展成肝硬化、肝癌。

朱鹤林："……"

偷鸡不成反蚀把米，就是朱鹤林现在心中的感受。他明明有印象，昨晚和陆惟真之间，发生了一些挺愉快的事。可具体干了啥，死活想不起来。

尽管后脑上还隐隐作痛，可当朱鹤林走进办公室，看到陆惟真坐在那儿捧着杯子慢慢喝水，模样乖巧又秀美，朱鹤林心中就荡起春风一样甜美的感情。他和周盈对了个眼神，走进自己办公室。

十分钟后，陆惟真桌上的分机响起。

朱鹤林："惟真，来我办公室一下。"

陆惟真习惯性地打了个寒战，放下杯子，不紧不慢地走了进去。有同事不经意间抬头，看到她的背影，倒是愣了一下。以前没发觉，小陆的身材还挺好呢，盘靓条顺。好像以前就没见她像今天这样，挺起……胸。

陆惟真进去时，朱鹤林负手站在窗前，没有回头，他知道怎么样会让自己的背影显得更加忧郁深沉。

陆惟真反手带上门，站住不动。

朱鹤林听着动静，心中一喜，以前她每次进来，巴不得大门敞开众目睽睽，现在居然自己把门关上了。这说明什么？这说明什么！

所以说，恋爱的男人心思细腻起来，比女人还要可怕，尤其是自以为在恋爱的男人。

朱鹤林嗓音低沉了几分，隐隐带着笑："昨晚，我表现怎么样？"

陆惟真的感觉就像被一道雷劈在脸上。她呆了几秒钟，才说："不好。"

朱鹤林这才徐徐转头，似笑非笑："哦？哪里不好？"

看着他的眼神，陆惟真明白了，他是故意在开黄腔。

陆惟真一板一眼地说："你很快就醉了，看起来酒量很不行，挺弱的。"

朱鹤林的感觉顿时和周盈有一拼，他弄不清楚陆惟真是真觉得自己酒量弱，还是在讽刺。他觉得还是前者吧，她一直是个多么弱小单纯的姑娘啊！

朱鹤林笑笑说："你这丫头不懂酒，也不懂男人。那又不是水，我喝了快一斤，酒量还不行？外头那些二十出头的小伙子，都没有我行。明白不？"

陆惟真由于受许嘉来熏染比较多，有理由怀疑他又在暗示什么，干脆没搭理。

朱鹤林走向沙发："来，坐过来，咱俩好好说说话。"

陆惟真已经没有耐性陪他玩了，站着不动："您说，我听着。"干脆利落的话语里，竟透出几分少见的气势。这令朱鹤林愣了一下。他想破脑袋也想不到，这只是因为明天就要发工资了。

但是，好像，更有味道了，小绵羊也有脾气了。

朱鹤林也不勉强，坐在沙发上，笑着说："不坐就不坐。朱哥问你，昨天……咱俩在休息室，都干了什么？"他指指后脑勺，"我头疼，都不记得了，你给朱哥说说，别不好意思。我没欺负你吧？嗯？要是真有什么，原谅我好不好？你想怎么罚我都行。"

陆惟真却走神了，她的目光飘向窗外，那里日光大亮，空空如也，再也没有什么挂着。

壁虎男已被捉妖师收走，眼前的朱禽兽也被验证过，不是真禽兽。

所以，当然不会有人再挂在那儿，风吹日晒、寸步不离。

陆惟真回过神，冲朱鹤林一笑。她下巴微微抬起，两根手指轻敲着西装裙下摆，仅仅一个站姿，竟比从前多了几分洒脱自信。朱鹤林看得心头发烫。

却听她一脸惊讶说道："你都不记得了？那么搞笑啊……"纤纤五指捂住嘴，"不说了不说了，我实在没脸再提你昨天的糗……朱经理没什么事我先走了。"说完忍不住又笑了，意味深长神态古怪地看了朱鹤林一眼，走了。

朱鹤林："……"

好像和他想的不太一样，怎么小丫头一点扭捏欢喜羞愤挣扎都没有？朱鹤林抓抓自己的头……难道他昨天真干了什么极其出丑丢尽脸面的事？

朱鹤林陷入了苦苦的思索当中。

下班时间到了。

周盈抬头看了眼那“小尼姑”，正埋头苦干，和从前一样。周盈心里顿时平衡了——没瞧见下午又被朱鹤林叫进屋里了吗？谁知道又搞什么鬼事。勾搭上领导又怎样，现在还不是得按她的要求加班。周盈心情不错地收拾好东西，去上了个洗手间，打算下班。谁知回到办公室一看，陆惟真的座位空了！

跑了！

周盈立刻给她打电话。

“您好，您拨打的电话已关机……”

气死了！这小尼姑不想在公司混了！周盈恨得牙痒，又觉得陆惟真不可能有这么大胆子。

那就只有一个答案——有朱鹤林给她撑腰。周盈气得肝疼，但又不敢真的去跟朱鹤林对证，她隐隐感觉到，这丫头，从此不会再乖乖听话，任她揉捏了。

陆惟真搭乘公交车前往目的地。

公交车晃啊晃，驶过市中心，驶过湘江边，渐渐地，树越来越多，天也越来越暗。

暮色降临时，陆惟真下车，走了十来分钟，到了一条幽静的街上。路的两旁树木林立，沿途有饭馆、书店、古玩店，还有几家家居木料店，生意看起来都不错。

快走到那个地址时，陆惟真停住脚步，走到一棵大树后，面对着树，掏出包里的化妆镜，取下绑头发的皮筋和眼镜，抓了抓长发，觉得看起来自然了，但还少了点什么。又解开白衬衣第一颗扣子，将整整齐齐地扎在裙子里的衬衣下摆抓了抓，变得不太规则，有点调皮散漫味道了。她这才暗自点头，抬头看着不远处的招牌。

陆惟真来之前已经在脑海里勾勒过这家店的模样。卖木头的嘛，大约是小小的脏脏的门脸，里头堆满木材和家具，还有木屑味和机油味。她甚至已想象出，陈弦松扛着锯子挥汗如雨满身脏污辛苦干活的模样。

为糊口的捉妖师，寂寞难耐的小木工。

然而，眼前的门店足有三间大，灰色、褐色的石砖，交错垒叠出古老大宅的模样。暗红色低垂屋檐，大开雕花窗格，处处精致，宁静致远。还有全黑的木匾，匾上三个鎏金遒劲大字：“松林堂”。

陆惟真的第一感觉：大气；第二感觉：有钱，很有钱。

她走到正门口，往里探了探脖子，里面的古意更胜门头。灰褐色发白的旧砖墙，墙角栽了几丛翠竹。几盏灯垂落，下头参差摆放着几张大板，周围放着几个柜子，还有几把椅子。除此之外，一旁的博古架上，还放着十几个木质摆件。东西不多，但就算她眼瞎也看得出这家店的档次。

一个年轻男孩坐在一张茶桌后，面前有个笔记本电脑，他手里还拿着一沓表格，一个计算器，像是在算账。他看起来约莫二十出头，高瘦结实，眼睛又大又精神，皮肤黑，穿了件中式黑色上衣，灰色长裤，简单的装束，让人感觉和店里环境很称。他抬起头，朝陆惟真露出笑：“你好。”

陆惟真：“你好，我想随便看看。”

男孩露出雪白牙齿：“好，你先看，我先把账算完哈，算一半停下我会凌乱。”

陆惟真笑了：“好的。”

陆惟真随意看了看眼前的一块大板，她也看不出个好赖，就觉得大大一张，浑厚舒服，颜色也好看，放在书房应该挺好。然后她瞄了眼价格，以为自己看错了：五十八万八。

以陆惟真的经济实力，对家具的消费观念，还停留在“一万两千八百八十八，一套卧室家具拎回家”这种档次，瞪着这数字看半天，又去看下一张。

下一张面积更大，颜色更深，八十八万五千。

衣柜好点，有几万、十几万、三十几万……本店价格最亲民的，大概就是博古架上的那些小摆件，价格几百、几千、几万不等。

匆匆一圈看下来，陆惟真脑子里充斥着这些天文数字。

对了，最贵的一张大板，单独放在一个台子上，不知道是不是因为价格原因，陆惟真也觉得它最好看，要接近四百万，应该是镇店之宝。

这时，男孩也忙完了，倒了杯茶给她，陆惟真觉得自己真的没有资格喝他们店的茶，但还是假装淡定地接过。

男孩问："你想看点什么？"

"随便看看。"陆惟真往男孩身后，通往店后头的那扇门瞄了瞄，"以前还不知道有这家店。"

男孩笑着说："不知道很正常啊，我们过来开分店刚两个月，以前在北京。不过我们的东西，在北京的圈子里，很有名。"

分店，北京。

原来这还是分店，原来他刚来湘城没多久。

男孩继续介绍："我们有合作的工厂。但一些珍品，都是我师父带着木工师傅们手工打磨的，所以数量不多。你看到店里这些，大部分都订出去了。"

师父。

陆惟真点头："真厉害。这么大个店，就你和你师父两个人？"

男孩答："是啊，等这边市场稳定了，再招人来管。前期都是我们亲力亲为。"

陆惟真："哦……"

这时，有人来取货，男孩歉意地看看陆惟真，陆惟真忙说："你去忙吧，我就瞎逛逛。"男孩又给她添了水，这才去招呼对方，显得教养很好的样子。

陆惟真眼睁睁看着几个男人，把"八十八万五千块"取走了。男孩拿着刷卡机回来，神色很淡定，一副见惯了大钱的模样。

"聊了这么久，还不知道你怎么称呼？"陆惟真说。

男孩爽快地答："我叫林静边。"

陆惟真朝他伸出手："陆惟真。"她不打算再绕圈子了，微笑问，"我其实是来找陈弦松的，他在吗？"

然后，就看到这一直斯文有礼、沉稳能干的男孩，结巴上了："你、你，你找我、我师父？"

林静边立刻上上下下快速把陆惟真重新打量一番，主要是他实实在在没想到，有朝一日，会有这么个妙龄女郎，来找自家从不近女色的师父。

乖乖，这是师父在哪里惹来的绝品桃花啊？

"你是？"林静边试探地问。

陆惟真顿了顿，有些不自在地捋了一下头发："我是他朋友。"

朋友！

“他就在后头！”林静边立刻说，“来来来，我领你过去！”

陆惟真：呃……这位徒弟怎么突然变得好热情。

林静边领着她，穿过通往里屋的门，走过一小段走廊，面前豁然开阔，居然是个很大的院子，三面都是灰墙青瓦的砖房，院子里堆满各种木料，还有些半成品家具。院子中央还有棵枝叶繁密的大树，掩映幽深。

夜色已完全笼罩这院落，上方吊了几盏橘黄的灯，幽幽淡淡，静静悄悄。唯有前方树影后，一堆木料前，有个人影还在忙碌。

林静边一直走到这里，才意识到自己刚刚过于兴奋了。

只看到是个女的，不老，不丑，没有明显残疾，无男伴，就马上带来找师父。

当然，岂止是不丑。

但他本应该先问问师父，再决定要不要带她过来的。林静边轻咳一声，来都来了，怎么说……那都是个女的啊！女的！

他只能硬着头皮上了，对陆惟真说：“你在这里等一下。”

陆惟真没说话，只看着远处那个背影。

其实从他们踏进这后院第一秒，那个人手里的动作就停了，但是没有转过身。林静边走过去，飞快而小声说：“师父，有个大美女来找你，她说她叫陆惟真，是你朋友。”说完立马退到一边去，减少自己的存在感。

陆惟真没有乖乖站在原地等，她跟在林静边身后，慢慢地走过去。一片昏黄灯光，照在那人身上。他只穿了条深灰色裤子，光着上身。那是陆惟真见过的，最漂亮的男人身体。每一块肌肉、每一寸线条，清晰、紧致、饱满。没有一丝赘肉。

陆惟真的目光停在那一条深深的脊线上，带着微微的弧度向下向里，埋入裤腰。肩那么阔，腰却收得那么紧。一层薄薄的汗，覆满后背。还有几滴，正沿着鼓起的肩胛骨滑落。

那裤子也如同陆惟真的想象，沾了些灰土泥污，后背和手臂也是。他一动不动。

林静边也觉得气氛有点怪了，小声又喊了声：“师父？”

低沉微哑的嗓音终于响起：“你先出去。”

林静边怔了一下，立刻答：“是。”看也不看陆惟真，飞也似的逃开了。

陆惟真不说话。

他也不说话，从旁边扯了件黑色衬衣，套住那一身肉体。等他一颗颗系好扣子，挽起袖子到小臂以上，陆惟真的脚已经在地上轻轻踢了十几下。

他转过头来，问：“为什么还要来找我？”

【010】

陈弦松转过头来，问：“为什么还要来找我？”

陆惟真没吭声。

陈弦松扯了扯衬衣领子，动作透出几分隐约的焦躁，当他抬起头时，眼眸却又深又静。

“是出什么事了？”他问，“才让你大老远跑来找一个捉妖师？”

陆惟真觉得他的话让人心里发堵，于是硬邦邦地说：“没事！我只是来买家具的！”

陈弦松看她一眼，越过她，走到大树下的小方桌旁，拿起水杯，仰头灌了一大口，以树为中心五平方米的范围内，空气仿佛都随着他喉结的上下滚动而变得微微燥热。他放下水杯，问：“看中哪一款了？”

陆惟真一愣。

一款都看不起，她来之前，哪里知道这么贵。

没等来她的回答，陈弦松说：“喜欢哪款就拿走，我让徒弟送货上门。”

陆惟真闷声闷气地说：“……我没钱！”

“不用钱，以后不要再来！”

陆惟真紧紧咬着唇。他这是干什么？拿钱……啊不，拿家具砸她吗？她故意说：“行，我要那块四百万的。”

陈弦松眉都没皱一下：“随你。”

夜色愈浓，灯光寂静，院子角落的草丛里，隐有虫鸣。两人都不说话。

过了一会儿，陆惟真开口，语气平静了许多：“开玩笑的，我只是来看看。我们一起经历了这些天，我以为……已经是朋友了。”

他说："我不适合做你的朋友。"

陆惟真明知故问："为什么？"

他忽而笑了一下，说："陆惟真，这样有意思吗？"

陆惟真之前不知道，他还有这么气人的一面。不，她只看过他气妖。

"有没有意思，试过才知道。"她发狠道。

他深深看她一眼，若有所思，陆惟真有点受不住，扭头看向一旁。

陆惟真一下班就跑过来，站了这么久，双脚很累了，见他身旁还有把椅子，也不管那么多，一屁股坐下，脚在高跟鞋里松脱松脱，才感觉缓过劲。陈弦松一侧眸，就看到她软软窝在椅子里，气馁又疲惫的模样。还有那动来动去的双脚，感觉那脚只有他的巴掌长，连脚背都很白皙纤细，一看就是被娇养大的乖女孩。他有片刻的沉寂，然后拉了另一把椅子，和她隔着两米远，相对坐下。

男人穿着和林静边一样的黑衣灰裤，却穿出更加挺拔的男人味道。这么一会儿工夫，他的上衣就被身上的汗浸出浅浅痕迹。他的双手平搭在椅子扶手上，垂眸看着地面，就是不看她。陆惟真却很会自我安慰——他明明一见面就赶她走，现在看她累了，却默默地陪她坐下了。

陆惟真心口堵的那口气慢慢消了，她觉得他明明就是面冷心热。

"你做生意要和人打交道，肯定也有不少朋友。"陆惟真说，"我和松林木业老板做个普通朋友，不行吗？我没有别的意思，你救了我的命，我只是想报答一二。"

"你就不该记得我。"陈弦松说。

"可是我记得了啊。"陆惟真说，"这是客观事实，谁也改变不了。"

话音未落，陈弦松抬头，目光平静地看她一眼。陆惟真心里一咯噔，想起自己数次被他按住，连忙说道："你不许再弄晕我，或者用你的什么道法，让我失忆。我跟你讲，我已经把这些天的经历写成日记，还录了视频，存放在好几个秘密的地方，我有许多种办法提醒自己这段记忆。你不要乱来。"

陈弦松的目光转开，陆惟真觉得他的眼里隐约有了一丝笑意，于是她胆儿更肥了，说："那我们就说好了？多一个朋友，多条路啊。以后、以后我们就相处起来，好不好？"

"不好。"陈弦松眼中闪过一丝讥讽，"陆惟真，你根本不知道自己在沾染什么。那些怪物，视我为死敌。我和他们，永远是不死不休的关系。你若真是我的朋友，就不该靠近，而是远离。”

陆惟真沉默片刻，说：“可如果不是你，我已经死了。”

“我说了那只是我的职责。”

“可是我不怕。”陆惟真说，“一点也不怕，因为我知道，你一定能够保护我。”

这回，院子里真真正正沉寂下来。他不开口，盯着地面，又抬起手，按住下颌骨，眼眸低垂，似无言以对，似听进去了，又似冷淡无情。

一阵锅铲声，打破了院子里的寂静。阵阵油香味，紧接着涌出来。陈弦松看了眼陆惟真，陆惟真恰好也在看他，两人视线一触又迅速分开。

与此同时，陆惟真的肚子“咕咕”叫了两声，但炒菜声音那么响亮，陆惟真觉得肯定没人听见。

“时间不早了。”陈弦松说。

陆惟真说：“你还要干活吗？”她看向不远处，刚刚他在打磨的一块大板。

陈弦松静默了。他本意是，时间不早了，她总该走了。

“不干了。”他淡淡地说，“待会儿我就回去，睡觉。”回去两字咬得略重，直视着她的眼。

于是陆惟真的脸有点热了，心想今天也差不多了，人找到了，他店在这儿，跑不了。

她刚想起身告辞，林静边步伐坚定地走进院子，神色自若：“师父，饭菜做好了。来者是客，陆小姐，我多炒了个菜，在这里吃个便饭吧。”

此话一出，院子里又是一静。

陆惟真瞄了陈弦松一眼，他就像没听到林静边的话，神色沉沉。

于是陆惟真轻咳一声，说：“那怎么好意思……”

林静边已经感觉出师父不对劲了，但师父能和一个女人在院子里独处这么久，已是破天荒的事。他必须为师父操心，硬着头皮笑道：“那有什么不好意思的，你是师父的朋友嘛，师父，你带陆小姐过来哈。”说完扭头就走，不敢看陈弦松脸色。

院子里再次静下来。陈弦松抬手，揉了揉眉心，结果就听到旁边一个怯怯的声音：“……可以吗？”

陈弦松还没答，又听她小声嚷嚷：“你吃了我那么多顿饭。”

陈弦松突然就说不出话来。

他抬腿往饭厅走去，走了两步，听到身后没动静，只得说："跟上！"

陆惟真的嘴角大大弯起，立马用小碎步跑到他身后，仅从脚步声，陈弦松就听得出这小姑娘的雀跃。他抬起头，一眼看到，一轮弯月已升上枝头，莹莹地照耀着。

饭厅就在院子一角，四四方方的小房间，旁边柜子里整整齐齐堆着柴米油盐，还有些菜。四面木格素色纸窗大开，一张木色小方桌，几个小马扎，桌上放着四菜一汤。虽然简单，别有朴实温馨之意。

两人走进饭厅时，林静边正好端着个大碗走出来，碗里堆起老高一碗饭菜，他笑容可掬说："我去前面看店，你们慢慢吃。"

陈弦松看他一眼，说："关店了去湖边跑三十圈。"

林静边步子一僵，飞快走了。

陆惟真看着陈弦松，这是惩罚？因为林静边留她吃饭？还是因为林静边故意避开？他对徒弟还真是毫不心慈手软。

两人相对坐下，林静边连饭都替他们盛好放桌上了。安静吃了一会儿，陆惟真想了想，问："我刚才看到，你背上，好几道疤，是捉妖留下的吗？"

"是的。"

"我一直想问——你是，有那种……类似于异能、超能力吗？"她盯着他。

陈弦松看一眼她那亮澄澄的眼睛，答："没有，我是个彻头彻尾的普通人。"

"那你怎么做到的……"她思索道，"是因为那个腰包？"她看了眼他空空如也的腰间，今天没挂着，看来他在家里是不随身带的。

"嗯。"

"可你从我家窗户跳了下去，还有你当时落在妖怪的车顶上，感觉……武功……很高的样子。"

"那是因为我从小接受训练，一日不断。"他说。

陆惟真睁大眼："谁……训练你呢？"

"我父亲。"

"他也是捉妖师？"

"嗯。"

果然是祖业。

“那你徒弟……知道你的事吗？”陆惟真把声音压得非常低。

她过于谨慎的表情，令陈弦松笑了，答：“知道，他是我徒弟。”

陆惟真明白了，这个徒弟，就不是木匠徒弟的意思了。不过……呵，今天他可终于笑了。

“你上次说，一年大概就捉一两回妖，那……今年还有业务吗？”她又问。

陈弦松静了一会儿，答：“还不清楚，今年情况有点特殊，异动比较多。”

陆惟真好奇：“什么异动？”

他却不说了，夹菜。

陆惟真已经习惯他这样了，但到底都能够光明正大地在他家蹭饭了，忍不住低声嚷道：“你真是够了！”

陈弦松慢慢笑了。

从刚踏入院子时的僵持，到现在的样子，陆惟真也觉得心情轻快起来，于是也有心情去品尝面前的菜色，不尝不知道，一尝……还真不怎么样。看着清清爽爽的几道菜，原来林静边不过把它们做熟而已。难怪陈弦松会说她点的外卖好吃。

“你们每天都是自己做饭吗？”陆惟真问。

“徒弟做。”

“真难吃。”

“嗯。”

陆惟真想了想，有了个主意，笑而不语。

饭吃完，陆惟真站起来：“我去洗碗吧。”

陈弦松：“不用，静边跑完步回来会做。”

陆惟真忍不住又笑了一下，低头看时间已经八点多了，说：“谢谢今天的饭，我回去了。”

“嗯。”

陆惟真便往外走，他隔了几步跟着。

两人到了前店，林静边抬头笑：“陆小姐要走了？”

陆惟真也冲他笑：“今天麻烦你了。”

林静边：“客气什么。”他看一眼外头天色，露出深深忧虑的表情，“天好黑了，这边晚上人少，师父你要不要开车送一下？”

陈弦松看了林静边一眼，他立刻低头算账。

陆惟真忙说：“不用了，我坐公交车，直达。”说完看一眼陈弦松，“再见。”

陈弦松却走出店门：“我送你去车站。”

林静边闷头笑了，陆惟真一愣，忙跟上去。

一路无话。

路灯幽幽，树影覆盖。两人中间隔着一人宽的距离，并肩走着。陆惟真看着地上的影子，他比她长一截。

很快到了公交车站，很快车来了，车上空空荡荡的。

陆惟真跑上车，站在车门里，对他挥挥手。陈弦松轻轻点了一下头。车子发动。

夜色笼罩着四周，公交车轰隆而去。陈弦松双手插裤兜里，站在空无一人的车站，望着驶离的公交车，神色有刹那寂寥。

谁知模糊的光线里，就见有个人影“噔噔噔”地跑到了车子的最后排，趴在座椅上，看着他，突然露出了个大大的笑容，然后冲他挥了挥手，很有劲头的样子，唇语也清晰可辨：“陈弦松，再见——”

陈弦松看着她的一举一动，一直没动，也没什么表情，直至公交车转弯，不见了。然后他一个人，慢慢走回店里。林静边看他回来得这么快，还失落了一下，瞅他脸色好像也没有生气，大着胆子说：“师父，你想送就送，为什么要回来呢？”

陈弦松：“你怎么还没去跑圈？”

林静边：“……”

吾师残暴如斯！

关了店，林静边去跑圈，耳边终于清净了，陈弦松先去冲了个澡，冲去一身汗污木屑味儿。当冰凉的水沿着脊椎淌下时，他低头看了眼自己的身上，大大小小，深深浅浅的伤痕，嘴角忽然泛起一丝自嘲的笑。

一句从小到大接受训练，她可知道，自己度过的，是常人无法想象的童年，面临的，也是无人可知的人生。关掉水，拿浴巾擦干一身水珠，他回到房间，取下挂在墙上的腰包，开始一样样例行擦拭那些法器。

正擦到葫芦的时候，旁边的手机响了一下，他拿起一看，是新的添加好友申请。

陆惟真。

他盯着看了好一会儿，点了通过，然后把手机往旁边一丢。听着它又响了一下，陈弦松没动，继续擦。直至把葫芦擦得锃亮干净，没有半点灰尘，才装回腰包里。手在空中停了停，没有拿下一个宝贝，而是拿起手机。

陆惟真："我到家了。"

静默片刻，他回："知道了。"

她发了个笑脸。

陈弦松放下手机，他是坐在地上的，也没站起来，双臂搭在膝盖上，抬头，看着窗外高悬的月亮。

他已经很久没有想起母亲了，今夜却突然想起。

想起自己从小愚钝，混沌未开，是母亲耐心养育教导，据说三岁之后，才变得像正常孩子一样会说话会笑；想起还在很小的时候，他就被父亲提着去训练，每天一身伤。母亲每次看到都哭，还和父亲吵架。但那时候，母亲还没有和父亲离心，最终她只能努力适应这样的丈夫，这样的儿子。

她也对陈弦松说过："我和你爸，就是在他捉妖时认识的。那时候，我住的那片地方，总是有人被火烧，醒来后人事不知，财物却被抢走。你爸爸呢，就来捉那个会喷火的妖怪。可是有一次，他遇到了我，因为妖怪打岔，没顾上给我消除记忆。我觉得你爸爸很辛苦，也很伟大，我想要照顾他。他呢，心里想和我在一起，又怕连累我，不敢追，就经常在我家门外晃……后来我们就在一起了。"

想到这里，陈弦松嘴角浮现自己都未察觉的笑意。

可后来，母亲终究还是无法忍受非正常人的生活，离开了。

母亲走后许多年，父亲重伤弥留那一晚，抓着他的手，说："你很好，我放心。唯一不放心的是……你答应我，早点结婚，生个儿子，把所有的……都教给他。我们……的职责，世代守护、守护……永远传下去，永远不忘，否则……世界失衡……"

那是父亲唯一的遗愿，当时为了让他安心闭眼去，陈弦松点头答应下来。

其实他从很早以前，就已下定决心，如果将来有孩子，决不让孩子再过和自己一样的童年。父亲死后，他孤独一人夜行越来越多，渐渐明白，也许没有人真的会和自己同路一生。当年母亲那么爱父亲，最终也选择离开。他便觉得，这个孩子，大概是不会有了。又不是他一个人能生下来的，地下的父亲也怪不上他。

于是他收了徒弟。

他也想起，前年新年时，父亲师弟的小女儿，他的同门师妹姜衡烟，跑到他北京的店里，送来她亲手包的饺子，说一些含含糊糊的话。那些话他听懂了，饺子他没吃，让林静边立刻送师妹回去。

当时师妹怎么说的？她泪汪汪地说："师兄，我们是同门，知根知底。像我们这样的家族，永远都不能光明正大活着，却背负很多很重的责任。我……会很努力地照顾你，全心全意支持你，我还可以给你生一个拥有我们两姓血脉的继承人，这也是我家里的意思……"

当时他只觉得头疼，对她说："你走吧，我以后不打算结婚，也不打算要孩子。我有徒弟，可以继承衣钵。"

师妹震惊莫名："你怎么能够……可是你家血脉就断了啊……"

陈弦松当时没再说话，他也不需要向她解释什么，那就是他当时心中真实的想法。

可是现在，他遇到了一个人。和父亲当年，一模一样。

陈弦松往后，直直地躺在地上，一地都是令妖魔鬼怪闻风丧胆、价值连城的宝贝。他抬起一只手，压在额头上。

陆惟真。

天上掉下了个陆惟真。

明明才认识没多久，脑海里，却浮现出她的许多模样。

她缩在床上，露出雪白刺眼的一片肩膀，看起来无比娇柔可怜，唯独不怕他，依赖着他。

在地下停车场，她聪明地猜出他吃的是压缩饼干，强行把盒饭放在他手里，那时她的眼里，分明是温柔与怜悯。

那辆车撞向他时，她人还和妖同乘，却想着关心他，大声示警。妖怪喷出毒液，他瞬移到她身旁，看到她紧张发白的脸，和瞬间的惊喜。

她对他这个不为光明世界所容的夜行除妖人，满满的都是真切的关心。

陈弦松闭了闭眼又睁开。

一个这么纯真善良这么好的女人，现在她赖着他不肯走了。

他一个翻身坐起，把所有宝贝，一样样捡回腰包里，挂在墙上。他决定去拉着徒弟，上山练两个小时。

如果此生真的有人愿意与他同路，愿意为他生下继承人，他不是自己的父亲，不会让自己走到那一步。

【011】

次日，暮色降临。

林静边刚送走一位客人，估了一下本月进账，心里美滋滋的，正打算进厨房做饭，有人进来了。

林静边抬头，愣了一下。

陆惟真捋了一下耳边长发，冲他一笑。

林静边突然怕自己流鼻血，可他坚决不能流，流了就是冒犯。他不敢多看，移开目光，说："陆小姐，是来找我师父？他在后头。"

陆惟真把手里的塑料袋递到他跟前，林静边接过，一愣。

陆惟真说："麻烦你先放厨房，我待会儿来做。"

林静边的感觉就跟"吃瓜群众"吃到了一口"大蜜瓜"似的，心想：乖乖，人家姑娘都主动成这样了，师父要还凭实力单身，大不敬地说一句——那可真是活该啊……

他立刻答："好！你去后头吧。店里还比较忙，我就不去了。"

陆惟真："……"

毕竟此时店里除了他俩，没有第三人。

林静边轻咳一声。

陆惟真的脸一红。

两人都装作无事的样子。

陆惟真的高跟凉鞋踩在木地板上，发出脆脆低响，娉婷而去。林静边瞄了一眼那曼妙的背影，心想：师父可真是……

二十六年不鸣则已，一鸣惊人。

其实陆惟真刚踏进院子，陈弦松就听到了。和昨天差不多的天气，和昨天差不多的时间。仿佛一根悬在眼前一整天的羽毛，轻飘飘地，你不用去管它也不用在意。可现在它真的落地上了。陈弦松说不清是什么感觉，没有回头。

他今天没有像平时在家不穿上衣。一件灰色发旧T恤，早被汗水湿透，沾染灰尘，贴在身体上。因为弓着背，肩胛与腰的线条清晰显出来。

陆惟真的目光于是又被吸引了，而后落在他的手上，大手握着工具，手背晒得有点黑，足够粗糙，但非常灵活。

她走到他身旁，他的动作也停下了。

“这是你从山上找到的木头？”她问。

“不是。”陈弦松答，“这块是买的。”同时抬头，眼前竟是一片艳光。

她穿了条藕色荷叶袖连衣裙，乍一望去只衬得肌肤如雪，盈盈生光。偏生得前凸后翘，腰细臀圆，宛如一个洁净而饱满的花枝，立在面前。那一头乌黑浓密的长发，披在肩头，还有几缕散落在锁骨上。今天她没有戴黑框眼镜，刘海也梳了起来，露出干净的眉眼。

陈弦松脸上没什么表情，下一秒，他手一滑，工具尖头顿时滑过左手手背，拉出一道又细又长的口子，血渗了出来。

陆惟真一呆。

陈弦松把工具一丢，转身就往屋里走。

陆惟真忙跟上去：“没、没事吧？”

“没事。”他走进院子右角的一间屋，从抽屉里拿出纱布，略略擦了擦血迹。

陆惟真也跟进来，飞快地扫了一眼。这间屋很大，足有四五十平方米，深褐色木地板，一扇扇半掩的窗，有种古旧宁静的感觉。一张简单的原木色大床，一张书桌，一个衣柜，进门处还有一个古韵十足的茶台。陆惟真忽然明白了，这就是他的生活空间。

墙上还挂了几幅水墨画，画面都非常缥缈抽象，也看不出画的是个啥。床边墙上，挂着他的那个腰包。

陆惟真收回目光，看着他的伤口：“疼不疼？”

陈弦松不想答，但被她一直盯着，这才答了句：“没感觉。”不过，他是靠手艺吃饭，手不可以带伤，必须小心。他拿出瓶碘酒和棉签，很快清洗了伤口，不深，但是创面有点长，他拿出一包纱布。

陆惟真看着他将几层纱布覆在手背上，单手去贴胶布，她说：“我来。”

陈弦松立刻侧身一避：“不用。”

陆惟真干脆绕到他另一侧，又伸手，这回陈弦松却没动，陆惟真轻轻按住纱布两角，说：“我刚进来时洗过手了。”

女孩的手和林静边完全不同，又细又白，按在他的手背上，就像柔软雪花落到坚硬砂石里。

陈弦松三两下将胶布贴上，放下手：“行了。”

陆惟真嘴角一弯，打壁虎怪他都毫发无伤，刚才却失手伤了自己。

“今天来干什么？”他看着她。

陆惟真像个做错事的小学生，垂下头：“吃饭。”

屋内静了几秒钟。

陈弦松：“先去前面待着，我还有点活儿没干完。”

“哦。”陆惟真走向前院，回头望去，陈弦松果然又回到院子里干活儿了，一副不动如山模样。

陈弦松盯着眼前木料上的纹路，细细打磨了一阵子，忽然，动作一停，轻轻笑了。

陆惟真直接走进了厨房。

林静边果然是个能干又上道的好徒弟，她带来的菜，他都已洗好切好。

陆惟真说：“你去休息，这顿我来做。”

林静边：“好，辛苦啦。”他才不会客气拦着呢。你看陆小姐去了趟后院，然后又来厨房，师父有没有拦着？师父都没拦，他拦干什么？别的大龄剩男什么样他不知道，对于他师父而言，不拦就是纵容，不拦就是想要。

话说回来，要是陆小姐做饭还很好吃，那又多了一条贤惠的优点。多么适合来照顾平日里出生入死的师父啊。林静边美滋滋地想。

天上掉下了个陆惟真，砸在他们这个小院子里。师父身边多了个女人，林静边到现在都还有种在做梦的感觉，搞得他这两天都兴奋了。

林静边退到一边，准备给她打下手。只觉得看陆惟真淡定从容的架势，厨艺一定很好。然后，他就看到陆惟真站在灶前，半天不动，拿着手机，埋头在看。

林静边迟疑道："陆小姐，你是在……"

陆惟真："我在查菜谱。"

林静边："……"

师父，其实女子贤不贤惠不重要，有这份心就够了。咱们不能要求太多，是个女的其实就行了。

终于，陆惟真放下手机，又看了眼灶台上洗净的菜，满意地点头，穿围裙，架锅，开火。

林静边："你……经常做饭吗？"

陆惟真平静地看他一眼："第一次。"

林静边："……加油。"

陆惟真手一伸，放在铁锅上方十厘米处，试了试，点头："温度够了。"拿起旁边的油壶，看了眼深浅，倒入锅中，嘴里念念有词，"十五克。"

林静边突然觉得自己在这里也无济于事，反正吃不死人，顶多拉肚子，他们师徒俩都是牛一样的身体，拉几次又算什么呢！把心一横，他默默退出厨房，一回头，却见师父抄手倚在门边，不知何时来的，正盯着屋里那人。

师徒俩交换个眼神，陈弦松示意林静边跟自己出去。

师徒俩走回院子里，林静边立刻打小报告："师父，她第一次做饭，还在偷偷查菜谱！"

陈弦松："我听到了。"

师徒俩都沉默了一阵子，陈弦松说："如果待会儿很难吃……"他停住，看着林静边。

林静边起初没明白，师徒俩对峙几秒钟，他陡然醍醐灌顶，试探地答："不会难吃的，陆小姐做的，肯定都好吃。"

陈弦松看他一眼，"嗯"了一声，走了。

半小时后。

林静边把小方桌摆在了院子里，天黑了，留了两盏灯，他觉得这氛围很不错，温馨中带着点小迷离，迷离中带着点小缱绻。

唯一多余的，就是他自己。

可是他也要吃饭啊。

陈弦松已坐在桌边等了，拿着手机在看。林静边一进厨房，看到四个菜已炒好放在灶台上，陆惟真正解开围裙。林静边瞄一眼那些菜：红烧排骨、农家小炒肉、清炒丝瓜、腐乳空心菜，看着倒是红绿相间，卖相很好的样子，空气中隐隐还有菜香，就是不知道尝起来怎么样。

陆惟真和林静边一起拿了碗筷，端着饭菜，来到院子里。隔着林静边，陆惟真和坐在桌边那人，目光遥遥一对。

陆惟真注意到，他洗过澡了，换了身干净衣服，看起来半点臭汗都无，又短又黑的头发微湿着，一身黑衣黑裤，脚下是双拖鞋，没穿袜子，露出一双大脚，这个模样，让陆惟真觉得新鲜，且少了平时的距离感。

陈弦松也注意到，许是厨房熏烤，陆惟真那原本白皙的脸，此时红扑扑的，跟染了胭脂似的，额头的发丝也被汗湿。她今天本来穿得像个仙女，现在，仙女却沾染了烟火气，显得更加娇憨。

陈弦松垂落目光，盯着桌面。

菜上了，他也有和林静边相同的惊讶——看着，倒是不赖。师徒俩又对了个眼神，各怀心思。

陆惟真大大方方地说："试试吧，应该还不错。"

林静边真不知道她哪来的信心，想他给师父做了几年菜，还会经常遭遇师父忍耐而克制的眼神。他夹了一块小炒肉，陈弦松却夹了满满一大筷子。

林静边心想：以前真没看出来，师父为博美人一笑也会这么无耻。

然而菜一入口，林静边怔住了。陈弦松咀嚼的动作也一顿，随即一大口把碗里的小炒肉和着饭吃完。

两人都抬头望着陆惟真。

林静边惊讶极了，真的……很好吃啊。肉又嫩又油又香，辣椒酱香入味，他都感觉到自己的味蕾在跳舞，几乎是忙不迭就嚼完咽下去了。

陆惟真捧着碗，也望着他俩，表情充满企盼："好吃吗？"她今天又靓又仙，偏这么呆呆地望着人，便像个粉雕玉琢的雪团子。林静边哪敢多看，只盯着桌上的菜吞口水，忙点头："好吃！太好吃了！容我再试试别的！"夹一样，又夹一样，表情越来越满足惊艳，连连朝她竖起大拇指。

陆惟真就望着陈弦松。

陈弦松的目光停在她脸上不动，点了一下头："这是我这辈子吃过的，最好吃的饭菜。”

陆惟真一怔，弯起眼睛笑，双手捂着脸蛋：“完了，我要骄傲了。”

陈弦松盯着她，也笑了。

林静边一边狂吃，一边好奇地问：“你真是第一次做菜，怎么可以做得这么好吃？”

陆惟真答：“我也奇怪你的菜怎么能做得那么……清淡，上网比较啊，找个看起来最靠谱的菜谱，严格按照菜谱操作就好。”

林静边摇头：“没那么容易，太有天分了！”忍不住看了眼师父，原以为陆惟真进厨房是小女生心血来潮胡闹，没想到师父……这样都能赚到！

“确实有天分。”陈弦松肯定道。

陆惟真耸耸肩，她真的只是按菜谱操作，谁让她从小到大动手能力超强，头脑聪慧呢。要不周盈怎会那么拼了命地奴役她，好用啊。

陆惟真吃饱放下碗，桌上满满四盘菜，被他们仨风卷残云地扫了个干净。林静边瘫在椅子上，摸着肚子，说：“陆惟真，怎么办啊，以后我做菜，师父怎么吃得下？”

陈弦松抬腿，在桌下直接踹过去，林静边连忙一躲，说：“我说实话也不行？”

陆惟真捧着杯茶，眨了眨眼，说：“我可以教你。”

林静边：“别，我要是学得会，师父不至于跟着我吃了几年猪食。要不打个商量，以后你能不能经常来给我们改善一下伙食？菜我可以去买，下手我来打，你只要掌勺就好了。”

陆惟真的目光往低头喝茶的陈弦松身上瞟了瞟，慢吞吞地答：“你们不嫌我打扰就好，我可以常来，反正也要吃饭。”

林静边：“怎么会嫌呢？”

陈弦松看着林静边：“谁惯的你？”

林静边看着师父的脸，虽然没啥表情，但他觉得师父根本没有不高兴，死要面子呢。于是他笑嘻嘻地手往陆惟真椅背上一搭，说：“她惯的啊。”

陆惟真也低头一起笑，她觉得这个男孩子真是和善活泼又可爱，和他师父完全不同嘛。

结果林静边就看到，陈弦松的目光骤然落在自己……搭在陆惟真椅背的手臂上，脸色竟有点阴沉。林静边一呆，两人视线再一对，林静边连忙把手臂放下来，心里有点发毛，转念又想笑，哪敢。

陆惟真却完全没察觉。过了一会儿，林静边收拾了碗筷去洗，偌大的院子里就剩下两人。陆惟真看了眼手机，今天时间早，才七点多。她犹豫了一下，问：“你还要干活儿吗？”

“不干了。”

两人都静了一会儿，陆惟真小声说：“要不要出去走走，消化一下？”

陈弦松：“你想去？”

陆惟真的脸突然有点热，说：“我吃多了。”

陈弦松轻轻一笑：“是吃得不少。”

哪个女孩子都不喜欢别人说自己吃得多。陆惟真便有些羞恼，习惯性地举起拳头，作势要给他一下，反应过来对象是他，又僵在空中。

陈弦松看着她奶里奶气的小拳头，眉眼不动，嗓音低沉：“怎么，想擂我？”

陆惟真立刻放下手：“我哪敢？”

小小人类去擂一个大捉妖师，那得有天大的胆子。

他却淡淡道：“我看这世上没你不敢的事。”

陆惟真的脸莫名又是一红。

陈弦松已走向前院大门：“跟上。”

“哦！”陆惟真飞快跑过去，和他并肩而行。

夜晚寂静，湘城湿热，这条路上行人不多。两人慢慢走着，起初都没怎么说话。很快，拐了个弯，前方出现一片湖。是个小小的公园，此时只有三三两两的行人和自行车。

陆惟真：“你经常来这里？”

陈弦松：“晨跑。”

“每天晨跑？”

“嗯。”

“多少圈啊？”

“三十。”

陆惟真：“……”

她又问："除了晨跑呢？"

陈弦松看她一眼，答："每天带着徒弟，早上训练两小时，晚上两小时。"

陆惟真暗自吃惊：真勤奋，地狱强度！哪像她，每天不睡到闹钟狂响，都爬不起来。忍不住又瞄了一眼他的胳膊，就觉得那肌肉线条和高森那样的壮猩猩不同，和别的男人都不同，每一寸都利落劲瘦。

陈弦松说："你呢？"

陆惟真没反应过来："什么？"

"你每天，除了上班，都干些什么？"

"哦……"陆惟真抓抓头发，"吃吃喝喝，玩玩乐乐，我还能干什么啊，什么也干不了。"

他却笑了。

陆惟真："你笑什么啊？"

"挺好。"他说。

"什么挺好？"

"你这样的生活，其实挺好。"

陆惟真一怔，他已走到前面去了，背影其实是瘦的。陆惟真也不知道怎么想的，看着夜色湖光中，垂柳水汽下，他慢慢走着，就觉得他看起来其实有些孤独。

她定了定神，抛开这杂草般丛生的情绪，追上去。

没一会儿，两人走到几棵果树旁，肥厚的枝叶，高高的树干，高处藏着一枝枝金黄的圆果子。陆惟真一指："枇杷！"

陈弦松也抬头。

陆惟真左右看看无人，小声说："可以摘吗？反正不摘也会烂掉吧？"

陈弦松想了想，点头。公园的管理人员并不管，让附近的居民摘，只是要求不准损坏枝叶。其他果树早被人摘了个精光，唯独这几棵，因为太高，无人摘取。

陆惟真手痒了："你会爬树吗？不会的话，放着我来。"低头看着裙子，皱皱眉，刚把裙尾提起来，旁边伸过来一只手，一把将裙尾从她手里拽出来，往下一丢又一拍，恢复原样。

陆惟真："……"

她抬起头，陈弦松也直起腰，放下手，皱着眉教训：“穿裙子爬什么树？想吃我去摘。”

陆惟真没忍住笑了，索性把双手背在身后，脚跟还忍不住抬起，在地上一点一点。她这些雀跃的小情绪，陈弦松全都看在眼里，转过身时，严肃的眉眼也有了笑意。他抬头看了眼那树，心里大概有了分寸，助跑几步，脚步轻盈得像猫，踩着树干就上去了。手轻轻一攀，身体已上了树干上第二个树杈，一只手扶着树枝，站定了——轻松得仿佛只是走出去，站到他们家的屋檐下。

全程不过两秒钟。

陆惟真“哇哦”一声。

他开始摘枇杷，无处可放，就放进裤兜里，很快两个裤兜就变得鼓鼓囊囊的。

这个模样很不像捉妖师，甚至有几分可笑。陆惟真却看得心头暖暖的，发了一会儿怔，上前两步，到树的正下方，喊道：“小心点。”

陈弦松低下头，从他的角度，此刻的少女就像个小蘑菇似的，拼命抬头，仰起巴掌大的脸，仰望着他。当风吹过，裙摆在她身周轻轻展开，就像一朵淡粉色的云。陈弦松的手按住树枝，有那么一会儿没动。而她眨了眨眼：“怎么了？”

陈弦松：“接着。”

他摘了果实累累的一枝，向她抛去。陆惟真手忙脚乱，接了个满怀，忍不住喜笑颜开，双手托起那一枝，给他看：“接住了！”

陈弦松却只是看着她的脸，也轻轻笑了。

“够了吗？”他问。

“够了，够了。”

他松手，一跃而下。

就在这时。

满园路灯，同时亮起。无数洁白、圆圆的灯球，就像无数颗星星，在他身后升起。而两人背后那汪幽暗的湖水，也映着点点波光，便仿佛银河。

有一盏灯，正在两人头顶，随着他的跃下，灯光刹那倾泻成水雾般的背景。

而他单膝跪地，手只轻轻一按，身体刚触底就站起，快得像豹，轻得像猫。他同时抬头看向她，眉若峻山，眼若深潭，脸庞薄薄染光，如同梦中相见。

陆惟真心中如遭撞击，脑子也有些发蒙。那是一种今生从未有过的陌生情绪，在胸中滋生。叫她有点慌乱，也有点茫然。她转身就朝前走：“我们走吧。”

陈弦松将她的手臂拉住。

手指触碰到的皮肤光滑细腻无比，陈弦松的指尖微不可见地一弹，握住没放。陆惟真也感觉到他指腹的粗糙和力度，心中轻轻一颤。

“伸手，两只。”陈弦松说。

陆惟真乖乖将双手伸出，陈弦松这才松开手，将两个裤兜里的枇杷都掏出来，放到她手掌里，堆得满满的。陆惟真连忙抱了个满怀，说：“这么多？不知道甜不甜。”

她很想剥一个试试，可双手又被占了，正不知道怎么腾出手，陈弦松已拈了一个最大最圆最黄的走，手捏着下面的小枝，轻轻剥开皮。陆惟真顿时咽口水：“你试试，甜不甜？”

“我不吃这些。”他的手往前一送，把剥好的枇杷肉，放到她唇边。陆惟真一低头，就看到枇杷肉背后，他的手指。她静了两秒钟，他不说话，手也不动。陆惟真张嘴咬了一口，很甜，满口的汁。她几乎不敢看他的眼，嘴里刚嚼完，他已将枇杷在指间转了个面，给她咬另一边的肉。陆惟真连耳朵都热起来，低头乖乖地又啃一口。他这才把果核抛进旁边的垃圾桶。

两个人，谁也没说话。他走在前面一点，头微微垂着，似在想什么，又仿佛坦然无事，像是刚才做那事的人不是他。陆惟真捧着枇杷，默默跟着，嘴里还残留着甜味，甜得有点发涩。

灯光一圈一圈，被两人留在身后。陈弦松走到公园门卫那里，要了个塑料袋递给她装枇杷，又掏出二十块钱，指了指她怀里的枇杷，给了守门的老头。老头笑呵呵地接了。然后他就和昨天一样，陪着她走到公交车站。很快车来了，陆惟真上了车，这回她没有跑到车后部，而是坐好后，回头。就看到他站在站牌下，朝她微微颔首。那双眼依然沉静，仿佛能吞没所有的光。

只是这一次，他的眉宇间，隐约有淡淡笑意。

陆惟真忽然想，这真的是很难想象的事，他这样一个人，会亲手剥枇杷，喂给人吃。

【012】

视频电话响起时，陆惟真正捧着一小篮子枇杷，慢慢吃着。

电话接通，许嘉来那张非主流的脸，塞满镜头。少女的头发挑染成一缕缕暗绿色，烟熏大眼如刚睡醒的熊猫，娇怯动人。

然而她一开口，足以让所有人都呛到：“陆老板，吃啥呢？跟吃春药似的，那么陶醉。”

陆惟真险些被噎住，说：“闭嘴，只是枇杷。”

“你还爱吃这个啊？”

“没多爱吃。刚摘的，还挺甜。”

许嘉来伸出丁香小舌，舔舔下唇，说：“乖，给我留几个。”

陆惟真想都没想，答道：“没有，统共没几个。”刚才她数过了，一共才八十二颗。

许嘉来：“喊。”

陆惟真得意一笑，又摸了一个，慢慢剥着。许嘉来正要说话，看到她这副模样，愣了一下。

“陆老板，你剥个枇杷，怎么都剥得跟个傻子似的，兴致勃勃，眉开眼笑？”

陆惟真一呆，立马扯下嘴角：“说谁傻呢？还连用两个成语！我看你最近是胆儿肥了。有事说事，没事滚蛋。”

许嘉来：“……”

她更加觉得陆惟真不对头了，说道：“不是，你是不是忘了？我们约好今晚一块儿消夜，说说事儿。”陆惟真一直记性好，又细致，许嘉来从没见她忘过事。

陆惟真又是一愣，很有一种老虎屁股被人连摸两下的感觉，脸上却若无其事地淡淡道：“谁说我忘了，开什么玩笑？只是我今天吃太撑了，正要和你们说，不想去了。马上要换工作，我不能胖成一只猪，影响形象，明天再吃。”

许嘉来是个对于某种酸臭味多么敏感的女人啊，她不肯放过，盯着陆惟真的脸色，语出惊人：“陆老板，我怎么觉得你好像和人谈恋爱了？”

陆惟真立刻说：“没有，当然没有。”

许嘉来虽然年纪比她小，却交过好几个身材劲爆体力超群相貌不俗的男友，且什么年龄段都有，她察言观色、似笑非笑："你……不会和那个陈弦松来真的吧？"

陆惟真前几天已经和她提过陈弦松的存在。

陆惟真答："怎么可能？你家陆老板，向来心如止水，定力极强。怎么可能谈恋爱？我只想搞事业。行了，不多说了，我还要洗澡，明天上班。"挂断电话。

那头，许嘉来站在夜店里，放下手机，想了一会儿，叹了口气，又摇摇头。

这头，陆惟真丢开手机，下意识又拣了颗枇杷准备剥，眼前却突然浮现那个画面——陈弦松把剥好的枇杷送到她唇边，一动不动，而她低头含住了枇杷。陆惟真愣了一会儿，只觉得耳朵又开始阵阵发烫，那热度仿佛要蔓延到她的脑子里去。她索性丢掉枇杷，起身去冲凉水澡。

次日一早，陆惟真去上班，掐着点到的。周盈到得比她早，但是没有再过来叽叽歪歪。连陆惟真自己都没想到，在她当了几天刺头儿后，和周盈的关系，达到了前所未有的大和谐。周盈现在每天只给她布置正常量的工作，到点儿下班。偶尔工作没完成，不紧急的不重要的，她丢下就走，第二天才交。周盈也不说什么，挥挥手让她走，好像一句话也不愿意和她多说。

陆惟真不知道，有的人就是这样。你越善良老实，越次次让步，她越欺你，越觉得便利，便越理所当然。而你爱理不理，你事事较真，不轻易让步，她反而知道你难搞，反而心里怵了，反而不敢欺你，因为对于谁来说，都是多一事不如少一事，穿鞋的怕光脚的。

不过，还是有人不让她和谐安宁。

朱鹤林出了三天差，昨天晚上回来了。早上进办公室时，他一眼瞧见陆惟真低头在干活，心里顿时又爱又恨。

朱鹤林自认为浪漫深情，又觉得是在最撩人的暧昧期，虽然出差在外，每晚的短信没断过。起初是道晚安，陆惟真一概不回。

后来，渐渐露骨。

——睡了吗？想你。

——想吻你。

——等我回来，你别想再逃。

陆惟真看得犹如被一道道闪电劈在头顶，忍无可忍，将他拉黑。

于是后来，朱鹤林发现电话打不过去了，短信也发送不成功。他隐隐猜出了结果，可内心始终不肯相信，也不肯服输。

上午，处理完积压工作，朱鹤林喝着茶，就又想起这“小修女”，想得心里又痒又爱又怒，抓起桌上电话，打她分机：“来我办公室一下。”

“没空。”电话便挂断了。

朱鹤林瞪大眼，觉得这简直不可思议。敢情前几天一千多的绩效奖金发给了空气？这妞拿了好处就翻脸不认人。他黑着脸，走到办公室门口，大声喊道：“陆惟真，你这报告怎么写的？给我进来！”

“啪”的一声摔上门。

其他同事面面相觑，周盈嘴角露出嘲讽的笑，心想：你吵吧，赶紧闹翻，看陆惟真还有什么倚仗。

陆惟真磨磨蹭蹭地站起来，走进朱鹤林的办公室，一眼就见他脸色阴沉坐在老板桌后。陆惟真也懒得等他招呼，径直走过去，在他对面坐下：“有话快说，我还有工作没做完。”

朱鹤林突然注意到这妞儿比前几天又好看了几分，仔细一看，刘海梳了起来，虽然还戴着黑框眼镜，可就是感觉眉眼生动了许多，灵动的神态中透着天生的妩媚。

就像一个含苞欲放的花骨朵，终于被谁浇灌，舍得张开了花瓣。

还不是他浇灌的！他可注意过，她身边一直没有男朋友。他堂堂一个大经理，隔三岔五对她表白，她终于也绽放出女人自信的魅力了对不对？朱鹤林心里的气顿时消了一半，痒意更盛。

斟酌片刻，心想她到底是耍花枪，还是真的不想要，都不管，他都得想办法弄到手。于是原本满腹质问撩拨情意浓浓的话，不提了，女人啊，不能惯着。转而他脸色淡淡地开口：“有个项目，今晚去苏州出差三天，其他人都走不开，你跟我去。我让行政订好高铁票就通知你，下班你回家收拾一下。”

陆惟真抬头，干脆利落：“不去。”

朱鹤林一愣，这妞儿是成心气他，几天不见，越来越硬气。他冷笑道：“什么时候领导安排的工作都可以不听了？这份工作你还想不想要？以为我假公济私呢？我可不是那样的人，这是为工作考虑！出去，自己想清楚。”

陆惟真起身就走。

这厢，朱鹤林越想越觉得此计可行，难道陆惟真敢不要这份工作？只要她人跟他走了，孤男寡女，多的是成事机会。他一边打电话让行政人员订高铁票，都不要行政选座，自个儿偷偷摸摸地去选了两个一起的座位，心中仿佛有朵带刺的玫瑰暗暗长着。又打电话给苏州酒店，要了两个相邻的房间。

到了下午，他有事外出，看了眼陆惟真，看她还老实地在工位上干活。行政人员之前报告，已经把高铁信息通知了她，她没说什么，只是点头表示知道了，看来是服软了。朱鹤林心中得意，下午在外办完事后回家收拾行李，还选了几条自觉性感的黑色紧身内裤，又塞了盒套子进去。

结果，等傍晚时，朱鹤林到了高铁站，打算给陆惟真发短信，才想起自己被拉黑，打电话也不成。他心里忽然生出不妙的预感，就站在检票口，巴巴等到最后五分钟，也没有人来。这女人真的要翻天！朱鹤林快被气炸了，只好一个人拖着箱子去了苏州。

朱鹤林远赴苏州独守空房。公司那头，陆惟真若无其事地到点下班。

六月底，傍晚日头还在，薄薄金光覆盖大地。陆惟真换了身衣服，步履匆匆刚要往地铁站赶，听到有人喊道：“陆惟真。”

陆惟真一愣，抬头，陈弦松戴着墨镜，站在路旁，双手插在裤兜里。

陆惟真：“你怎么来了？”

陈弦松却没答，说：“我开车来的，走吧。”

他走前头，陆惟真隔着一米跟着，人还有点茫然，跟着他走到附近的停车场，上了车。

他的神色平静，徐徐将车开出停车场。

“是去你家？”陆惟真问。

“嗯。”他答，“静边已经买好菜了，等你下厨。”

陆惟真忍不住笑了，还是重复了一遍刚才的问题：“你怎么跑来了？”

墨镜之后，他的眼睛看不清，语气寻常：“我不会每次都等着女孩自己跑过来。”

陆惟真愣了愣，低下头，轻轻地搓了搓手指。

没想到他会说这样的话，可仿佛他就该这么会说话。

路上只是闲聊，她说起白天工作的事，乏味得很。他今天则带着几个师傅干活，另卖掉了一套家具。陆惟真羡慕地说：“挣了不少吧？”

陈弦松答：“算不上大富大贵。不过，只要不太夸张的生活，我应该都能负担得起。”

陆惟真：“哦……”

到了店里，林静边看着两人并肩进来，一副要笑不笑的样子。陆惟真到底害羞，别过脸去。陈弦松见状给了林静边一个眼神，后者立刻低头。

陈弦松对陆惟真说：“需要的话，让他打下手。”

陆惟真：“不用。”

陈弦松点头：“去吧。”

陆惟真听话地走进厨房，今天捉妖师来公司接她了，她到现在还觉得脚下好像踩着一团团轻柔的棉花，找不着地面。她努力定了定心神，专心做菜。

陈弦松去后院看了看今天的做工情况。本来每天晚饭后，他都要再干两小时木工，静心、练手、伪装，顺带挣钱。

但他已经连续几个晚上没能干活，今天也不能够。

陈弦松站在院子里回头，透过厨房的窗，可以看到那姑娘系着围裙，拎着锅铲，脸又熏得红红的，眼睛睁得大大的，很认真也很能干的样子。陈弦松看了好一会儿，又抬头，望着四四方方的院子上头灰蓝色的天空，慢慢笑了。

这顿饭依然吃得宾主尽欢。由于昨天见识了陆惟真的手艺，今天去买菜前，林静边忙不迭地点了两个自己最爱吃的菜：红烧鸡翅、酸辣鸡杂，还想再点，陈弦松开口：“辣椒炒肉、红烧猪蹄。”林静边只好记下来，放弃了心中的啤酒鸭和大盘鸡。下午，他就去超市提前把菜买好。所以陆惟真来一看，食材都是肉，嘴角抽了抽。

于是今天大家吃得，比昨天还撑。

一吃完，林静边自动自觉消音，收拾碗筷，进厨房洗碗。

只剩两人相对坐着。

陆惟真其实很想出去走走消消食，可想起昨晚的“枇杷奸情”，无论如何都开不了口。陈弦松似乎也有点走神，盯着桌面半晌后，问：“喝茶吗？”

“嗯？哦，喝。”

“走吧。”

不在院子里喝吗？陆惟真跟着陈弦松，走向他的卧室，才想起里头有个正儿八经的茶台。联想到他店里的标价，那茶台只怕也是钞票堆成的。这么一走神，人就已经跟他走了进去。

他的卧室其实算是套间，床在里头，站在门口也看不到。靠门这边的空间里，只有茶台、几把椅子和一张坐榻，隔得很远，倒没有进入别人卧室的尴尬感。

陈弦松说：“先坐会儿，我去烧水。”他拎了把铜壶，走出去接水。陆惟真坐了一会儿，站起来，在房间里转悠。

陈弦松进来时，就看到她驻足在看墙上的一幅画。他把水烧上，茶叶茶具准备好，走到她身后。

陆惟真问：“这画的什么？”

“云台山上的雾。”

陆惟真盯着那扑朔迷离的画面，这么一看，确实像一层层流动的光和雾，可隐隐又有妖气弥漫的感觉。她突然反应过来：“不会是你画的吧？”

陈弦松笑了笑：“不可以吗？”

陆惟真瞪大眼：“看不出来你还有此等才艺！”

“没事时，随便画两笔。”

“专门学过吗？”

“没有，自己画。”

陆惟真吐吐舌头，自己随便画，画得这么好。她也不知道如何评价，反正，很艺术，很高级，很缥缈。

她却不知道，在陈弦松还很小的时候，每天就有沉重如山的艰苦训练，父亲也从不允许他和同龄小孩玩耍。父亲说：“玩物丧志，你没有那个时间。身为捉妖师，更不要和普通小孩混在一起，给他们惹麻烦，也给你自己惹麻烦。”

几岁稚龄，他就被父亲驱赶着，直面大大小小的妖怪，看它们残忍血腥，看它们魔力冲天。他若是不敢，若是哭，父亲会摁着他的头，不许他闭眼。然后他眼睁睁看着父亲一剑下去，妖怪尸血满地，灰飞烟灭。

再胆大的男孩，那时也会吓得瑟瑟发抖，也会整夜做噩梦。然而无人陪伴，无人安慰，无人蒙住他的双眼，让他不要去看那一梦的无尽血腥。父亲认为，他不需要，不可以，也不准母亲插手。

一年一年，他依然按照父亲的要求，每日刻苦训练，并且开始踏入妖的尸身血海，开始降妖除魔。只是内心总有无法言喻的复杂情绪，压得那时的少年，喘不过气。总有冲动，想要冲破什么，想要甩开什么。

一个偶然的机会，他拿起画笔，乱涂乱画，画了满满几张纸后，方觉那压抑许久的东西，终于宣泄出去一部分，胸中一阵轻松。父亲见了，并不管。后来他就经常画，心也慢慢平静下来。

于是一画十几年。画妖，画怪，画山，画水，画心。

却听那姑娘在旁自言自语般嘀咕："有点伤感压抑的感觉……"

他抬眼看着她，沉默不语。

她却未察觉，又问："这画的是山吗？"

"是。"

"这幅呢，是老虎吗？"

"不，是一只身体接近石头的妖怪。"

"哦……还有这种？"

"妖怪有人形，也有不是人形。但它们都有各自属性，属风和火，属木，属土，属水、属金。上次我捉的那只，属水，不过级别太低，只能喷射自身毒汁。更厉害的妖怪，可以操纵环境中的元素，控水，控火，甚至操纵两种以上元素。"

陆惟真瞪大眼："不是吧，我的感觉……我的感觉……好不真实，这还是我生活的世界吗？"

"千百年来，它们一直都在，绝大部分很低调，遵纪守法，像普通人一样生活，你也察觉不了。"陈弦松答，"作奸犯科的只是极少数，而我的职责，就是把这部分铲除。"

陆惟真想了想，问："所以，遵纪守法那一批，你是不管的？不会捉它们？"

"只要它们不撞到我手里。"

"什么意思？"

"祖训难违：非我族类，其心必异，见则杀之。"陈弦松淡淡道，"所以它们最好对我退避三舍。"顿了顿又说，"我已经杀了许多只妖，只怕它们也恨不得杀了我。”

陆惟真听得微微蹙眉，眼里也流露出担忧：“那怎么办？”

陈弦松看着她清亮温柔的黑眸，反而笑了，说：“目前，还没碰到过有能力和我一战的妖怪。但我必须让自己不断变得更强，才能立于不败之地。这就是我一开始，不想让你……过来找我的原因。知不知道，我这辈子，都会过这样的生活？跟着我的人，也是。”

那双眼睛太幽深而有震慑力，陆惟真垂落目光，嘴里含糊道：“知道了知道了，我说了不怕的。”

陈弦松静默了一会儿，说：“好。”

陆惟真心里那种恍恍惚惚的感觉，又上来了。

他却说：“水烧好了，过来喝茶。”

陆惟真跟着他走到茶台前，长长的一张，雕松刻瀑，一看就很值钱。两人相对而坐，陈弦松单手执壶，轻轻倒掉第一泡，又慢慢冲出第二泡，第一杯递给她，第二杯才给自己。

陆惟真看着他不疾不徐的动作，觉得这时他倒真像一位与这个时代格格不入的捉妖师了。

她端起茶杯，轻轻抿了一口，只觉茶香醇厚，比她以前喝过的那些茶叶渣子或者袋装茶，不知好喝多少。她不由得眯了眯眼，小口小口继续喝。

陈弦松也举杯轻抿了一口，抬头看着她猫似的动作，目光又滑到她身上。

昨天穿的藕色仙女裙，今天穿的黑色小裙子，柔滑布料妥帖沿着曲线而下，一低头时，乌黑如云的长发散落，越发显得藕臂纤细、明艳动人。

陈弦松其实昨天就想问了，但当时手背伤了那么一下子，就没脸问。今天气氛正好。

他问：“之前怎么不见你穿这样？”

陆惟真装傻：“哪样？”

陈弦松抬眸看她一眼：“这样。”

陆惟真答：“上班，要穿正装。而且……我更希望别人看到我的才华，而不是外表。”这是实话。

陈弦松笑了。

陆惟真抬头，就见他单手搭在扶手上，因为笑着，就有点平常罕见的懒散味道。

“所以你是希望我看到……”他停住不说了。

陆惟真的脸一下子涨红。

他不是刚正不阿捉妖师吗？怎么能这个样子！太坏了！

她连忙假装没听到，慌乱地辩解：“我是说真的啊，别看我不会抓妖，是个普通人，可是我工作很努力，做得也很好，只是不被人欣赏罢了。而且，职场还有朱鹤林那样的人，我也是想少点麻烦。”

她提到朱鹤林，陈弦松脸上的笑容没了，问：“他有没有再找你麻烦？”

陆惟真摆摆手：“别管他。”

那就是有了。陈弦松的手指在椅子上摩挲了几下，问：“需不需要我出手？”

陆惟真好奇：“你怎么出手？”

陈弦松：“你不用管，我自然有办法，让他从此不敢为难你。”

陆惟真暗自吃惊，认真地说：“谢谢，但是真的不用，我自己能搞定。”

陈弦松：“最好是。”

陆惟真心想他这话是什么意思，却没敢问。

两人又静静喝了会儿茶，陆惟真抬头，看到他背后，墙的高处，挂着的一幅黑白遗像。其实刚才进来时就注意到了，但是她没问。

“那是我父亲。”陈弦松说，“过世八年。”

陆惟真没吭声，八年前，他应该才十七八岁，她想象不出一个人那么早就失去父亲的感觉。反正如果换成是她，接受不了。好在陈弦松神色平静，似已释然。

陆惟真试探地问：“那你妈妈呢？”

陈弦松正端起茶喝，动作一顿，把茶喝完。陆惟真低头拿起茶碗，将两人的杯子都添满。

“她离开了，在我八岁那年。”他说。

陆惟真不吭声了，她也不想安慰他，没什么好安慰的。过了一会儿，她放下杯子，说：“要不要出去走走，感觉还是没消化啊。”

比起和他两个人坐在这个狭窄空间里，说着一句又一句，让她心慌意乱的话，还不如去喂枇杷。

对面的人，似有似无“嗯”了一声，陆惟真就站起来，他也站起来，跟在她身后，两人就快走到门边了，斜刺里突然伸过来一只手，按住了她的肩膀。陆惟真的心一紧，人已经被他轻轻推到墙上。

夜色完全降下，屋内只有柔和的淡淡的灯光，照亮他的鬓发，也照亮他的眼睛。陆惟真下意识就要挣脱，可他的手是神仙手，挣不掉的。她抽了两下，不动了。

陈弦松的另一只手也伸过来，指尖轻轻碰了一下她的脸，又放下，陆惟真全身为之一颤。

略显低沉的嗓音响起："你那天说要试过才知道，真的想和我开始？"

陆惟真全身的血仿佛一下子涌到脸上，每一根汗毛都在空气中发抖，她抿了抿唇，把那强烈的战栗感压制下去，很慢很慢地吐出一个字："嗯。"

那双属于夜空的眼睛，慢慢绽放出笑意，光泽温和动人。

陈弦松说："好，那就试，我也想开始。我们给彼此一段时间，中途你若是改了主意，若是适应不了，不想再继续，我让你走。但是，一旦我们正式定下来，就不许反悔了。陆惟真，我一辈子只想谈一次恋爱。"

陆惟真竟觉得心头酸涩，抬起眼眸，慢慢地答："……好，那我们，先试试看。"话音刚落，两只手就被他给紧紧抓住了。陆惟真觉得有一阵电击般的感觉，从手背一路飞窜到后背，令她全身发冷又发热。她说："那、那我们可以……去散步了吗？"扭头就想往屋外走。

神仙的手一拉，凡人就落入其怀中。

陆惟真的脸轻轻撞到他胸口，全身一僵，听到他慢慢说道："之前你要来，现在你想跑？"

陆惟真："我……"还没辩解半个字，腰已被他一把握住。

他低头亲吻。

陆惟真只觉得整个世界都在朝自己倾倒。周围那么静，她却听到万物轰然崩塌的声音。陌生的唇，覆盖住她的。有什么在脑子里炸开再也止不住，有什么在眼前不停闪烁耀眼夺目。

那是他的眼，那是他的轮廓，那是他身上赤诚美好的光。

陆惟真昏昏沉沉。

接……接吻吗？不是说试一下吗？不是说刚开始吗？刚开始……就要接吻的吗？她没有经验，她不知道啊。她只能呆呆地，任他想做什么，就做什么。

而当陈弦松吻上那红唇，脑子里第一个念头竟然是，原来自己早就想这么做了。陆惟真不知道，他的心中，也有什么，在无声摇曳着终于绽放着。她的唇甘甜、娇嫩、柔软、颤抖，让人忍不住怜爱，又忍不住想欺负。尽管他也不熟练，动作却毫不迟疑，短暂亲吻红唇后，他略一停顿，往里探去。

陆惟真顿时又是一僵，她是开门呢，还是不开门呢？

由不得她。

她挡不住。

陈弦松已直接撬开红唇，探了进去。陆惟真只能用细细颤抖的手，无助地抓住他的衣襟。他所经之处，犹如闪电过荒草，无声引火。

他按住她的后腰，手很紧，那是任何女人也无法挣脱的怀抱。陆惟真的手指在他襟前，越抓越紧，近乎蜷缩。

他从一开始亲吻，就闭着眼。那神情和陆惟真平时见到的，很不一样。她痴痴看着，慢慢地，也闭上了眼睛。

过了好一会儿，陈弦松才退出来，慢慢睁开眼，望着她，笑了。陆惟真恍恍惚惚地想，这世间最动人的笑，也就这样了。也就这样了。

却听他低声说道："我也有女朋友了，她叫陆惟真。她愿意陪我一起生活。"

陆惟真的眼眶突然就热了。

【013】

陆惟真反应过来时，已对着墙发了很久的呆。

她用力地晃了晃头，可晃来晃去，嘴巴里，脸颊上，都是被陈弦松亲吻过的感觉。那是种说不出的味道，硬要说甜吧，那是扯淡，谁的嘴巴是甜的。

可是真的有种被人从此打上印记的错觉。

她拖着凉鞋，慢吞吞走进洗手间，抬头看到镜子里的自己，嘴唇有点肿。

头一回，他就这么……卖力。

凉水洗了把脸，嘴唇好像才降了温，可浑身皮肤还是隐隐焦灼。她倒在床上，望着天花板。

过了好一会儿，开始自言自语："我居然被吻了，还是个捉妖师……"

"好混乱……他好会吻。"

"我妈知道会不会打死我?

"怎么可以一言不合就吻呢，我都没反应过来！太……欺负人了。"

……

发了好久的呆，她慢慢地叹了口气。

临近午夜，陆惟真下楼。

许嘉来向来是个挣一万花三万的主，最近一激动买了个小车，成了三人里唯一的有车一族，正嘚瑟着呢，叫嚣着要亲自来楼下接美人。

于是陆惟真就看到，许嘉来那细细白白的胳膊，匪气十足地搭车门上，大半夜还戴副墨镜，生怕看得清路。高森那么大个块头，却跟许嘉来的居家爱宠似的，规规矩矩坐在副驾驶座等。

看到他俩，陆惟真躁乱的心情就好了很多。

上了车，许嘉来问："陆老板，今天和那个木匠和尚相处得怎样？"

陆惟真怔了一下，哪壶不开提哪壶，嘴里却答："还不错，我和他们师徒现在是好朋友。"

"好朋友？"许嘉来的话意味深长，高森和她对视一眼。

陆惟真却压根没注意到，抬头望着窗外夜色，出了神。

很快到了地儿，常来的夜宵摊。许嘉来很拉风地把她的八万红色小车往摊位边上"呼啦"一停，不知道的，还以为她开的是保时捷。三人照例点了一大堆食物，反正不管多少，最后高森都能吃完。

高森说起他的新工作——送外卖。已干了快一个月。

"能挣多少？"许嘉来好奇地问。

高森笑笑，手指比了个八。

许嘉来："八千？"乖乖，这只怕要赶上她月收入的三分之一了呢！伙计，有潜力。他们仨中终于有第二人要脱贫了，许嘉来也觉得脸上有光。

高森点头，也面露欣喜："我算挣得多的。"

许嘉来了然。高森体力好，又勤快，当然赚得多。

高森问陆惟真："陆老板想去吗？"

陆惟真：“什么？”

许嘉来察言观色，知道她刚才走神了，心里暗叹口气，重复道：“高森说他干外卖，一个月挣了八千，你不是打算辞职吗？想不想去？”

陆惟真说：“挣这么多？可以啊，高森你再多说点情况。”

高森点头，就把原来工友是怎么把这份工作介绍给自己的，他去的哪家公司，签的什么合同，简单上岗培训，每天接多少单……统统汇报了一遍。许嘉来对这事没什么兴趣，她一个脱衣舞女郎，怎么可能沦落到靠体力挣钱。

许嘉来埋头吃了一会儿烤串，突然注意到高森在给自己递眼色。

许嘉来悄悄看向陆惟真。

陆惟真哪里有在听，手里握着个冷串，眼睛盯着桌面，一副魂不守舍的模样。

许嘉来心里咯噔一下，示意高森继续汇报，背景音不要停。而后她慢慢靠过去，轻言细语地问：“想什么呢？”

陆惟真张口就答：“想他到底……”声音戛然而止。

许嘉来立刻缩回去，高森也住了嘴。

三人面面相觑。

陆惟真说：“高森，你接着说，我听着。”

许嘉来却说：“陆老板，你醒醒。”高森也神色凝重，欲言又止。

陆惟真举起啤酒杯，和他们碰完后，一饮而尽，说：“我能有什么事，别叽叽歪歪。等我明天把工作辞了，就去面试外卖员。”

许嘉来和高森看着她已然泛红而不自知的脸，对视一眼，都没吭声。

次日，陆惟真照旧去上班。只是到底翻来覆去没睡好，顶着两个黑眼圈。她刚坐下没多久，就听到熟悉的噩梦般的高跟鞋声，朝自己靠近，已经有好些天没听到过了

陆惟真懒得抬头，继续打字。直至那人停在自己跟前，还敲了敲桌面。

陆惟真抬头，目光平静。

周盈接触到她的目光，心里居然轻抖了一下。心想是从什么时候起，这女孩变得这么难缠呢？是了，从她搭上朱鹤林开始，就越发嚣张了。可是现在啊……周盈在心中冷笑，昨天夜里，她可是接到朱鹤林气急败坏的电话，劈头盖脸就

骂："你是怎么带人的？最近陆惟真报告完成得那么糟糕，工作态度也不好，你都不管吗？好好管教，不行就让她滚！"

周盈错愕之余，心花怒放。

这还不明白，两人掰了，朱鹤林暗示她为难陆惟真。所以今天一早，周盈迫不及待就来找陆惟真麻烦了。

"陆惟真，你最近交的三个报告，都不行。"周盈说，"有没有用心做？拿回去重写吧，明天早上上班前必须交新的上来。"

其实三个报告写得都不错，周盈扪心自问，陆惟真的确是这批新人里最出色的，但这不是更让人不喜这丫头？

陆惟真今天只怕要通宵。

哪知道陆惟真依然平平淡淡地看着她，笑了一下，从抽屉里拿出张纸，丢到周盈面前："不做。"

不……不做？周盈以为自己听错了，刚要勃然大怒，瞥见那纸上抬头四个黑色粗体字，不由得愣住了。

辞职申请。

陆惟真漫不经心的声音在她耳边响起："另找人伺候吧，我啊，要另攀高枝，不奉陪了。另外，和你背后那个傻子说，他长得丑，身材又差，还一把年纪，给我提鞋都不配，还想泡我？"

周盈张大嘴，完全说不出话来。

尽管交了辞职申请，陆惟真还有几天交接工作，这天依然待到下班铃响才走。下楼时，心里莫名一紧。果不其然，同样的夕阳下，同样的花坛旁，同一个人，安静地等候着。

陆惟真一怔。

平时看惯了陈弦松穿黑灰两色，今天却穿了件蓝色T恤，咖色休闲裤，也没戴墨镜，清清爽爽地站在那里，容颜气度一览无遗，引来不少过往女孩的视线。

陆惟真想：他不会是……专程穿得这么打眼的吧。

还真是。

本来今天，陈弦松一身黑衣就要出门接人，林静边拉着他："师父，好歹是以男朋友的身份第一次接人，别穿得这么老气恐怖啦，跟杀手似的，和我美美的师娘站一起都不配。"

陈弦松说："别乱喊。"

林静边笑嘻嘻。

陈弦松却转身回了屋，片刻后，换了这么一身出来，这还是几年前过年时买的衣服，很久没穿了，毕竟蓝色不如黑色在夜里方便。林静边还注意到，师父的头发也梳过了，脸似乎又洗了一遍，莫非还用了点徒儿的面霜？看着脸比平时水润一点哦！林静边登时忍俊不禁。

"你来多久了？"陆惟真问。

"没多久。"陈弦松低头盯着她，"昨晚没睡好？"

陆惟真摸了摸自己的黑眼圈，嘴里却不承认："没有啊，挺好的，睡得可香了。"

陈弦松笑了。

陆惟真以前觉得他偶尔一笑可好看了。可现在，提到昨天他就笑，陆惟真就觉得他是得了便宜还卖乖。

"走吧。"陈弦松说。

"嗯。"陆惟真转身就往停车场方向走。陈弦松在她身后，垂落在身侧的那只手，轻轻握起。

一路上，她话很少，总是低着头。陈弦松问起什么，她也显得心不在焉，随意应付两句。总之就是不抬头看他就是了。陈弦松起初还有些意外，渐渐回过味来，看着她纤薄白皙的耳垂，还有脸颊上的一抹始终不褪的红，也不吭声了，免得她更加不自在。

平时张牙舞爪，事到临头，尿兔子一只。陈弦松这么想着，心中渐渐开怀。

等到了店门口，车刚停好，她就推门下车，陈弦松紧随其后，喊道："陆惟真。"

陆惟真站住："嗯？"

他说："包给我吧。"

陆惟真："啊？"还没反应过来，手里的提包已经被他拿走了，刚要说"不用啊"，空出来的那只手，就落入一个大大的手掌里。哪怕昨天被他抓着手好一阵子不能动，此时再次被他牵着，陆惟真的心还是会发抖。

"进去吧。"他说。

陆惟真站着不动，手往回缩，抽不回来。他的手稳得很，神色都没变一下。

陆惟真急了，小声说：“林静边在呢！”

“没事。”他说，“总不能连徒弟都瞒着。”

于是陆惟真的脸更红了。

果不其然！陆惟真一抬头，就看到林静边狡黠地看过来，看到两人十指相扣的手，他冲陆惟真挤眼，因为憋笑，清秀的脸都有点变形了。

陆惟真：“……”

林静边嘴里却正经得很：“师父，陆惟真，你们回来了。”

陈弦松“嗯”了一声，对陆惟真说：“去做饭。”

陆惟真：“哦。”想抽手，他却没放，她低声道，“你放手！”

陈弦松说：“要不要帮忙？”

陆惟真：“不要！我做饭最不喜欢人打扰了！”开什么玩笑，现在和他待在一个密闭空间里，就有种羊入虎口的感觉！她连忙挣脱他的手，飞快跑进厨房，关上了门。

陈弦松盯着她狼狈逃窜的背影，又笑了出来。

林静边站在吧台后，手捧着账本，遮住半边脸，心想：妈呀，师父这几天的笑容，比这三年都多好吗！

古人诚不我欺，老房子着火，非同小可。

不过，林静边虽然盼着师父早点脱单，对陆惟真印象也很不错，但他也没想到，两人发展这么快。这才几天啊，这到底是陆惟真厉害，还是师父厉害？

眼见着暮色低垂，满院幽静。师徒两人把饭桌椅子碗筷都摆好，坐下等吃。林静边玩着手机，却不妨碍他注意到，师父隔一会儿就抬头看厨房。憋了一会儿，林静边憋不住了，放下手机，小声说：“师父，我能不能问个问题？”

“说。”

“你喜欢陆惟真什么？”

陈弦松看他一眼，一副不想和他分享的模样。

林静边：“……”

林静边又说道：“其实我就是奇怪。说她漂亮吧，衡烟师叔也漂亮。说她身材好，衡烟师叔也不输。贤惠？没有比衡烟师叔更贤惠的女人了，而且跟你认识这么多年了，知根知底，对你更是一往情深。你和陆惟真才认识几天？可衡烟师叔，你偏偏不肯。这个，怎么就肯了？”

陈弦松说：“没什么好比的，她和别人完全不同。”

“哪里不同了？”

陈弦松看他一眼，继续沉默。

这是又不愿和他细说了，林静边突然就服气了。这不才好上一天吗？就护成这样。师父这人谈起恋爱来，脑子有点轴啊……

这时，陆惟真端着菜从厨房出来了，师徒两人立刻都住了嘴。陈弦松忽而低声说：“别在她面前提姜衡烟。”

林静边：“……哦。”

心情有点难以形容。瞧瞧，从来意志如铁、光明伟岸的师父，也会有对女人如此小心翼翼的一天。

陆惟真端着菜走到院子里，就见陈弦松坐在桌后，明明拿着手机，第一时间就抬头看过来。他并不笑，只是安静望着她。可陆惟真觉得他的目光总是与别人都不同。

陆惟真的脸有点烧，低头避开，把菜放好。他也垂落目光。

明明在一个院子里，相隔咫尺，却仿佛一根寂静的火线，她被系在这头，他从此攥着那头，不动声色。

有林静边插科打诨，气氛很融洽，他俩便似昨天那样轻松聊着，没什么尴尬。只是饭吃完没一会儿，天公不作美，天空阴云朵朵，飘下了小雨。陆惟真原想再出去走走，不用和他拘在一个狭窄空间里的计划，就泡了汤。

眼见林静边去洗碗了，雨轻轻飘着，陆惟真立在院中檐下，不肯看身边的他，说：“下雨了，那我先回去啦。”语气好像轻松得很。

他似有似无地“嗯”了一声。

他居然答得这么干脆？陆惟真心中也不知是什么滋味。

转身就走。

步子还没迈出去，胳膊就被人从后面抓住。陆惟真的整条胳膊轻轻颤了一下，一转头，看到他在笑，了然的笑。然后他看着她的眼睛说：“惟真，等雨停了再走。”

陆惟真突然就迈不动步子了。

他的手那么自然地往下一滑，就握住她的手，紧紧握着。陆惟真的脸无可抑制地热起来，任他又把自己牵进卧室去了。

夜色笼罩，烟雨朦胧。陈弦松打开灯，满屋鹅黄柔光，伴随着淅沥雨声，气氛有些迷离。

他很快泡来一壶清茶，两个简单的白瓷小杯，相对而饮。

“今天有什么开心的事？”陈弦松问。

陆惟真：“嗯？”

“你看起来比平时轻松，上班很顺利？”

陆惟真没想到他心这么细，大概是交了辞职申请，她的确有种如释重负的感觉。可这个，她不想和他多说什么。

“嗯，挺顺利的。”她说，“你呢？最近有没有遇到什么妖魔鬼怪？”语气带上了戏谑。

“遇上了。”

“啊？真的？”

“在城北郊区，最近有点不太平，我马上要带徒弟去查。”陈弦松说，“所以，这几天你先不用过来了，我回来了就去找你。”

“哦。”陆惟真顿了顿，“危不危险？”

陈弦松只说：“还好。”

两人都安静下来，陆惟真喝着茶抬眸，看到几缕幽幽水汽间，捉妖师眉目分明大气，举手投足沉稳宁静。

“能说说……是个什么妖怪吗？”陆惟真说。

陈弦松一时沉吟。

“我总要了解，你在做着什么样的事。”

他抬头看着她，说：“好。”

“是个风系的妖怪。”陈弦松说，“上次我和你说过，五行五系，妖怪各有属性。北郊最近半个月，失踪了四个小男孩，都不到十岁，半夜躺在家里，好端端地就不见了。警察一直查不到任何线索。我听到风声，去查探过一次，已经有了眉目。”

陆惟真：“风系？很厉害吗？”

陈弦松说："比上次的那个，要厉害一些。"

陆惟真眉头轻皱："你要小心，实在不行，交给警察解决。"

陈弦松却笑了一下，是那种带着点散淡的笑，于是陆惟真明白，这个风系新妖怪，绝不是他的对手。

陆惟真嘀咕："你到底有多厉害啊？"

陈弦松想了想，将来若是结婚，她要为他生下继承人，很多事，她总是要知道的。只是一下子想到那么远的事，心跳竟也隐约不平静。

他很耐心地解释道："风系，顾名思义，可以操纵风，一般来说，风系妖怪往往还可以控火，风火同属；水系，则可以引水来战……不管妖怪是何种属性，祖师爷定了规矩，将它们划分为五个境界。"

"……境界？"

"你也可以理解成五个等级，代表它们妖力和战斗力的强弱。换境界从低到高排，分别是：白雀、归犬、徵虎、青龙、六五。"陈弦松说，"上次的妖怪，只是最低的白雀境，但是也算入了流。还有一些妖怪，连白雀都达不到。这次的风妖，应该已初入第二境界：归犬。另外，能操纵两种以上元素的妖怪，起码都是徵虎。"

陆惟真瞪大眼："两种？徵虎？"

陈弦松说："那也不足为惧。"

陆惟真知他艺高胆大，于是似乎也松了口气，眼中闪过一抹好奇："我能不能问一下，你能打赢哪个境界的？"

陈弦松答："我四年前曾经收服过一只大青龙，苦战三天三夜，也受了重伤。至于六五，只听说百年前出现过，建国之后，再无听闻，我、我父亲，甚至我祖父都没见过。世间或许难存。"

陆惟真点头。也就是说，他是最厉害的。

"总之还是要小心。"她小声叨叨。

"嗯。"他说，"知道，听话等我回来。"

于是陆惟真脸又略发烫。

昨天才刚确定关系的两人，又不约而同安静下来。听那雨声，"啪啪啪"打在窗外的树上，一室柔光，仿佛要将外头的世界都淹没。

"我父母都已过世，自己的事，都能做主。"陈弦松突然开口，语气却温和无比，“你呢？伯父伯母是做什么的？在湘城吗？”

陆惟真心里“咣当”一下，心想，这么快就问我父母，他坐的是火箭啊！于是她的脸愈发红了，答：“他们也在湘城，不过在乡下，自己盖了个房子，乐得自在，平时不太管我。”却没答父母职业的问题。

陈弦松眼中有了笑意：“哦。”

陆惟真低头拼命喝茶。

于是陈弦松再次盯着她乌黑如云的发，她是个太真诚的姑娘，每一分勇敢，每一分局促，每一分羞涩，全都毫无遮拦，一眼就能叫他看到底，仿佛一汪清澈甘甜的泉，傻乎乎映着漫天星光，珍贵而不自知。

静了几秒后，陈弦松问：“他们，对你的男朋友有什么要求？”

陆惟真感觉到心都抖了两抖，答：“其实没什么要求，努力、踏实，是个正直的好人，就可以了。”

这真的是陆惟真爸爸偷偷对她说的心里话，至于母亲，压根儿没和她聊过这种话题。

“好。”他只应了一个字。

陆惟真都不想看他的脸了。

“你呢？”他说。

“啊？”

陈弦松慢慢地说：“你对男朋友，对我，还有什么要求？我都会努力做到。”

陆惟真想也没想就摇头：“没有！我没有别的要求，你……你现在就很好，非常好！”

对面的人没说话。

过了一会儿，陆惟真慢吞吞抬头，就见他靠在椅子上，也正看着自己。那目光很宁静，并无什么兴奋得意的情绪。但是那双眼睛，再也不会像初遇时那么寒冷。陆惟真只觉得那双眼里仿佛藏着无穷无尽的光，能将她吞没。

陆惟真于是左顾右盼，就是不看他。他却笑了笑，不动如山，似在守株待兔。

陆惟真的目光落在挂在卧室内墙上的那个腰包上，顺口就问：“我能看看你的宝贝吗？”

他没答。

“不肯就算了！”陆惟真语气里带了点他所熟悉的负气，像是在隐隐控诉。

陈弦松却站了起来，说：“过来。”

陆惟真惊讶地站起：“真舍得给我看啊？”

他走在前头，也不答话，到了那面墙前，将那黑色腰包取下，不过巴掌大，也不是很鼓，看起来就像没装什么东西。

“不只是看……”陈弦松背对着她，“以后，它们都由你来擦。”

“啊？”

陆惟真还发着愣，陈弦松已从墙角取了条凉席，展开铺在地上，坐了上去，然后拍了拍身边空地：“坐。”

陆惟真乖乖坐下，看着他手里的腰包。

“以后都由我擦是什么意思？”她问。

他眼里闪过一丝笑意：“你不是一直想看吗？工欲善其事必先利其器，以后我出战前夕……都由你替我擦洗准备。”

陆惟真低下头：“不要，我做不好。”

手却轻轻被他握住，他说：“你很好。我从没让别人做过，静边都没有。”

陆惟真半晌没出声，而后答：“好。”

陈弦松松开她的手，从腰包里取出了第一个宝贝——那把长剑。

陆惟真之前还没隔这么近看过，这把宝剑看起来乌青乌青、细细长长一把，剑锋甚至还有些残损，隐有青紫幽光。但他一定经常擦拭，因为剑身剑柄上，一点污渍灰尘都没有。陈弦松从抽屉里拿出两块雪白的棉巾，递了块给她。陆惟真有点不敢握剑，陈弦松轻轻将剑柄放在她手里，教她如何轻柔擦拭，如何避开剑锋。陆惟真渐渐放松下来，好奇地问：“万一不小心碰到开关怎么办？有开关的吧？”

陈弦松捉着她的手，虚点了一下手柄，说：“只有握着手柄，而且心中有强烈战意，宝剑才能够感应。如果心中无战意，它不会有反应，就是一把普通铁剑。所以你不用担心。”

陆惟真瞪大眼，还战意，越搞越玄乎了啊。不过自从她遇到陈弦松，玄乎的东西还少吗？她嘀咕道：“反正我不碰手柄开关就是了。”

好好一把上古破魔剑，被她说有“开关”……陈弦松轻声一笑，将擦好的剑往席上轻轻一放，取出第二样——葫芦。

陆惟真笑了一下。

陈弦松："笑什么？"

陆惟真："没什么，泠泠七上弦，快教我吧。"

陈弦松同样告诉她擦拭时的避讳之处。

"绝不可以打开葫芦，对其中窥探。"他叮嘱道。

"为什么？"

"据说，会迷失心志。"

陆惟真耸耸肩："好吧。"再神乎其神的事，她现在都可以平静接受了。

陆惟真还对另一件事好奇："上次，看到你瞬间移动，从壁虎男面前，直接瞬移到我身边，那个，是怎么做到的？"

陈弦松低头，摸了一下腰间皮带，陆惟真这才注意到，那皮带看起来平平无奇，一条黑的，还有点旧，但是仔细一看，隐有金丝革纹，极细极微，再仔细一看，那些金纹竟似水波在微漾。

"这里面还有一件法器，可以令我穿梭无形。"他说。

"啊……"陆惟真张大嘴，"那你……最远都穿梭多远？想去哪里就去哪里吗？"

他一笑："没有无所不能的宝贝，方圆八百多米，就是极限。"

陆惟真点头："那也很厉害了。这个你平时都随身带着？"

"嗯，方便行事。"

说了这么久，陆惟真觉得口渴，站起来说："我把水端过来。"谁知起来太急，脚边又全是法器，一脚就差点踩上壁虎牌变形宝镜。陆惟真吓了一跳，她哪里敢踩，生生把脚往一旁扭去，结果席子上光滑无比，一脚没踩住，整个人就往后摔下来。

她倒吸一口凉气，感觉头就要砸到地板上，然而有神仙在，这种事当然不会发生。她只觉得腰上一紧，背也被人极轻巧地托住，轻轻一带，就坐进了一个怀抱里。陆惟真心猛一跳，回过神来，人已被他放置在大腿上，他的手扣着她的肩和腰，全程稳得晃都没晃一下。

陆惟真松了口气，忙要起身，说："谢谢……"

没能动。她很清晰地感觉到他手里加了几分劲，于是她就被按在他的腿上。

陆惟真全身发紧，而他低头盯着她。

“路都走不稳了？”他低低地问。

陆惟真听到了自己潮汐般袭来的心跳声，说道：“我是不小心的……”

他低头亲下来。

这是一个比昨天的初吻，更有力，更深入，也更持久的吻。他明显学得更熟练了，昨日的游移、试探，还有无处安放的蛮力，全都不再有。他很耐心，呼吸也很重。更主要的是他现在把她整个抱在怀里，完全掌控着她。

陆惟真被亲得整个脑子都胀胀的，人也软得除了他的怀抱，无处可依。

窗外夜色愈深，月光透过纸窗照进来。灰褐色的木地板上，他们一席依偎。满地法器暗暗发光，捉妖师坐在其中，抱着他的姑娘。她的脸早已被他覆盖皆不可见，寂静的月光下，只有他的后背微微弓着，肩胛骨鼓起，一只手搂着她，另一只手牢牢按在地板上。

萍水相逢，偏偏回顾。你要引火，我便盲从。

陆惟真安安静静躺在他怀里，双手轻抵在他胸口，只有双足无意识地微微转动，时而一颤。也不知过了多久，像是受够了单方面的承受，她突然张开双手，抱紧他的背，上半身也努力地仰起，很用力地亲了回去，亲他的嘴，他的脸，他的鼻梁和他的喉结，竟终于有几分不管不顾，任性妄为的味道。

满屋的光线似乎更加柔和，与屋外的昏天暗地就要融为一体。陈弦松被她一口咬在喉结上，身体轻轻一颤，倏地睁眼，却只看到女孩紧闭的轻颤的睫毛，和睫毛上隐隐的水光。陈弦松心中猛地一震，竟生出从未有过的强烈幸福滋味。

这是陆惟真第一次主动吻他，于他们在一起的第二天。

【014】

三天后。

陆惟真单肩扛个二十八寸的箱子，另一只手还拎着个沉重的编织袋加一把立式风扇，不疾不徐地走下楼。楼门口，一辆小货车停着，那是高森向工友借来的。许嘉来正把陆惟真之前添的一张四方桌，从肩头卸下，单手丢进卡车里。她俩身材纤细，容颜娇艳，身负重物却毫不吃力，有路过的男子，起初看脸和腿，后来瞪大眼。

许嘉来向来我行我素，陆惟真今天则没心情去管旁人的目光。

“搬得差不多了吧？我还用上去吗？”许嘉来问。

陆惟真答：“不用了，高森说他一趟搬完，钥匙刚才已经交给房东了。”

“那我去抽支烟。”许嘉来摸出烟盒，走了。

正值中午，太阳很大，陆惟真坐到车上的副驾驶座，开着门吹风。

小区里静悄悄的，陆惟真靠着不动，望着前方树木的枝叶。它们青翠欲滴，在阳光下闪着光泽，似曾相识。

她忽然想起来，那是陈弦松家院子里，树叶与阳光的模样。

莫名地，她就烦躁起来，那烦躁就像一片汪洋大海，不经意就会将她死死压在海底。她闭上眼，脑海里想起的，是三天前的那个夜晚。

明明那只是他们在一起的第二天，还在“试用期”阶段。可那个晚上，被陈弦松抱在腿上亲后，她疯了一把，反过去抱他吻他咬他。整个过程脑子里像有一片糨糊，莫名有种发泄的快感，也不知发泄的是被陈弦松突如其来攻城略地的彷徨失措，还是发泄心中对自己隐隐的厌弃。

那天晚上，两人没做别的，他也完全没有更进一步的意思，毕竟才第二天！但仅仅是亲吻，陆惟真也觉得过了头。

到后来，两人似乎都有些失去理智，陆惟真觉得也许是动物本能作祟吧！两人翻来覆去亲啊亲，一会儿看着彼此，一会儿傻笑，她笑他也笑，她咬他也咬。后来，两个人又抱了好久，谁都没松手。

再后来，他第一次送她回家。到家门口时，她突然就不愿意进去，不愿意结束这个沼泽般的夜晚。他则站在她身后，不吭声。等她掏了钥匙打开门，他突然从背后一把搂住她的腰。

陆惟真手里的钥匙就掉地上，双手环上他的脖子。

最后，她被他抱进屋里，放在沙发上，跟只小狗似的，被他亲了亲，又摸了摸头，他才转身离开。离开时他没回头，也没看她一眼。

“等收了那妖怪，我再来找你。”他这么在她耳边说。

那是她最最喜欢的男人的嗓音，听着就叫人心中叹息。

坐在搬家卡车上的陆惟真慢慢睁开眼，是啊，等他收了那妖怪，一切就会回到正轨上。

许嘉来抽完烟回来，就见陆惟真寒着脸坐在车上，连她靠近，都没有察觉。陆惟真望着前方，眼神分明是空洞的，眼眶有点红，嘴角却带着复杂的笑意。

许嘉来心里“咯噔”一声，拉开车门上去。陆惟真神色一敛，看她一眼，一脸淡然低头看手机。

许嘉来的心更沉了，她知道陆惟真的性子，越是表现得毫不在意，心里越糟糕。许嘉来脱口而出：“你确定你可以？要不换我？”

陆惟真说：“别扯了，只有我能做到。”

许嘉来不吭声了。这是事实，换了谁都没把握。

过了一会儿，许嘉来叹了口气。陆惟真硬邦邦地说：“你叹什么气，我都没叹气。”

许嘉来心里突然有点可怜她，说：“陆老板，这是没有办法的事。”

陆惟真却说：“我知道，没多大的事。”

没一会儿，高森一肩扛一个大箱子，慢悠悠地下来，活像一座大铁塔。两个女孩脸色早已恢复平静，张罗着把所有行李都装好。高森开车，搬着三人所有的行李，往这个城市里新的巢穴驶去。

他们原本住在河西，而今搬往城东南，虽还在同一城市，却相距甚远，而且河西属新建区，处处新绿，地广人稀。城东南却是交通枢纽，人员混杂，随时可以拎着行李上高铁、去汽运站，了无踪迹，而且房租也便宜很多。

三人这回租了个三居室，一人一间。陆惟真失业，现阶段只能节衣缩食，不能独享一套房。

等进了新家，高森问：“陆老板，你明天真的要跟我去公司面试送外卖？”

陆惟真一脸轻松：“对啊，我肯定能干好，比你挣更多。”

高森很服气地说：“那是自然。”

许嘉来笑眯眯靠在对面纸箱上，说：“你俩努努力，争取早日月入过万啊。”

高森说：“下个月了。”

许嘉来：“哎哟，可以啊。请客请客！”

高森：“随你想吃什么。”

许嘉来："嚣张！陆老板，你看他才挣一万就要上天了！"

陆惟真也笑，哈哈大笑，心想，这才是她的生活，这才是她最亲密的、陪伴多年的同伴。

新家总算收拾好了，陆惟真躺在主卧的大床上，望了一会儿天花板，摸出手机，等反应过来自己在干什么时，她已打开了和陈弦松的对话页面。

上一条短信，是他昨天发来的：我明天回来一趟，在家等我。

临走时，他告诉过她家门密码。

她当时回复：好。

再往上一条，是前天晚上，她在傍晚时说：吃饭了吗？记得按时吃。

那应该是作为女友正常的关心义务吧。只是短信发出时，她会忽然想起曾经的那个地下停车场，她把盒饭放到他手里时，他的沉默。

陈弦松回复了一张照片，很昏暗的光线，不知是躲在哪里埋伏，照片里是一块打开吃了一半的压缩饼干。

他真的又在吃压缩饼干。

当时她回复了一个哭泣表情。

他发了个摸头的表情。

陆惟真把手机一把丢开，该出发了。

今天天气不太好，阴沉沉的，刚过中午如同傍晚来临，也许今夜会有雨。陆惟真拎了平时常用的包，里头是空的。她今天没穿裙子，穿了方便运动的短衣短裤运动鞋，长发高高束起，也没戴眼镜，看起来清丽又利落。

许嘉来靠在客厅的墙边，抄手不语。高森坐在沙发上，双手交握，也抬头看着陆惟真，神色凝重。

"陆老板，顺顺利利。"许嘉来按照惯例这么说。

高森说："我们随时等候你的命令。"

陆惟真"嗯"了一声，拉开门出去了。

一下楼，只见满天灰色的云，风呼呼吹来，吹得她头脑清明了几分，也空了几分。

她搭乘公交车，去往陈弦松家附近，先去超市，采购了些食材，然后去了他家里。一如平常。

他们还没回来。

陆惟真精心炖了个汤，又开始洗洗切切，埋头苦干，一心一意却又恍恍惚惚，到后来，她对周遭的一切都无知无觉。

陈弦松喜欢吃红烧猪蹄，每次不吭声，能吃七八块，也不见长一丝赘肉。陆惟真刚把腌好的猪蹄炖开，就感觉到身后一阵熟悉的气息逼近，那双手从背后搂住了她。

她落入那个熟悉的怀抱里，肩膀一颤，菜刀也慢慢放下。

陈弦松只是将她按在胸口，并不说话。可是陆惟真能感觉到他的呼吸他的气息，就在发顶耳畔。

你曾经有过那种感受吗，哪怕你只是听到某个人的呼吸声，都会有微微迷醉的感觉。

“回来了？”她低声说，“吓我一跳。”

“刚进屋。”他说，把她转了个个儿，于是陆惟真看到一个有些邋遢的陈弦松，下巴冒出了青青的胡茬，头发也是乱的，衣服裤腿上更是脏。这是从哪儿钻出来的野人？陆惟真扑哧笑了，眼里却是水汽弥漫的疼惜。

陈弦松眼里却是笑意，盯了她一会儿，大手捏了捏她颈后，转身就走了出去。

陆惟真：“你去哪儿？”

“洗澡，换身衣服。”

陆惟真不知道，他怕臭着她，更怕看到她那样的眼神。

直至陈弦松走远，陆惟真转过身继续做菜，嘴角还挂着笑，片刻后，那笑容渐渐消失，她盯着锅中食物，炊烟正袅袅升起。

等陈弦松和林静边洗澡换衣，稍作打理，陆惟真的饭菜也做好了。这个时间点，其实不上不下的，还不到晚饭时间，但两人明显已饥肠辘辘，仿佛饿了好几天，风卷残云般把一桌菜干掉。

林静边摸着肚子，说：“师父，我困死了，去睡一觉，走的时候叫我。陆惟真，碗放着，我起来洗。”

陆惟真笑着说：“你别管了，快去睡吧。”

院子里就剩下两人了。

雨要下不下的，天空始终一片阴沉。陈弦松靠在椅子上，像头疲惫的狮子。陆惟真说：“你也去睡吧。”

“过一会儿。”他说。

“顺利吗？”

他点了一下头：“还行。”迎着陆惟真关切的目光，顿了顿，进一步解释道，“我们已经摸清了她的身份，也找到了老巢，那四个小男孩都活着，已经被我们救出，暗中送回家。只是守了两天两夜，她始终没现身，没回来。”

陆惟真神色一放松：“救出孩子就太好了，那你们接下来打算怎么办？”

“接着守。”

“那你们是不是马上就要回去？”

陈弦松答：“那倒不用，我留了个小东西在那边。一对玉镜，你那天擦过的。一个在那边，一个在我身上。徽虎境以下的妖怪，并不能完全收敛妖气。她是只归犬境妖怪，只要那边有妖气靠近，我这边就会有感应，立刻赶过去也来得及。”

陆惟真点头：“真厉害。”

他很浅地笑了一下，眉宇间是深深的疲惫。

陆惟真推他一把：“你快去睡。”手却被他抓住。

他说：“那你呢？忙活了一下午，我们都去睡，你做什么？”

陆惟真忽然明白了，这个三天三夜没有好好吃饭睡觉的人，强撑着坐在这里，是想要陪自己。她伸手拉他，他顺从地站起来，她说：“快去睡，我现在不走，晚上才走。”

他这才笑了出来。

陆惟真陪着他进了屋，这还是她第一次离他的卧床这么近，他在床边坐下，解下腰包，搭在床头。陆惟真说：“你睡吧，我就在边上，哪里也不去。一会儿帮你把法器都擦好。”说完她把席子铺好，把腰包拿过去，学他的模样，盘腿坐下。

陈弦松一时没说话。

也曾在脑海中，模模糊糊期盼过这样的画面。他血战归来，家中有人等候，有热饭汤水和温言细语。即使他要沉眠，她也不离开，而是陪在床边，寸步不离。

待他醒来时，她是否还会在？

她一定会在。

他遇到这样一个人了。

他等来了半生不可能的可能。

“陆惟真。”陈弦松说，“谢谢。”

陆惟真却不大在意地答：“这有什么好谢的？你快睡，别管我。”

“嗯。”陈弦松非常听话地躺下了，却并不马上闭眼，只是在旁安静地盯着她，过了一会儿，陷入深沉的睡眠，竟是意外的香甜安稳。

听着陈弦松的呼吸渐渐平稳悠长，陆惟真这才慢慢抬起头，手里宝剑在一盏暗灯下，隐隐发光。她也不知道自己脑子里还在想什么，只是很想再仔细地看看他的容颜。那么高大的人，此时熟睡了，居然也显得乖巧，甚至有一丝柔弱而无所依靠的感觉。短短的乌黑的发，眉眼俱黑，鼻梁高挺，每一寸线条都是他独有的味道。他可真好看啊，陆惟真想，还很温柔，很强大。她平生第一次遇到传说中的捉妖师，原来是他这个样子。肉体凡胎、孤身一人，可抵千军万马。对每一个他遇到的“妖”，斩尽杀绝。

陆惟真转头望着窗外，天快要黑了，日光浑噩，今夜必将月黑风高。

她抹了一把脸，继续擦剑。

陈弦松醒来时，夜色已深。他一转头，就看到陆惟真还在。空空一张席，他的腰包放在边上，看起来已经整理好了。而她抱着双膝望着外头，似在发呆，还打了个小小的哈欠。

陈弦松的心一下子就像被什么极柔软的东西包裹住了，他坐起来，陆惟真察觉了，转头露出笑，宛如白日那般恬静美好：“醒了呀？怎么不多睡一会儿？”

陈弦松低头看了眼手表，快十点了，他站起来说：“夜深了，我先送你回去，再和静边过去那边。”

陆惟真没吭声，陈弦松去洗了把脸，走回院子里，就见陆惟真一人站在树下，还是用那样的眼神望着他。

陈弦松轻轻叹了口气，说：“过来。”

陆惟真低着头走过去。旁边就有两把椅子，陈弦松坐下，陆惟真刚要在边上坐下，人就被他拉进怀里。

时隔三天，第二次这样亲密，陆惟真依然有全身触电的感觉。

陈弦松本来也没想占她便宜，只是看到她刚才那个模样，下意识就这么做了。陆惟真挣扎着要站起，可陈弦松既然做了，就不肯放，低声说："就抱一会儿。"

陆惟真脸又热了，别过头不看他。

两个人的心跳都很快，两个人都不吭声。

过了一会儿，他问："这几天工作怎么样？有没有不顺心的事？"

"没有，都挺好的。"

"那怎么总是噘着嘴？"他的手指在她唇上轻轻一拨。

"才没有。"

他低低笑了，过了一会儿，认真地说："别担心，我不会有事，那东西不是我的对手。"

"我才没有担心你。"

他的手臂微微收紧，陆惟真的脸就靠在了他胸口，清晰闻到属于他的气息。于是她有刹那的迷惘。她想把头抬起来，不要这么近地靠着，结果他又给她按回去。

"陈弦松。"陆惟真说，"我一直想问你，林静边说，你单身很多年，一直没有女朋友。为什么……答应和我在一起？我这个人，虽然不算差，可也没什么大的才干。我觉得……你也找得到更漂亮的，更出色的。"

"什么叫作更加漂亮出色的？"他说，"不会有。"

饶是陆惟真心事重重，也忍不住弯了弯嘴角。又听陈弦松说："那些都不重要，你是个非常温暖的人。"

"温暖？"她有些茫然。

他却并不打算深谈，转而问道："你呢？为什么……就瞧上我了？"言语里已带了丝幸福。

陆惟真的心里有什么在静静流淌，又静静渗没下去。她说："我不知道，第一眼看到你，就觉得很好，慢慢就喜欢了。"

陈弦松低头吻她。

这是个非常安静的吻。

水墨般洇开的夜空，随风摇曳的树影，昏黄缠绵的灯光，一张老旧的木椅。

他一心一意抱着她，吻得温柔至极，吻得全心全意。

过了一会儿，陈弦松松开她，眼眸沉得像海，像是要望到她的灵魂深处去。陆惟真突然觉得受不住这样一双眼，更是鬼迷心窍般开口：“你说过，我们是先试试。那现在，我想离开，还是可以自由离开，对吗？”

他神色一凝，盯着她，没说话。陆惟真忽然意识到，他脸上渐渐散发出的冷意。

她心里咯噔一下。

“我从来，说话算话。”他慢慢地说。

一时间，陆惟真竟辨不出他是在开玩笑，还是真的打算遵守承诺，随时可以放手。于是她也半真半假地说：“那我走了啊。”随即便要起身。谁知双腿刚离开他一点，就感觉到一股前所未有的大力重重袭来，她一下子又被扯得摔了回去。他的手臂硬得像铁，怀抱是那样的热，另一只手，慢慢抚上了她的后脑勺，按住不动，于是陆惟真只得在他胸口抬头，半是委屈半是难过地望着他。

他整个人沉敛得像一片深潭，没有笑。

陆惟真又试图挣了一下，这回干脆纹丝不能动。

“捉妖师不是说话算话吗？”陆惟真轻声说。

他还是不吭声，只是整个人，都硬得像块烙铁，沉默把她跟自己烙在一起。陆惟真轻轻捶了两下他的胸口，不动了。半晌后，她把脸埋在他的胸口，眼泪流了出来。

陈弦松也是在许久的沉默后，察觉胸襟的湿润，伸手握住她的下巴，嗓音还有点哑：“哭什么？还想走？”

陆惟真哽咽着说：“我跟你开玩笑的。”

“那以后就别开这种玩笑。”他说，轻轻抹去她的眼泪，说，“别哭，是不是吓到了？我只是不想听你提那个。”

陆惟真深吸一口气，“嗯”了一声。两人间的气氛似乎有刹那的凝滞。

陆惟真努力笑笑，说道：“好了，不开玩笑了，这么晚了，我要回家。”

他没应声。陆惟真想站起来，还是动不了。她推他的手臂：“你松手啊。”却被他轻而易举用单手捉住双手，而他低头看着她，眼眸里仿佛藏着无数正在坠落正在毁灭的星，他说：“陆惟真，在我心里，试用期已经结束了。”

陆惟真的心像是被什么狠狠砸了一下，半点不能动，嘴里似乎是机械地说：“哦，好，结束就结束。哎，真的好晚了，我要回去了。”脸却被他捏住，被迫面对，不能逃避。

他的脸靠得很近，从没有男人和她如此近过。他低声说：“你呢？可以了吗？”

陆惟真如何答得出一个字，只胡乱点点头。陈弦松见她面红耳赤、神志昏乱，却只当她是平常那样的害羞紧张，在她点头的一刹那，就一把将人给抱紧了。

“那就说定了。”陈弦松笑了一下，“我没有恋爱经验，但是对你，我会冲着结婚去。一定好好待你，拿出这条命待你，不让你受半点委屈。你看着我做，每天，每月，每年看着我做。”

陆惟真的眼眶一下子红了，说：“你别说了。”

陈弦松心想她原来也有这么爱掉眼泪的时候，被壁虎男胁迫，被朱鹤林欺负，都没见这坚强的姑娘掉一滴泪，今天却几次红了眼眶。他的心仿佛冬日雪地里，静静融化了的一条溪水。他抱紧她，轻轻拍着，哄着，也有些懊恼刚才一听她说要离开，就来了脾气，吓着了她。心中暗想，既对她许诺，今后一定要更加克制自己，不让她受半点委屈，就是不让她受半点委屈。

怀抱着娇柔的女孩，陈弦松抬头，望向头顶天空。尽管今晚夜色昏沉，尽管最近的妖都越来越不安分，尽管对于和她的未来，心里还有隐隐不安，可抬头所见，却是他认为今生最美的夜色。从此之后，他不是一个人了。他想，他有陆惟真了，独属于他的好女孩。以后，将来，说不定他们很快就会结婚。

这个世界上，他们两个人。

陈弦松口袋里的半边玉镜，就是在这时发出了盈盈亮光。陆惟真闭了闭眼又睁开。陈弦松一下子坐直了，摸出玉镜看了眼，对陆惟真说：“我要走了。”

陆惟真“嗯”了一声。陈弦松只当她担心自己，低头在她脸上碰了一下，就去叫呼呼大睡的林静边。陆惟真说：“我去给你拿腰包。”

没一会儿，师徒二人都回到院子里，陆惟真也拿着腰包出来了，陈弦松伸手要接，陆惟真手一顿，低声说：“你别动。”

陈弦松便没动，陆惟真低头、弯腰、伸臂，替他仔细把腰包系上，而陈弦松低头只看着她。

一旁的林静边看着这一幕，突然觉得非常感动，呆若木鸡，不出一声打扰。

陆惟真抬头，用盈盈双眼望着陈弦松，说："要小心。"

"我会的。"陈弦松看着她的眼睛，"回去好好睡一觉，明天早上我送你上班。"

陆惟真垂下眼眸，不让他看清眼中情绪，只答："好。"

陈弦松摸摸她的头发，说："静边，你先送她回家。"

林静边："好。"

陆惟真惊讶地抬头："我自己回去就可以，静边去帮你。"

陈弦松淡淡一笑："不用，这么晚了，我不放心。"

林静边也笑着说："师母，你就别担心了，说不定等我送完你再去找师父，他那边都完事了。"

他对陆惟真的这个称呼，终于喊出了口，陈弦松脸色都没变一下，更未阻止。陆惟真也假装没听到。

他俩都坚持，陆惟真也不好再推辞，和林静边一起看着陈弦松开车离开。

林静边问："走吧？我叫个车。"

陆惟真说："等一下，我去拿包。"她的包还在陈弦松房里。

没一会儿，她就挎着包回来了，也没看林静边，说："走吧。"起初林静边也没发觉，往外走了两步，感觉有哪里不对。

他的目光慢慢落在陆惟真那个挎包上。

他接受陈弦松教导已有数年，对周围环境和人的细致观察，保持高度敏感，已属本能。

林静边的脚步停下来，站定不动，喊了声："师母。"

陆惟真也站定，但是没有回头，淡淡道："怎么了？"

林静边语气还比较轻松："你包里装着什么？我记得来的时候，包没有这么鼓。"他还想着，是不是师父私下给了陆惟真什么东西。可这个猜测一出现在脑海里，就被他否定。师父是把她捧在手心都怕化了，如果给了这么多东西，肯定会让他这个徒弟送去，怎么会让陆惟真自个儿塞进包里拎着。

林静边心里突然有一丝不安的情绪。如果不是师父给的东西，那她不声不响带走的是什么？

"没什么啊。"陆惟真转过身来，脸上是平静的表情，"你记错了，是我上班的东西。”

院子里的空气，仿佛有片刻的凝滞。

就在这时，好巧不巧的，陆惟真的包里，竟有什么闪了一下光。哪怕隔着皮包，那光芒也从里透了出来。那光芒是林静边熟悉的，流光溢彩宛如幻影，那是普通人类的物品，无论如何不会发出的光芒。

寒意就如同六月天的井水，突然就将林静边吞没。某个不可思议的恐怖念头，骤然在他心中升起。他却根本不敢，也无法深想。

他整个人都呆住了，一时间，许多画面撞进脑海里：师父刚才离开时，陆惟真亲手为他系上那个看不出形状的腰包；而师父只看着陆惟真，摸她的头发；还有这许多天来，陆惟真和他们师徒二人相处的一点一滴；而他那么努力地插科打诨、营造机会，想要让这两个一眼看去就互相喜欢的人，成双成对……

师父单独一人去除妖，那不是无名小卒，不是窝囊废壁虎男，而是一只狡猾而老到的风系归犬。如果师父摸向腰包，里头是空的……林静边脑子里轰的一声，强自镇定地上前，一把抓住陆惟真的肩带，冷笑说："给我看看。"

陆惟真静静地看着他，没说话。

林静边突然觉得，陆惟真这样的表情，很陌生。这真的是那个跟在师父身后，害羞娇怯的姑娘?

她……她……当那个念头终于清晰呈现在脑海里，林静边只觉得心脏都在抽搐——她真的是人吗?

师父从没怀疑过她。师父是否从没验证过？！

愤怒、惊惧，如同潮水即将没顶，林静边的手死死攥着那根肩带，属于捉妖师的力量，开始急剧在身体里蓄积涌动，随时便要像只豹子，扑向陆惟真。

陆惟真却仿佛毫无感觉，她看着林静边，眼神有点空荡荡的，仿佛根本没把他放在眼里，又仿佛有些恍惚。她慢慢地说："林静边，小徒弟，你这样就没意思了。"

【015】

林静边如坠冰窖，他简直不敢相信自己的耳朵，眼前的陆惟真，和平时那个温柔可爱的陆惟真，仿佛是同一个人，又仿佛不是。

而他脑子里只剩两个字：师父！

陆惟真看到他的眼神，突然别过脸去。

这时，林静边却听到身后不远处，多了道陌生的女声，嗓音娇甜婉转，语气却又冷又毒："陆老板，和这个小捉妖师废话什么，杀了完事！"

林静边霍然回头，就见一个身材娇小的女孩，站在屋檐下，她绑着五颜六色的脏辫，穿着白色背心，黑色短裤，露出两条长腿，看起来就是个叛逆少女。可是她的手里，握着一把剑。那把剑林静边如此熟悉，黑乌乌的剑身，隐隐的斑纹，不是师父的佩剑是什么？

眼见为实，林静边心中仅余的一丝希望轰然破灭。继而他觉得又痛又恨，怒火中烧，整个脑袋都在一抽一抽地痛。然而他是陈弦松手把手教出来的人，捉妖时的腥风血雨也踏足过许多次，哪怕此时指尖都气得在颤抖，他也强迫自己冷静下来。这两个女人前后夹击，显然都不是善类。他看了一眼陆惟真，就去抢她手里的挎包。

然而他刚发动，身后一柄剑如电袭来。只是许嘉来第一次使这剑，明显不得要领，剑身上只浮现很浅一道月芒。但林静边也不敢硬扛，只得松开挎包，往旁一跃避开。

然而许嘉来的特点就是生猛，横冲直撞，一剑未歇一剑又起，剑剑往死里砍他。

林静边却比她更灵敏，速度也不输，他红着眼望去，就见陆惟真安静站在原地，毫无躲避战斗的意思，脸上也没有表情。林静边心中又惊又痛，心想一定要夺回法器，尽快赶去师父那里，否则……否则师父……

他就地一个翻滚，躲出剑锋范围，从院中堆积的木料下方抽出一把锯刀，虽只是普通的刀，可到了他手中就宛若游龙，刀刀凌厉、滴水不漏。许嘉来一时不得靠近，但到底手持宝剑，林静边也拿她没办法。

陆惟真看了一会儿，知道许嘉来大概是在玩儿剑，都没驶出全力，也断不会吃亏，挎着包转身就往院外走。林静边一眼瞥见，心中大急，索性不管不顾，一刀就向陆惟真猛劈过去。

许嘉来冷哼一声，剑光随之而来。

陆惟真连头都没回，仿佛完全没有察觉，整个后背对着林静边的刀锋。

然而林静边也是，风驰电掣般的一刀，直取陆惟真，后背完全是空的，对着许嘉来。

这是不要命了？许嘉来冷哼一声，心想：我还能让你够得上陆老板？

一刀一剑，几乎同时劈下。

许嘉来一愣，手中的剑竟有所迟缓。因为她发现，林静边分明察觉到了背后的致命威胁，却根本没有回身做哪怕一丁点防护。她甚至听到了剑光劈进人类血肉里的声音，而林静边瘦削的背影重重一颤，手里的刀依然朝陆惟真砍去！

这个小捉妖师为了师父的法器，连命都不要了。

许嘉来一时倒有些不知如何是好，手里的剑也停住了。

哪怕许嘉来这一刀不致命，却也将林静边后背劈开一道深深的口子。林静边只感觉到撕裂的剧痛袭来，痛得他差点拿不住刀。但是他拿住了，双眼通红，牙关紧咬，志在必得地朝陆惟真劈去。这一刀下去，她不死也得残废。林静边的眼泪却伴随着杀意同时涌出，心道：师父，这个女人，陆惟真……这个妖怪，她骗了你，骗了我们，利用我们，谋害我们！你知不知道？你知道了以后该怎么办啊！不，我非杀她不可！我来替你杀掉她！

在他刀锋抵达前的一刹那，低头走路的陆惟真，站定了。她没有转身，甚至连头都没回，只轻轻往身后抬起一只手臂，五指微微张开做出阻挡姿态。那手指白皙柔嫩如初剥笋尖。

林静边一怔。

风。

她的掌心，凭空出现了风。

那是个旋涡般的风轮，以肉眼根本无法看清的速度，猛地变大，瞬间大如虎头，平地起浪，朝林静边直扑过来！

林静边悚然大惊，挥刀去挡，可他万万没想到，这一挡，却如同螳臂当车，他听到刀片在自己头顶碎裂的声音，它们被风刀碎成了粉末，然后那风虎一个转身，朝他胸口撞来。

林静边被撞飞出去，“砰”一声撞在屋檐上，砖瓦碎了一地，而他重重跌落在地，眼冒金星头破血流全身剧痛，一时竟趴在地上动弹不得。他骇然抬头，就见陆惟真还站在原地，步子都没挪动一点，慢慢放下手，望着他，说：“林静边，别反抗，没有意义。”

“不要叫我的名字！”林静边吼道，拼命压着眼泪，双眼赤红，强撑着想要站起。结果许嘉来已走到他身旁，一个剑柄击在他后脑勺，林静边如同烂泥又瘫倒在地，这回真爬不起来了，他浑身是血抬起头，强硬地直着脖子，和他师父如出一辙的执拗。

他死死地盯着陆惟真：“你到底是什么人？”

陆惟真没答，许嘉来拿剑柄又敲了一下他的脑袋，说：“区区捉妖师，连陆老板是谁都不知道，就敢闯湘城，活该你们死路一条。”

陆惟真看了眼许嘉来，许嘉来顿时闭嘴，知道自己话多了。

林静边明白自己今天只怕难逃一死，问再多也没有意义。可是他恨啊，当初有多么期望陆惟真能够陪伴孤独的师父，如今就有多恨她，也恨自己，有眼无珠。他看着陆惟真，字字诛心：“陆惟真！我师父他是怎么对你的？你也下得去手！他那样的人，你、你竟然也下得去手！原来你从一开始就在骗我们，骗他！你居然骗他！你到底有没有心？哈哈，哈哈，我真是傻了，眼瞎了！你本来就不是人，你是妖，是孽畜！你怎么会有人性！”

陆惟真脸上没有任何表情，只是眼眶慢慢红了。

许嘉来却听得大怒，谁也不能在她面前诋毁陆老板，她提起剑就要朝林静边背后刺去，彻底结果了他。

陆惟真喝道：“嘉来！”许嘉来骂骂咧咧放下手。

林静边对这一切仿佛都无知无觉，流下两道血泪，一副既痛苦又迷茫的样子，低喃道：“我师父两手空空去除妖了……我师父两手空空去除妖了……知不知道你这样会害死他！”

陆惟真说：“他不会死。嘉来，把他打晕。”只是嗓音轻得像风吹过。

许嘉来单手提起林静边的脑袋，在手里比画。林静边不惧不怕，反而盯着陆惟真的脸，忽然大笑出声，只是那笑声，比哭还难听，他喊道：“陆惟真，我师父永远都不会原谅你！只要他能活下来……他一定能够活下来，然后，他会杀光你们这些妖怪，亲手割下你的脑袋，你信不信？”

陆惟真沉默不语。

许嘉来骂道：“妖怪妖怪，骂谁呢，你全家才是妖怪！愚蠢的地球人！”

她一个手刀劈下，重伤力竭的林静边终于昏死过去。许嘉来一抬头，就见陆惟真木然地站在原地，明明背着满包的宝贝，却跟个孤魂野鬼似的。许嘉来想起刚才林静边的话，一咬牙，抽剑往林静边脖间割去。

猛然间只见一道光影如箭直射，连许嘉来都无法看清。下一秒，她手腕一痛，那剑“咣当”跌在地上。陆惟真已随风而至，站在她面前。

许嘉来不甘心，不要那用不惯的破剑了，一掌抬起，周围院落中，许多的圆木、木板，甚至横梁，突然颤动齐飞，离地而起、脱身而出，朝她飞来。在飞的过程中，所有的木头瞬间解体，汇成一道黄色流光，如一条黄蛇，朝地上的林静边心脏部位直插过去，竟是要将他钉死在地。

陆惟真眼中寒光一闪，一把抓住许嘉来的手，许嘉来避无可避，手上半点力气使不出来，那条木蛇便如同瞬间被拆骨碎肉，化成木粉跌落在地。

许嘉来被呛得不行，依然固执抬头，和陆惟真对峙。

陆惟真：“谁让你杀他？”

许嘉来：“他也是除妖师！”

“他们只杀作恶的那些！那些败类，我们本来也要除掉的！”陆惟真说，“我们只是谋东西，何必逼他们上死路？”

许嘉来愤然挣开陆惟真的手，说：“我们中的败类，关他们什么事？你敢说他们从未杀过无辜同族？”

陆惟真一滞，说：“总之你不用管了，拿了东西就走。”

许嘉来不动。

陆惟真：“要我请你？”

许嘉来咬着下唇，说：“陆老板，这事儿，我不想给你留后路。”

陆惟真沉默不语，清丽的脸显出几分少见的阴冷。

许嘉来劝道：“你刚才也听到他说了，陈弦松如果不死，必然恨你入骨，不杀你誓不甘休。我们今天不如斩草除根，把他们师徒二人都……”

许嘉来看着陆惟真的眼睛，很努力想要看清什么，可里头沉沉一片，如暴风雨即将来袭。许嘉来突然打了个寒战，当永远好脾气的陆老板突然动怒，你最好不要再和她硬杠。

“不需要了。”陆惟真的声音就像是从很远的地方飘来，“他失了这些东西，还有什么资格跟我动手？我会把他逐出湘城，给大家一个交代。”

陈弦松抵达目的地时，天空开始飘落点滴小雨。

那只白毛风妖的巢穴，在一座烂尾楼里。黑灯瞎火，垃圾满地，野草丛生。周遭夜色深沉，如墨洇开，陈弦松脚下踩着干干的草，黑色身影仿佛也与夜色融为一体。

他手脚极轻，悄无声息就攀爬至三楼。只见一片黑漆漆的水泥地，最深处的墙边，有一个穿着花绸衫黑色料子裤的瘦瘦的身影，满头银发，坐在墙边，手边有一盏很暗的台灯，她正低头在缝补什么。

从衣着背影看，和那些跳广场舞的小老太太，没有差别。只是她深夜独自一人躲在这烂尾楼里缝补，这一幕就显得惊悚无比。

陈弦松不再掩饰脚步声，慢慢向她走近。

那人手里的动作停住，放下了针线和衣服。

“报上你的名字。”陈弦松说。

那人站了起来，慢慢转身。那竟是一张非常清瘦矍铄的脸，看起来还有几分秀丽，眼神清明，就是个六十来岁的老太太模样。

“是陆老板派你来的？”老太太叹息道，“我知道自己逃不掉的。”

陈弦松目光一敛，盯着她：“陆老板……是什么人？我是捉妖师。”

老太太脸色一变，原本那恭顺平和的神色消失，眼中寒光四射。只是她看来岳峙渊渟，气度不凡，只怕不好对付。她骂道：“去你妈的捉妖师……”话音未落一掌抬起，一条婴儿手臂粗细的风龙，朝陈弦松直扑过来，她想要先发制人！

陈弦松侧身一避，知道这老妖远比上次的壁虎男厉害，且近身缠斗不利，他打算速战速决，伸手就去抽剑。

剑随意动。当他的手探入腰包，一摸，摸了个空。再一摸，里头还是空空。一股渗入骨髓的寒意，突然覆盖陈弦松的整个后背。

一闪神，他极为惊险地避开老太太的第二次攻击，老太太也一愣，传说中的捉妖师法器无数，她胆战心惊，却没想到这小子半天没摸出什么东西来。

陈弦松又一摸。

紫金葫芦。

缚妖索。

变形镜。

浑天雷。

……

统统不见了。

空的，腰包里的无尽乾坤空间，真真正正空无一物。

寒意如同霜雪，一层层覆盖陈弦松坚硬的后背。除妖十八载，器在人在，器亡人亡。那些大多是陈家世世代代持有的法器，每一任捉妖师，都把它们看得比生命还要重要。

现在，它们统统不见了。

陈弦松有片刻的怔忪。

脑海里蓦然浮现临出门前，陆惟真低眉顺眼，亲手将这个腰包系在他身上的模样。

这一分神，白毛风妖瞅准时机，一个风龙从背后升起，直直砸在陈弦松后背上。陈弦松闷哼一声，被砸得撞在柱子上，他于空中一个翻身，落地，一时未动，喉中一片腥甜涌上。

陈弦松定了定神，眼见着白毛风妖要趁他受伤，全力反扑，几条小风龙迎面扑来。陈弦松摸了一下全身上下仅剩的大法器——那根藏着瞬移秘密的皮带，身形一闪，消失了。

白毛风妖大惊，左顾右盼，不见陈弦松身影。

片刻后，陈弦松如同从空气里浮现，慢慢出现在白毛风妖身后不远处。他抬起头，看着风妖慌乱的身影，没有出声。

甚至说，没有去管她。

夜色深沉，雨声淅沥，孤楼无灯，城市的灯火仿佛远在天边，而大妖就在眼前。陈弦松站在这黑暗的楼里，却仿佛坠入了一个空洞中，周遭空无一物，只有猎猎风声在耳。而那个人的身形笑靥，隐隐约约，就在高高的洞口上方出现。他忽然意识到，自己总是只看到她的温柔婉约，却始终忽略了那一丝丝若有若无的妖异气息。

陈弦松的第一反应是不信，不信是她。他甚至带着几分自我嘲弄和安慰在想，不可能的。他同她那么好，她绝对是和他一条心。她怎么可能是……妖不会有那样的笑，妖不会有那样望着他的一双眼。

自己怎么能怀疑到她身上呢？可笑。他的脑海里甚至急速转过许多可能——是否在他睡着、她擦拭法器时，有妖潜入，盗走法器？又或者今夜的人，根本就不是她，和上次一样，有妖假扮，才骗走他的法器……

然而理智一点一点，毫不留情地将这些可能性，一一否定。从他带着所有法器回家，到他带着腰包离开，只有她一个人接触过腰包，连林静边都没有接触过。而他抱着的那人，看到的那个人，亲吻的那个人，真真切切就是陆惟真。不会是别的人。不会是别的妖。

整个世界于陈弦松而言，仿佛都有片刻寂静。他听到了雨落下的声音，也听到了面前风妖急促的喘息声，听到自己的心跳，一下又一下，平生第一次，茫茫然地跳动着。他低头看了一眼自己空荡荡的双手，忽然觉得后背也是空荡荡的，心里也空旷得好像从来都没有被装过什么。这是一种许多年来，从未有过的感觉。而且那看不见的空洞，正在无声而缓慢地扩大，它们沉淀成一种极沉且钝的感觉，在一点点没入他的身体。

……

你那天说要试过才知道，真的想和我开始?

我也有女朋友了，她叫陆惟真。她愿意陪我一起生活。

我会冲着结婚去。一定好好待你……你看着我做，每天，每月，每年看着我做。

……

她呢?

她说过什么?

原来，她从未真的向他承诺过什么。如今陈弦松睁开双眼，仔细回想，才察觉，自她追到他家开始，虽然死皮赖脸缠着他，可她说过的所有话，每一句都是模棱两可的，都是暧昧不清的。她只说要和他做朋友，从没说过喜欢他。面对他的每一次表白，她要么低头，要么含糊回应。

再往前回想，更是处处都有征兆。那么巧在第一个夜晚，她就没有昏迷，目睹他捉妖的全过程；她表现得那么镇定，甚至并不太惧怕妖怪，还与妖怪周旋；她似乎根本不把朱鹤林的骚扰放在眼里；她非要跟着他来家里，她每次进卧室，都会看向墙上的腰包；她回避了有关父母的问题；她会问他很多问题，有关妖，有关法器，有关捉妖师。

脚下仿佛有一个旋涡，而他正在逐渐陷落。

……

她并没有花多少工夫，就如愿以偿了。因为她只是来找了几趟，他就怕她委屈了，转身把自己送上。

原来，从头到尾，一切都是他说的，一切都是他要的。是他舍不得，是他要和她开始，是他要抱她，要亲她。是他想要得到这个良人。

他要全心全意，他要两情相悦，他要肝胆相照。

从头到尾，她只给过他一句话：第一眼看到你，就觉得很好，慢慢就喜欢了。还是被他强行抱着不放，追问出来的。

陈弦松脑海里忽然闪过个画面，那是今天晚上，在院子里，她突然问自己是不是随时可以走，他却将她抱紧，按在怀里。当时她突然哭了，泪水终于印在他的衣襟上。

陈弦松的心终于传来一阵血肉模糊的疼痛感，眼眶也阵阵湿热。

他慢慢闭上眼。

一切已经清楚了，不需要追问，不需要回顾。从头到尾，清清楚楚，一切都藏在她的眼睛里，藏在她心里，藏在她多少次的低头回避里，藏在她那一滴最终的眼泪里。

陈氏捉妖师，祖宗几百年传下来的法器，从小跟随他的法器，在他手里，被她全部，盗走。

刚刚风妖那一击引起的腥甜感，被他强行压下。就在这一瞬间，他突然觉得再也无法压制，单手按胸，吐出一大口鲜血，沾满衣襟。

风妖愕然回头，这才发现站在黑暗中的陈弦松，只见他脸色白如纸，还吐了血！但他刚才露出瞬移一手，又让风妖忌惮，犹豫片刻，心想这捉妖师八成是出了什么状况，如果不趁今日干掉他，今后等他缓过神来，自己还是难逃一死。于是风妖冷哼一声，雷霆万钧般再次攻去。

陈弦松抬起暮霭沉沉般的双眼，微红，却无情。在风妖袭来的一刹那，他再次瞬移。

再次瞬移。

再次。

再次。

黑暗的楼层里，风声起伏，一道白发身影左突右冲，一道黑色身影时隐时现。

过了一会儿，风妖觉出味儿来，这捉妖师只怕没其他办法，这样在折耗她的精力。而她确实也渐渐感到力不从心，竟是上了他的当！风妖一想到这里，就萌生退意，竭尽全力打出最后一击，在陈弦松的身影再次凭空消失之际，她凌空跃起，跳出三楼。

然而捉妖师的身影如同鬼魅，无比精准地闪现在她坠落的下方，竟是提前洞穿了她的意图。风妖瞪大眼，在她反应过来之前，一支被削尖的木棍，“哧”一声插入她的左胸。黑暗中她只见捉妖师的眼眸闪亮如火，充满决绝，她发出一声撕心裂肺的嚎叫，一掌打在他的胸口。

捉妖师身体一晃。

两人急速下坠。

捉妖师连遭重创，手里木棍竟然不放。原本木头怎么伤得了她，可捉妖师的手劲大得出奇，握着木棍又是往前一送，生生将她的胸口刺了个对穿，她轻咳两声，跌落在地。捉妖师的身形一闪一现，已站在平地上。而她的头垂落，再难抬起，只是仍心有不甘，颤声问：“为什么……一定要杀我？”

“那几个孩子。”捉妖师嗓音沙哑似破嗓，显然伤势严重。

她哭道：“我没有害他们，我是在保护他们……我看到星星坠落了，这个星球的一切都会坠落，我想把他们藏到地底去，这样才安全……”

然而捉妖师铁石心肠，也不听她的胡言乱语，提起木棍再狠狠一捅，风妖气绝，身体软软倒落在地，再无声息。

陈弦松慢慢抽出了木棍。

雨越下越大，顺着他的脸庞、身躯，冲刷而下，血水与泥混在一起。而他仿佛无知无觉，静立片刻后，他提起再粗糙不过的临时制成的木剑，慢慢转身。

楼宇一角，站着三个身影，不知已站了多久。

两人在前，一人在后。站在后面那个人的身形样貌，陈弦松闭着眼都能一一勾勒。约莫一个小时前，她还窝在他怀里，亲昵无比。现在，她和两个同伴，站在对面。而陈弦松心底，仅存的最后一丝希望，也被碾得粉碎。

那个空洞里，呼啸的风，最终将此刻之前的那个他，彻底吞没掉了。

陈弦松根本不看别人，只是直勾勾地盯着她。而陆惟真对着这样穷途末路的他，竟似仍有一丝平日的局促，低下头，垂落目光，不和他对视。

陈弦松忽然笑了出来。

第二卷

如露如电

【016】

陆惟真没想到，会看到这样一个陈弦松。在她心里，他机警至极，又善审时度势，一旦发现法器被盗，理应暂避锋芒，保命离开。

而这白毛风妖，他们仨自会收拾。

却没想到，捉妖师浑身浴血，赤手空拳仍杀了一只归犬级别的控风妖。

他必然受了极重的伤，陆惟真注意到他的背微微佝偻，脖项仍然固执挺立，站在雨中，如山沉默。

许嘉来看了眼同样沉默的陆惟真，先发制人，喝道："居然没死！谁给你胆子还站在这里？"

高森虽不说话，双掌手心火焰时隐时现，无声威慑。

豆大的雨，不断沿着陈弦松脸庞滚落。众人头顶，只有墙外一盏路灯照亮，雨线朦胧。

陈弦松像是完全没听到也没看到那两人的恐吓挑衅，只是盯着陆惟真，问："林静边呢？"

许嘉来冷冷道："死了！"

"我没问你！"陈弦松厉声吼道，"陆惟真，林静边呢？你杀了他吗？"

陆惟真只觉得那一滴滴的雨，重重敲在自己耳膜上，"啪嗒、啪嗒"无比清晰。

她只答了两个字："没有。"

陈弦松沉默不语。

陆惟真也沉默不语。

雨"哗哗"落下。

毫无预兆的，陈弦松剧烈咳嗽起来，他单手死死按住胸口，但还是吐了一大口血出来，血腥味弥散在雨里。陆惟真看着他因为咳嗽而深深佝偻的背，眼前一片恍惚。

许嘉来怕的就是陆惟真心软，已经到了这个地步，无可挽回也不能挽回。

万一陆惟真处理不当，有损她在湘城乃至整个种族间的声名。许嘉来手一挥，双方之间的雨幕便如同受无形之物驱使，于空中开始旋转、聚集，汇成一道美丽又诡异的暗色旋涡。她现在也不敢当着陆惟真的面虐杀陈弦松，所以只聚了碗口粗的一条雨龙，朝陈弦松袭去，心想打成残废也行。

陈弦松低头捂胸，仿佛已反应不过来。

骤然间，他站立的位置一空，人消失得无影无踪，灰龙水柱扑了个空，扑散在地。

高森一直防备着陈弦松仅剩的这一招，一刹那，他敏锐地听到风雨声的变化，急忙转身，去护着陆惟真后背。果然，一道黑影模糊闪现于三人身后的空气里。高森脸色一沉，一记雷霆重拳带着烈火，强势击出。

然而黑影仿佛似燃未燃的火苗，突然又消失在空气里。高森可不管三七二十一，这一拳就想置陈弦松于死地，所以使出了十成力气。这一拳落空，他去势太急，一个趔趄。

许嘉来听到动静，也连忙转身。

于是此时此刻，两人都转向了陆惟真身后。

唯独陆惟真，静静地站立不动，仿佛一根木头，仿佛没有注意到陈弦松与两人的斗法。

几乎是同一秒钟，一道黑影终于出现在她面前，不到一尺远的位置。

陆惟真呼吸一窒。

太快太流畅的声东击西之计，两个同伴都中计，来不及转身护卫她。

“哗哗”的大雨，沉默而熟悉的身影，就在她面前。浑身湿透，雨血难分，黑沉的眼，寂静如初。这个城市里，再没有任何一个男人，有这样一双眼睛。可陆惟真看到那双从不流泪的眼里，蒙上了很清浅的一层。像什么呢，像他眼中的星星，终于坠落消亡于湖底。

陆惟真浑身一震，一时间只觉得茫然不知身在何处。

下一秒，一只有力的大手，死死勒住她的喉咙。力道之大，令她瞬间发出断裂而嘶哑的喘息声。

陈弦松眼中的泪光一闪而逝，直勾勾盯着近在咫尺的女人，看着她的小脸刹那煞白，看着她到了这种时候，还犟着就是不看他。而他手上只要再加半成力，哪怕她一身妖气，他也足以捏断这娇弱血肉之躯的咽喉。

他握着，没动。陆惟真的头被迫微微仰起，嗓中嘶哑声不断，双脚离地，右手也慢慢抬起，很轻地抓住了他的手臂。两行泪从她眼中无声落下。陈弦松脸颊的肌肉微微颤动。

高森和许嘉来同时回神，却只吓得魂飞魄散。

没了法器的陈弦松，无论如何都不可能捏得住陆惟真的咽喉。

除非陆惟真让他捏住。

两人一左一右，同时朝陈弦松袭来，雨火双龙，雷霆万钧，必杀之技。

与此同时，陈弦松眼中杀意如暴雪降临，五指骤然发力！

陆惟真忽然不再看他的容颜。她的视线越过他，看向那一地灰黑的、跳动的、急促的雨。在许高二人发动之时，她的左手往后一抹，两人发出的足以夺去陈弦松残命的攻击，便似撞在一堵无形风墙上。那两人皆是一呆，下一秒，已被巨大的反弹力撞得往后飞起，摔落地面，两人连退五六步才站稳。虽然毫发无伤，但两个人的脸色都变得极其难看，望着前方二人，不再上前。

而在陈弦松下手杀人的那一刹那，陆惟真原本抓住他手臂的那只手，沿着他的手臂轻轻往前一推，陈弦松就感觉到一股柔和却无穷无尽的力量，陡然将自己全身都包裹住。他的手已感觉不到陆惟真的脖子，仿佛陷入了海绵中，而后竟不由自主往后飞去，飞出七八米远，落在地面。

陈弦松一个翻身就要跃起，却感觉到几股更加霸道的力量，瞬间缠住自己的四肢和腰，动弹不得。他冷眼望去，竟是几道风，那风被操控得精细无比，呈细绳状，以肉眼几乎看不清的速度，在他的双腕、脚踝和腰间，疾速缠绕回旋。如此就将他死死缚在地上。

而他本已力竭，此时无论如何蓄力，也无法撼动那几道强大的风索半分。而且，腰间那道风索，竟似故意紧贴瞬移腰带，仿佛在威胁他，只要稍有异动，她便能留下腰带，要不要看看谁更快？

陈弦松脸色苍白无比，仰躺于地面，任大雨迎面落下，动弹不得。

高森和许嘉来却暗暗松了口气，陆惟真到底没有心软。

而在陆惟真看来，这一幕是怎样的呢？

那个男人，在今夜屡屡搏命后，一身黑衣破烂不堪，处处见血，甚至有几处深可见白骨。他已遍体鳞伤，却依然仿佛一张不肯放松的弓弦，全身绷直与风龙对抗。

她已尽量选择对他伤害最小的方式，控制住他。可此时，她却清清楚楚从他脸上看到了强烈的屈辱和恨意，乃至于他的身躯都在微微发颤。是啊，从来所向无敌没有败绩的捉妖师，此时却被一群妖怪捉住，盗走祖宗法器，那么刚强似铁的一个人，此时如同羔羊一般，呈“大”字形被锁在地上，任妖宰割。

胜负已定。

陆惟真站在几米远的位置不动，也不说话。陈弦松全身绷直，也没有看任何人，直直望着天空。

许嘉来和高森对视一眼，许嘉来叹了口气，走上前，劝陆惟真：“你……要是真舍不得，带回去吧，关着就是。”

高森：“我看可以。”

陆惟真看着地上那人，目光无声沿着他的身形轮廓移动。许嘉来的话仿佛一道惊雷在耳边炸开，带回去……带回去……他再恨，天天还可以看到，不至于此生此世都……时间久了，或许……或许……

猛然间她回过神来，差点苦笑出来，多么荒谬的念头，她是鬼迷心窍了吗？

地上的陈弦松，也听到了这话，脸色骤变，难看无比，他冷冷地说：“陆惟真，你今天如果不杀我，只要我还有一口气，不杀你，誓不为人。”

陆惟真听明白了。

这是只求一死，也不愿意为她禁脔，逼她马上动手。

陆惟真忽然笑了出来，抬头，望着漫天的雨，慢慢笑了。

怎么，就到了这个地步呢？

她只是相亲意外碰到了一只作乱的壁虎妖，刚想将计就计，打探清楚情况后就顺手收拾掉，却被捉妖师所救。

一个大妖，被捉妖师所救。他为什么要来湘城？所谓的“捉妖师”踏入湘城，她就无法袖手旁观。这是她的职责所在。

原本只是刻意接近，混个脸熟，借机盗取法器。他油盐不进，不辞而别，她就死皮赖脸，努力讨好。

是怎么就被他抱在手里，护在了心里？她还没来得及防备，他已说愿意。她骑虎难下，半推半就。她不断告诉自己是在演戏，他是传闻中，心狠手辣愚昧至极的捉妖师。他也亲口对她承认祖训，对妖“见则杀之”。血海深仇，势不两立。他们永远也不可能真的在一起。

可是，她是喜欢的。从看到他的第一眼，看到他在餐厅里，抬起头，望着自己，她就迷惘了。

陈弦松，他是捉妖师，是她的死敌。

他不是别的什么人，不是这世上任何一个别人。他是她在广阔寂寥的人类城市里，唯一的温柔幻想。

他是浩瀚星河里，被辜负的那颗星。

现在，他要她亲手杀他。

否则将来他一定杀她。

捉妖师为什么要这么刚烈，怯懦一点不好吗？逃走不好吗？刚才他连命都保不住了，还要孤身冒险来杀她。

陆惟真轻轻吸了吸鼻子，脸色沉静下来，沉静得仿佛无声水面。

她说："我不杀你，因为已经没有必要。按照你们捉妖师的规则来说，我，水火土三属，上境大青龙。你即使法器齐全，也难杀我，更何况现在。我于你有亏欠，今天放你一命。日出之前，陈弦松，带着你徒弟，离开湘城。日出之后，我会下追杀令，整个湘城，你口里的'妖怪'，都会争先恐后地追杀你。今生今世，不要再踏入湘城半步。高森，嘉来，我们走。"

话音未落，缠绕在陈弦松全身的风索，骤然消退于无形。他慢慢地手撑地面，坐了起来，只是看着地面。

"你到底是什么人？"陈弦松嗓音极其沙哑地问。

陆惟真已带着他俩转身，闻言脚步一顿。许嘉来嗤笑一声，说："有眼不识泰山！"

陆惟真沉默片刻，说："你们捉妖师，千百年，不问因由，见妖就杀，维护你们心中所谓的正义正统。你们何曾真正了解过我们？我们的历史，我们的种族。我的祖先，跨越数千光年，来到地球，不是为了作恶，不是为了被当成可笑的'妖'。我们中的绝大多数人，只想过平静的生活，把这里当成新的故乡。

"你以为你是黑夜的守护者，可在你所谓的黑夜里，我们本就有自己的规则、自己的秩序，在地球已相安无事数年，作恶的只是极少数，就像人类中，不也有穷凶极恶丧尽天良的恶人？可捉妖师依然要当残忍的猎人，不问缘由地用我们的鲜血，去实现你们所谓的正义抱负。

"陈弦松，你问我是什么人。我，陆惟真，湘城一地的守护者，所有的同族都称呼我为'半星'。离开之后，记住我的名字，就像你记住每一个被你杀掉的妖的姓名——今天毁了你的人，就是我陆半星。"

一行三人，于黑夜中飞纵，在人类不知晓的屋顶天空，一路飞掠往城南。许嘉来本来想问怎么不去搭地铁，跑这么远多累，还要淋雨。可看着陆惟真的脸色，她居然不敢问。而高森向来是陆惟真说什么是什么，只埋头赶路。

终于，到了他们新租的小区，三人从夜空落到无人地面，如寻常人般步入小区。那大包高森拿着，到了这时候，许嘉来忍不住摸摸那包，难掩欣喜："要好好研究一下，这些所谓的法器，到底是怎么回事。这下发了，有了这些宝贝，咱们湘城事务处，在整个大中华区都长脸了。陆老板，你说是不是？"

高森闻言也笑了，说："陆老板，能不能到时候分我一样？"

没有回答。

两人回头，这才发现陆惟真还沉默着，跟在后面。

两人面面相觑。

高森忽然说："为什么不听嘉来的，把他抓回来？抓又不抓，杀又不杀，留后患。"许嘉来打了一下他的脑袋。

陆惟真看他一眼，神色冷冷："你闭嘴。"

高森闭嘴。

许嘉来故作轻松地笑了："好了，好了，怎么着都完事了，一干二净，一清二楚。要不要去吃个夜宵？我快饿死了。"

陆惟真站住："你们去吧，我出去一下。"

许嘉来和高森脸色都是一变，可谁又拦得住陆半星？她浑身早也淋湿透了，转身就没入雨中，顷刻没了身影。

【017】

陆惟真的祖先，于千年前来到地球。

遥远的璃黄星系，距离地球三千光年。如果按照宇宙通行标准论，今日的地球文明发展程度，也不过0.7级。璃黄帝国全盛之时，已达到2.3级。

1级可以完全操纵一颗行星的能量。

2级可以操纵恒星星系的能量。

然而，和任何盛极一时的文明一样，璃黄文明逃不过自然的无常和反噬。恒星坠落，行星流浪，数万万搭载着璃黄幸存者的飞船出逃，最终抵达地球的不过百余支。

其中，并不包括最重要的那一支舰队。承载着璃黄最先进技术和文明数据的那支舰队，于太空中迷航，一头扎进星云深处，被黑洞俘获，泯灭了。

而抵达地球的这些，在漫长的流浪途中，战士们几乎死伤殆尽，高维度场能也濒临枯竭，几乎走投无路。好在当年的领航员们，理智、友好且坚定，他们下达“安居令”，命令所有飞船，按照人种肤色的不同，秘密前往地球不同大洲，以不暴露身份、不扰乱地球文明正常进程为前提，安顿下来。

这其中，还有一些璃黄公民，不具备人形，譬如虫族、半兽族、巨兽族……它们本来进化程度就比人类低；另有一些公民，在宇宙流亡过程中遭受辐射产生变异或退化……领航员命令他们迁徙至人迹罕至的海洋、湖泊、森林、沙漠深处，不得出现在人类面前。

起初，所有异星人都是遵守规则的。即使是外表和地球人没有差别的那些异星人，也远离人类聚居地，不接触、不来往、不泄露行踪，更不可能通婚使血脉混杂。但是渐渐地，许多年过去，他们的后代，不再满足于与世隔绝、贫瘠艰苦的生活。他们慢慢向人类圈靠拢，开始试探、接触，甚至融入。

人形妖怪都是如此，更何况那些隐藏山中海底的“异形”们。它们的道德水平和自制能力本来就更弱，动物本能更强。于是它们与地球人的接触，就不那么友好而低调了。它们开始屡屡进犯人类居住地，戏弄、攻击、吞吃、强奸……所以古代历史上，你会看到比现代多得多的妖魔精怪传说，并且活灵活现，煞有介事。

自古以来，唯有爱情可以跨越一切障碍。跨越身份、地位、种族乃至星际的差异。一旦有了第一个和人类相爱的异星人，就开始有第二个、第三个……远的譬如历史上的某著名蛇妖、田螺姑娘、牛氏魔王……近的，现存的名声最大的，便是陆惟真的母亲厉承琳。她嫁给了一个土生土长的地球土著人。所以陆惟真这样的，便被称为“半星人”。

异星人与地球人同为碳基生物，DNA链条相似而不同，故同样呼吸地球空气而生存，却具有与周围环境元素能量共振的“超能力”。

按照璃黄星系标准，异星人的能力分为五个等级：风耀、星耀、水耀、光耀、幻耀，幻耀最高。分别对应于地球捉妖师派系数百年来总结出来的白雀、归犬、徵虎、青龙、六五。说来奇怪，尽管异星人对捉妖师又怕又恨又鄙视，几乎就是见面死一个的关系。可捉妖师的这一套分级标准，异星人却用得更普遍，大概是因为更有地球本土特色。

白雀境（风耀者），速度和力量超出常人三倍以上，可以做一些简单的操纵。譬如你是风属性，就操纵风；你是火属性，就操纵火。之前被陈弦松收进葫芦里的壁虎怪，就是一只刚刚踏入白雀境的菜鸟。

归犬境（星耀者），在风耀基础上，还可以对操纵元素进行简单变形，譬如白毛风妖丢出的小风龙。

徵虎境（水耀者），可以完成中型操纵术，譬如操纵一片小规模的海浪，一次旋风。甚至还可以从元素中为自身吸取能量，提升速度和力量。许嘉来和高森，都是徵虎境。

青龙境（光耀者），速度如光，可以快速移动近乎光影，可以操纵一片大规模的海啸，或者一次龙卷风。甚至可以同时操纵两到三种元素，制造复合攻势。这也是目前存在的异星人中，能达到的最高境界。

六五境（幻耀者），这是一个传说中的境界，不光是陆惟真、陈弦松，连陆惟真的妈妈厉承琳也没见过。据说达到六五境者，能够操纵星球级别的能量。

与平平无奇的地球人相比，哪怕是白雀境的妖，都显得过于强大了。然而千百年来，战争并未在异星人与地球人之间发生。一方面，绝大多数璃黄人，天生爱好和平，崇尚道德与法制，无意与地球人为敌。另一方面，异星人也都亲眼看到，数百年间，地球文明就从他们刚抵达时的0.2级，发展到0.7级。要知道曾经的璃黄星系实现这个跨度，用了整整三千年。所以，璃黄人历代首领都很清醒，他们清楚在地球庞大而浩瀚的文明进程前，一小撮来自高等文明的流亡者力量，微乎其微，根本无法撼动其分毫。用地球人的话说，明哲，才能保身。

尤其是最近几十年，地球环境和平，各国经济科技水平高速发展，甚至已经开始探索宇宙奥秘。反观异星人：一方面血脉因为不断与地球人通婚而不断变异，许多人能力减退如普通地球人；另一方面，高境者越来越少，六五境大妖不出，大中华区青龙境大妖不过一只手数得清。所以，璃黄人更加低调谨慎，大隐隐于市，避免引起地球人注意。

连山中的妖怪们，都知道世道艰难，当代的地球人，不可轻易招惹。

至于陆惟真的父亲——一名普通的地球生物学家陆浩然，是怎么娶到异星人大青龙厉承琳的，一直是众璃黄星人、半星人心中的一个谜题。陆惟真只知道，在她爸心里，她妈可爱、迷糊、温柔、善良、聪明、性感……任何形容女性美好的词语，都不足以形容他老婆的完美。而其他人包括陆惟真，都觉得陆浩然瞎了眼。

且不说厉承琳系出名门，是历史上璃黄帝国最强舰队指挥官的第一百代孙，血脉纯正，基因强悍，英雄世家，令人心生敬畏。她本人沉默寡言、不苟言笑、凶狠暴戾。

据说年轻时，她赤手空拳，差点把大中华区年轻有为的大统领打趴下，只因为大统领装聋作哑赖着皮想约她吃饭；她还曾单枪匹马，深入云南山区，杀掉了一群作恶多端灵力高强的山怪，顺带还打晕十几个人类毒贩丢到公安局后门……总之，厉承琳作为数十年来璃黄最强，出生即归犬，成年入徽虎，后又经多年修炼打磨，于三十岁迈入青龙境的女战神，在整个大中华区，那就是仗剑天涯，横行无忌。

所以，某天，突然传出她嫁给一个地球男人的消息，惊掉了一众异星人的眼球。据说当天，中华区大统领还在办公室里摔了最心爱的一个茶杯，冲下属们发了一顿无名火。

而很多看不惯厉承琳的异星人，则欢呼雀跃：人算不如天算，女战神太任性，这下那牛气哄哄的血脉，终于被平凡地球人冲淡了，搞不好还生出个异形弱智出来，厉承琳这一脉，八成玩完。

然而厉承琳和陆浩然婚后六个月，陆惟真横空出世，出生即徽虎，成年轻轻松松就是青龙。

虽然这种逆天的情况，在历史上不是没出现过，毕竟基因突变、择优进化什么的，也说不准，但是像陆惟真起点这么高的，却是少之又少。

甚至连那些璃黄领袖听说之后，都对陆惟真寄予厚望。已经有多少年，没有人突破到六五境了，那成了一个传说中的单兵战斗力极限。领袖们希望陆惟真从小刻苦训练，奋发图强，振兴没落的璃黄文明，问鼎百年六五第一人！

然而……陆惟真这性子，也不知随谁，既不像刚毅的妈妈，也不像老实的爸爸。她从小就跟只乌龟似的，母亲推一下，她就动一下，没人推，她能缩壳里半天不出来。

据说在很小的时候，看到母亲使出操控风水火技能，小惟真“咯咯咯”笑，半点不怕，那时厉承琳露出笑容，为小女儿出众的胆色。结果一转头，小惟真就呼呼大睡，再让她看什么技能，她就眯着双小眼，打着哈欠，半点提不起兴趣的样子。

璃黄当代第一女战神厉承琳：“……”

这只小徵虎是不是太淡定了一点？

年龄再大点，陆惟真这股与世无争、混吃等死、我丧故我在的性子就更明显了。每天她勉勉强强完成母亲布置的训练任务，打死都不会主动多做一分。虽然她不敢明目张胆逃课，但是时常头痛、胃痛、腹痛、饥饿、睡过头……厉承琳脾气本来就不好，在培养陆惟真的整个过程中，经常被气得冒烟。厉承琳从小接受的是军事教育，于是也会动手打陆惟真。结果被陆浩然发现，向来做老好人的父亲，硬拦着不准厉承琳打，不退一步。厉承琳在别人，包括女儿面前都是横行无忌的，却拿陆浩然没辙，只得让步。

一方面，女儿使出浑身解数、百般花招拖后腿，另一方面，丈夫又拦着护着，父女俩整天委屈得跟两朵小白花似的。厉承琳硬是被他们屡屡“套路”了，于是陆惟真的训练，也就这么拖拖拉拉地维持下去。

不过高考时，她倒让父母刮目相看，居然还考了个不错的大学。

然而，这一下，就如同困了多年的小鸟放出笼子，陆惟真毫不犹豫搬到学校去住，她从此生活在一群人类中，父母再难插手。

大学四年，陆惟真学业尚可。就她这么个不费劲儿的活法儿，莫名其妙还入了青龙境。只不过厉承琳也清楚，越到后面，提升越难，更何况是神一样的六五境，更要靠勤奋修炼和强大意志，她这个出生即神童的女儿，只怕这辈子便止步于青龙了。

在陆惟真小的时候，厉承琳还暗中考虑过大中华区大统领那个位置。这有什么不敢想的，当年她就差点把大统领干下马。现在大统领也和她一样老了，大儿子平平庸庸，二儿子还算出类拔萃，但也没法和陆惟真的出生即徵虎相比。她女儿青出于蓝，怎么就不敢想了？

然而，陆惟真长成那么个性子，厉承琳也就放弃了搞政变抢地盘的不切实际的想法。

不过，湘城异星人事务管理处处长这个职务，倒是安安稳稳地落到了陆惟真头上。

一是这处长以前就是由厉承琳担任，谁敢觊觎，谁抢她弄死谁。

二是陆惟真到底是湘城仅有的两大青龙之一，她不当谁当?

三是陆惟真虽然无心仕途，一心只想当一条咸鱼，但是她的兄弟和伙伴们，譬如许嘉来、高森，还有断手、雷暴等人，都在湘城。她拿下这个职位，就能护着湘城这些兄弟。所以十九岁那年，她抽空去参加了湘城处长选拔，毫无意外拿下第一，转头又急急忙忙去参加大学期末考试。

所以，陆惟真的绰号还挺多，陆半星、陆老板、陆处长。

如今，母女俩就维持着淡淡的关系。全靠陆浩然和陆惟真通电话时，母女才说上几句话。有时候陆惟真回家，父亲会准备一桌子她喜欢的饭菜，还偷偷告诉她，鱼是母亲去江里亲自炸的。但是母亲看到她，往往没什么好脸色。一聊到工作，聊到修炼，聊到仕途，多半话不投机半句多。一个冷笑："我们厉家卓绝的基因，堂堂湘城处长，就是用来在人类办公室复印端水打杂的？"另一个皮糙肉厚，没脸没皮，当没听到，吃完丢碗就走。

可是，今夜，陆惟真离开许嘉来和高森，走在淅淅沥沥的雨中，不知要往哪里去。不知不觉，就出了城市，走到了自家的那个农庄外。

厉承琳不喜欢和人类混居，陆浩然又喜欢大自然，两人一拍即合，结婚后在郊区弄了一大块地，修了个农庄，避世隐居。厉承琳可以在山间田野里修炼，不被任何人打扰；陆浩然也可以闷头研究他的生物微观结构和标本。

农庄外有高高的围墙，大门也紧锁着。陆惟真轻松越过高墙，抬头看到熟悉的景物，憋在胸口很久的那一口气，才慢慢吐出来。

远处是父母亲手种的庄稼，群山在更远的地方，沉默和她对视。

近处，是错落有致的花与树，每一丛都开得繁密宁静。夜太静了，让人的心也有迷失感。陆惟真踩着砂石小路，慢慢走近，抬头望，家里那排房子亮着灯，父母还没睡。而她一时竟不敢靠近。

靠近了，说什么。

说我心里难受，才回来的。

说我爱上了一个捉妖师，不负母亲期待，也不忘处长职责，亲手毁了他。

她没有什么值得怜悯，也没有什么需要谅解。

陆惟真不打算进去了，打算靠近一点，站站就走。

谁知还没走到房子跟前，远远地，就看到父亲亲手搭的小亭子里，坐着两个人。几盏橘黄手工灯笼，高高悬挂在亭子四角，照得里头朦朦胧胧，很有气氛。一根柱子上，还挂着个小音箱，放着柔情妩媚的音乐。亭内石桌上放着几个菜盘，空气里还有残余的酒香。而那两人，背对着她，父亲搂着母亲，母亲小鸟依人，看样子似乎还在热烈亲吻。

原本走投无路失魂落魄如丧家之犬的陆惟真：“……”

突然间，就觉得自己其实只是一个笑话。

陆惟真站在亭子下方的黑暗里，沉默望了一会儿，转身离开。

亭子里。

陆惟真刚来到院外时，厉承琳就顿了一下，推开丈夫作乱的手。陆浩然不满地重新将她抱紧：“琳琳，怎么了？”

厉承琳：“女儿回来了。”

陆浩然一听，很高兴，刚要站起，被厉承琳拉住：“她翻墙进来的，没有敲门，不想惊动我们。”

陆浩然犹豫后，又坐下了。

两人靠在一起，都竖起耳朵在听。当然，厉承琳听得一清二楚，陆浩然也就是听个风响。

厉承琳听着陆惟真靠近，听着她站定，又听着她转身走向农庄深处。

厉承琳推开丈夫，沉默不语。陆浩然立刻回头，压低声音问：“去哪儿了？”

厉承琳：“东南一百五十米处，她跳到仓库顶坐着了。”

陆浩然：“咱们一块儿过去看看。”厉承琳不动，陆浩然伸手一捏她的鼻子，“多大的人了，还和孩子怄气。”

厉承琳：“不是怄气，这里头有事。你先去探探，她是个什么情况——最好不是我想的那样。”

陆惟真坐在高高的房顶上，听到后头传来爬梯子的笨拙声音，没有回头。

这个家里，只有一个人上屋顶还需要架梯子。

陆浩然在她身边坐下，和她一起抬头望着雨后初霁的夜空，乌云散去，不见明月，只有几颗单薄的星。

“什么事想不开？”陆浩然温和地问。

以往陆惟真有什么心事，都会愿意与父亲分享，此时却说不出一个字。

陆浩然：“不想说？”

沉默。

陆浩然：“不能说？”

继续沉默。

陆浩然慢慢睁大眼，看着女儿眼中流出的泪，而她自己似乎完全没察觉。

“你……”

当父母的，最怕到了某一天，孩子的委屈，已不能再对自己诉说。

陆惟真恍然惊觉，立刻擦掉眼泪，露出个极度自嘲的笑容。

陆浩然心口一疼，不问了，只是轻轻搂住女儿肩膀，说：“我相信你，你如果选择做什么，一定有自己的道理。既然做了，你也会勇敢承担后果。女儿，世上没有两全其美的事，凡事朝前看，人生真的没有过不去的坎儿。再过几年，等你回望，就会发现啊，那些都不算是个事儿。”

“嗯。”

陆浩然心想要不还是换老婆来试试？说不定打一架，女儿胸中郁气就发泄出来了。他装模作样说：“这上头不舒服，坐久了腰痛，和我下去不？”

陆惟真：“我想再坐会儿。”

“那我去帮你把床铺好。”

“谢谢爸。”

陆浩然的脚步声远去。

陆惟真的心已静下来，望着深深的夜空，一点也不想动。

片刻后，有双足轻轻落在她身后的屋脊上。

陆惟真的后背微微一僵。

然而厉承琳是不可能和她并肩坐在屋顶上看星星的。她说：“站起来。”

陆惟真慢慢站起，脸色极罕见地变得混不吝，颇有一副无赖懒散样子。

厉承琳并不打算放过她：“有没有杀掉捉妖师？”

陆惟真心头一沉，她知道了。知道了多少，还是全盘掌控？湘城本就是她的地盘，即使现在自己接手，有什么风吹草动，她若想知道，必然有办法。

陆惟真后背一下子冒出冷汗，语气很随意："驱逐出湘城，他的法器，我全部拿到。"话音未落，厉承琳一巴掌扇下，陆惟真不偏不躲，受了这一掌，嘴角顿时就出了血。

厉承琳愣住，以往她要扇，陆惟真总是嬉皮笑脸躲开。没想到今天纹丝不动。

厉承琳心中闪过一丝悔意，脸上却不露分毫，心中更猜疑陆惟真陷进去的程度比自己原以为的更严重。

却见陆惟真露出嘲讽的笑，说："我虽然没能杀了捉妖师，也挨了你一巴掌，这事儿就算扯平了。"

厉承琳大怒。

原来在这儿等着她呢！陆惟真生受这一掌，是要保那捉妖师的命吗？

气急之下，厉承琳的语气反而缓沉下来，字字清晰地说："捉妖师陈弦松的家族，是与我们为敌的地球捉妖师中，最单薄却最厉害的那一支。原本在华北地区活动，与我们井水不犯河水。连大统领都听闻过他，迟早会调集兵力除掉。两个月前，陈弦松入湘。一个月前，你和他开始密切来往。还算你机警，弄到了他们师门的大部分法器。可是陆惟真，你要是敢对一个愚昧至极的捉妖师动情，要是敢和他在一起，我就当着你的面活剐了他。"

陆惟真沉默片刻，轻轻笑了，说："我没打算和谁在一起，也没有人会和我在一起。但谁要真成了我的人，你想杀，不见得杀得了！"

话不投机半句多，只恨今生是母女。

厉承琳一掌推出，平地风起，尖啸嘶吼，光芒隐隐。陆惟真往后一跃，在空中翻了个跟头，避开这一掌，一脚踢出，身后池子里的水柱凭空拔起，和厉承琳的风柱撞在一起。

青龙相斗，惊天动地。

而陆浩然，正仔仔细细在屋里铺床呢，听到动静，一回头，就见院子里光波乱闪，风雷呼啸。

得，果然干架了。

陆浩然哼着小曲儿，继续铺床。

【018】

郊区漆黑宁静的夜空，是望不见尽头的背景。

陆惟真弓着背，半天直不起来，反复擦着嘴角流出的鲜血。

厉承琳站在十余米远处，身影笔直，她的脸也匿在阴影里，冷道："越来越没用了，就这样还叫嚣着要保护你的人？我的脸都被你丢尽了！"

陆惟真连声咳嗽。

还是……不行吗？依然无法与母亲抗衡。

厉承琳一脸冷傲，转身就走，步伐有力如同帝国最骄傲的军人。只是走了五六十米远，拐了个弯，确保陆惟真看不到了，她才捂住胸口，强忍着不吐，脸色发白。

憋了好一会儿，她挺胸抬头，恢复昂扬姿态，好像刚才什么都没发生。只不过，她自己都没意识到，嘴角有了笑容。

厉承琳走进家门，陆浩然正好从里屋出来，看到她身后空空如也，叹了口气："又把她揍趴下了？下手轻点，她好歹是个女孩子。"

厉承琳走到桌边，端起茶，大口饮尽："她比上次强了。"

陆浩然笑了，但还是担心老婆下手没轻重，说："我去看看。"

厉承琳拦住他："让她自己想清楚，她不能和那个男人在一起。"

陆浩然倏地瞪大眼，男、男、男……人？

他的"小棉袄"半死不活的，是为了一个男人？

陆浩然顿时心酸心塞又心疼，他和老婆的心头肉，养了这么多年，被哪里来的野小子给拱了？瞧老婆的意思，不同意；瞧女儿的样子，没戏。

陆浩然到底还是不忍心，说："他是什么人？我们真真眼光不会差的，看上的肯定是个好的，你就不能通融通融？"

厉承琳忽觉头疼，这还不知道对方是谁呢，老公就护上了。

"是捉妖师。"厉承琳说。

陆浩然一脸震惊。

厉承琳看着他："会害死惟真。"

陆浩然面露不忍，叹了口气。

四周微风阵阵，草木摇曳，明月探头，照得大地蒙上一层莹莹的亮光。不远处，家里的灯光亮着，陆惟真知道，母亲等着她服输回家呢。要是以往，她厚着脸皮哼哼唧唧就回了，自有父亲打圆场。夜宵他们往往都已给她准备好。

可今天，她实在不想回家。不想回那个温暖而熟悉的窝里。

拥有多种自然元素操控能力的半星人，恢复能力也是惊人的。过了一会儿，她已觉得无碍，在草地里躺了一会儿，起身走向一隅的厨房。

厨房里有冰箱，冰箱里有啤酒。别以为她不知道，自从她离家读书，那两人半夜喝啤酒搞烧烤对月跳舞，过得更欢了。

陆惟真提了一箱啤酒，又顺了包花生米，几个起落，回到仓库屋顶。

一个小时后。

陆惟真打了个重重的酒嗝，她可以操纵水元素，所以对酒水的吸收能力是惊人的，完全不会呕吐，但这也导致她一旦醉了，就醉得非常彻底。她躺在房顶上，眯着眼看了会儿月亮，心里忽然想，陈弦松这会儿，是不是正在出湘城？

她忽然就觉得周遭特别安静，夜空、远山、田地、月光、野草……一切都安静极了，静得让人心发慌，慌得受不了。然后她的鼻子突然开始发酸，一股劲儿就往脑门上冒。很奇怪的，之前和陈弦松面对面摊牌时，这种感觉都没有这么强烈过。

她彻底慌了，她觉得自己得找点事做，立刻、马上。

想来想去，她突然眼睛一亮，把手里的空啤酒瓶一丢，一抬手，操纵起一阵急旋风，如一道光没入夜色中，飞射出去。

已是半夜时分，可在这个城市的某些角落里，纸醉金迷才刚刚开始。

某夜总会。

朱鹤林推开包间的门，寻了个安静的角落，清了清喉咙，掏出手机。

“喂，老婆，刚看到你打的电话。加班呢……最近业绩压力太大了。孩子睡了没？嗯，我会尽快回来，辛苦你了，亲一个……喝了点酒，都是几个男人，你瞎想什么呢，没有女人，要不待会儿我们视频，让对方老总跟你说？我随时可以被查岗！嗯……行，那你早点睡，爱你。”

朱鹤林神色泰然把手机塞回口袋里，抬起头，走廊上正好有个陪酒小姐经过，挺漂亮的，冲他笑。朱鹤林对自己的相貌是很自信的，也意味深长地冲人一笑，惹得人家“咯咯咯”笑个不停，朱鹤林这才心中暗暗得意地走回包间。

屋里几个男人，就有几个女人。坐得都很近，很亲热，桌子下的小动作，彼此心知肚明，如饮水呼吸般自然而然。朱鹤林的那个，长得也不错，年纪不大，很清纯，肤白丰腴。若他想要，待会儿谈好价，就能带楼上酒店开房。可朱鹤林坐下后，闻着身旁女孩的气息，脑子里却突然冒出另一个身影。

想到那个女孩，朱鹤林就觉得恼怒，有种被骗了的感觉。他却没想过，人家陆惟真每次都是拒绝他，只是拒绝得比较委婉和温顺，不敢得罪他。他却觉得她突然辞职离开是背叛。

而且一想到陆惟真，他的心里还是痒痒的。只觉得她呆呆笨笨的样子，她一身干净清新的味道，和这些脂粉女人都不一样。明明清汤寡水的小姑娘一个，他却偏偏认定，她会比任何女人都有味道。

朱鹤林端起啤酒，闷闷不乐干掉一整杯。旁边的女孩察言观色，依偎在他怀里，嗔怪道："老板，人家就在你旁边，你还在想别的女人！"

朱鹤林哈哈大笑："挺聪明的啊！来，干一个。"

"交杯、交杯！"旁边有人起哄，女孩半推半就，巧笑倩兮。

朱鹤林淡淡道："行啊。"拉着女孩的手，就要和人喝交杯酒。

灯光突然全灭。包间里顿时一片漆黑。几个姑娘发出尖叫，随即就是笑声。

"停电了？"

"怎么回事？"

"去叫个服务员过来。"

这话音刚落，众人身后的包间门响了一声，分明被拉开又关上，带来一阵凉风。

"啊啊啊——"有姑娘又叫了。

却有男人笑出了声："瞎叫唤什么？"

"风吹的吧？"

"是不是有人出去叫服务员了？"

灯光骤然亮起，满室通亮，大家彼此看看，都笑了。

而原本陪着朱鹤林的姑娘，却是一愣，全身冷汗都出来了。

空了，她身旁的位子，空了。别的男人也注意到了，惊奇道："朱总呢？"

"刚才是不是他出去了？"

"怎么不说一声就走了？"

市区，某栋高层居民楼，十五层。

已经凌晨三点多，整栋楼的灯光几乎全熄，只有零星那么几个窗户还亮着。

陆惟真的酒劲儿正壮，仰头站在这栋楼下，心想：他会爬楼，我也会！不就是十五楼吗？我也倒挂！

平地风起，急速回旋，乘风直上，却悄无声息。

到了十五层，陆惟真卸去风力，一个倒挂，就把自己挂在上一层的空调机位上，晃晃悠悠，脑子里糊里糊涂的，往窗户里看。

一眼就看到了周盈，这个女魔头，居然还没睡，穿着睡衣，背对着陆惟真站在房间里。

陆惟真露出个邪气的笑，慢慢朝她抬起一只手掌。

就在这时，周盈转过了身，陆惟真身子一晃，藏在了窗边，却见她一脸憔悴，弯下腰。

原来她面前的小床上，还躺着个七八岁的小女孩。女孩额头上贴了个退热贴，脸色也绯红。周盈摸了摸女孩的脸，又从旁边端起一个小水盆，拧了拧毛巾，开始擦拭小女孩的胳膊。

全然未察觉窗外有人窥探。

陆惟真直勾勾地看着她。

陆惟真突然冒出个念头，自己居然很羡慕周盈。

周盈虽然是个烂人，但是她有老公，有孩子，有平凡的生活。她什么都有。

看了大概几分钟，陆惟真一个翻身，往地面落下，离开。

她心想，只抓回去一个也没关系，双倍整他好了。

夜里三四点，大概是人一天最困的时候。可朱鹤林恨不得每根汗毛都竖起来，惊惧地不停张望四周，却死活想不清楚，自己是怎么从暖烘烘的包间里，到了这么个恐怖的地方。

这里看起来像是在一座废弃的小桥下，头顶是黑漆漆长满青苔的桥洞，桥下稀疏几潭水，混着污泥，杂草丛生。他能听到青蛙叫、虫子叫，远远的似乎还有几声狗叫。可这里到底是什么地方，他却没办法弄清楚。因为他被人倒挂在桥底下，这么一阵工夫，早已头晕目眩，想吐，又怕又难受。

“有没有人啊？”他大声喊道，带着哭腔，“是哪位大哥，我哪里得罪了你，有话好说，要多少钱，只要我能办到，都可以谈！”

有人轻笑出声。

竟然是女人声音。

朱鹤林一愣，女人总比男人强，倒没那么害怕了，努力转动身体，想要看清人在哪里，可是根本控制不了。

“咚——”的破空声，有个小石子打在他身上，他的身体慢慢转动，转向另一侧桥墩。

那里坐着个人。

一个女人。

白色T恤、蓝色牛仔裤，披头散发，挡住脸，随着闷笑，身体还在轻轻抖动。这还不是女鬼吗？要不她怎么能把他一个大男人，无知无觉从夜总会弄到这鬼地方来？朱鹤林吓得牙关打战，话更是说不出来。

“女鬼”慢慢抬起头，还动作非常可爱地单手托着下巴，望着他说：“朱总，怕不怕啊？”

“陆惟真！”朱鹤林失声喊道，那一张娇俏清艳的小脸，不是他魂牵梦萦的人是谁？可她怎么……她又是怎么做到的？朱鹤林脑子里急速转动，心想：难不成是她怀恨在心，串通夜总会服务员在他酒里下药，再里应外合把他弄到这里？对，一定是这样！

朱鹤林立刻沉下脸，语气阴狠无比：“陆惟真，知不知道你在犯法？我们多大仇多大怨，当不成情人还成仇人？没想到你是这么阴毒的人！快放我下来，否则咱俩没完！妈的，我整死你！”

陆惟真脸上的笑慢慢敛了。

“你以为这些天，我是为了什么在忍耐？”她仿佛自言自语，“我想做个平凡而努力的人，你们却逼我做不了人！”

朱鹤林一愣，确实没听懂。

但这已经不重要了，因为他突然感觉到脚踝一松，心底一凉，下意识抱头，以为自己要头朝下着地，谁知身子已不由自主地腾空而起，低头一看，这一看，只吓得魂飞魄散！

土、土、土——那些土竟像是活了，从地上爬起来，汇聚成一条长蛇的形状，直直顶向他的屁股，把他从桥底顶飞出去！

“啊啊啊啊啊——”农田上空，朱鹤林捂住臀部，响起凄厉的惨叫。

陆惟真蹙眉，揉了揉耳朵。

“啊——呜呜呜呜——”一团烂泥，不知从哪里飞过来，堵住了朱鹤林的嘴，他只感觉到那泥蛇，还有龙卷风，带着自己，跟滚麻花似的，在一片农田的上方翻滚着，还一路摔摔打打。他想吐又吐不出来，泥堵着呢，只好又咽下去，满脸泪水乱飞，屎尿齐流。

前滚翻完了之后是后滚翻，后滚翻完了是侧滚翻、上下翻、摇摆翻……大概十来分钟后，风土同熄，朱鹤林就跟具死尸似的，从空中掉到地上。陆惟真走过去一看，他脸色惨白，呼吸紊乱，俨然晕死过去。全身更是伤痕累累，虽都不致命，也够他受的了。

陆惟真冷哼一声，手往旁边水塘一指，一股水流飞起，浇在朱鹤林脸上。他呛得连咳几声，睁开眼，看到陆惟真，全身又开始抖，颤颤巍巍爬起来，跪在她面前，连连磕头：“大仙、大仙，你饶了我，饶了我！我知道错了！我真的知道错了，今后再也不敢了！”

陆惟真：“闭嘴！你才是大仙，你全家都是大仙！”

“仙女、仙女、仙女！”

“哼……这还差不多，朱鹤林，今后如果你再敢打别的女人主意，敢碰老婆以外的女人，我就把你从湘江大桥丢下去，让你死无全尸，信不信？”

“信信信！我发誓，发誓再也不碰别的女人，不打她们的主意！求你饶了我、饶了我！”

“别以为我不知道，我会一直盯着你！”

“我不敢了！我再也不敢了！呜呜呜呜……”

陆惟真抬起脚尖，把他的脸钩起来，朱鹤林呜咽两声，惨白着脸，完全不敢反抗。陆惟真邪气地笑了两声，说：“你说，今晚你是怎么从夜总会到这里的？这一身泥水怎么回事？你见过谁？”

朱鹤林呆了一下，立刻哆哆嗦嗦说：“我我我自己从夜总会走出来的，想起……想起有急事，结果，结果不小心摔了。我谁也没见过，谁也没见过……”

陆惟真踢他一脚：“滚吧。”

朱鹤林忙不迭爬起来，一瘸一拐心惊胆战走远，仿佛身后被个鬼追着似的。

清凉的夜风吹过，周围重新安静下来。这么闹腾了一番，陆惟真的酒意也醒了大半，就往青黑色石桥墩子上一靠，双臂搭在膝盖上，低下头，一动不动。

“出来吧。”她说。

一个娇小身影从黑暗里走出，不是许嘉来是谁？

“喝酒了？”许嘉来问。

“一点啤酒。”陆惟真并不想多谈，“你什么时候来的？”

“你用泥巴戳他屁股的时候。”

陆惟真“哈”了一声。

许嘉来找了块看起来干净的草地，在陆惟真对面坐下。

“你从来不在地球人面前暴露，这是第一次。”许嘉来说。

陆惟真说：“不，是第三次。”

许嘉来一愣，明白过来，心里说不出是什么滋味。

“别婆婆妈妈的。”许嘉来有点赌气般说。

陆惟真没有抬头，说道：“你哪只眼睛看到我婆婆妈妈了？难道我一定要装出一副没有喜欢过他的样子？但说破天，也就是有些喜欢而已。我们才好了五天，五天！这世上谁会被五天时间困住？我不会，他也不会。我已经舍了，已经负了，做都做了，我也不会后悔。桥归桥，路归路，将来他要报血仇我就受。你看着吧，要不了几天时间，我心里就会什么都不剩。我说到做到。”

天就快要亮了，大地一片灰暗。

一辆黑色SUV，停在松林堂门口。林静边先出来，手里拎着两个大包，背上的伤没有伤到要害，师父已经替他包扎，算不得什么。陈弦松跟在他身后，看起来就惨多了，上衣没法穿，胸口缠满纱布，头上也是，耳朵上还有没擦干净的血，脸色白如纸。他单手拎着个箱子。

林静边接过他手里的箱子，放上车，哑声说：“师父，说了让我来。”

陈弦松没有说话，他现在也开不了车，坐上副驾驶位。林静边发动车子，师徒俩目视前方，行驶在还空无一人的街上。

陈弦松握拳抵住嘴，咳嗽了几声，林静边看到他后背厚厚的纱布上，又有血渗出，不由得死死抓住方向盘。

“师父，我们去哪里？”林静边问，“要不要去找衡烟师叔？他们一定会出手相助。”

陈弦松没有回答。

林静边心里突然十分难受。两个小时前，师父回到店里，把他叫醒，他当时看到师父跟个血人似的，吓得魂飞魄散。师父却始终显得很平静，擦干净脸上的血，艰难脱掉被血粘在身上的衣服，甚至不要他帮忙。那模样只看得林静边心如刀割。

而后缝合、上药、包扎、打封闭和消炎针、收拾行李……师父有条不紊地指挥着他，半字不提今夜发生的事，也半字不提那个女人。

后来，林静边终于忍不住问："她还要赶尽杀绝？"否则他们为什么要连夜逃离。

师父只说了一句话："人为刀俎我为鱼肉。"

车又往前开了一阵，眼看要上高速，离开湘城界了，陈弦松开口："静边，我对不住你。"

林静边强忍了一整晚的恨和痛，突然就泄了出来，泪流满面："师父，没有！怎么能怪你？是她禽兽不如！师父你别难过，求你别难过啊！她一定会不得好死！"

他的师父，却只是安静望着前方，眉梢鼻梁，下颌嘴唇，每一处，都显得前所未有的瘦削，前所未有的坚毅。他说："我会亲手杀她。我和她的事，以后不要再提。"

【019】

次日。

陆惟真醒来时已经十一点，头昏脑涨，恶心想吐。许嘉来和高森都不在，大概一个出去玩了，一个在上班。

餐桌上放着绿豆沙和包子，热一热就能吃。可陆惟真并不觉得饿，她洗漱完，发现自己无事可做。

一毕业她就成了"社畜"，起早贪黑每一天，周末也总加班。如今辞了职，反倒不太适应。她把自己摊平在沙发上，环顾一周，新家感觉还很陌生，让人不太适应。

她的目光落在电视柜上，那里放着她昨天拿回来的背包。她不发话，许嘉来和高森都没动。背包鼓鼓囊囊的，剑放在背包旁。陆惟真静静地盯了一会儿，移开视线，最后拿起遥控，开了电视。

傍晚，许嘉来和高森进屋，高森手里拎着一摞饭盒。许嘉来一眼就看到沙发上的陆老板，还穿着睡衣，盯着电视，面无表情。就让你觉得，她看的不是电视。

许嘉来又看向餐桌，连早餐都没动。她和高森交换个眼色，问："你不会一天什么都没吃吧？"

陆惟真好像看电视还看得很专注，软软地答："不饿啊。"

高森只好去把早餐倒掉。过了一会儿，他把打包回来的饭菜都摆放好，招呼："吃饭了。"

陆惟真从沙发上爬起来。

三人坐下吃饭。

陆惟真夹了一筷子，咬了两口，吐出来："真难吃。"

高森和许嘉来面面相觑，这不是他们经常吃的那家餐馆吗？今天点的还都是陆老板爱吃的菜。你看她现在却一脸无情的嫌弃。

许嘉来试了几口："好吃啊，不都是这个味儿？"

高森："对。"

陆惟真心想：比我亲手做的差远了。突然人一怔，喉咙里的一口菜变得跟石头似的，噎得难受。

她埋下头，开始大口大口吃，好像迫不及待。

高森和许嘉来只觉得莫名其妙。那是一种奇怪的感觉，家里的气氛突然就变得怪压抑的。

还是高森打破了这份沉寂，他夹了一条鸡腿，放到陆惟真碗里。

陆惟真眉一皱："腻死了，你自己吃。"丢还到他碗里。

高森莫名其妙："哪里腻了，你看这鸡腿多好，这种油汪汪的最好吃。"

陆惟真还是一脸嫌弃："看到就想吐。"她还在宿醉好吗？

高森低头端详鸡腿，许嘉来却浑身一震，慢慢抓住高森的手，指了指自己肚子，高森起初没反应过来，直至许嘉来用口型说出两个字，高森脸色骤变。

许嘉来艰难开口："陆老板，你不会怀孕了吧？"

高森："你怀了捉妖师的孩子？"他就说昨天应该把孩子他爹抓回来！

陆惟真抬头看着他们。

一脚过去，飓风平地起，两人全都飞起，撞在墙上，同时一个翻身，落地，抬起头，却看到陆惟真冰冷的脸色："我和他根本就没有……谁再提他一个字，我把谁从窗户丢出去。"

陆惟真半碗米饭都没吃完，就放下筷子，继续去看电视了。这么多年许嘉来和高森就没见她迷过电视，现在却好像连新闻都让她看得目不转睛。

等高森把餐桌和垃圾收拾好，两人慢吞吞又靠过去，高森说："陆老板，你什么时候有空，跟我去公司面试外卖员？"

陆惟真："明天。"

许嘉来语气乖巧极了："我下单的十瓶防晒霜，明天就到了。"

陆惟真："好，谢谢。"

许嘉来又戳戳高森，高森小声问："陆老板，我们能不能看看那些宝贝呢？"

陆惟真正在按遥控器的手一顿，答："看吧。"

两人精神一振，难掩兴奋，忙把背包拿到茶几上，陆惟真垂下目光，看着他们一样一样把宝贝都拿出来，摊在桌上。

光泽暗淡的紫金葫芦，看起来又旧又破就像是普通绳索的缚妖索，还有壁虎牌变形镜，锋刃残缺的月光宝剑……还有几个通体晶莹雪白的圆疙瘩，鸡蛋大小，她没看那个人用过，也不知道是做什么用的，那人只说平时基本用不上。

陆惟真捡起一个圆疙瘩，在手里抛了抛，放回茶几上。

许高二人并没伸手拿，许嘉来说："老板，你先挑。"

陆惟真沉默了一会儿，拿起剑，说："我……就要这个。其他的，你们收着。绝对不许损坏、遗失，也不要让别的任何人碰。弄坏半点，你们俩自己看着办。"

高森说："不会的。"

许嘉来："这么宝贝的东西，我们稀罕都来不及，放心吧老板。"

最后许嘉来挑了缚妖索和变形镜，高森拿了葫芦和那几个圆疙瘩。

高森迟疑道："这些……瞒着上头好吗？"按照异星人联盟事务管理处的规

定，如遇到捉妖师手持类似法器，是务必夺取的。处长更是负首要责任。这也是陆惟真一遇到陈弦松，就打法器主意的原因，完全是条件反射顺理成章的思维。

许嘉来白他一眼："你不说我不说，谁知道。白长那么大块头，长点心眼好吗？没用！"

高森粗臂一伸，就握着她的腰，把人给提了起来。许嘉来才多大一个，双腿乱蹬，可高森人高马大手长，她无论如何也蹬不到，只好干瞪眼。

高森："再说一遍，谁没用？"

许嘉来："我我我，我还不行吗？"

高森笑了一下，把人轻轻丢在沙发上，又揉了一下她的头发。许嘉来觉得有点不自在，下意识看向陆惟真。

陆惟真却低头看着手里的剑。

管理规定涉及捉妖师，只说夺法器，能者诛之，倒也没说夺得法器之后，必须上缴。最开始，陆惟真是想着拿到以后，交个一两样上去，也让大统领高兴高兴。但现在，她看着这些法器，却突然觉得挺没意思的。

费尽心思，晕晕沉沉，狠心绝性，如愿以偿。

她说："一样都不交，你们平时也低调些，如非必要，不要拿出来。"

两人点头称是。

陆惟真的手指，慢慢抚过剑锋，像是无意识的动作。高森说："这是光剑吧？"

陆惟真点头，提起剑，眼前仿佛又浮现那熟悉的皎洁圆月，她朝外面天空轻轻一划，一道很浅的月华，从剑身迸出，落在空气里，泯灭于无形。

高级场能光子剑。

璃黄人曾经携带了为数不多的武器，来到地球。千百年来，他们四处飘零迁徙，大部分武器都已遗失。捉妖师血脉历代绵延，在与异星人的争斗中，自然也有所缴获。可笑的是，古代捉妖师哪里懂得光剑，如获至宝、奉为神剑，传承下来。拿着异星人的武器，去驱除异星人。

到现在，反倒是异星人手里，这种东西已经非常稀少。陆惟真知道，大中华区统领许宪安手里，有一把类似的光剑。母亲厉承琳那里，有一把祖传的弩，箭上装置的微型粒子炮射出，一炮能炸平一个足球场。

而这种光子剑，当年也只有帝国高级军人，才能配备。剑中安装了高级场能能量源，小小一块，能用上几百年，能跨越光年而不灭。但这把剑不是到谁手里，都能发挥同样威力的。陈弦松之前说，剑随意动，其实没错。高级场能能量的发挥，还要依靠与人体磁场的契合度。也就是说，你本身的磁场与光剑越匹配、练习得越多，就能发挥越大威力。所以刚才陆惟真随手一挥，只能挥出浅浅一道月华。但到了捉妖师手里，轻而易举就能挥出完整蓬勃的光球。

所以异星人事务管理处才有见者夺之的规定，他们认为这是物归原主。包括陆惟真三人，从小也是这么认为的。

许嘉来捧着葫芦，打开盖子，刚要探头往里看，陆惟真用手一挡："不能看。"顿了顿说，"……据说，会迷失心志。"

许嘉来露出嘲讽的笑："谁说的，这么玄乎？"话一出口，又想咬自己舌头。好在陆惟真就像没听到，低头看着葫芦。

高森说："迷失心志？微波辐射？"

陆惟真："应该是这个原理。"

许嘉来敲敲葫芦："我小时候看过《葫芦娃》《西游记》，都提到过这种葫芦，没想到真的存在。这里头到底是什么？已经收了多少人？"

陆惟真脑海里浮现出那人举着葫芦收壁虎男的画面，她的意识一下子就掠过他的脸，只是去回忆壁虎男的情况。当时，壁虎男不断被拉伸、缩小，最后就剩个小小的影子，收进葫芦里。但他的形状，一直是完整的，肉体也消失了。

"我推测葫芦里存在一个被折叠的空间。"陆惟真说，"他们都被折叠进去了。"

高森："泡泡宇宙？"

陆惟真点头："类似。"

许嘉来："那他们还活着吗？"

"不知道。"

三人都望着葫芦，心生敬畏。

高森感叹："陈弦松这个师门，也真是厉害，这种绝迹的武器，也被他们传下来了。"

许嘉来瞪他一眼，又提！高森闭了嘴，两人看向陆惟真，她又跟没听到似的，面无表情。

许嘉来突然就意识到一个事实：眼前的陆惟真，和昨天之前的陆惟真，不一样了。她太安静，也太沉默了。

但应该只是暂时的吧？

许嘉来想起陆惟真昨天的话：“这世上谁会被五天时间困住？”许嘉来心中一定，想着过两天就好了。

三人又拿起缚妖索，这个就更好理解了，一看就是量子光网，可以任意收缩放大。三人还一致认为，缚妖索里有全频道阻塞干扰装置，所以才可以阻断异星人对风水土金木的操纵。那些妖怪被缚妖索抓住后，只能束手就擒。

壁虎牌变形镜，很简单，通过光的折射，复刻人形，改变在其他人眼中的成像。

倒是那几个玉蛋疙瘩，都是沉甸甸的，形状也不规则，既无开口，也无机关。三人掂量了一阵，猜不出是干什么的，但他们的收获已经算巨大了。

许嘉来嘀咕道：“幸好我们弄到手了。”

高森点头。

陆惟真依然恍若未闻，她只是看着手里的剑，仿佛只对它感兴趣。

是的，幸好。

本就坚韧如铁的捉妖师，有如此强大的法器库在手，谁人能敌？那人曾斩大青龙，陆惟真和母亲都是大青龙，彼此立场是针尖对麦芒。倘若有一天不得不决一死战，他若法器在手，陆惟真觉得母亲都不一定能逃脱。而且这本就是他们璃黄人的东西，现在不过物归原主。

只是这把剑，跟了捉妖师那么多年，已被深深打上某种古旧的烙印。剑锋已残破，下方还被安装了一个木头手柄，打磨得精细而圆润，像是已用了十几年了。还有个深红色的流苏剑穗，被主人洗得很干净，只是也很旧了。它现在看起来，一点也不像一把来自高等文明世界的光子剑。它像已彻底遗忘并且改变了自己的身份。

陆惟真轻轻摸着剑穗，说：“回头让断手给我做个剑套。”

高森：“好。”

许嘉来说：“不知那个腰包里是什么样子。”

陆惟真已提着剑，走进了自己房间。

天色昏暗无边。

这是湘城边界，望不见尽头的山脉，覆盖大地。

深山之中，漆黑无光，寂静无声。周遭杳无人烟，也没有妖的踪迹。

陈弦松和林静边坐在一片树林中，分食干粮和水。他们于今日早晨，出了湘城界，按照陈弦松画的路线，拐了个大弯，又拐了回来。只是一路，他们非常小心谨慎，不与任何人碰面，也不留踪迹。

然而这一天一夜，他们连个妖的影子都没碰到。边界线上，也没有看到任何妖怪紧急出动追杀捉妖师的迹象。

虽然一直在赶路，陈弦松也抓紧时间在治疗养伤。他的脸色还是苍白的，但比昨晚多了几分活气，衣服也勉强能穿上，遮住满身伤痕。他吃完东西，头靠在树上，闭目休息，整个人看起来比从前更加内敛安静。

林静边的双眼已被熬红，愈发显得眼睛大而亮，脸消瘦。其实师父这一路都没怎么说话，偶尔说话也是平心静气，简明清晰。他太平静，更让林静边感到有种说不出的压抑。

林静边心中也想过，难道陆惟真并没有派出追兵？她并不想置他们于死地？但也只是一闪念而已，是与否已没有任何意义，他也绝不会对师父提及这个话题。

就在这时，陈弦松身上的腰包，猛烈地震了一下。林静边一怔，随后一喜："师父，终于有感应了？"

陈弦松低头看着腰包。

他只让那人擦拭过各种法器，并没有提及腰包，也没有必要。他拉开拉链，将手探进去，这一探，整只手臂都塞进了十几厘米长的腰包里。

腰包里有无限乾坤。

他能摸到数个卡口，平时将法器收入腰包，其实是挂在固定卡口上。卡口和法器一旦匹配，就可以互相感应。这一点，陆惟真并不知道。

林静边问："刚才的震动是为什么？"

陈弦松："有人用了剑。"

林静边咬牙不语。

过了一会儿，他抱着期冀问："既然有了感应，现在可以召唤它们自动归位吗？"

陈弦松答："还不行，距离太远，即使有感应也很微弱。而且……对方一个青龙，两个徵虎，不可小觑。如果时机不对，法器还没飞回腰包，就会被他们中途拦截。我们只有一次机会，必须在足够靠近他们时，伺机召唤归位。”

林静边点头，师父既然这么说，心中自然已有了成算。想到不久后的某一天，趁陆惟真不备，就是召唤所有法器归位之日，是否也就是他们师徒二人诛杀她之日？林静边心中涌起阵阵恨意与快意，可更多的，还是那股死死闷塞住胸口的钝痛。

他都如此？师父呢？

陈弦松闭着眼，两根手指轻轻捏住了属于光剑的那个卡口，想试试能不能多感受一点光剑附近的能量情况。

数百公里外的房间里，陆惟真握着光剑，正走回房间，忽然就感觉到剑柄一热，那股热量非常轻微温和，就像是覆盖在她的手上。她举起剑看了看，没看出什么异样，就用手指反复摩挲了剑柄几下，又随意吹了两口气。

那头，陈弦松探入腰包的手，如同被针狠扎了一下，猛缩回去。

【020】

一个月后。

阳光炽烈的中午，男人正在家里吹着空调打游戏，“叮咚——”一声，门铃响了。

男人推开键盘，打开门，听到一道悦耳低沉的女声：“您好，您的外卖到了。”这声音使得男人抬头，正眼看向外卖骑手，一愣。

来人即使穿着外卖员那丑不拉唧的制服，也显得腰肢纤细，双腿修长。她手里还拎着个半旧头盔，梳着高马尾，那张脸出人意料的白皙美丽。

表情看起来也不算冷漠，只是很沉静，也没有笑，很有点冰山美人的味道。

“祝您用餐愉快。”美女淡淡地说。

“谢、谢谢！”

“给个五星好评。”

“好……没问题！”

直至美女转身走进电梯，电梯门关上，宅男才依依不舍关上家门，忍不住笑了。

今天运气真好！原来还有这么漂亮的骑手！虽然冷了点，可盐可甜，明艳又清纯。宅男立马回到电脑前，向战友们炫耀此事。

最近几天，在城南这片区域的很多住户，都有了相同的发现——一个从来不笑的外卖西施。

于是接下来一两个月，本区域外卖订单数往上蹿了一大截，这是后话。

这天，过了中午的送餐高峰，陆惟真找了个阴凉处——某酒店大堂门口，在屋檐下吹着大堂里跑出来的冷风，摘下头盔挂到车把上，手里端着刚才路边买的一碗八块钱的素粉，埋头就吃。

酒店门童看到她的车停着不走，皱眉，刚想走过来驱赶，陆惟真恰好抬头，两人目光对上，于是门童望见一张芙蓉面。

那是非常符合少男梦想的一张脸，秀美动人，但那双眼又大又深，鼻梁也高，就增添了几分张扬肆意的美。只是大美女看起来非常酷，单臂压在小电摩车把手上，端着碗粉，微微弓着背，另一只手抄着筷子，像个纯爷们儿。当她抬头时，那双眼又深又静，叫人的心也跟着轻轻一颤。

高大清秀俊朗的门童：“……”

算了，空调给她蹭！蹭蹭怎么了？人吃饭呢，多不容易。

门童转过头去，装没看到，只是脸慢慢红了。

然而门童无言的好意，陆惟真也不见得能完全消受。一碗粉刚吃了三分之一，她已觉得胃中堵住了，再也吃不下去。不想浪费粮食，又努力吃了两口，实在难受，她把剩下的丢进垃圾桶，然后从车一侧抽出一个大水杯，灌了几口进去，往后靠在电动车上，静静地等胃里那不舒服的感觉，消下去。

以前她的胃从没有毛病，胃口也一直很好。也不知是从哪天起，吃什么都没太大胃口，也不会觉得饿。到现在每顿饭基本上就是随便塞几口。

前两天，许嘉来围着她看了一圈，说：“陆老板你是不是瘦了？脸都尖成这样了。看这锁骨，妈呀，让我放个台灯上去。”

陆惟真没太在意：“没有吧。”

许嘉来马上拖出三个秤。

身为身材管理达人，许嘉来房间里常年备着三个秤。一个怕不准，两个万一数字不同，不知道以谁为准，三个就踏实了。

陆惟真一称，她的体重常年没什么变化的，现在居然瘦了十来斤。许嘉来皱眉："一个月不到，瘦了这么多？"

陆惟真淡淡地说："瘦还不好吗？我送外卖这么累，上个月拿了一万三。"

许嘉来咬了咬唇，到底没说话。

等感觉胃里那股翻腾劲儿缓过去了，陆惟真整个人趴在把手上，打电话："……叫齐所有人，今晚开会，老地方，八点半，我下了班就去。"

不远处假装路过她身边的门童，心"怦怦"跳：一个外卖骑手还叫人开会呢，看来至少是个骑手组长，这酷帅美女还一心干事业，简直不要太飒。

于是后来一段时间，某知名奢华连锁酒店多了个每天装瞎让陆惟真蹭空调、痴心错付的门童，这也是后话。

夜色深深，灯火繁华，城市喧嚣。

陆惟真将电动车停在一间酒吧外的巷子里，往里走。路两旁还有一些店铺、酒吧和夜宵摊，三三两两坐着客人。陆惟真目不斜视，亦无表情。就快走到酒吧门口时，她的脚步停住。

那些客人里，有一个人，在不动声色地窥探她。

陆惟真站着没动。

寒气就像一双手，慢慢攀爬而上，抓住了她的背，她的耳朵里全是街头闹哄哄的声响，一时间竟什么也听不清。然后她的耳根开始发烫，整个人，却忽冷忽热。

她慢慢转过身。

街对面的酒吧门口，人群中，一个男人，独坐一桌。

他明明很高大，穿着件淡粉色衬衣，却丝毫不显违和，只让人觉得漂亮时髦。黑色裤子，肩宽腰窄腿长。他戴了顶渔夫帽，低头在喝啤酒，看不清样貌。

陆惟真一眼就能看出来，他不是那个人。

是谁不重要。

陆惟真转身走进酒吧。

是她糊涂了，那人若是潜伏跟踪，整条街上都不会有他的半点痕迹。

酒吧门口挂了“停止营业”的牌子，陆惟真推开门，里头坐着十多个人。原本他们都在吃吃喝喝高声大笑，此刻顿时一静，全都站起来，喊：

“陆处长！”“陆老板！”“半星！”“半星大人！”

陆惟真摆了一下手，径直走到上首正中的空位坐下，再示意他们都坐。

许嘉来和高森早到了，站在她身后。

陆惟真坐下后，刚要说话，就看到众人看自己的目光有点怪，她循着他们的视线，落在自己的外卖员制服上。

许嘉来轻咳一声，小声说：“你怎么不换件衣服？”连高森都换了件黑色笔挺的T恤，他是陆惟真的亲卫，地位高，又是徵虎境，平时也要保持一个高手威严的形象。要是穿个卡通感十足，还有点紧身的橙黄色外卖制服站在陆惟真身后，像什么样子。

但大老板大青龙陆惟真偏偏穿了。

许嘉来以为陆惟真至少会说两句话圆一下，毕竟平时她就是个机灵又亲善的性子，既不会让手下们看低自己，也不会让大家有所困惑怀疑。

然而陆惟真没什么反应，只说两个字：“开会。”

大家纷纷移开目光。

许嘉来心里“咯噔”一下，想：她和从前真的不一样了。

可……到底是哪里不一样了？

陆惟真环顾一周，基本上湘城叫得上名号的，白雀境以上的，都来了。也不过这么点人。除此之外，湘城还有些不入流的，还有混迹山中江底的妖怪们。它们当中也有一级白雀、二级归犬境界的，甚至可能还有一两个能到徵虎。但是异星人联盟事务管理处对它们的原则一向是放养，只要不惹事，基本不管，所以也不会算在组织内。

情况已经和一个月前不同了。

一个月前，先是壁虎男作乱，又有白毛风妖发疯。当时陆惟真就往总部打了报告，也严令手下们注意山中江中异形们的动向。结果后来，手下们又报告了五六起异常事件。虽然这些事件发生在湖南不同区域，单起也不算严重，但放在一起，数目就有点惊人了。

今天召开这个会，陆惟真经过深思熟虑，尽管总部还没有指示，反应有点慢，她已决定要认真对待。她先介绍自己熟悉的两个情况：一个是原本隐居山中的壁虎男突然性情大变，进入城市作恶；一个是原本在城市里扫地的白毛风妖，也是不知受了什么刺激，开始掳小孩玩——当时风妖和那人对峙时说的话，陆惟真也听到了。

老风妖说："我看到星星坠落了，这个星球的一切都会坠落。"那个人……或许不懂这两句话的意思，陆惟真却觉得奇怪得紧，她是在哪里看到的？星星坠落象征着什么？为什么她和壁虎男都是在最近，突然开始躁乱疯狂？

紧接着，几个报告过异常事件的地区头目，也开始向大家介绍：

"我管理的河段，最近那些未开化生物，发生了两次流血冲突！我赶到时，已经都跑了。"

"最近半个月，我的辖区内出现了一起异形内部斗殴事件，伤亡情况不明。还有一起人类遇害案件，两名登山者跌落悬崖没有找到尸体。人类警察以意外事件结案，但是我怀疑，与异形攻击人类有关。"

……

大家开始议论纷纷。

"这么一说，最近我辖区里的山怪，确实过于活跃！总是犯事！"

"是不是天气热了，它们又开始躁乱了？还是说食物不够？最近混生活确实越来越难了。"

"陆处长，我的辖区一切正常，所有异形都跟乖宝宝似的，待在我们的划线范围以内。"

"我的辖区也是，异形们都待在老巢里，但是有个发现，我不知道算不算异常……虽然它们还没惹事，但是都显得非常焦躁，我认为它们的攻击性提高了。陆老板，是不是……出什么问题了？"

陆惟真听着他们七嘴八舌的议论，陷入沉思。

万一他们运气不好，那就有可能是地底的"东西"出了问题。

璃黄星人之所以和地球人呼吸着同样的空气，却拥有元素操纵超能力，是有原因的。曾经的璃黄星球，地质中拥有一种他们叫作"琉"的物质，这当然不是某种玉石的名称，而是一种拥有流动能量场的晶石。因为璃黄人DNA片段与地球人的不同，使得他们具有了与琉共感的能力，进而可以操纵金木水火土。可以说，琉就是璃黄人的能量和生命之源。

在璃黄星系的古书上，还曾有过千万万年前、宇宙最辉煌文明——斯坦帝国的记载。据说斯坦帝国，就是一个将琉场开发得非常彻底的文明。然而，遵循冷酷的宇宙能量守恒定律，由于过度开发，星系能量失衡，斯坦星坠落，斯坦星人陷入长期、绝望而冰冷的宇宙流亡。即使是斯坦历史上最伟大的指挥官穆弦，拿今日的璃黄标准衡量，他的境界至少是上境大六五，甚至有可能更高，高不可测。然而穆弦也未能改变母星坠亡的命运。

地球的地质层中，就藏着一定量的琉，这也是当年璃黄逃亡者锁定地球为目标的原因。不过在地球人眼里，这种石头也许只是无用废石而已。只是地球上的琉远远不如璃黄星储量丰富，品质也不如璃黄的好，这大概也是如今不出六五境高手的原因之一，因为修炼更难了。

陆惟真就怕是湘城地底琉场出了问题，才导致壁虎男和白毛风妖能力猛升，性格也随之变得暴戾，充满攻击性。

历史上，就曾经出现过几次。因为琉场不稳定、被污染，能量场紊乱，导致某个区域里异形发生集体暴乱，甚至现世了，侵害人类，为祸一方。不过，正史不会记载。这就是野史上的“百妖夜行”“百鬼夜行”了。

这些情况，陆惟真都向总部打过报告。不过，琉场紊乱，是最悲观、最糟糕、历史上发生概率也非常小的情况。总部说会派人过来，但还没到。

看来，她是时候往地底走一圈查探了。

陆惟真勒令各人守好辖区，统计、追查、上报、防范。往地底去的事，她打算到时候点一队精英跟着去。这事儿人去多了也没用，还容易引起同族恐慌和人类警觉。

这事儿说完了，陆惟真转了转手里的茶杯，说：“上个月开会时我就说过，有个厉害的捉妖师来了湘城。但是，最近山里异动比较多，我又要去查琉场，所以让你们注意防范捉妖师，保护好自己。但是不许主动招惹，不许节外生枝，更不许引起流血冲突。万一遇上了，最好当没看见，绕道走，井水不犯河水，你们有没有做到？”

“有！”

“有！”

“当然有！”

“我们连捉妖师的影子都没看到。”

大家纷纷说，没有遇到过捉妖师，更不可能主动招惹。他们多少也听到一个极厉害捉妖师来湘城的消息，只是知之不详，最近也再无消息传来。听到陆惟真这么说，其实大部分人乐见其成。笑话，除了陆惟真大青龙，谁吃饱了撑着，敢和强大的捉妖师正面交锋?

陆惟真“嗯”了一声，不再提了。

许嘉来和高森站在她背后，闻言对视一眼，没吭声。

【021】

散会了，异星人们在夜色里，像一群普通人散去，各回各家，各找各巢。

陆惟真带着许嘉来和高森，推开酒吧里间的门，又穿过一个阴暗的房间，来到一间装着指纹锁的屋子前，她敲了敲门，然后刷指纹，推开门进去。高森背着个大包和许嘉来跟了进去。

这是个约莫三十平米的大房间，你进去后看到第一眼的感觉，就是诡异、离奇。

墙上挂满了许许多多零部件，从极微小的，到足有一人高的，放眼望去，整个屋子都散发着密密麻麻的金属光泽。屋内还有几张桌子，上面放着几排手枪、弓弩、剑，还有一些看着非常精密的小型装置。

你只要在这间屋子里站一会儿，哪怕不开灯，拉上窗帘，也会感觉到，周围总有光在闪动。或者是墙上的斧形银白色金属块骤然一闪，或者是那些弓弩、剑体内，有细细的光像水一样流动。

那些光泽，和高森背后的包里那些捉妖师的法器偶尔闪现的光泽，一样神秘不可捉摸。

一个三十出头的男人，坐在桌前，正在磨一把似铁非铁、似墨非墨的短匕。他穿了件白色T恤，袖子撸到肩膀，露出劲瘦的手臂。下身是条迷彩裤，赤着脚。他留着很短的寸头，脸部轮廓很硬，国字脸，厚唇紧抿。而胳膊、手背和脚掌上，还有一些大大小小的陈年伤痕。他是单手在磨匕首，另一只袖管放下，里头空荡荡的。

听到动静，这人也只是抬头，说了句“来了”，看着陆惟真，点了一下头，低头继续磨匕首。

陆惟真三人明显和他很熟，陆惟真走到桌前看他磨匕首，许嘉来去墙角冰箱里摸出三罐饮料，高森则找了张空点的桌子，把包放下。

“这是什么材质？”陆惟真看着匕首。

男人答：“有人从南美洲弄来的东西，说是从雨林里的几块飞船残骸上拆下来的，我试试能不能做成武器。”

陆惟真看了一会儿，说：“先放着吧，给你看点东西。”

许嘉来把饮料递给高森和陆惟真，说道：“断手，这回我们弄到了一些非常牛的东西，肯定让你大开眼界。”

断手，本名沈易安，祖上是陆惟真祖上的下属士官，千年迁徙，他这一脉却是将军人传统保持得最好的，据说每一代从小都按照士兵培养，而且很多人进入人类军队，一代代都是兵王。他的家族，世代宣誓效忠陆惟真的家族。

断手年轻时就曾经在西北战区服役，后来因一次意外断了手，这才退役。厉承琳直接打了笔钱，让断手开了这家酒吧，既是个营生，也是异星人们的据点。所以，别看断手才三十来岁，却是陆惟真母亲那一代的老臣，只是现在派给了陆惟真而已。他平时沉默寡言，也没什么朋友，更喜欢在自己屋子里钻研和打造武器。但谁都不敢轻易惹他。他也是陆惟真的第三个亲卫。陆惟真就这三个亲卫。不过平时他不跟着陆惟真，我行我素，有需要才听召唤。所以许嘉来和高森经常说，断手才是真正的大爷，陆惟真都要把他供着。

断手放下匕首，走到桌旁，许嘉来先拿出陆惟真的剑，丢给他。断手接住，入手那一刹那，脸色微变，提剑就往旁边墙壁一划，一道月弧形光波从剑身无声击出，“噼啪”一声。

半面墙轰然倒塌，武器零件“哗啦啦”掉一地。

其他三人：“……”

断手脸上却浮现一丝笑：“高级场能光子剑？只听说大统领手里有，你们怎么弄到的？”

许嘉来笑笑没答。

陆惟真就像没听到似的，表情也没有变化。

高森从包里，一样样取出紫金葫芦、缚妖索、变形镜……

陆惟真微微一怔。许嘉来和高森都没有注意到，断手脸上的笑，慢慢收住了。

许嘉来举起那几颗白玉圆疙瘩，说："别的武器，用途我们大概清楚，就是这几个，你能不能测一测，搞清楚是什么，有什么用？"

断手脸上没什么表情，接过一个圆疙瘩，在手里掂了掂，放回桌上，语气突然就变生硬了："我没那个本事，找我没用！"

三人都看着他。

断手只看着陆惟真："半星，这些从哪里弄来的？"

陆惟真沉默一瞬，答："从一个捉妖师手里。"

断手："陈弦松？"

许嘉来和高森都是一惊。

陆惟真忽然笑了一下："怎么，认识？"

断手深深望着她，脸色已变得难看："你杀了他？"

陆惟真的语气很平淡，平淡中带着一丝古怪的执拗："没有杀，只是抢夺、驱逐。"

高森对断手说："你难道和那个捉妖师有交情？"

断手说："高森你闭嘴。陆半星啊陆半星，我知道事务管理处管理规定上，写了些什么狗屁，也知道你们都觉得，这本是我们璃黄人的东西。可是这个人，你怎么能动？他和很多捉妖师都不一样，我虽然没有见过他，却早就听说过他的大名。

"三年前，终南山大青龙作怪，杀死人类和异星人超过二十人。当地处长带着一伙高手围剿都惨败了。是陈弦松，一个捉妖师，只身前往，九死一生，斩杀大青龙。这个年头，已经没有几个人正直到近乎愚蠢的地步，去守护别人——无论人类还是璃黄人——他却是一个这样的人。

"我也听说当日终南山上，他根本没有为难其他弱小的异星人，放了他们一条生路。因此我对他心生敬佩，专门打听过他的消息。这些年来，陈弦松杀的都是异星人中的败类恶徒，从不滥杀无辜。井水不犯河水的事，你为什么要对他动手？夺他法器，如同断他手脚。

"半星，你从来待人善良宽厚，我从来没见过你做错而残忍的事，这也是我心甘情愿追随你的原因。可是这一次，你为什么要这么做？别跟我提什么捉妖师、地球人、异星人，我不管，我只看人。你们立刻把这些东西拿走，我不想看到陈弦松的血。”

那三个人，都没了声音。

断手走回座位，拿起短匕，低头继续磨，竟是不理睬他们了。

高森说：“你别这么说，半星只是按照职责做事，她没有做错，更没有残忍，她放了陈弦松一条生路。”

断手冷笑。

许嘉来：“她一开始不知道他是这样的人，计划已经完成了一半，不拿东西，怎么全身而退？难道陈弦松知道她的身份她的用意会放过她？难道他会愿意继续……”

陆惟真：“许嘉来你别说了。”

许嘉来住了嘴。

陆惟真忽然笑了一下，说：“你说得没错，这确实是一件无知而残忍的事。”她转身就走了。

许嘉来看看这个，又看看那个，追着陆惟真走了。

只剩高森和断手，高森把所有东西都装回包里，背上，说：“对错没有那么容易分清楚，但无论她决定做什么，我都会誓死追随，这才是忠诚。”

断手淡淡道：“别他妈和我谈忠诚，我从娘胎里就对她忠诚了。”

高森：“……”扭头就走。

许嘉来和高森，在酒吧门口追上陆惟真。许嘉来一把抓住陆惟真的胳膊，想要问她有没有事，一抬头，却看到她平静无比的脸，仿佛这一个月来，每一天，每一分钟，她的神色就没有变过。许嘉来的话突然就问不出口。

反倒是陆惟真问：“接下来你们去哪里？”好像什么都没发生过。

高森：“我把东西放回家，就去和工友喝酒。”

许嘉来：“……我去上班。”

陆惟真点头：“去吧。”

高森去搭公交车了，许嘉来却磨蹭了一下，跟着陆惟真走到电动车旁，说：“半星，断手的话，你别往心里去。”

陆惟真正在取头盔，闻言动作一顿，抬头看着眼前的小街，沉默了几秒钟，说：“我怎么会往心里去？快去上班吧。”

许嘉来突然就觉得难受。

她说：“半星，我们是不是做错了？”

陆惟真还是看着远处的街头，说：“别想太多，决定是我做的，我都没这么想，你去想这个干什么？已经过去了，不要再纠结。我们不是得到了很多宝贝吗？这就是个圆满的结果。快去吧，不然你要迟到了，我也走了。”她的语气平静而温和。

许嘉来突然什么话都说不出来了。

许嘉来也走了，陆惟真推着小电摩，慢慢走出小巷。她的眼睛直勾勾盯着前方，却仿佛什么都没看在眼里。走过人群，走过店铺，直至一个人，拦住了她的去路。

她慢慢抬起头。

粉色衬衣，黑色长裤，高大的身材。

那个人肯现身了。

他摘下了头上的渔夫帽，露出一头乌黑的发和俊秀的脸，说：“怎么一副要死不活的模样？我不在的这三年，半星的魂儿不会被哪个野男人勾走了吧？”

与此同时，湘城城南高铁站附近，密密麻麻的居民楼里，一套民居内。

这是一套非常普通的房子，两居室，宽敞干净，家具简单。只不过阳台上也装着窗帘，窗帘严密无缝地拉着，与外界完全隔绝。阳台上有一架望远镜。

客厅墙上，贴着一张极大极详细的湖南地图，地图上标出了许多个地点。

陈弦松一身黑衣，和从前一样，脚踩短靴，腰悬黑包，坐在桌后，抄手望着地图，神色平静专注。他的伤已痊愈，只是衣服显得有些空落落的。又因脸瘦了，眉眼就显得愈发乌黑醒目。

一旁的林静边，也在凝望地图沉思。

“对方会开完了？”陈弦松问。

林静边答：“是。”一个月过去，林静边的情绪也彻底平静了，虽然过得并不开心，但是脑子倒是恢复了从前的六七成活力。此时他心想：对方，好一个对方。也不知是从哪天起，提及他们的仇敌，师父和他就开始用这个词代替。一次也没提过她的名，连个“她”字都没有。

林静边觉得也好，这样的称呼，让人的心感觉冷冰冰的。

就该冷冰冰的！绝情又绝义！

林静边说："大概十七八个人，都是白雀以上，屋后还有一个高手，至少是徵虎，没有现身。我怕被发现，没有靠太近。"

陈弦松说："他们应该要有行动了。"

林静边："什么行动？"

陈弦松说："对方不会让湘城这么乱下去，我在祖上的一本手札里看到过，百妖夜行，和地底的某个秘密有关。如今，百妖夜行苗头已现。对方，应该会召集人手去解决。地点，就在我们探知的，发生异动最多最频繁的区域。"

林静边明白了，心情一阵起伏，滋味难言："螳螂捕蝉黄雀在后？"

陈弦松却没答，右手放下，几根手指慢慢互相搓了搓，而后他低头看着自己的手指，问："我让你定做的东西，都准备好了吗？"

林静边："都准备好了，随时可以动手。武器也托人买到了。"

陈弦松说："好。"

这时，门铃响了，两人同时看向门。

林静边看了一下手机，说："应该是我点的楼下餐厅的外卖。"两人为了跟踪今日群妖大会，到现在还没吃晚饭。

林静边走过去开门，陈弦松继续盯着地图，没什么表情。

过了一会儿，却听到玄关的林静边惊喜地喊道："师父……"

陈弦松闻声望去。

一个全身黑衣、娉婷修长的人影，从林静边身后走出，喊了声："师兄。"

陈弦松背光而坐，两只手臂都搭在了膝盖上，抬起头望着她，沉默不语。

【022】

"怎么一副要死不活的模样？我不在的这三年，半星的魂儿不会被哪个野男人勾走了吧？"

陆惟真听到这个声音，睁大眼。而对方摘掉帽子后，还微抬下巴，斜眼看她，那双黑宝石般的眼睛里，却是快要盛不下的笑意。

陆惟真的脸上也浮现笑容。她把电动车往墙边一丢，张开双臂抱住了那人。那人的眼眸亮得像星，长臂一捞，直接将陆惟真一把抱离了地面，紧紧按在胸口上。

这么抱了一会儿，他揉了揉她的头发，说："是不是每天想我想得食不下咽思之如狂，才这么黑土丑穷矬的？"

陆惟真推开他，答一个字："呸。"

可她越凶，越傲，那人明显越受用，笑容满面，低头又想拉她的手。这回陆惟真躲开了，问："什么时候回来的？"

"上个月。"

"怎么跑湘城来了？"

那人说："你不是给我爸打了报告，说湘城异常事件比较多吗？我爸派我下来了。现在，我就是钦差大人。快，叫声偃哥哥，我就配合你。不然，我就在你的湘城兴风作浪！"

陆惟真："……"有这么当钦差大臣的吗？他以为自己是个太监啊。

陆惟真没想到他会回来，也没想到派下来的钦差是他。不过他来当然比其他人更好。

许知偃，大中华区异星人联盟事务管理处大统领许宪安的，最受宠、资质最好的小儿子。

陆惟真第一次见许知偃，是在周岁生日。许知偃三岁，被父亲带来湘城，参加陆惟真的周岁宴。

彼时的相见印象，陆惟真自然不记得。反正从有记忆起，每年母亲去北京述职，或者许宪安来湘城视察，她总是会和许知偃见面。她记得的许知偃和她说的第一句话，就是他指着她的鼻子，一脸嫌弃地说："这个妹妹怎么长得像个小猪崽，圆的。"

当时陆惟真的反应是，一口咬在这个戳在自己鼻尖的手指上。

许知偃"哇"一声，号啕大哭。

两边家长赶来，厉承琳是绝对不会认输且护短的，更何况是在曾经的追求者面前，王冠一定不可以掉。她只搂着陆惟真，第一句话就问："真真，谁欺负你了？"

陆惟真可没哭，抬头冲母亲笑，欢欢喜喜一指许知偃："他！"

许知偃一看，哭得更厉害了。

而许宪安也是偏心得可以，女神永远是女神，女神的女儿就是公主。他拎起儿子就恐吓："你是不是欺负妹妹了？道歉！不然我揍死你这臭小子。"

许知偃："呜呜呜呜呜——"

小孩子的梁子就这么结下。再加上大家都是顶级高手的后代，从小就接受地狱模式的严苛训练，习惯了能动手就不动口。于是在陆惟真的记忆里，她一和许知偃见面就打架。由于她太优秀，每次见面都把许知偃打哭。你不得不承认，弱小是一方面，这个二太子，实在是太爱哭了。每次陆惟真把他踩在脚底时，都有种欺负良家少男的感觉。

十岁之后，许知偃终于长成个男孩子了，被陆惟真修理得再惨，也不怎么哭了，只是红着一双眼，加上他本来就长得粉雕玉琢，那模样要多委屈有多委屈，要多可怜有多可怜。陆惟真本来都不忍心再打，谁知这厮打架不行，毒舌技能却不知何时开发出来，被她踩在脚下还骂道："半星你这么凶，长大肯定嫁不出去，没人要！丑八怪！哪个女孩像你这么粗鲁？噫——我一眼都不想多看！"

陆惟真："……"

只能再暴打一顿。

等许知偃再大点，就告别了这种低级别的类似于"白痴—反弹"式的毒舌攻击模式，人也比陆惟真高了一大截，甚至还有胡茬了，两人也不会一见面就掐架，十六七岁了，谁还满地滚啊。而且许知偃也打不过天生黴虎陆惟真。

两人的关系突然又好起来，只要陆惟真去北京，许知偃就"半星"长"半星"短地围着她，虽比她大，却事事听她号令。这让陆惟真挺受用的，也顺理成章收下了这个小弟。但是呢，小弟的脾气还挺怪的，有时候会突然不理她，有时候会发脾气，有时候又非要像个跟屁虫似的，寸步不离跟着她。

陆惟真对于他的以上毛病，统一的解决方法是——揍一顿。揍一顿，他绝对就老实了，哪怕被打得鼻青脸肿血泪齐流，也会恢复活泼热烈的性子，围着她打转。

后来，陆惟真也就渐渐习惯了许知偃的作天作地，她也总结出了规律，不管许知偃作出多大的阵仗，到了她手里，哄哄准能好。实在哄不好，摸摸头，再冲他笑笑，绝对好。

直至三年前，许宪安觉得小儿子过于秀气、娇惯，哪有半点继承人的担当？当然陆惟真觉得许宪安肯定也看出了这位继承人的神经病，于是他狠心将儿子放逐了，让他孤身一人，满地球去游历。

“突破青龙境之前，走遍三个大洲之前，不许回来。” 当时陆惟真刚考上大学，与家庭顽固势力做斗争，争取离家去念书，也没空管远在北京的许知偃。许知偃走之前，也只给她发了条短信，说：“我要去修炼青龙了。”

陆惟真按照他们惯常的对话语气，回复了一条：“呵呵，我就是青龙。”

许知偃就没回复。

后来，大中华区就真的没了他的踪迹。其实三年里，陆惟真偶尔还是会收到他寄来的明信片，通常只有简单几个字，平安、顺利、过年好之类的，或者画个猪头，画个招财猫，甚至画个简笔大胸美女。然后就是他落脚的地点。那时候陆惟真正忙于终于自由的大学生活，也没刻意去找他的地址给他回复。后来，他就渐渐不寄明信片了。

电话他从来没给她打过一个。到后来，短信都不发一条了。

所以此刻，陆惟真望着许知偃，内心涌动的是某种温暖、熟悉而欢快的情绪。她问：“这三年游历得怎么样，有没有哭鼻子？”

许知偃“呵呵”一笑说：“我经历了很多，你这种没有游历过的城市家养妖怪，是不会懂的。”

陆惟真：“……”

许知偃又将她上上下下仔细打量一番，眼睛微微眯起来：“到底出了什么事？你怎么瘦成这个样子？”脸色一变，“谁欺负你了？除了你妈，我都能揍。”

陆惟真推着车往前走：“没有，我忙着挣钱呢。”

许知偃追上来：“真的？我怎么有点不信呢？你刚才看起来……”他顿了顿。

陆惟真却岔开话题：“你住哪儿？要不要我开车送你？”

你刚才看起来，像个没了魂的人——许知偃把后半句话咽回肚子里，奇怪地看她一眼：“我到了湘城，你问我住哪儿？还开车？”他嫌弃地看着她的小电摩，还伸腿踢了一脚，“就这豪车啊？”

“你有病啊，踢什么踢？”陆惟真骂道，“这是我吃饭的家伙，踢坏了我抽你。”

许知偃“哼”了一声，到底不伸腿了。

“陆半星，你是不是忘了，四年前、五年前、六年前……你去北京，是谁陪你玩陪你吃，全程买单的？”他说。

陆惟真不吭声了。

许知偃干脆直接跨坐到小电摩上，说：“带我，我要去你家住。”

陆惟真不动：“我刚换工作，没钱，跟高森、许嘉来合租，没有空房。”

许知偃奇怪地看她一眼：“我来了，你当然要把你的房间让给我住。”

“那我怎么办？”

许知偃：“我的床可以分你一半。”

“滚。”陆惟真说，“你又不是没钱，去住个五星级酒店好了，大不了我打报告给你报销。我们租的房子又旧又破又小，你肯定住不惯。”

许知偃却笑笑，说：“这三年，我在外头，什么苦没吃过，什么脏乱差的地方没住过。你家就算是狗窝，我也能宾至如归！”

陆惟真实在不知道说什么好，但也不能把这家伙扔街上，也扔不掉。他循着味儿都能找到她家去。只好先带回家了。

陆惟真也跨上电动车，许知偃吹了声口哨。陆惟真到底也笑了，一脚油门，往夜色里驶去。

结果刚开出巷子，许知偃就软绵绵地把头靠在她肩膀上，嘴里还哼着小曲。陆惟真就跟被只狗硬趴背上似的，咬牙：“别靠。”

许知偃却跟只小狗似的，轻声说：“半星啊半星，我可终于回来了。”

陆惟真紧绷的肩膀慢慢放松下来，说：“回来就好。”

于是他又用耳朵往她脸上蹭了蹭。

陆惟真闭了闭眼：“把你的脏脸给我挪开！”

只不过，当许知偃站在他们的出租屋内时，脸还是瞬间臭了下来：“你，就住在这儿？”

陆惟真：“都说了条件不好。”

许知偃：“对不起，我之前侮辱了狗窝。”

陆惟真：“出门，左拐，两百米，有酒店，五星级。”

许知偃：“其实有时候住狗窝挺舒服的。”

他俩斗嘴时，高森和许嘉来就并肩站在两人面前，尤其高森，笔挺笔挺的，只差行军礼了。两人都偷偷打量着这位大名鼎鼎的二太子。

二太子之所以出名，不只是因为他出众的相貌、优秀的天赋和尊贵的身份。还因为全湘城异星人都知道，二太子是陆半星的手下败将，听说他打了十几年都打不过——当然这事儿不是北京的人说的，而是他们前任处长厉承琳，和手下们吃饭时，“不经意间”、数次随口提及的。不过，他们二人倒没想到，原来这两个人，私底下关系这么好。

这时候许知偃转头看着他俩，换上了恰到好处的高贵而得体的笑容，说：“我刚才和半星开玩笑的。这儿挺不错，打扰你们了。”

陆惟真冷眼看着他装。

许嘉来和高森受宠若惊。

许嘉来：“不打扰不打扰，您能来我们高兴都来不及。”

高森：“您的到来是我们的荣幸，向您致敬，向大统领致敬。”

许知偃的眼睛弯起，他很满意陆惟真的两个亲卫如此“狗腿”，斜了陆惟真一眼。却见她脸色淡淡的，虽然带着一点笑，但总有种说不出的味道在里面。他蓦然想，以前自己和半星的感觉是很近的。现在，哪怕她重新站在他身边，他却有种她和他，和任何人都有着距离感的错觉。

这是为什么呢?

回来的路上，陆惟真已经提前跟许嘉来、高森打过招呼，这时，许嘉来说：“二公子，您今晚就睡高森的房间吧，他在客厅打地铺。”

许知偃：“大可不必。”

三人还没反应过来，许知偃已转身走入其中一间房。刚刚进门时，这厮已经偷偷观察过，那正是陆惟真的房间。许嘉来和高森还没搞清楚发生了什么，陆惟真已一个箭步追进房间里。

到底地方狭窄，大青龙的速度优势也来不及施展，陆惟真拉都拉不及，许知偃的鞋已被他蹬飞，随后他四肢并用爬上床，呈大字形一躺，笑眯眯地看着陆惟真。

陆惟真：“下来！”

“不下！”

“下来！”

“就不下！”

不仅如此，他还一把扯开她的被子，抱在怀里，打了个滚。

陆惟真抬手按了按眉心，转身出了房间。算了，看在他三年不归的可怜劲上，等他走了，扔掉所有床单被罩，换新的就是。

陆惟真走出房间，许嘉来、高森自然也听到了屋里动静，许嘉来忍着笑说：“你今天跟我睡吧。”

陆惟真说：“不用，我不习惯和人睡，我睡沙发。”

许嘉来和高森异口同声：“我睡沙发，你睡我的房间。”

陆惟真说：“得了，我也不习惯睡别人的床，就这么定了。”

许知偃居然就这么窝房间里，半天没出来，陆惟真也没管他。等她洗漱完，再进房一看，微微一怔。

那家伙不知何时已经睡着了，一只手还抓着被子一角，按在自己肚子上。另一条腿掉在床沿下，双目紧闭，发出轻微的呼噜声，睡得死沉。

他看起来真的跟三年前不一样了，虽然比陆惟真大两岁，三年前，还是一副漂亮少年轮廓。现在，长得更高，也更结实，原本白皙如玉的皮肤，晒黑了不少，轮廓五官，也有了几分成年男人的样子。所以一开始在街上，陆惟真都没认出来。

只不过，没和她相处几分钟，这人就现了原形，身体里分明还住着那个小作精，小委屈。

陆惟真看了他一会儿，关灯，轻轻带上门，退了出去。

是夜，三个房间的门都关上，客厅的灯也关了，陆惟真躺在沙发上，望着天花板，过了一会儿，她闭上眼。

又过了十几分钟，她睁开眼，侧转身体，望着窗户。窗外夜色昏暗，灯火迷离。她就这么望了大概有半个小时，又转身对着里面。

过了几十分钟，她又转过来，睁开眼，继续望着窗外。脸上也没什么表情，就是望着。她真的觉得已经很累很累了，眼睛发酸，脑子里也没想什么，但就是清醒无比。

又是一个毫无睡意的夜晚。她的睡意，不知从哪天起，不知掉在了哪里，很难再找回来。

许嘉来是半夜口干醒过来的，她慢吞吞地坐起来，端起床边的杯子，喝了一小口，刚要躺下，忽然一怔。

她在黑暗里站起来，轻手轻脚走到门边，慢慢将门拉开。

只拉开了一条缝，她就怔住了。

客厅里也没有开灯，但这并不妨碍她借着那点微薄的光线看到，沙发上是空的，被子丢成一团。

窗户边的椅子里，坐着个人。

她背对着许嘉来，坐得笔直，双臂搭在扶手上，抬头望着窗外，一动不动。

窗外什么都没有。只有一片黑，没有月亮，没有星星，也没有树。

许嘉来这么看了一会儿，慢慢地，慢慢地把房门关上。那人是大青龙，那人居然没有察觉她的窥探。

许嘉来恍恍惚惚走回床边坐下，发了一会儿呆，抬手按住自己的眼睛。

次日清晨，三个房间都还没动静，陆惟真已起床了，她正在洗手间刷牙，就见一道高大的身影晃进来，爆炸头，眼睛都没睁开，走到马桶旁，就要扯开自己的裤子。

陆惟真抬起就是一脚："出去！"

许知偃的眼睛这才半睁开，看看她，又低头看看腰带，笑了，又晃了出去。

等陆惟真刷完牙走出洗手间，许知偃又晃着和她擦肩而过，还不忘说一句："憋坏了要你负责啊。"

陆惟真没理他。

趁着他"嗯嗯"的工夫，陆惟真早饭都没吃，拿着东西，飞快下楼，跨上小电摩，打开手机接单。至于查探地底琉动态的事，一是要等手下们的消息，二是等她召集人手，还得两天。

很快就接到单了，陆惟真跨上电动车，戴上头盔，刚要发动，就听到身后的喇叭声，转身一看——

太阳在薄雾中初升，一辆黄色共享电动自行车闪闪发光，慢慢地朝她驶来。许知偃戴上了昨天那顶渔夫帽，身上穿的是高森的黑色T恤黑色短裤，那长手长脚的样子，缩在一辆小电摩上，别提多违和了。他却仿佛安逸得很，双手还拧了拧车把上并不存在的加速器，笑得比春光还灿烂："半星，今天要带我去哪里嗨？"

相距二百余米的一棵大树上。

晨光初明，枝叶繁密，楼宇掩映，人影隐匿。

陈弦松坐在树上，举着望远镜。镜头里的画面栩栩如生，如在眼前。英俊的陌生的男人，骑着自行车，一路追着那个人。而那个人虽然一脸嫌弃，但男人逗着逗着，那人到底露出一丝笑。后来两人并肩在路口等红绿灯，低头说着什么，彼此显得极热络、极自在的样子。

陈弦松看了一会儿，放下望远镜，掏出军用水壶，喝了口水，说："撤。"

一旁的林静边把自己硬塞在一根树杈上，也放下望远镜，却觉得肺都要气炸，他脑海里已涌出无数恶毒的语言，想要开口咒骂那个人，但看到师父，那些话又憋了回去。

他都气成这样，亲眼看到这一幕的师父呢？

曾经……曾经连他无意靠近那人一下，靠的还是椅子，师父都变了脸色。

清晨周边无人，陈弦松轻盈跃下树，林静边紧随其后，到底忍不住愤愤说："师父，她真无耻！该死！"

陈弦松只是看着前方，平静地说："静边，保持冷静，不要带任何情绪，否则会失去判断力和警觉性。"

林静边："是。"

听到师父这么说，他心情倒是一松。可想起刚才看到的那个男人，心情又是一沉。那个男人还真是……臭不要脸的，完全不掩饰一身妖气，蓬勃的小青龙之意，隔着几百米远，他们的玉镜都能感知。

林静边说："两个青龙，两个徵虎，难怪对方有恃无恐。幸好，衡烟师叔来帮我们了。"说完看了眼陈弦松。

陈弦松脸上没什么表情，也没有说话。

【023】

陆惟真没什么表情地看着许知偃："我要去送外卖，嗨吗？"

许知偃和她并肩骑行，朝气蓬勃："和你在一起，送终都嗨。"

陆惟真不想理他。

他的小黄车越挨越近，都快蹭她车上了。陆惟真："别跟着，我没空陪你玩。地下琉场的事等准备好就去查，这两天你爱干吗干吗去。"

"半星，我在湘城，人生地不熟，举目无亲。又阔别三年，物是人非，欲语泪流，寂寞无助。我就想陪你一起送送外卖，都不行吗？"

"不行。"

许知偃："……无情。"一把抓向她车后座上的铁架。说时迟那时快，陆惟真一脚踹向他的车。

小青龙轰然倒地。

陆惟真绝尘而去。

十几分钟后，他到底还是跟了上来。陆惟真赶时间，路上人也多了，没时间和他纠缠，只当他不存在。而他得意扬扬的，好像刚才摔了个狗吃屎的人不是他。

到了早点店取餐，陆惟真就跟几个外卖员站在一起等。许知偃跟条尾巴似的黏在她身后。店主还以为他是顾客，问："先生想要吃点什么？"

他微微一笑，笑红了小店员的脸，然后他从后面把陆惟真的衣领一提："我是来陪她的，大家不用管我。"

陆惟真抬起头。

这话一出，店员和所有外卖员都看着陆惟真。

真会玩啊，送外卖还带着个男朋友。这男朋友也是，舍得如花似玉的女朋友干这份活儿。

面对一圈含笑的目光，许知偃坦然受之，甚至还有点骄傲地微微扬起了头。陆惟真真不知道这人的骄傲感都从什么鬼地方爬出来，她只想挖个坑把这个炫耀精埋起来。

不过，从早点店出来时，陆惟真手里除了要送的外卖，还多了两袋小笼包。她给自己留了四个，剩下的都丢给许知偃。许知偃倒也没吹牛，在外摸爬滚打久了，这种小店的小笼包，他也不挑剔，一个接一个往嘴里丢。

不过吃了几个，他抬头，看着陆惟真手里的包子，皱眉："你就吃这么点？"

陆惟真说："我出门前吃过东西了。"

许知偃不疑有他，把剩下的包子全吃完。

吃完，口好干……二太子哪里有送外卖的经验，水都没带一瓶，一瞄，陆惟真那四个小包子还没吃完，真跟猫似的。又往下一瞄，车座旁插着个超大号水壶。许知偃伸手刚要拿，陆惟真拍掉他的手："那边就有小卖部，自己去买水。"

许知偃："哦，你还要什么，我给你买。"

"不需要……"话没说完，许知偃已抄起她背后的外卖箱，丢向她怀里。陆惟真接了个满怀，许知偃哈哈大笑，趁机抽走了她的水壶，两步跑远，拧开"咕噜噜"就往喉咙里灌。

灌了两口，看她一眼，飞快接着灌。

陆惟真："……"

丢了车走过去，抬脚就踹。

结果这一闹腾，送餐就迟了点。

陆惟真拎着餐，站在那户人的铁门外，铁门打开，她立刻说："您好，您的外卖到了，不好意思路上出了点状况，翻了车，来晚了。"确实翻了车，被许知偃踹的，好在陆惟真眼明手快，餐盒完好无损。

然而今天陆惟真运气不太好。铁门内，是个胖胖的中年女人，面相也凶，从脚到头打量着她，眼都斜了，脸色更臭："这都多久了！我还要上班呢！已经超时八分钟了，不管，这单我不要了，你退了吧，我不吃了！这么久都坨了！"说完就要关门。

陆惟真抬手按住门，语气非常平静："您别生气，真是对不住，刚才我也是一路跑上来的，只晚了几分钟，应该不会坨，非常抱歉。"

女人打断她："几分钟就不是超时啦？我的时间不要成本的啊！我不管，要么退货……"她眼珠一转，看着陆惟真容色姝丽的脸，"要么赔钱！不然我要投诉你，给你差评！"

陆惟真没吭声，就像真没半点脾气，又像无话可说。

就在这时，她手里的餐盒被人接过，然后身体也被人一下子挤开。许知偃单手按在门框上，拎着餐盒，冲门内人笑了。

门内女人怔了怔。

大早上的，任哪个女人，突然看到家门口出现这么个身材完美、相貌英俊、眉眼含春的男人，都会怔那么一怔的。

许知偃柔声说：“姐，这是我新来的同事，不懂事，您原谅她。我给您道歉了。您看我们干这行业不容易，您要是退了货，我们这一趟就白干了。”他直勾勾看着女人，眼睛里含着太多欲语还休的风韵，女人忽觉脸皮有点紧绷，嗫嚅着说不出话来。

许知偃又说：“姐，你一看就是大气的人，肯定不会跟我们这些干外卖的计较，你就收下好不好，保证餐没有坨，坨了我全赔给你，好不好？”

女人已不由自主地笑了出来，打开铁门，接过餐盒，说：“行吧，小伙子，你说话还算中听……不用赔了，让你同事以后注意点。以前没见过你送餐，你是新来的？”

“姐，真有眼光，没错。”

走出楼栋，许知偃走前头，陆惟真跟在后头。

“刚才谢了。”她说。

许知偃摸了一下自己的脸，美滋滋的：“我这张脸，是不是还是挺管用的？”

陆惟真说：“……下次不用，我赔钱就是了。”

许知偃：“你个穷光蛋，她明显想占便宜，我们怎么可以屈服？”

陆惟真的神色变得一言难尽：“不屈服，所以你牺牲色相？”那一口一个姐，风格说不出的熟悉。他到底都在哪里混过？

许知偃轻咳一声，说：“那还不是为了你？你舍得丢掉这份工作？要是别的人，敢在本小青龙面前敲诈，早一脚把她踢湘江里去了。”

陆惟真看着他跨上电动车。

她终于感受到了许知偃身上的变化。以前的二太子，除了对她服软，哪肯低声下气去哄一个不相干的人？还是个人类？只怕早就把人揍了。现在他似乎不在意了，不在意别人怎么看待自己，不在意赔笑。他居然也能够像市井小人物一样，忍耐和圆滑处事了。

陆惟真并不知道，许知偃走在前面，心里也在想：半星她到底是怎么了？以前要是遇到这种事，她要么委屈得哭，要么脸红憋着，要么干脆憋不住动手。不管怎样，她的反应总是鲜活生动的。可现在，好像不管别人怎么欺负，怎么无理，她也不会生气，甚至说没什么反应。不会哭，也不会笑。

她好像变得，对什么都不在意了。

后来一上午加中午的送餐，倒是进行得很顺利，因为许知偃突然变乖了。陆惟真手里同时有两三个单时，他还帮忙送。

午餐高峰结束，终于可以歇口气了。

陆惟真说："走吧，我请你吃饭，算是给你接风。"

许知偃的眉头高高扬起，一副"你早该如此"的模样。

然而，当陆惟真带他站在吃饭地方的门口时，许知偃不动了，拉都拉不进去。

他指着店面："你就在这里给我接风？西北风吗？"

陆惟真看一眼兰州拉面馆，微微有点尴尬。其实口味很不错，他们平时就经常来吃。

"爱吃不吃。"陆惟真转身就走，被人一把扯住后襟。许知偃："吃吃吃，我吃还不行吗？放心，就算在这里，我也能给你点出五百块。"

"你敢！"

"嘿嘿嘿……"

虽然一点多了，店里人还挺多的，都是附近做工的工人。两人坐下，许知偃完全不会点牛肉拉面，而是拿起菜单，按价格从高到低排序，八十八的大盘鸡、六十八的红焖羊肉、六十八的炖牛肉……他还要再点，服务员都拦着他："吃不完！真的吃不完！"

许知偃对着陌生小女孩总是笑得跟花似的："没关系，我可以打包，晚上吃，明天吃。"

服务员望着那双闪光桃花眼，语塞了。

陆惟真说："别理他，就留大盘鸡，加一个青菜，两碗米饭，可以了。"

"好。"服务员和陆惟真熟，飞快走了。

许知偃不高兴了，又开始作妖："我要喝饮料，至少五块一瓶的。你去隔壁小卖部给我买，要无糖的，这顿饭我就勉强接受。"

陆惟真轻哼一声，起身去了隔壁。

许知偃望着她的背影就笑，等她拐了弯，他立刻招手叫来服务员："先把单买了。"

服务员恍然大悟，刚才两人闹，还以为是女孩请客呢，没想到。她还没说什么，拿来收银机，许知偃主动对她说："我是不是对她很体贴？"

服务员忍着笑说："是，您真好。"

许知偃摇摇头："她太穷了，又瘦，我是想让她吃点好的，谁知道她抠门成这样，只准我点一个大盘鸡。"

陆惟真回来时，就见许知偃跟只长颈鹿似的，伸直脖子坐着，她把饮料放到他面前。这时菜也上了，口味是真不错，许知偃送了一上午外卖，饿得够呛，很快一碗饭见底，又要了一碗。

他一抬头，看到陆惟真的米饭，只浅下去一小层，面前也就两块鸡骨头。而她正夹起一根青菜，怎么说呢？是那种你一看，就觉得她很没有食欲，她是数着米粒在吃。勉强吃。

许知偃没吭声，继续欢快地把饭菜吃完，只是话少了很多。然后他发现，一旦自己不主动挑起话题，陆惟真基本不说话，也不知在想什么，发着呆。

许知偃忍着心头的火，把第二碗也吃干净，毕竟吃饱了才有力气搞事。然后他用纸巾擦干净嘴，又喝了半瓶饮料，感觉自己又恢复清爽好闻了。抬头一瞥，陆惟真还是那个死样子。他推开桌子，发出"吱呀"一声响，陆惟真和旁边的几桌人都抬头看过来。

许知偃轻咳一声，露出自觉最为英俊得体的笑容，双眼含春看着陆惟真，在桌旁的空地上，慢慢地单膝跪下："嫁给我吧，半星！"

陆惟真有点没反应过来。

兰州拉面馆里，说话的客人也停下了，鸦雀无声。

毕竟，你要是在一家五星级饭店跪下求婚，优雅的服务员和轻言细语的客人们，大概都会停下，含笑望着你，为你鼓掌加油。大厅的钢琴师说不定还会为你即兴弹奏一曲。

但你若是在一家不足三十平方米的兰州拉面馆里，后厨是爆炒的声音，拉面"嘭嘭嘭"摔在案板上，地上还有未拖干净的污渍。周围正在埋头大口吃饭的附近工地的工友们，大概会用看神经病的眼神，默默地看着你。

陆惟真一把将他拽起："起来！"

他倒也没坚持闹，坐回椅子里，笑盈盈望着她："我认真的，你考虑一下，要是愿意，我今天就飞回北京去拿户口本，明天去民政局。”

陆惟真：“你有病吧？谁要跟你结婚？”

他就像没听到似的，说：“我一回来，就看到你过得这么不开心。你要是快乐幸福，也就算了。现在这样，那我就要接手了。和我结婚，跟我回北京。留在湘城也可以，那我就马上入赘做陆家人。我每天都能让你开开心心！”

陆惟真说：“我没有不开心，也没有不幸福，我只是比较累。你不要发疯。”

“反正我要结婚。”

“结你个头，不可能。”

许知偃也不笑了，看着她，说：“陆半星，你个没良心的，是不是彻底忘了？我们俩有婚约。”

陈弦松和林静边取了定做的一部分东西，各自背着个大包，刚推开家门，就闻到饭菜香味，有人在厨房“哐当哐当”炒着菜。

林静边露出笑：“真香啊！”说了一句话，他就住了嘴。

陈弦松没吭声，把东西背进房间里。等师徒两人走出房间，餐桌上已放了四菜一汤，姜衡烟端着三碗米饭走出来，身上还系着围裙，她笑着说：“饿坏了吧？快吃。”

三人坐下。

只是这师徒俩，吃饭都特别安静。林静边偶尔还夸赞几句姜衡烟的手艺，陈弦松全程低头，一只手按在腿上，单手夹菜，吃得很快。

姜衡烟问：“师兄，味道怎么样？”

林静边心想：唉，还真是哪壶不开提哪壶，师叔啊，你路子选错了，我师父一朝被蛇咬，必然十年怕井绳。女人做的饭，现在在他眼里，只怕都有毒。

陈弦松果然没给姜衡烟面子：“还行。”

林静边知道，师父在自己瞧不上的女人面前，那是有点傲气的。但估计就是这点傲气，让师叔反而欲罢不能，这不，一听说他们出事，一个女孩，就主动跑来了。

姜衡烟今年二十五岁，比陈弦松小一岁，当年还是孩子时，两家也是玩笑着说过结娃娃亲的。不过到底是玩笑话，陈弦松父母又双双在他成年前去世，后来他自己一口就拒绝了对方暗示联姻的话，自然也就没下文了。

然而姜衡烟并不是什么柔弱师妹，她生得体态高挑结实，浓眉大眼，相貌很有英气。加之家境殷实，还考上了重点大学，哪怕作为一个普通人，追求者也多。但她从小就喜欢陈弦松，喜欢多少年了，压根儿就看不上别人。其实前年被陈弦松当面拒绝那次，她也颓丧过一段时间。可最近听说陈弦松落难，她就又坐不住了，家里也默许，乐见其成，她就跑过来了。

姜衡烟叹了口气说："我做了好久，还查了菜谱，只是还行啊。做得好辛苦。"说完把手指伸出来给他们看。

于是林静边心里又开始吐槽了，心想：你那个手，细是细，但是到底有点黑啊，而且师叔你平时像个男人一样，豪放粗暴，现在做这么娇滴滴的样子，是要吓死我师父吗？

果然，陈弦松直接站起来，看都没看她的手，说："我去歇一会儿。"进了自己房间。

姜衡烟慢吞吞放下手，先望向陈弦松的背影，然后瞪林静边一眼。

林静边："……"你自己不会撒娇，瞪我干什么！师叔果然还是没有那个人……林静边的思绪一下子刹住车，脸色也沉下来。

窗外不知何时下起了小雨，陈弦松坐在桌前，望着那雨线。面前一套素白的小茶具，他拈着个杯子，慢慢喝着。

姜衡烟把林静边赶进厨房洗碗，还反锁了门，走到陈弦松卧室门边，敲了敲门。

陈弦松抬眸看向她。

她一笑，走到他对面，拉了把椅子坐下，问："你打算什么时候动手？"

起初，陈弦松这边出事，他们并不知道。过了大半个月，因为陈弦松托师门的人定做东西，买东西，她才隐隐约约得到消息。但她也知之不详，只知道是湘城一个极厉害的青龙，盗走法器，而陈弦松决意夺回。

陈弦松说："我有分寸。"

姜衡烟说："我留下帮你。"

陈弦松："不用。"

姜衡烟看着他冷淡的表情，心里又痛又恨又怜惜，她说："都到这时候了，你还怕沾上我？我没有别的意思，更不是挟恩图报。我们师出同门，同气连枝。

你别把我当成一个女人，当成朋友，当成战友，不行吗？我带来了父亲的刀，不输你的剑。那个青龙肯定没有防备，你就拿着这把刀，去斩龙。”

她说这话时，眼睛是极闪亮的，双手按在椅子上，身体前倾，带着真诚的企盼望着他。

陈弦松仿佛要望到这双眼睛里去，脑海里，却恍惚闪过另一双眼睛。

他自嘲地想，是不是厉害的女人，都是这样？嘴上说着“我没有别的意思，我只是想和你做朋友”，冠冕堂皇接近你，无辜地诱惑你。你只要稍微动摇，给了自己一个借口，她就顺理成章走入你的生活。她的心思都藏在眼里，她的计谋都埋在心里。然后天长日久，她就一步步谋得所要的东西。

说穿了，眼前的女人也好，那个人也好，不是女人要不要，而是男人他心里，到底想不想要。

陈弦松靠着椅背，手拈茶杯，望着她。

姜衡烟眨着闪亮的黑眸，身体倾向他。

雪中送炭、最佳战友、无敌神刀、报仇雪恨……陈弦松，你要还是不要？

【024】

“陆半星，你个没良心的，是不是彻底忘了？我们俩有婚约。”

陆惟真愣住了，半晌后，说：“许知偃，你是不是有病？”

许知偃露出个羞涩的笑：“我身体很好。”

陆惟真：“……”

许知偃刚才那话出来，把陆惟真都吓了一跳，结果她把脑子里所有和这个神经病有关的记忆，都捋了一遍。勉强能和婚约挂上钩的，只有一件事。

那一年，陆惟真六岁，许知偃八岁。

某天，母亲带陆惟真去北京述职，许宪安请吃饭。当然，来吃饭的不光是她们母女，还有别的处长。不过，厉承琳当然坐主桌。

许宪安一直非常喜欢并且疼爱陆惟真，逗她说了一会儿话，就说：“真真，以后嫁给知偃哥哥，给叔叔当儿媳妇好不好？”

陆惟真当时正在啃鸡腿，头也不抬："不好。"

坐在她身边，同样在啃鸡腿的许知偃，动作一停。

许宪安失笑："为什么啊？"

陆惟真抬起油油的手指一指："他总是抢我鸡腿！"

满桌大人哈哈大笑，厉承琳也笑着，不搭腔。虽说为了鸡腿什么的有点蠢，但拒绝大统领的儿子，为母倒是脸上略有光。

许宪安哭笑不得："知偃！你又和妹妹抢什么！"又哄陆惟真，"那以后，哥哥都让着你，你嫁给他好不好？"

陆惟真非常认真地想了想，指着桌上盘子里最后一个鸡腿说："如果他把那个鸡腿让给我，我就同意嫁给他。"

满桌人又是哄堂大笑，厉承琳额角跳了跳。这时，一直沉默的许知偃忽然站起来，夹起那个鸡腿，丢进陆惟真盘子里，说："给你就给你！"

众人更是大笑，都说这婚事成了，成了！

往事不堪回首。

陆惟真："你的意思是，为了一个鸡腿，我就要嫁给你？"

许知偃："这是一个鸡腿的事吗？这是君子一诺千金，大家都是青龙，一句话说出来，那都是要地动山摇的。"

陆惟真不想再听他鬼扯，冷眼道："你真想娶我？"

许知偃的脸倒是有点红了，答："是啊，我越想越觉得可行，你看，我今年二十五了，你也二十三，达到法定结婚年龄。我也没有什么看对眼的女人，反正总要结婚的，娶生不如娶熟。而且你基因好，天赋高，要是给我生下继承人，说不定也是个徵虎。有道是肥水不流外人田，我这样的肥水，愿意流到你这块良田里。"

陆惟真无言以对。

他想抓陆惟真的手，她一下子躲过。他又劝："结吧结吧，眼睛一闭，再一睁，就结完了，很快的。"

陆惟真忍着头一跳一跳的疼，她想大统领当年的那个晚上到底吃了什么毒物，才生下这么个大中华区继承人！

她再次严厉拒绝："想都别想，这辈子都不可能。"

许知偃愣了一下，看起来竟然有些难过，问："为什么不可能？为什么？"

他望着她的眼睛，一刹那，仿佛要望到她那荒草满地的心里去。

陆惟真说：“我把你当哥，而且我未来很长一段时间，都不会有恋爱结婚的想法。”她说得字字清晰，很平静的语气，却让你觉得她的意志不会为任何人和事动摇。

许知偃却一字一句地说：“我把你当心肝儿，谁欺负你一下我就要揍谁那种。而且我未来很长一段时间，都会天天想和你结婚。”

直到什么时候呢？直到……你忘了某个人某些事，直到你重新露出笑颜。那时候我倒是可以和你离婚，去找真爱了。

陆惟真却很清楚，许知偃这是又犯轴了。他经常突如其来地在某件事上，变得非常执拗，哪怕那件事再匪夷所思让人目瞪口呆，他也非办成不可。只是陆惟真万万没想到，他会在和她结婚这事上犯病。这要是不能让他打消念头，未来很长一段时间，他真的会天天在兰州拉面馆单膝下跪。

而且，她今天必须一击即溃，彻底铲除他脑海里的念头。

陆惟真想了一会儿，问：“你是不是处男？”

这回，换许知偃发愣了。

陆惟真：“只回答是或否，你二十五了。”说完露出一副隐隐的“你莫非是不行”的表情。

许知偃立刻说：“当然不是！从我十二岁起，对我投怀送抱的女人，数不胜数。哥哥我是身经百战、经验丰富！”

陆惟真笑了一下。

她说：“那就行了。我是厉氏血脉，湘城处长，天生徵虎，最年轻的青龙。所以，我只要处男。”

许知偃：“……”

陆惟真招手叫买单，结果服务员说已经买过了，她看向还在呆滞状态的许知偃，说：“谢了，下顿我请。”起身走向店外。

许知偃连忙追出去，不是，他就没搞明白，她那一堆头衔花名，和只要处男有什么关系？

“真只要处男啊？”许知偃骑着小黄车又蹭她的车。

陆惟真：“嗯。”

过了一会儿，他小声在她耳边说：“我刚才是吹牛的，其实我处得不能再处了。”

陆惟真再次一脚把他踢翻。

接下来的两天，除了睡觉，陆惟真就没有得到一分钟的清净。许知偃一旦认定什么事，那就跟上了发条的小青蛙似的，从早到晚跟着她，都快成长为一名合格外卖员了。其间，他又求了五次婚，一次在家里，一次在兰州拉面馆“温故而知新”，一次在夜宵摊，一次在马路上，还有一次在厕所门口。许嘉来和高森看得目瞪口呆。陆惟真阻止无效后，也就不理他了，跟没事人儿似的，干自己的事。

到了这天下午，高森接到断手的电话：“叫上半星和许嘉来，晚上一块儿过来吃饭，我做了几个菜。”

高森笑答：“好。”

结果去的是四个人，许知偃天经地义地跟着。到了断手屋里，许嘉来去厨房帮忙，高森和许知偃翻看一些武器配件，陆惟真坐着没动，一直望着窗外，外头下着淅淅沥沥的小雨，一片灰蒙蒙的。

断手端了杯鸡尾酒，放在她面前，陆惟真接过，他在她对面坐下，和她一起看着雨。

“有个消息，昨天传来了。”断手说。

“什么？”

“前天有人在江城，看到了他和徒弟出没，那是他师门所在。他没有死，好好活着。”

陆惟真握着酒杯，轻轻“哦”了一声。

“看来他暂时不会与你为敌，毕竟他的师门，也不敢轻易动我们一个处长。”断手说，“只是也要防备，他日后找帮手来对付你。”

陆惟真笑笑，说：“来就来吧。”

一个脑袋从她背后探出来，问：“他……是谁啊？”

断手看一眼许知偃，没答。许知偃则盯着陆惟真的脸。

“和你没关系。”陆惟真说。

许知偃一屁股挨着她坐下，说：“怎么没关系了，昨天我还向你求过婚。”

断手怔住。

二太子，向陆半星求婚？也就是说，半星以后很可能是大中华区大统领夫人。

多年来，二太子是如何被半星殴打蹂躏，断手也有所耳闻。如果半星真的嫁给他，那就等于是王上王，等于坐上了那个位子？

那么厉承琳曾经的野心，岂不是间接实现了？

倒也……不是不可以啊。

那两个人并不知道断手的思路已经跑了这么远。断手听到许知偃问她："就是他对不对？"

陆惟真答："没有谁。"

许知偃又说："你和我说，我保证不吃醋。他有没有到青龙？"

陆惟真："再说我把你丢出去。"

陆惟真和陈弦松那一段，断手自然是知道的。毕竟高森三杯酒下肚，什么话都会对他这个第一亲卫说，瞒谁也不能瞒他。断手暗忖，半星愿不愿意收了二太子，那是后话。半星和捉妖师那一段，却不能传到大统领耳里去。

本也不该有那一段。

断手忽然开口："我听说，他的师叔一直有与他联姻的打算，这次，他既然投靠，或许会娶他师妹。"

陆惟真一点反应也没有。反倒是许知偃，看了断手一眼。

然后陆惟真就露出了笑，浅浅的，很温和，对许知偃说："你不是说想吃……红烧猪蹄，看看厨房炖好了没有？我也饿了。"

许知偃狐疑地看着她的表情，实在是看不出什么漏洞，"哦"了一声，乖乖去了厨房。

陆惟真收起笑容，望向断手。那双黑眸，就像于冰雪中浸泡过的石子。

断手也看着她。

两人谁也没说话。

饭桌上的气氛倒是很好，断手的厨艺不错，许嘉来、高森、许知偃吃得肚滚腰圆。陆惟真吃饭，全程都带着笑脸，还和他们说笑打趣。这可是一个多月来没有过的事，许嘉来和高森见了都暗暗高兴。反倒是许知偃，时不时地看她一眼，目露思索。

饭快吃完时，陆惟真接到个电话，她放下筷子，脸上的笑也消失得无影无踪。

“陆处长，我是鹿围山区科长凡纳塔十五世，我认为本辖区发生了非常严重的异常情况。最近两夜，我按照您的指令，前往山区，查探有记录的两个异形家族。结果发现共计三十多人，全部离开为它们划定的居住区，不知所终。我怀疑它们潜往了人类聚居地。目前还未报告伤亡事件，我申请支援！”

暮色缓缓降临，宁静的村落，稀疏的房屋。这样的夜晚，只有两三户亮着灯，其他几座房子，要么荒废破败，要么黑灯瞎火无人。

山腰最东头，孤零零的那间房子，窗户里亮着橘黄色灯光，隐隐传来电视的声音。

一个五岁小女孩，在自己简陋的房间里玩耍，爷爷奶奶在客厅看电视。因为之前妈妈专程打电话来，责怪爷爷奶奶不该给她看太多电视，所以今晚，她被关在房间里，只能玩玩具，翻旧旧的绘本。

小女孩坐在地上，搭积木建城堡。

“啪嗒——”窗户响了一声，像是被什么给扒拉了一下。小女孩站起来，爬上床，趴在窗户上往外看，外头黑漆漆的，什么也看不清。

她刚要跳下床继续玩，突然又听到身后“咚咚——”有人在敲窗。小女孩瞪大眼，回头望去还是看不清外头，她刚要喊爷爷，就听到一个柔和的阿姨声音说道：“小朋友，你在干什么呀？”

小女孩听着那声音觉得十分温柔可亲，也不觉得害怕了，歪着头答：“我在搭积木啊，你是谁啊？”

“我是你的邻居啊。”

“你长什么样啊？”

“你打开窗不就看到了。阿姨这里有特别好吃的糖，给你啊。”

小女孩摇头：“妈妈说不能要陌生人的糖。”说完倒退一步。

那阿姨嗓音甜美地笑了：“怎么能算是陌生人呢？我都和你们做邻居很多年啦，不信你打开窗户，我还有特别好玩的玩具，你要不要看一看？”

好奇心战胜了害怕，小女孩爬上床，推开窗，这回看得更清楚了，屋后的空地上，几棵树的枝叶在随风摇曳。

小女孩轻声喊：“阿姨。”

那人终于走到了光亮处，哪里是什么阿姨，高高的个子，浑身遍布鱼鳞状的坚硬的甲，虽有手脚，指端却是尖爪。墨蓝色的脑袋上，似是覆着一层黏膜，没有脖子。一双金黄色的圆眼睛，小小的鼻孔，却有一张血盆大口，两颗獠牙露出来。

它盯着小女孩，流下了口水："看起来真好吃呀……"还是那清婉的女声。

小女孩闭上眼，双手紧握拳头，凄厉的叫声划破长空："啊——"

夜空暗黑，山野无边。

陆惟真带着十来个人，翻山越岭。许知偃、许嘉来、高森都在，还有鹿围山脉南坡辖区的科长——凡纳塔十五世，以及附近几个辖区的几名好手。

一接到凡纳塔的电话，陆惟真立刻下达全境通缉令，并且召集人手进山。他们已经在深山里找了六个小时，此外还有别的小组，同时在鹿围山附近，展开地毯式搜寻。

这座山，他们刚疾行到半山腰，就望见狭窄难行的山路上，斜斜停着几辆警车，还有救护车，拉上了警戒线，山上灯火闪烁。

众人伏低身体，观察了一阵，就见有好几副覆着白布的担架被抬下，警察人数超出了他们的预计。

"前面是什么地方？"陆惟真问。

凡纳塔答："是高山上的一个小村落，有五户人，但最近只有三户有人在。"

高森皱了皱鼻子："我闻到了血的味道。"

"我也闻到了。""我也闻到。"有人点头道。

凡纳塔是个皮肤黝黑的精瘦男子，是曾经威慑宇宙战场的猎豹战斗机飞行员的百代孙，他的脸上浮现一抹忧色："陆处长，会不会是它们？"

陆惟真点点头，凡纳塔立刻派了个耳目聪敏的手下，前去查探。

过了一会儿，那手下回来了，脸色难看极了："死了七八个人，说是怀疑受到了野兽攻击，尸体都不全，现场非常血腥惨烈。"

众人色变。

当年的璃黄是民主联盟城邦制，公民有人类，有虫族，有兽族……各自民主自治。所谓异形，即捉妖师口中的妖怪，是来到地球的外星人中，不具备人形、文明程度更低的种群。还有那些在星际旅程中，遭遇核辐射或其他污染，产生畸形变异甚至退化的外星人。换句话说，这些妖怪，虽然或许具有人的智商，但是动物本能更强、道德感更低，更具有攻击性和危险性。

而当影响全体异星人能量场循环的地下琉场发生波动时，最易受到影响的，自然也是这些异形。所谓的妖怪横行的时代，往往伴随着琉场的不正常爆发、萎缩或者被污染。它们的动物本能将占据主导地位，食欲最强烈，而后是性欲、攻击性。所以尽管总部还未下达明确指令，陆惟真已擅自做主，下令全境戒严。

没想到，还是出了事。

八条人命，八成是它们干的。

所有人都看着陆惟真的脸色。许知偃眉头皱得紧紧，心里已经替她委屈上了。放眼整个大中华区，除了三年前的终南山大青龙作乱，还是第二次出这种大事件。他的新任小心肝，可真够倒霉的。

不过，许知偃，以及在场所有人，都还不知道其他城市里，正在发生或即将发生的那些事件。他们若是知道的话，就该感叹庆幸，陆惟真这个处长，已经非常靠谱了，最早警觉、最早戒严盯防。她的辖区，到最后，伤亡是最少的。

陆惟真的脸色冷得像寒冰。她一直是个非常温和亲切的人，虽然最近不太笑，但和人说话也是平平静静，不发脾气。但现在，你几乎可以感觉到她一身的戾气，那是可怕的大青龙的杀意。

陆惟真望着远处山上闪烁的警灯，闻着山间隐约的血腥气，脑子里忽地闪过个念头：难怪他把他们当成妖，难怪他一心一意降妖除魔卫道终生。

“立刻通知所有辖区，再调一倍人手过来。以这里为中心，往每个方向都派出搜索队。午夜之前，我要找到那三十个畜生。我说过……我说过许多次，在我的辖区里，不允许出现一例，异星人攻击伤害人类事件。现在，死了八个。我，陆半星，会亲手剥了它们的皮，送到每个辖区。让所有人都看看，违背我的命令，违背大统领旨意，背弃异星人联盟宣言，与地球人为敌，是什么下场！”

【025】

陆惟真下了令，所有人齐声应“是”。许嘉来、高森、凡纳塔全都动起来，命令一道道传下去，人手一趟趟派出去。

夜幕深深，紧张忙碌的人类警察们并不知道，外围，在半点不惊动、不干扰他们的前提下，异星人、半星人们于风中飞行、于水中潜游，也正在展开一场疯狂而严密的追捕。

人手全派了出去，陆惟真就带着许嘉来、高森，负责一个方向。她本想让许知偃带一个队，毕竟他也是青龙。许知偃今天看她发火，倒不敢撒泼打滚了，只低着头，坚持说：“不，我还是一只小青龙，我要跟着你，寸步不离。”

陆惟真有刹那沉默，没有再坚持。不过，她也不会特意去管他这个闲人。

夜色寂静，树木深深。四人呈纵队，在草丛中如蜻蜓般飞掠而过。陆惟真打头，许知偃紧跟，许嘉来和高森在后头。

许知偃提了口气，飞纵一段，和陆惟真并肩而行，“咦”了一声问：“断手给你做的剑？”

陆惟真腰间，悬着把剑，剑鞘是超轻合金，从断手那儿挑的最合适的。

陆惟真没答。

许知偃伸手要摸，陆惟真拍掉他的手。

“这么宝贝？比我还宝贝？”许知偃嘀咕。

陆惟真：“看路。”

“哦。”

可许知偃还是忍不住偷瞄，这一瞄，就发现了异样，木头剑柄，古旧的流苏，哪里会是集高科技和精工感为一身的断手的手笔，反倒像是他家那把百年前从捉妖师手里夺取的剑……

许知偃皱了皱眉，碰都不让他碰？以前陆惟真可没这么小气，什么好东西都会给他玩的。他看向今天晚餐时异常温柔愉悦，此刻却仿佛全身笼罩寒冰的陆惟真。的确，死了人的事是够让人愤怒的。但许知偃总觉得自己还忽略了什么关键的点。

是什么呢？

看到陆惟真紧绷的干裂的唇，许知偃暗叹口气，从背包里拿出瓶水，拧开递给她："快喝！渴死了谁去剥它们的皮？"

陆惟真从收到消息后，确实一口水都没顾上喝过，此时才觉得口干舌燥、喉咙冒火，接过，一口气喝掉半瓶，丢还给他。

许知偃拿起就把剩下的水喝完了，当然是嘴对嘴。

陆惟真无意间看到，蹙眉："你就不能讲究点？我喝过了。"

许知偃："半星你好做作，出门在外执行任务，还分什么你我?想我当年在非洲时，都从狗嘴里抢过水，和你喝一瓶水又算什么？"

陆惟真："……"

突然想把喝进去的水吐出来。

许知偃："更何况我们还是……"他意味深长。

陆惟真："闭嘴。"

只是，有他这么一路插科打诨，原本一路压抑得让人喘不过气的气氛，倒是放松了不少。

消息是在半个小时后传来的。

距离陆惟真他们几公里外的一个小队，发现了那三十人的踪迹。陆惟真立刻掉头，直扑过去。

几分钟后。

夜色已经很深了，山岭空寂，月光稀薄，暗黑一片。风吹动树林，发出"哗哗"声响。

这是一处接近山脚的位置，几公里外，就有人类村落。可以说是个非常危险的位置。月黑风高，视野模糊。但若你安静下来仔细听，便可听到一些粗粗的喘气声，还有咀嚼声和零碎的说话声和笑声。

陆惟真屏气凝神，和许知偃藏在一块巨石后。许嘉来、高森和其他几个人，也散布在周围。前方林子下方，是河滩和一条小溪。数十个身影，或坐或站，或匍匐。远远望去，它们身形各异，奇形怪状、虎头豹身，或者干脆是没见过的怪物样貌。

许知偃从背包里拿出望远镜，看了一会儿，递给陆惟真。陆惟真一看，微蹙眉头。

她首先看到的是个紫黑色皮毛、全身麟甲的黄眼女妖怪，她嘴角还有未干的血迹，舔着舌头，和另一个人形的，但是全身发青的男子，依偎在一起，动作非常下流。她又移动望远镜，有几个妖怪，站在林子边上，手里拿着血淋淋的一块肉在撕咬。陆惟真的心一提，再仔细一看，松了口气，其中一人拿着的，显然是猪蹄，另一人拿着的是个羊头。

再往趴在地上啃食的几个妖看去，原来地上还有四五只，被撕得七零八碎的羊和猪，满地的血。

也难怪它们在此处停留。显然是正在吃一顿大餐，好在吃的都是动物。

陆惟真猜想，它们约莫是袭击了附近人类的某个养殖场。

它们运气不错，这些食物一下子把所有异形都吸引了过来，倒是方便了围捕。

陆惟真打了个手势，示意大家缓缓包抄。但到底是在草木树丛里，不可能做到完全无声。有人踩到草叶中藏着的枯枝，发出轻微声响。那只黄眼女妖怪突然动了动耳朵，竖起脖子，往外围树丛看了过来。

陆惟真："动手！"

女妖："跑！"

两个声音一前一后响起，异星人战士从草丛中跃出，妖怪们四散而逃。

擒贼先擒王，陆惟真直扑那女妖，同时喊道："嘉来跟着我，许知偃你带着高森管那边！"

许知偃答了声："好的您嘞！"那兴高采烈的调调，不像在战斗，倒像在跑堂。

陆惟真带来的人，全都训练有素，一人围堵一二只。许知偃带着高森，两人目标是干掉个七八只，同时照看其他人，避免伤亡。

陆惟真这边也一样。那女妖一跑，她那青面人姘头也跟着，还有六七只妖怪跟着。陆惟真手一抬，平地拔起一堵高高的土墙，前方正在奔跑中的两只妖怪躲闪不及，一头撞上去，撞得头晕眼花。陆惟真手一拍，土墙瞬间崩塌，将两个妖怪埋在里头。它们挣扎着想要爬出来，其中一只应该还入了归犬境，红着眼憋着劲儿，面前腾起一股火焰，朝陆惟真袭来。

陆惟真哼道："不知天高地厚。"另一只手再一挥，锋利如刀片般的风绳，顷刻将两只妖缠得结结实实，摔落在地，再也无法动弹半分。而那一股火焰冲到陆惟真面前，就像无名小妖撞见了大佛，直接掉头往下，扑倒在地，泯灭于无形。

为首的女妖一回头，看到只眨眼工夫，陆惟真就干掉了两个，大惊，她低语了句什么，前面剩下的六只妖就分成两路，朝不同方向跑去，看来是想走一个是一个。

陆惟真一看女妖和青面人带着个小妖怪去往一边，另一边是三只看起来更低等的妖怪，她就对许嘉来扬了扬头，许嘉来说："放心，这边交给我，我正好找机会试试缚妖索。"她背了个包。

今天他们都把法器带了出来。一是这么重要的东西，最近情势又动荡，不好离身，所以一直带着；二是难得有大战机会，也可以试试东西，总要不断修炼才能让法器发挥更大威力。

两人分头行动。

许嘉来从背包中摸出一把木镖，虽为木制，质地坚硬，锋利无比，不输刀锋。这也是断手专门为她打造的武器。虽然她操纵元素，还没有陆惟真那么出神入化，但也是徵虎境高手，对付几只小妖，不在话下。而且第一次使用缚妖索，她也不敢托大，怕一不小心把自己给捆了。所以她准备先用老武器，把小妖们制服，再站得远远的，丢出缚妖索，试试效果。

许嘉来像一阵风似的追着它们急撵。她的双臂陡然一振，前方两排树木同时弯腰，阻住小妖们去路，小妖们哇哇大叫。就这么一缓，许嘉来已操纵十余柄木镖，疾风骤雨般飞射过去。

三只小妖，一只被牢牢钉在树上，两只虽还在拼命往前跑，但身上都中了几镖，步子似有千斤重。

许嘉来"哼哼"冷笑着，跟个邪恶女魔头似的，她追上前去，手一扬，那些木镖自动从树上、它们身体里弹出。树上的三只被钉穿过的小妖已丧失行动力，许嘉来集中全部注意力，双手往前一拍，木镖再次射向另两只妖。

又钉住一只。

剩下那只眼见不妙，转过身来，咬牙切齿，四肢着地，全身肌肉紧绷，速度竟是极快，躲过了又一轮镖雨，朝许嘉来直扑过来。

许嘉来："找死！"一个前空翻，速度极快，就到了那妖怪背后，不过她也知道这只实力最强，只怕即将进入白雀境，且本身就非常勇猛敏捷。许嘉来想要速战速决，用缚妖索绑了这些妖，尽快去帮陆惟真。

于是她双臂猛地往两侧一拉，就像她曾经在小院里攻击林静边那样，周遭草木横飞、树枝折断，瞬间汇聚成两道木流，于她的臂膀之中。小妖目露惊恐，许嘉来全神贯注，倾尽全力，低喝一声，两道纳米级能量流，如同钢炮般，朝小妖直轰过去。

能量流将小妖的身体打个对穿的一刹那，许嘉来听到身后一阵整齐密集的破空声。

她一愣。

“哧——”破肉入骨的声音。

密密麻麻的尖锐剧痛，从后背和四肢传来。许嘉来呆呆低头，正面还看不出什么，她一扭头，看到大腿和背上插着一排排钢镖。

这还真是……以其人之道还治其人之身吗？她脑海里闪过这念头，随即怒意滔天，谁在偷袭？难道那些小妖，还有这种手段？

只是她稍微一动，就感觉到全身骨肉仿佛正被一寸寸撕裂，可是她绝不能站在这里等死。她一咬牙，往后转身。

身材娇小的女徵虎，负着满背的钢镖，如扛着个无形的十字架，佝偻着背，一步步，艰难转身，面容苍白惨烈仿若恶鬼。而她所站之地，鲜血正顺着两条细细的脚踝滚落，血泊逐渐由小变大。

眼前是茫茫树林，风声飒飒，空无一人。

突然间又听到密集的破空声，从右侧树林中传来。许嘉来强提一口气，平地跃起，躲过暴风骤雨般的第二轮攻击，落地之时，她的手用尽全力一挥，那些死掉的、被钉住的小妖身上的木镖，全都拔出飞起，朝那人的藏身处直射过去。

那人竟也敏捷非凡，纵身一跃，草丛中只见一道黑影闪过。

所有木镖扑了个空，同时悬停于空中，如同数只具有生命的小兽。

许嘉来已看准了那人的藏身处，双臂齐展，强忍着身上拆骨剖肉般的疼痛，拼命聚集身体里残存的所有力量，整个人就连同所有木镖，朝那人藏身处直扑过去。

她的字典里，向来只有一个“猛”字，此刻，也只求将对方一击毙命！

就在这时。

那个匍匐在草丛里的人，竟然站了起来，左右开弓。原来他左右手各架有三把弩，弩是牢牢缠在手臂上的，看样子居然想要与许嘉来同归于尽！

许嘉来终于看清了他的脸。她倏地睁大眼。

捉妖师的小徒弟。

一身黑衣，高瘦个子，清秀容颜。只是比那次见更瘦，脸色更苍白，眼中寒光湛湛。

两人的镖同时射向对方。

许嘉来于空中一个翻身，避开了大半的镖，但还是有一小半射在她身上，她的身形在空中重重一颤，依然顽强地转身想要立刻逃跑。

被无数木镖迎面射来的林静边，嘴角轻轻一勾。

来不及了。

“砰、砰”两声，她的身体猛地颤了一下，又颤了一下，扑倒在地。随着她丧失全部战斗力，原本射向林静边的木镖，就像失去了生命，全都掉落在地。而林静边毫发无伤。

许嘉来艰难低头，捂住腹部，意识到自己中弹了。她虽是异星人，DNA链条与人类不完全相同，却也是碳基生物，血肉之躯。

许嘉来突然意识到，在这短短的数十秒内，到底发生了什么——

若是平常，她完全可以避开人类子弹的速度，更不容易被弓弩钢箭所伤。可是今天，捉妖师们先是趁她全力击杀一只妖怪，后背大开时，以弓弩重伤。又以林静边为饵，诱她倾尽全力再无保留。她看到林静边，心神大震，此时捉妖师才开枪狙杀，完成致命一击。

一环扣一环，步步杀机，计算精准无比。

肉体凡胎、失去法器的捉妖师们，依然能置她于死地！

什么去了江城，什么落魄投靠，忙着结婚联姻什么的，只怕统统都是这师徒二人放出的烟幕弹。目的，就是要让他们毫无戒备。而对方，就像猎豹，埋伏于周围，等到了此刻的机会。

她今天是死定了，可是半星，半星他们怎么办？可恨一切发生在转眼间，她现在连呼救声都没有力气发出，无法向半星示警。

许嘉来喘息着，慢慢地、用尽全力抬头。夜色之中，那个人从树林深处走出来，同样一身黑衣，高大清瘦。他单手拎着一把步枪，仿佛人世间最冷酷的猎人。

许嘉来望着他的身影，脑海里却瞬间闪过许多画面，那个雨夜：打完朱鹤林泄恨、躲在桥墩下哭的陆惟真；从此再也不哭不笑的陆惟真；还有无数个夜里，坐在那里望着夜空的陆惟真……许嘉来的眼眶突然涌起一阵强烈的湿热。

哈，哈哈，眼前人，强悍至此的捉妖师，不愧是半星爱的男人。

陈弦松先看了眼徒弟，林静边已原地跃起，安然无恙。陈弦松又看向许嘉来，目光最后落在她的背包上，他单手按住腰包，抬起另一只手，只说了两个字：

“归位。”

许嘉来突然觉得背上一轻，什么东西从被打得穿孔的背包里挣脱而出。下一秒，她看到一捆闪着光的绳索和壁虎牌变形镜，都已落在陈弦松手上，而他随手一塞，两件法器就消失在他的腰包里。

哪怕重伤得半死不活的，许嘉来的眼睛也瞪圆了。

捉妖师还留了这一手？

带制导？

还是语音制导！

完了……完了！

【026】

师徒二人，看着地上的许嘉来。

许嘉来吐出一大口血，颤声说：“都是我的主意……陆惟真那么做，也是我极力劝的……她其实……不忍心……不想杀你，她还……下令让湘城全境的异星人，不许……为难你……”

那两人谁也没动，也没说话，仿佛不为所动。

许嘉来说完心心念念的这番话，一口气泄了，晕死过去。林静边沉着脸，想到她那日的耀武扬威，很想上去再踢两脚，可眼前的女孩看起来实在太惨，背部插满钢镖，腹部还在流血，昏迷前唯一的话还是那样的。而且林静边以前跟着师父捉的妖，都是牛头马面奇形怪状，近乎野兽。许嘉来看起来就是个人，林静边这一脚就有点踢不下去。

“师父，拿到几个？”林静边问。

陈弦松答："缚妖索和变形镜。"

林静边一喜，没想到，只是伏击陆惟真的一个手下，就拿回了两个宝贝。

陈弦松也没想到，那个人会跟散财童子似的，把这样珍贵的法器，都散给了手下，倒是慷他人之慨！

但可以确定的是，剑在那人手里。

陈弦松脑海里浮现之前窥探到的，那人腰悬宝剑，面容阴沉的样子。仿佛那已是她的剑。

剑是他的，命也会是他的。

最年轻的大青龙，心术不正，巧言令色，盗取法器，如诛他性命。假以时日，她成长为当世唯一的六五，也不是不可能。那时她若又生恶意，为所欲为，甚至贻害一方，还有谁能遏制？

这样的青龙，捉妖师必除之。

"师父，这个……杀不杀？"林静边问。

陈弦松看了眼地上人，说："暂时留她一命。"

林静边答："是。"反正这人也跟死了差不多了。

陈弦松从腰包里掏出变形镜，在指间转了两圈，说："你藏好，等我号令。"

林静边答："好。"师徒二人就此分开，林静边看着陈弦松走进前方树林，忍不住又叮嘱道，"师父，当心。"

毕竟剑和葫芦，都还在对方手里。对方还有两个青龙一个徽虎，师父此行，实在让他捏一把汗，稍有不慎，不就又落到那个人手里？

其实几天前，林静边得知姜衡烟把祖传的宝刀都带过来时，着实惊喜了一把。谁知他就洗个碗的工夫，回头就见姜衡烟黑着脸从师父房间出来，直接走了，当晚就回了江城。

自然，刀也带走了。

他问师父："为什么不接受师叔的好意，至少把刀留下？"当然师叔若是留下就更好了，虽然不如师父，但是比他强多了。而且师叔也没说啥啊，师兄妹之间互相帮助而已。林静边清楚得很，师叔也绝对不敢说让师父以身相许的话。

"不需要。"师父答，"若真的需要帮助，我也会向师叔师伯们求助，而不是她。"

林静边叹了口气，说：“姜师叔还是很关心你的，也挺可怜的。”

陈弦松忽地笑了，说：“你到现在还相信女人的好意？”

林静边：“……”

高森和许知偃这头，正和妖怪恶战。他们两个大男人，自然各自为战，没什么时时守望相助那一套。不过，高森身为忠诚下属，偶尔看到了，还是会冲过去帮许知偃打掉偷袭的妖怪。结果许知偃瞪他一眼，觉得他多事——本少爷是青龙嗳青龙，我最喜欢假装不慎被偷袭，趁对方发大招时，一下子把对方拍死那种快感好吗？

夜色深深，光线朦胧。两人分头撵着妖怪，渐渐拉开了一段距离。

高森虽然也背了个背包，装着葫芦和那几个圆疙瘩，但和许嘉来一样，不敢随便用，也没找到什么合适的机会使用——他也怕把自己收进去。

他是纵火者，但在这原始森林里，反而受了局限，要是不慎引起森林火灾，他几年的工资都不够赔。于是他手持一根粗粗的木棍，顶端引浮火，作为临时武器。但他本就强壮敏捷凶悍，很快就将那两三个不入流的小妖，压制得死死的。

高森又将一个小妖烫得嗷嗷叫，然后一记带火猛拳过去，直接把对方打晕。他牢牢记得，陆老板说要剥了它们的皮传看八方，所以他都留了活口，用结实的绳索，将小妖绑起来。

他抬起头，自己需要负责的，只剩一只小妖，跑在大约五十米外的位置。

高森飞掠过去。

前方树林里，一个人影闪现，高森一凛，待看清那人身材相貌，微微一笑。那只小妖也正好撞到那人跟前，许嘉来一把木镖射过去，小妖“嗷”地一叫，倒在地上。

高森冲过去，绑住这一只，抬头看她，脸上有细汗，但是没有受伤，遂放下心来，问：“你那边怎么样？”

许嘉来答：“都杀了。”

高森无语，就知道她是这么个火暴性子，那就不能活剥，只能死剥了。

“陆老板呢？”高森又问。

许嘉来看着他，说：“她在捉那个带头的，已经得手，让我过来，把葫芦和其他东西都拿过去。她说想试一下。”

高森不疑有他，解下背包，丢给许嘉来。

许嘉来一把接过，说："陆老板说，让你们这边完事了，过来会合。"

高森点头。

两人背向而行。

高森走出一小段，隐约听到风中送来背后那人轻轻说了两个字，似乎是"归"什么。他愣了一下，回过头去，身后早已空空如也，许嘉来应当已走远了。

高森掉头往回，看到许知偃将五只妖怪都按在地下，挨个蹂躏。听到他来，许知偃头也不抬地说："陆半星一句要剥皮，咱们跑断腿，哎，谁让我惯她呢。"

高森看他虽然在抱怨，却把五只妖绑得结结实实，连毛发都没有很乱，可以说"卖相"很好了。高森有点想笑，心想这二太子虽然神神道道脾气古怪，对咱们陆老板，倒是百依百顺。

许知偃抬头，目光一停，问："你背包呢？"

高森和许嘉来今天都背着包，还挺宝贝小心的样子，许知偃就知道里头肯定装着了不得的武器。只是，还没把这个和陆惟真那把捉妖师的剑联系在一起。

高森答："刚才许嘉来过来，说陆老板要用，拿走了。"

许知偃眉头轻蹙："你就这么给她了？"

高森也愣了一下："有什么问题吗？"

许知偃说："收拾着几个毛贼，对陆半星来说小菜一碟。她至于这么着急忙慌要用东西？感觉怪怪的。咱们赶紧收拾一下，去和她们会合。"

"是！"

陆惟真这头，也是要抓三只妖。只不过是两个最强的，加一只小妖。

那只小妖，早在逃亡路上，被陆惟真路过时，顺带一脚踹翻，重伤濒死，无须再理，自然有后头赶上来的人，会打包好。

前方林中，两只情侣大妖的身形已清晰可见。陆惟真一个风龙掷过去，那男妖——青面人，用胸膛挡住，护着那女妖，还凄厉地喊了声："你先走！"

而黄眼女妖果然不负他的深情，头都没回一下，撒腿跑远。

陆惟真目睹着这分离的一幕，唇角忽然勾起冰冷的笑。

怎么又是男人情深义重，女人忘恩负义自私自利？

那就别怪她心狠。

青面人看起来是个白雀，在被小风龙撞翻后，吐出口血，挣扎着奋不顾身地冲陆惟真扑过来。

送死。

陆惟真手一扬，步子都没挪动一下，地上一大片泥土骤然升空，瞬间汇聚成土龙，将青面人狠狠踩平。青面人居然也是控土者，脸涨成深紫色，用尽全身力气，将压在身上的土……掀掉了巴掌大一块。

陆惟真“哈”了一声，脸色冷下来，手再次一挥，更多的土重重叠叠堆上去。泥土之下，青面人只有两个眼睛露出来，隐约挣扎着，很快就瞪圆眼睛，不动了。

陆惟真面无表情。

它们活活咬死了八个人类，死有余辜。

她抬起头，就这一会儿工夫，黄眼女妖已跑远了。陆惟真御风而行，就在这时，一个人影从侧面跑出来，正是许知偃。

陆惟真看他一眼，速度不减，许知偃落后她几步，问：“你还好吧？”

陆惟真：“我能有什么事？你那边呢？”

“都解决了，我先过来，看你要不要帮忙。”

“不需要。”

许知偃就没再说什么，跟在她身后。陆惟真也没管他，只盯着前头女妖。

那黄眼女妖见两人越追越近，深知跑不掉了，只能硬着头皮一战。虽然她极其惧怕陆半星，但到底是山中修炼的异形，又破了归犬境，众异形唯她马首是瞻。从前哪怕是辖区科长凡纳塔十五世，都要让她三分，倒养成了她目中无人的性格。

她甚至觉得，就算陆半星是青龙，但自己向来没遇到过敌手，说不定可以一战。不说输赢，找到机会逃出去应该没问题。

当然，这也跟她刚才只顾逃命，都没看到陆惟真一招虐杀青面人的画面有关。

女妖是控风者。

风火同属，控风者亦能控火。

女妖背靠大树，血盆大口张开，轻轻喘着气，黄豆大的眼睛瞪得浑圆，爆发出一声雄浑的吼叫，双臂用力往前一推，足有一米粗的强劲风浪，夹杂着火焰，朝陆惟真撞来。

而她自己，也一跃而起。这是她惯用的必杀技，哪怕陆惟真挡住掉风火袭击，她藏于风浪后，还有天生的利爪尖牙，铁板都撕得破，只要咬上一口，抓上一爪，也足以有陆惟真好受的。那么，她就能趁这个关头，逃出去！

想象总是很美好的。

女妖都不知道，自己看起来风驰电掣威猛无比的动作，在陆惟真眼里，就跟打太极拳似的缓慢清楚。陆惟真甚至还看清了女妖眼中的算计和残忍。

陆惟真笑了笑。

她盯着女妖的风火巨轮，竟托大到等那刀锋般的平面，距离自己的脸只有几厘米远时，才双手猛地从中间往外，随便一扒拉。

所谓控风者，所谓青龙与归犬，自然谁厉害，谁控。

手起，风平，火灭。

女妖眼睁睁看着凝聚着自己全部能量一击的风火轮，跟玩具似的，灭在陆惟真的一挥掌之下。她在这一刻，才深深理解什么叫作青龙。

六五之下，无敌青龙。

女妖还自己保持着扑击姿势，但是眼神已经变得呆滞。搭配她凶残长相，那画面难以形容。

她的两只前爪连忙往回收，庞然大物变得跟只惊慌失措的小猫似的。可惜扑得太猛，实在是刹不住啊！她的身体依然往恐怖的大青龙的面前撞去。

“呜呜呜呜呜呜……”

陆惟真神色平静地伸出手。

就在这时。

陆惟真的眼角余光，瞥见一道光，在她背后亮起。

纯白，皎洁，闪耀。

似曾相识。

陆惟真一愣。

几乎是一刹那，飞翔的女妖甚至还没撞到陆惟真身上，那道光，如同蜘蛛网骤然膨胀，笼罩在陆惟真的头顶，也覆盖住她的四肢。陆惟真大骇，要逃。但是那道光实在离她太近，几乎就是贴着她的背后张开。

她的背后，不设防。

她的背后……不是一直沉默的许知偃吗？

寒意就像雪水，瞬间浸没陆惟真的心。今天的“许知偃”，这样沉默。如果是往常，哪怕他甘心旁观她打斗，估计也会碎碎念个不停，惹人烦恼。

就在陆惟真跃起想逃的刹那，光网一瞬张开又一瞬收起，实在是太近了，一下子将她整个人都束缚住，从头到脚，缠得严严实实。

陆惟真身躯一抖。

被缚妖索网住之妖，全频道阻断，能量尽失，如同凡人。

下一秒，飞过来的女妖，已一头撞上寸步难移的陆惟真。她的身躯本就笨重坚硬，这一撞直撞得陆惟真胸中气血翻滚。加上女妖疯狂凶猛，对着陆惟真的肩膀就是一口，两只爪子同时从她大腿抓下，瞬间血肉模糊。

那放出缚妖索之人，将时机计算得精准无比，没有差一分一毫。连番打击，血肉之躯的陆惟真摔倒在地，单手立刻往地上一拍，想要跃起。缚妖索就像是有所感知，生生将她往地上一扣，她便如入了网的飞蛾，再次跌落在地。

女妖撞完人也傻了，没想到对方的同伴会暗算，也没想到自己居然还得手了！可她现在没有半点欣喜之意，她望向站在大青龙背后那个男人，高高瘦瘦，垂手而立，一言不发，可看起来怎么比青龙还要可怕！

此时不走，更待何时？女妖悄悄慢慢往后挪。

这时，就听到那男子低声说了两个字：“归位。”

陆惟真一愣，腰间就是一轻，她的眼睛倏地睁大，伸手想抓，可是剑从剑鞘里飞出的速度那么快，一下子就穿过缚妖索间的网孔，朝她后方那人飞去。

她听到了他接住剑的声音。

下一秒，一道耀眼白光，骤然从她身后爆发，陆惟真只感觉到颈后一阵寒风袭过，脑子里一片空白，刹那闭上了眼睛。

没有疼痛传来。

白光消散。

陆惟真慢慢睁开眼，看到不远处的女妖，已被劈成了两半，满地血肉，死状惨烈。

她没有动。

身后那人也没动。

没有人说话。

周遭一片寂静。

陆惟真慢慢地、慢慢地吐出一口气，转过身来。

夜色昏暗，视线模糊。“许知偃”站在距离她只有三四米远的地方，手持光剑，剑尖斜指下方。明明是一模一样的面容，可当陆惟真看到那双眼，就知道他是谁。

黑色的眼睛里沉没所有的光，看起来无情又刚毅。

陆惟真听到自己说：“你把……镜子摘了，别顶着他的脸杀我。”

终于还是明白了。什么奔赴江城，什么投靠师门，哈，还有什么联姻求助，只怕都是他施的障眼法。是啊，他怎么可能忍辱负重退缩，他何时退缩过?

陈弦松沉默了一瞬间，抬手在胸口轻轻一抹，将镜子收回腰包。

他一身黑衣，站在她眼前。

陆惟真忽然觉得陌生。眼前人，比从前消瘦了很多，更加显得五官深邃，轮廓冷硬。那身黑衣，也有些空荡。就好像，她曾经遇见他，已是上辈子的事。

陈弦松的喉结动了一下，嗓音冷漠得就像冬日霜雪落下：“留下你的名字。”

陆惟真忽然笑了出来，在陈弦松眼里，那笑当真比哭更难看。笑完了，她说：“等一下，我还有话要问——许嘉来、高森和许知偃呢？你有没有杀掉他们？”说到最后，已是一片冷意。

陈弦松看着她的眼睛，说：“还活着。你当日没杀林静边，这一笔，我还给你了。”

陆惟真说：“多谢，多谢你了。”

他不语。握剑的五指慢慢收紧，乌黑斑驳的剑身上，渐渐有光在浮动闪烁。

陆惟真却像没看到，又问：“所以今天本就是你计划好的？将计就计，螳螂捕蝉黄雀在后？那些逃亡的妖怪，是被你发现，用猪羊肉引来的？许嘉来最莽撞，你能赤手杀归犬，趁她落单弄到变形镜和缚妖索，不是难事。你不会打无准备之仗，只会把其他法器都拿到手，才会来找我，所以第二个是高森。最后，是我。”

陈弦松只答一个字：“是。”

陆惟真的心，就像在隆冬寒霜里冻着，脸上，却笑了出来，点头道：“好心计，好心计，是我太自以为是了，以为你无论如何都不可能再翻身。却没想到，你空着双手，也能逆转乾坤。厉害，真厉害。”

哪怕她用尽了全力忍耐，泪水还是慢慢装满了双眼，视线模糊得就快要看不清。陈弦松就看着她那样的一双眼睛，脸上没有一丁点表情。

“陆惟真。”他喊出了这个名字。

陆惟真用力吸了一下鼻子，语气干脆无比：“说。”

“还记得我说过的话吗？”

陆惟真的眼泪沿着脸颊无声掉落，抬起的清澈双眼，却坚毅无比：“什么话？”

陈弦松抬起剑尖，直指向她：“如果有一天，你违背道德，背叛于我，我会怎么做？”

【027】

怎么会不记得？

那还是陈弦松收了壁虎男的那个晚上，她试探地问，如果有一天，自己泄密背叛，他会怎么做？

他当时是怎么说的？

“我……不会杀你，会把你永远关起来，从此不见天日，让你以这种方式，从这个世界消失。”

陆惟真用力抿着嘴，含着泪，笑了，还真是，风水轮流转啊。

“想把我关在哪儿啊？”她轻言细语地问。

陈弦松又沉默了一刻。

他想这个女人真的很会骗人。明明是她背信弃义，玩弄他于股掌之上，此时，她被缚妖索捆住，落于下风，立马又做出一副原来温顺怜弱的模样。

这些天来，他几乎就没有想起过从前，脑子里全是如何计划、伏击、夺取、压制。跟踪了一个又一个夜晚，如同看着陌生人一样，凝望了一个又一个夜晚。

终于，等到了今夜，他将亲手结束这一切。看着刚才，她几乎和那个男人形影不离，亲近至极，他的心便一点点变得更加坚硬锋利。

他本来决意亲手杀她，缚妖索一捆，再让妖兽一撞，便是千钧一发的击杀机会。只需要一剑，令她灰飞烟灭，就此了结。

就在刚才拔剑的一瞬间，他看到了她背后想要潜逃的妖，心思不知怎的就出了偏差，剑光将将擦过她的发梢，精准地劈在妖兽身上，而她毫发无伤。

然后她就找到了机会，又用那样的眼神看着他。还想要迷惑，还想要算计吗？

可是某种本已消失很久的、无声的、腐蚀般的疼痛，再一次在他的胸腔深处蔓延，它们一点一点往上爬，弥漫到他的四肢百骸里。他无法不想起在一起的时候，她多少次望着他，眼里有看不清的情绪。后来的某一天，他突然明白那种情绪叫作悲伤。他也无法不想起，这一路和徒弟逃亡，整个湘城门户大开畅通无阻，她口口声声说的追杀令，根本就不存在。

他也想起，多少个夜里，他在望远镜里，望见那个女人，独自一人坐在窗前，一坐就是大半宿，时间于她而言，仿佛是停滞不前的。她只是一个人，永永远远坐在那里。

又被蛊惑了，对不对？陈弦松忽然轻轻笑了，他用一种更加冷酷的目光，看着陆惟真。

某种钝痛的觉知，却如同宿命的钟声，袭上心头。他突然明白，今天无论如何，他也下不了手，将这大妖，斩于剑下。

然而师门教诲，降妖除魔，夺器之恨，骗他叛他，如何能忘。

就让她生生世世，永陷牢笼，生不如死，世间再无此大青龙。

心意已定，陈弦松手在腰包上一探，紫金葫芦浮现。

陆惟真明白了，他要将她关进那个诡谲未知的泡泡宇宙。她轻声说："陈弦松，如果我不是我，不是厉氏之女，不是陆处长，不是陆半星，身后没有那么多人看着我，跟着我，现在我就会束手就擒，自己踏进葫芦里去。因为这是我欠你的，我这辈子，没有欠过任何人，除了你。可惜我是陆半星。"

话音刚落，她双臂一展，五指同时张开，一道蓬勃纯净的光芒，蓝、白、黄三色交融流溢，从她的怀抱间迸发出。与此同时，原本光线幽幽平和的缚妖索，光芒大盛，强烈的白光，往内迅速压制。

陈弦松的眉间一颤。

陆惟真低下头，双臂再度一振，全身衣服、裤子都因迸发的能量场而呼呼鼓起，一头黑发全飞起来。而她周身的光芒瞬间变得更亮，竟与缚妖索的白光分庭抗礼，隐隐有向外压制的趋势。

陈弦松脸色一寒，打开葫芦盖，往后跃出十余米，到了树上高处，举起了葫芦。

一道紫色的雄浑光芒，直射陆惟真。

陆惟真看到紫光迎头而来，脑子里只有一个念头：他下手了，他是真的要把我收到葫芦里去，就像他以前对待最痛恨的那些妖魔鬼怪。

陆惟真胸中突然就升起一股戾气，仿佛某种压抑太久的东西，终于令她深陷，将她吞噬了。她想，哈，哈哈，这一天终于来了，心狠手辣、报仇雪恨、你死我活。她该！该！

那就一战吧。

若是胜了，索性杀了这人，也杀死心中，那折磨自己太久的夜夜悔恨和无望痛苦。

若是败了，倒也圆满了，这条命给他就是，心甘情愿踏入未知而恐怖的泡泡宇宙。

一了百了！

二十余年来，陆惟真这个人，一直躺在最优秀的基因上，混吃等死，她就从来没拼过命。可是此刻，她平生第一次，全身都被蓬勃滚烫的战意填满。连她自己都没意识到，当她再次抬起手，再次召唤风、土、水元素时，心随意动，以她为圆心，某种无形的振动能量，急速向周围的森林、地底、天空，大面积蔓延开去。恢宏而广阔的空间能量场，开始徐徐共振，有什么仿佛即将蓬勃而出，有什么即将无情摧毁一切。

陈弦松看着光芒的圆心中的那个人，这一刻，那个女人竟然是陌生而瑰丽的。她乌黑的长发在空中肆意飘扬，她闭着眼，表情宁静，心无旁骛，毫不在意头顶慑人的紫光，她释放出一身纯洁而耀眼的光芒。

他亦真切感受到了属于大青龙的能量场，因为足以吸走万妖的葫芦，那束紫光触到她的光芒时，竟然被生生阻滞住。而缚妖索上，竟有地方出现丝丝裂纹。它们，都是任何青龙境妖怪无法抵挡的法宝，可陆惟真竟然以一己之力，强势抗衡，正在突破。

缚妖索一次只能使用两分钟。若让她撑过这两分钟，挣脱而出，葫芦也收不了她！

陈弦松拔出光剑，猛喝一声，单手一剑劈落。

一轮巨大得足以吞噬一切的圆月，从天空降临，光芒柔和，磅礴雄伟，朝陆惟真袭来。

陆惟真睁开眼，看着那轮月亮。

原来，这才是他真实的实力。铺天盖地，无边无际。他以前从未展露过。

都留给她了。

好，好得很。

当巨月边缘伴随着葫芦的紫光，碾至缚妖索边缘的一刹那，陆惟真立刻感到了恐怖的压力，胸中一阵气血翻涌，一口腥甜之物涌到了嗓子口，被她生生压下去。与此同时，她的脚下、头顶、手掌里，与方圆数公里内流动能量场的共振，都为之一滞，差点泄了气。

她如果扛不下这一击，抗不过缚妖索剩下的几十秒钟，就会被圆月所噬，泯灭于光波中。

他下死手了。

他要亲手杀她。

陆惟真的眼眶陡然赤红，爆发出一声嘶哑的吼叫，两手握拳，紧咬牙关，她周身的三色光芒骤然又暴涨出一截，周围空间因共振颤动不已。

陈弦松这汇集毕生所学的一剑挥出，额头也缓缓滴下汗水。属于大青龙的浩荡能量场，隔着那一轮圆月，隔着剑，也压到了他身上。他平生还从未遇到过这样强劲的敌手，哪怕三年前终南山大青龙也不能及。

一时半会儿竟无法分出胜负。如若被她撑过去，挣脱缚妖索那一刻，她一身妖力，已与天地共振，那能量势不可挡，足以推平整个山头，而自己首当其冲，必死无疑。

然而，当这个念头生出，陈弦松的心境竟奇异地平静下来。

不过一死而已！

成王败寇，死于她手，我又有何惧！

他心念一定，意志更坚，手中剑光再次迸发，那巨月竟隐隐还有膨胀趋势，再度向陆惟真压制而去！

陆惟真的后背和双掌，隐隐已有血从皮肤中渗出来。可是她恍然未觉，她只是拼尽了全部力气，死咬牙关，硬扛着，在心中一下一下，艰难默数。

还有四十几秒。

只要她能扛过这四十秒。

陈弦松如佛入定，双手持剑，葫芦在他头顶盘旋，紫光湛湛，光波滔滔不绝。而他握剑的掌间和牙关，也有血，在慢慢透出。

一时间，荒野寂静，彼此沉默，拼死相斗。

他们两人，于这一处山顶上互放夺命大招，打得你死我活。却未想到，来自北方的捉妖师和南方大青龙这一战，即将惊动多少人！

两个超级能量场持续撞击爆发，余波以光速向四面八方扩散开去。

这一夜，湘城所有异星人：要么正在按照陆惟真的命令执勤，突然惊讶望向同一方向；要么从睡梦中惊醒，站起来眺望。

断手也是猛地从睡梦中惊醒，望向桌上不断震动的能量检测仪器，从墙上抓下威力最大的一支改装枪，破窗而出，朝鹿围山方向飞掠而去。

这一刻，原本躺在老公腿上看书的厉承琳，突然坐起，静静感受后，脸色变得非常难看："惟真出事了。"

陆浩然连忙也坐起："怎么回事？"

厉承琳没答，披上衣服飞掠出门，顷刻间已在千米之外，直奔鹿围山。

超级能量波爆发后一分钟内，北京，异星人大统领宅邸，电话响了。

大统领许宪安接起，是监察处打来的："大统领，我们检测到湘城境内，属于青龙的巨大能量场震动，数值非常非常高，是十年来的最高值，几乎快要达到大青龙上限。经属性检测，这个能量，属于湘城处长陆惟真。"

许宪安眉头紧紧皱起："她出什么事了？"

下属答："据我们推测，她应该正在经历一场生死之战。因为另有一股极其巨大的未知能量，在与她对抗、撞击，所以这一次的震动，才能传得这么远，这么剧烈。"

"未知能量？"短暂沉思后，许宪安的神色变得冷厉，果断下令，"立刻通知江城、徽城、桂城、阳城四城管理处处长，让他们马上动身，亲自驰援湘城，不惜一切代价，必须给我保住陆惟真！"

“是！”

许知偃和高森，一路走，一路看，遇到几只被打死的小妖。许知偃的眉头，不知何时已蹙起。

“你不觉得奇怪吗？”许知偃说。

高森：“怎么了？”这不挺好的，该死死，也没听到什么异常动静。

许知偃翻了个白眼：“高大强，你是只长块头，不长脑容量的吗？稍微动动指甲盖想想，都知道，陆半星比我牛吧？许嘉来和你差不多吧。咱们都已经杀完了那些妖，还打包捆好，整整齐齐，陆半星这边，早该完事了。可你看看现在，尸身满地，乱七八糟，就好像半星她们已经顾不过来似的。”

高森一愣，还有半星搞不定的事？不可能吧。他想了想，说：“会不会是领头那个黄眼女妖有点棘手？”

许知偃：“也许，但我总觉得哪里不对劲。”两人不由得加快步伐，又走了一段，就看到一个女孩趴在地上，身上插了一背钢镖，血肉模糊，生死不知。高森整个人重重一颤，飞扑过去，想抱又不敢乱动她，高大身躯如同钢铁僵直。

许知偃眉头紧紧蹙起，也跳过去。旁边的高森就跟痴了似的，一动不动。

还是许知偃上前，探了探鼻息，又按了脉搏，都是若有若无，细若游丝。许知偃说：“活着！你还等什么，马上找你们的医生，背她去！”

高森低着头，飞快摸了一下许嘉来的头，这才在许知偃的帮助下，小心翼翼将人背到背上，又摸出手机打了个电话。

到这时，高森仿佛才清醒了一点，明明已约好医生，却站着没动：“陆老板。”他看着许知偃，许知偃点头：“放心，我去。我一个青龙，还抵不了你们两个徵虎？”

高森咬牙：“我把人送下山，马上回来。”

“叫其他人。”

“是。”

两人分头狂奔。

许知偃想破脑袋，也想不到在湘城，是谁敢在太岁头上动土，欺负他家半星。他想莫非是山里藏着更厉害的妖怪，甚至想过，会不会和地下琉场有某种关系。否则，以陆惟真的性子，若不是被逼到绝境，怎么可能丢下这样的许嘉来不管?

许知偃御风而行，越来越快，甚至忙乱了，心中还在对自己说：好了好了，无所不能的陆半星，天天揍我跟揍小鸡似的陆半星，终于也遇到困境了；不是坏事不是坏事，我趁机去英雄救美，搞不好两人就可以结婚了，因祸得福因祸得福！可为什么，他这心里，紧得就跟上了发条似的，喘不过气呢。

陆半星，你可千万别有事，别受个伤出什么差错，那我可要杀人了。

远远地，许知偃终于望见前方山头上，一道圆弧形的光芒升起，蓝、白、黄三色，光晕流动，如梦似幻。那正是风、水、土的元素色，是陆惟真掌控的元素的颜色。紧接着，一轮巨大无比的圆月形冲击波，朝三色光晕直压下去。

许知偃眼睛都看鼓了，哪里来的绝世大妖，敢欺负他家半星！许知偃一声清啸，朝山头直扑过去。

此刻，在陈弦松和陆惟真的战斗圈里，两人都已忘了周围的世界、忘了其他人的存在，只顾以命相搏。而以他们为圆心，辐射数十、数百、数千公里范围内，无数异星人高手，正御风、御土、御水，全速赶来。湘城，鹿围山，即将聚集十年来最多的青龙与徵虎。

而圆心中的两人，生死一线，浑然不知。

【028】

二十五、二十四、二十三……

陆惟真在心中倒数。眼见着身上的缚妖索，在一点点变暗。可是，那一轮笼罩住天地的圆月，却蓬勃依旧，膨胀得比最开始还大了很多。将她压得动弹不得。

缚妖索里有全频道阻断装置，陆惟真等于是强行突破，超越身体极限，不可能持久。此刻，她的感觉越来越不妙，胸中的窒息感在加重，血在喉咙里就快压不住，手脚也传来麻木震颤的感觉。

但是，陈弦松也比她好不到哪里去。

圆月虽然明亮，却近乎透明，变得只有一层朦胧的光。当她抬起头，居然能看清陈弦松的样子。他双手持剑，站在圆月之后，黑衣、头发已全部被汗水浸湿，贴在身上。他的脸上亦没有血色，那双手反倒像是在血水里泡过，一滴滴血，还在落下。唯有那双眼，直勾勾盯着她。

十五、十四、十三……

陆惟真心里突然就变得十分难受。她知道，机敏如他，必然也在心中倒数，计算那最后一剑，和她的殊死一搏。那将是决定他俩谁生谁死的一剑。在缚妖索失去作用的那一刻，她必将挣脱而出，鱼死网破，而他只有那一秒杀她的机会。

原来这就是结局。

他同她的结局。

你死，抑或是我活。

今生今世，永不相逢。

陆惟真也不知怎么的，就和他的眼睛对上。

穿过光，穿过夜，穿过撞击的能量场，两人彼此对望着。

那是一双乌黑明亮的眼睛，那是一双深若星空的眼睛，捉妖师站在树下，在对她微笑，独一无二，举世无双。

冲破缚妖索，破开圆月，亲手，杀了他吗?

那个曾经倒挂在窗外，看着她的捉妖师；那个抱着她坐在院子里的捉妖师；那个掏出一颗从未交付过的滚烫真心，从没怀疑过她，一心一意将来要同她结婚的捉妖师。

陆惟真满目悲怆，突然间爆发出一声凄厉的惨叫，闭上眼，两行泪混着血，淌了下来。

陈弦松握剑的手，陡然一颤，指尖抑不住地发抖，热泪涌上眼眶，他猛地持剑飞跃而起，于半空中，令那本该碾灭一切的巨大圆月强行转向，就在缚妖索光灭的一刹那，远离陆惟真的身体，撞向她背后的山峰。葫芦也因失去他的操控，从空中坠入树林里。

同一瞬间，对这一切还无知无觉、闭眼流泪的陆惟真，毫无征兆地放下了双臂。缚妖索坠落在地，本该彻底爆发、铲平一切的三色能量场，竟仿佛萎缩了一般，往陆惟真的身体周围缩成小小一团，就像是莹莹的茧护住脆弱的蚕。

由于突然卸去的能量场实在太大，陆惟真整个人不受控制地往前扑去，撞在一棵树上，又狠狠摔倒在地。

而陈弦松在平生第一次强行逆月之后，连续撞翻五六棵大树，最后于空中一个疾旋，落在地上。他一只手按在地面，另一只手中的剑深深插入土里。

最终两人相距不过十来米。

陆惟真慢慢地、慢慢地爬起来，看到陈弦松背对着她，单手捂住胸口，吐出大口鲜血。陆惟真只是定定地看着，仿佛魔怔了。

然后，她听到他的声音，就像是从胸膛深处，将字一个一个挖出来："陆惟真，你走吧。除了对我，你不曾作恶，今日还守护人类。你我之间，从此一笔勾销。望你之后……行善除恶，好自为之。今生，我们永不再相见。"

陆惟真闭上眼，泪水滚滚而下。

他说，"除了对我，你不曾作恶"。

除了对我。

所以，我放你走。

陆惟真的胸腔，仿佛被这句话撕裂成了几块。她该说"好"的，这不正是超乎意料的、再好不过的结局？她逃脱了他的惩戒和报复，而且谁也不用死。可这一个字，仿佛卡在喉咙里，它不肯出来。

听不到她的回应，陈弦松似乎也不在意了，他握着剑站起，那一轮浩瀚圆月，就在两人身后，逐渐泯灭于空气里。

然而这一幕幕，远远落在许知偃眼里，却完全不是这个样子了。

他只看到那一轮恐怖得足以诛龙的光波，和半星擦身而过，差点就杀死了她！紧接着半星的三色光晕，就跟个鸡崽似的，被人家给摁灭了！

然后半星就哭了，哭得那叫一个伤心欲绝！

肯定要哭啊，陆半星从来"横行无忌"没有敌手，现在被人揍成这样，你看看，全身衣服破破烂烂，到处都是伤，哎哟，把我给心疼得啊。

那小子是个捉妖师，许知偃一看就看出来了，陆半星什么时候弄来这么个大仇敌。咦，半星最宝贝的捉妖师之剑怎么跑那小子手里去了？

许知偃脑子里隐隐有条线，要把这一切串联起来。但已来不及细想了，他看到那小子把半星揍成这样还不够，居然又提着剑站起来，欺人太甚！许知偃人还未至，一条风火金龙已乘风而起，犹如一记追击炮，直轰陈弦松后背。

陈弦松正要离开的步伐猛然一顿，回身就是一剑斩出。这突如其来的变故，也令陆惟真猝不及防。

然而刚才的生死大战，已令陈弦松元气大伤，这一剑挥出，也只能和小青龙不相上下，圆月与风火金龙于空中相撞，同时泯灭。

许知偃一舔下槽牙，哎哟？不过如此嘛。其实他心里也清楚，半星都伤成那样了，这人肯定也好不到哪里去。所以他才更要趁火打劫，才能胜之不武啊！

许知偃徒手再起风火，这一次他走的是炫技路线，一条条金蛇，密密麻麻，从四面八方向陈弦松包围而去。然而陈弦松灵巧无比，在他发招之时，就一个凌空后翻，足尖踩在树干上，两步就已立于高处，手里的剑同时挥落，又一轮圆月降临。

这一次，陈弦松可没有半点手软的意思，他脸色冰寒似铁，气场陡然大盛，明明之前已精力大损，这一剑挥出，却比上一剑更加雄浑迫人！

许知偃的反应居然也非常快，如一道流星飞身而起，堪堪避过圆月的碾压，落在陈弦松身后，冷哼一声，直扑上去。

光波与风火，捉妖师与小青龙，你来我往、此起彼伏，缠斗在一起，一时间两个人居然都是以命相搏、杀机重重。别说，许知偃这一打，竟没让陈弦松轻易占到便宜。

与许知偃相比，陆惟真虽然位高权重、境界比他更高，但除了读大学，就没出过湘城，又是个混吃等死的性子无心争上游。而且她在湘城一言九鼎，没人能和她交上手，所以她的实战经验，其实并不丰富。因而，刚才她和陈弦松对上，情绪一上头，出手就是死扛。

许知偃却不同，他傻了才和陈弦松硬拼呢？自然是避其锋芒，左突右闪，虚虚实实。况且他注意到陈弦松的脸色着实不好，就换着法儿试探他伤在哪里，专往他疼的地方打！再往死里耗他的体力！

但许知偃也不得不佩服陈弦松的定力，不管他怎么挑衅耍滑，对方始终稳扎稳打、不急不躁，甚至明显看穿了他的计谋，也开始节省体力，四两拨千斤。这么一会儿工夫，就差点把许知偃逼得吃了亏。

陆惟真根本来不及阻止，这两人就已打成一团，顷刻间就过了数十招，险象环生。她一个箭步冲过去，暴喝一声：“都住手！”

没人理她。

陆惟真清楚看到，陈弦松死死盯着许知偃，眼里全是冰寒杀意。她心中一凛，为什么……

而许知偃一旦真火了，起了杀性，那也是拦不住的。

陆惟真只好喊道："许知偃，别打了！你给我住手！我和他……刚才已经停手了！"

许知偃也喊道："我怎么能让你白白被人揍！"结果就是这一分神的工夫，肩膀被光剑刮到，鲜血直流。

许知偃骂了句脏话，吼道："他是捉妖师啊，你还等什么，搞他啊！把他的法器统统抢了！"话一出口，自己一愣，忽然间好像明白了什么，抬头看向陆惟真。

陆惟真见他受伤，心中也急，怕陈弦松真把他杀了，那可就是两败俱伤的结局。

陈弦松一抬头，循着许知偃的视线，就见他和陆惟真互相凝望着。又听到了许知偃和陆惟真如出一辙的想法，陈弦松忽觉心中一片森森寒意，瞬间覆盖住一切。他低头无声冷笑，那疲惫的、遍体鳞伤的身体，一时间竟也感觉不到痛了。剑随意动，再次勃发的能量场驱使光剑爆出一个更加快速而强烈的光波，朝许知偃袭去。许知偃这一下是真的躲不过了，小半个光波砸在他背上，他被砸飞了出去。陈弦松挥剑前跃，直刺过去。

陆惟真一眼瞥见陈弦松的脸色，知道坏了，他要杀许知偃！

他这回是真的要杀掉许知偃！手起剑落，绝不会手软。且不说她不能看着他杀死自己兄弟，真要杀了这位大统领之子，陈弦松只怕也没活路！

"你别杀他！"陆惟真御风飞扑到许知偃身前。

许知偃摔在地上，一抬头，就见那个熟悉的身影，已挡在自己面前，她的双手中风龙腾飞，冲向捉妖师的光剑。

许知偃的嘴角顿时绽放一个得意又含着心酸的笑，缓了缓身上的疼痛，心里骂道：妈的，捉妖师太狠。他强忍着吐血冲动，爬了起来。

而陆惟真和陈弦松，再次让风龙和剑光相遇，只是这次，两人只隔两三米的距离，近得可以看清彼此眼睛里的自己。

陈弦松："让开！"

陆惟真："他误会了，我会拦着他，你不能杀他！"

陈弦松眸光沉静，脸上竟露出讥讽的笑：“如果我非杀他不可呢？”

陆惟真语塞。

许知偃吼道：“和他废话做什么，干！”一个火龙斜轰过来，陆惟真夹在中间，左右为难。只是高手过招，胜负生死都是毫厘间的事，眼看陈弦松剑光太盛，她如果不出手，稍逊一筹的许知偃肯定非死即伤。拦又拦不住，两个都不听她的，她只能先保许知偃的命，于是也出了手。

陆惟真只想逼得陈弦松先撤手，或者找到机会就把两人分开。许知偃和陈弦松却是招招下死手，她反倒无从下手。

只是这样下来，陆许二人渐渐占了上风，陈弦松不断后退。许知偃的火龙更是三番两次燎到了陈弦松。陆惟真看得就跟眼睛被针扎一下，又扎了一下似的，三番两次想要拦住许知偃，可都拦不住。

“半星，起！”许知偃喊道。两人自小打惯了，默契早刻在身体里，陆惟真条件反射手一抬，一道土墙平地拔起，猛然拦住陈弦松去路，陈弦松躲闪不及，半个肩膀撞上去。许知偃冷笑一声，早已准备好满手火球，直砸过去。陈弦松在地上连滚数圈，扑灭身上的火，单手按在地上。接连恶战后，又几次撞击，终于还是重重扯到了伤口，他另一只手重重压在胸口，连声咳嗽，一时竟直不起身体。

许知偃哈哈大笑，直冲过去。陈弦松虽然猛烈咳嗽着，依然单手提起了光剑，防御对战的姿态，没有半点动摇。陆惟真也跳落到地上，看到他的样子，嘴唇紧抿。

陈弦松抬起头，就看到他二人站在对面，许知偃几乎是下意识地，单手往后护着陆惟真。而陆惟真就站在这个男人身后，望着他，目光晦暗不清。

陈弦松站起来，脸上没有任何表情，再次举起了光剑，剑尖指向他们两人。

许知偃神色一凛，眼中杀意闪现，双拳慢慢蓄力。

陆惟真的目光落在许知偃身上，只盯着他的动作。

现在就是机会！

不能再让他们打下去了。她打算等两人一动手，就以全速扛起许知偃，直接跑得远远的！

三个人同时动了！

陈弦松剑尖一扬，许知偃双臂齐振，陆惟真张开双臂抱向许知偃的腰！

就在这时。

紫光从天而降，雄浑而澄澈，刹那覆住许知偃的身躯，还有陆惟真刚刚伸向他的两只手。由于全部注意力都在眼前杀千刀的情敌身上，许知偃哼都没来得及哼一声，就化为一条模糊的光影，大半个身体都被吸进了葫芦里。

陆惟真如遭雷击，失声喊道："许知偃——"下意识双臂往前用力一抱，刚抓到许知偃的一只脚，人也被吸到了半空中，她猛地反应过来，想要挣脱后退。

林静边举着葫芦，眼眶通红，神色坚毅，从林子中走出来。这样近的距离，紫光越来越亮，陆惟真抓着许知偃那只脚就往外扑，可她的身上，就像被无数条蛇给缠住了，三色光芒迸发，与紫光乱缠撞击。林静边早有准备，已举起另一只手，三弩齐发，陆惟真双腿同时中镖，疼痛入骨，膝盖一软，差点跪倒。可她还是不肯放开许知偃。紫光大盛，陆惟真只来得及看了一眼纵身飞扑过来的陈弦松，就和许知偃一起被吸进了葫芦里。

一切发生得太快，陈弦松飞身扑来，手里却抓了个空。林静边看到师父差点也被葫芦吸进去，吓了一大跳，连忙将葫芦盖合上，一抬起头，却看到师父心痛难掩的双眼。

他一呆，讷讷地刚要说话，突然又见师父脸色一变，抬手就是一剑，重重击在他脚下，低喝道："走——"

巨大的光波，震得林静边腾空而起，倒飞出去，葫芦也脱手而出，掉在地上，尚未盖稳的盖子脱落，紫光乱射出来。而深深的黑夜里，林静边不知掉入哪里的树丛中。

"真真——"一声惊怒至极、直入云霄的喊叫传来。

几乎是同一瞬间，一片蓬勃而霸道、无边无际的冲击光波，朝陈弦松后背袭来，他被重重撞了出去，也掉入了紫光中。

没过多久，厉承琳站在这片已空无一人的树林中，捡起了地上的紫金葫芦，手指沿着葫芦慢慢抚摸而下，眼泪流了下来。她低着头，以她为圆心，无上大青龙的能量场再次剧烈爆发，朝四周迅猛扩展开去，耀眼光芒瞬间吞没整片山林。

即将赶到的断手、高森和江徽桂阳四城处长等等异星人高手，全部霍然抬头，望向光波传来的方向。

要……变天了吗？

【029】

时空的细流，在眼前飞转。它们有异常缤纷的色彩，乍一看，又似乎没有任何颜色，而是空白。它们像一个深深的旋涡，将陆惟真吸入。她拼命挣扎，使出大青龙的全部力气，可一股股能量，就像打在了虚空里，无影无踪。

最终，旋涡没顶。

陆惟真陷入了无意识中。不是昏迷，只是空白，从头到脚从里到外，彻彻底底。

陆惟真猛地睁开眼，又眨了眨，首先看到的是淡灰色的天空，无边无际。然后就感觉到脸有点痒，手背和脚踝也是。她打了个寒战，连忙坐起，发现自己……躺在一片荒原中。

是真正的荒原，全都是灰败的草，约莫齐她小腿高，茫茫望不到边际。刚才就是这些草令她发痒。远方有一片雾气朦胧的森林，轮廓模糊。

这是什么地方？她为什么会在这里？

她按了按额头，头还有些晕沉，而昏迷前的记忆，也随之清晰。

她被林静边吸进了葫芦。

难道这就是葫芦里的空间，一个泡泡宇宙？还是说，她被葫芦里的时空装置，送到了别的地方？按下心中疑惑，她感觉到两条腿上，被林静边的钢镖打中的位置，还非常疼，转头一看，愣住了。

钢镖没了，几处伤口全都被人包扎过，用的黑色布条，简陋，但是足够整齐，紧紧缠着出血口。否则她现在醒来，看到的应该是满地的自己的血。

谁替她包扎的？她想起先自己一步被吸入葫芦的许知偃，精神一振。看来他也没事。

哪怕被吸进了异度空间里，只要人没事，就还有希望。

就是不知道许知偃跑哪儿去了。陆惟真估计他是去探路了。

她又四处看了看，一片深灰、浅灰、灰白、暗白的颜色。风轻轻吹过，云在天空飘动，草细细作响。这真的是一片空旷无比的荒原，连个鬼影都没有。

陆惟真决定就在原地，等许知偃回来。身上的伤口还痛着，她就坐着不动。只是口好干，还非常饿，毕竟她之前……经历了和那人的生死大战，体力都消耗完了。

没想到她还是被吸进了他的葫芦里。也好，从此是否就不欠他了？她心里竟有些轻松。

只是这里完全不像有食物的样子，就看许知偃能不能弄点什么回来了。

先喝点水。

心念一动，她展开一只手掌，唤水。谁知才刚刚聚集了一点能量到胸口，就感觉到一阵锥心的痛直刺下来，她的手掌一下子垂落，喉咙里一片腥甜，身体里的能量也烟消云散。

怎么回事……

陆惟真后背一阵密密麻麻的寒意，她的力量呢？

尽管进入葫芦前，被紫光压制，又体力透支，还中了镖，但现在她感觉还好，并不十分累，也都是皮肉伤，她的力量为什么会使不出来？

陆惟真木木地坐着，过了一会儿，手撑地面猛地站起，结果伤口又是一阵疼，还使不上什么劲儿，一下子又摔倒在地，还出了一身汗，满脸杂草和灰土，狼狈极了。

她也不爬了，就这么躺在地上，心想：不，我不能急，一定不能急，先保存体力，等许知偃来了，再说。

她强迫自己不要乱想，闭目养神，放松身体，咽着口水，拼命滋润已然干涩的喉咙。

这么也不知过了多久，她感觉精神好了一些，又尝试着提了提气，运转能量，这一回，居然感觉到一股微小的能量，温温热热地，轻盈地在身体里流转，也能运转到掌心，不再感觉到阻滞了。只是，那股能量非常小。

但这足以令陆惟真欣喜若狂。

这是否意味着，她的能量是可以恢复的？

她猜想，是否进入葫芦的时候，力量受到了某种压制，但这种压制只是一时的，否则她不可能恢复。又或者是进入了异度空间，她的能量还需要和这个空间的元素融合适应，所以暂时使不出来。

这么解释好像很合理。陆惟真心中大定，平心静气，静待复原。

她闭着眼，继续躺着，饥肠辘辘，口干舌燥，宛如一条意志坚定的濒死之鱼。

身后不远处，传来一丝响动。听着是有人，轻轻踩在了草上，陆惟真立刻睁开眼，起身转头喊道：“许知偃！”

一个人，站在十来米远处。白色背心，黑色长裤，短靴，腰间别着那个黑色腰包，身上原本的黑色衬衣不知去向。他站在那里，仿佛要跟身后灰暗的背景，融于一体。他看着她，没有表情。

陆惟真彻底呆住了，慢慢爬起来，说：“你……你怎么会在这里？”

“怎么，很失望？”陈弦松说。

陆惟真：“不是……”

陈弦松没再看她，竟自顾自坐下，拿背对着她。陆惟真还发着愣，一眼就瞧见血迹斑斑的白背心下，遮不住的满背伤痕。

她又低头看了看自己伤口上整齐缠着的黑色布条。一时间，那恍恍惚惚的感觉又上头了。只是这种感觉，已太久没有过。她的心忽然变得一片宁静。

记忆中，她被吸入葫芦时，陈弦松从远处飞扑过来。

然后就没有然后了，光在她眼前泯灭，葫芦外的一切消失，天、地、树、月，还有陈弦松。他并没有被吸进葫芦里，他也不可能为了救她追到葫芦里来。

可他人为什么又坐在这里？许知偃呢？

风低低吹过，旷野一片寂静。天空中没有太阳，连只鸟都没有。那是种很奇怪的感觉，这个世界仿佛是死的，除了他们俩，抑或还有不知所终的许知偃，没有其他活物。那股子弥漫在空气里的死气，仿佛笼罩着一切。

两人就这么隔着十来米，各自坐着，半晌，无人说话。

然后，陆惟真就看到陈弦松从腰包里，拿出了一个军用水壶，喝了几口，而后放在身旁的地上。他又从腰包里，摸出了一块……压缩饼干，吃了起来。

原来他的无限腰包，还可以装干粮和水。也是，否则他每次出任务，除了腰包，什么也不带，东西原来都放在里面了。

陆惟真盯着被他放在地上的水壶，还有他手里的压缩饼干，无法控制地咽了咽口水。不过，他的动作，还有发出的响动，让她多了些勇气，她试探地问：“我们……是在葫芦里吗？”

陈弦松停下进食动作，答：“是。”

她又问了一次：“你……怎么会在这里？”

陈弦松放下压缩饼干，头微微偏过来，但还是没有正眼瞧她，大概只是让她有资格出现在他的视线余光里，说：“我被人攻击，不慎掉了进来。”

“谁？”

陈弦松静了静，答：“一个陌生的大青龙，女的，我没能看到正脸。她在喊你的名字，大概是你的母亲。”

陆惟真一怔，明白了，他们在鹿围山闹的动静这么大，母亲闻讯赶到也不足为奇，却没想到母亲把陈弦松也给拍了进来。母亲是否亲眼看到自己被吸进葫芦？抑或只是以为自己不知所终，这下她和父亲，尤其是父亲，是否会急疯。

陆惟真望着陈弦松，欲言又止，对于他被母亲一巴掌拍进这葫芦里的事，实在不知道说什么好。

这时，陈弦松已吃完压缩饼干，陆惟真看到他手里剩下的包装纸，还有放在他脚边的水壶，突然愣了一下。

她意识到自醒来，周围有哪里不对劲了。

颜色。

军用水壶，是军绿色的，深深的绿，映着淡淡的光。压缩饼干包装纸是银色，但上面印着红色蓝色字体。起初她并没有察觉，可在周遭背景的烘托下，她才意识到它们的颜色，异常鲜艳夺目。

再看看陈弦松，看看自己，也是一样。陈弦松的身上虽然只有黑白灰，但就是比周围的灰蒙蒙的颜色，饱满鲜亮很多。

还有他一身麦色的皮肤，乌黑的发和淡红色的唇，以及她自己，今日为了方便行动，穿的也是黑色T恤黑色裤子，深棕色鞋子，还有她白皙的手臂——他们两人身上的这些颜色，搁在荒原里，搁在这个天地间，就仿佛两个有着各种颜色的活人，走进了水墨画里。只是这水墨画并不清雅也并不隽永，始终只有黑、白、灰三色，并且透着凋零的死气。

再看远方的树，分明也是深灰色的，没有半点绿。

陆惟真低头又看了看自己白皙中透着红润的手掌，讷讷地问：“你有没有觉得这里的颜色，不对劲？”

“这里只有黑白灰三色。”陈弦松答，“只有刚掉进来的生命，还能拥有原本的颜色。”

原来他早就知道。也是了，这是他们世代相传的葫芦，用来关押妖怪的。

颜色的诡异先丢到一边，搞不好是先人设计泡泡宇宙时，就只设定了这三色。陆惟真咬了咬唇：“那你……知道出去的办法吗？”

他静了一瞬，答："或许。"

陆惟真便没有说话。只是……真的好饿好渴，她甚至听到自己的肚子，"咕咕"叫了两声，又叫了两声，在荒野中这声响清晰可闻。陆惟真觉得十分尴尬。

陈弦松依然背对着她坐着，肩胛骨线条微微起伏，似乎在休息。陆惟真实在是渴得头晕眼花，红着脸问："能分我点水吗？"

他没有回答，拿起那水壶，就往后一丢。陆惟真伸手一捞："谢谢。"打开一看，只浅下去一点，他喝得不多，于是她也只喝了几小口，感觉渴得没有那么厉害了，就合上盖子不再喝。犹豫了一下，站起来，走到他身后。

他一动不动，背微微弓着，双臂搭在膝盖上，看着前方。就像没听到动静。

陆惟真把水壶轻轻放在他脚边，说："谢谢。"结果，目光又不受控制地看到草地上，还放着一块完好的压缩饼干。陆惟真怔了怔，低声问："饼干……我能吃吗？"说完只觉得脸绷得厉害。

他没有回答，只拿起水壶，塞进腰包，站起来走了。压缩饼干躺在原地。

陆惟真弯腰拾起那块饼干，走回去，坐下慢慢地吃。抬头望去，他居然在另一块草地上躺下了。

陆惟真默默地把饼干吃完，望着一望无际的荒野，还有不远处那个沉默的人。

许知偃还没有出现。

陆惟真想到进入葫芦前，陈弦松和许知偃的殊死搏斗，还有他当时冷酷至极的眼神，问她："如果我非杀他不可呢？"而许知偃当时也是起了杀心的。

还有刚才他出现时，她以为是许知偃，他却以少有的刻薄语气问："怎么，很失望？"

可她必须找到许知偃。刚才她昏迷时，陈弦松已离开过一回，必然是去查探周围环境了。或许他能知道……

"你有没有看到许知偃？"陆惟真问，"他还活着吗？"

"不知道。"很冷淡的三个字。

陆惟真便不说话了。虽然他俩之前死战过，但他现在说不知道，陆惟真觉得，那就是不知道，没遇上。她只得先放下这事，早点恢复体能，才能去找许知偃。

一时间，两人都不再说话。也不知是否受空间力量压制，还是身体本身损耗太大，没一会儿，陆惟真就觉得头晕沉沉的，困得不行。她心想不能睡，一定不能睡，陈弦松是捉妖师，知道怎么出去，她脸不要跟着他走。然而，也不知怎的，她很快就陷入深深的睡眠里。

做了非常混乱，非常紧张的一个长梦。

梦里，母亲一脸焦急飞奔而来，陆惟真却面对着一个狰狞的八脸妖怪，被它一掌打下了悬崖。母亲和父亲同时高呼她的名字，她却陷入了迷雾，手也无意识地抠住草地，嘴里喊着：“妈妈……妈妈……爸爸……”

而后是一个苍老而激动的声音，在耳边说：“我看到了，我都看到了，星星在坠落，这个星球的一切，都在坠落。”

然后，她居然又回到了那个雨夜里。大雨倾盆而下，她周围一个人都没有，她四处地找，却想不起自己要找什么。明明雨落在身上，感觉却像火烧，她觉得身体好热，非常热，非常难受，她不断扭动，嘴唇张了又张，发出嘶哑的声音。

就在她最痛苦最混乱的时候，突然感觉到，额头上传来阵阵湿润的凉意，她瞬间觉得舒服了很多，拼命地往那凉意靠近，再靠近。然后她的头被人抬了起来，一股清凉的水，灌进她的喉咙里，她拼命喝，大口地喝。好在那水竟似源源不断，她喝了好多好多，终于感觉胸中的火熄灭，没有那么难受了。

然后她继续做梦。

还是那个雨夜。

很奇怪的，明明这么多天，她从来没有梦到过，甚至白天也从来不想，不去回忆。

梦里，有个人，淋着雨站着。

然后，他抱住了她，靠坐在一棵大树下，她坐在他腿上，他们拼命地亲吻着。他们两个全身都湿透了，雨水的气息充斥在彼此的鼻腔唇间，陆惟真突然就哭了出来，在梦里号啕大哭，嘴里断断续续喊着谁，可那几个字，总是模糊不清的。她看不清他是谁，她只是非常难过。

有人将她额头上的湿润冰凉的东西拿走，又换了一个新的，有人一下下轻抚她的背，她又感觉舒服了些，呼吸也渐渐平缓。慢慢地，她陷入香甜的睡眠，再也没有梦见什么了。

陆惟真再次醒来时，天还是灰沉沉的，没有太阳，没有颜色，也没有别的生命。这个时空和她睡着前，没有丝毫变化。

她却感觉到身体轻松了不少，那几处伤口，也有在愈合的感觉。她猛地坐起，就看到前方草丛里，一个人几乎是同时也站起来。

陈弦松拍了拍身上的草，又理了一下腰包，动作一顿，没有回头，也没有理会她，朝前方大步走去。

陆惟真连忙起身跟上。

【030】

一路上，两人都没说话。隔着三四米的距离，一前一后。起初他的步子迈得很大，走得很急。陆惟真身上还有伤，能量又没恢复，跟了一阵就有点吃力，步子也变得踉跄。但她忍着伤口疼痛不吭声跟着。

过了一会儿，陈弦松的步伐却慢下来一些。陆惟真偷偷看了一眼他的背影，松了口气。

只是陆惟真想，换成自己是他，也要被气死。先是被人骗了所有法器，好不容易拿回来。最后想杀人报仇时，到底还是心软放了她一马，打算从此井水不犯河水。

谁知转头就被人的妈，一脚也踢进葫芦里。

他还能给她水和饼干，还给她包扎伤口，现在还让她跟着，没有一剑宰了她，已经算仁至义尽。

陆惟真低头，尽量减少存在感，不让他心里再不痛快。

陆惟真的手机早已开不了机，也看不了时间。两人在平原上走了很久，到了那片树林旁，陆惟真估摸着起码过了三四个小时，周围的环境依然没有一丝一毫变化，这里没有白天，也没有黑夜，只有灰白。

又走了大概一两个小时，陈弦松停下，陆惟真也跟着停下。附近竟有一条小溪，流水非常清澈。陆惟真走过去，刚想捧起来喝，就听到他在身后说："这里无色的、白色的东西，都可以食用，水也可以喝。越往后，颜色越深，水也越浑浊，就不可以再喝。"

陆惟真："哦……谢谢。"

她蹲在溪边，灌了一肚子水。那头，陈弦松也走到溪边，取出那个军用水壶，仰头“咕噜噜”，没几口就喝干了。陆惟真愣了一下，想起之前不是还剩大半壶？模模糊糊地，她似乎有些明白，水为什么少了大半。

但陈弦松没有看她，也没理她，只弯腰，把水壶装满，放回腰包里。

然后，他又摸出一块压缩饼干，陆惟真没吭声，她不知道他的饼干够不够吃，既然无色和白色的东西可以吃，待会儿她在路上找找看。

“接着。”陈弦松的声音很淡，也很冷。陆惟真一愣，接住他丢过来的压缩饼干，他已转头离开溪边。

吃完饼干，继续赶路。

又走了一段路，陆惟真抬头看着周遭一切，草的颜色更深了，深灰色，天空也是，光线要更暗一些。还有旁边的树，颜色也比之前更灰暗。好在小溪还算清澈。她再看看远方景色，想起陈弦松刚才的话，有点琢磨出味儿来，问：“我们在往颜色越来越深的地方走，出口，是不是就在这个方向？”

陈弦松没有回头，看着地上的一丛丛荒草。她还是那样敏锐聪颖，呵。

他答：“是。”

陆惟真往周围看了看，他们走的是直线，但前后左右，都是一望无际的，也就是说，周围还有大片大片未知的领域。

她站住不动了。

陈弦松走了几步，也停下。

陆惟真说：“我不能就这么走了，许知偃很可能还活着，他不知道这个规律，会迷失在这里，我必须找到他。”

陈弦松终于转过身来，眼神闪烁不定：“你想要怎样？”

陆惟真咬了咬唇。没有陈弦松，他们就不知道路线和方法，根本出不了这个空间。更何况她现在只恢复了一小半能力，她硬着头皮问：“你能不能……能不能帮我一起找他？”

陈弦松忽然笑了一下，那股子很久没见的凶戾劲儿蹿了出来：“怎么？我一个捉妖师，被自己的葫芦收了，不仅要救你，还要救你的新男朋友？”

陆惟真的嘴唇都咬疼了，目光低垂，避开他冷得入骨的视线，答：“他不是我男朋友，我们从小一起长大，认识很多年了，他是我哥们儿，我们跟亲兄弟一样。”

陈弦松没说话，转身就走。

陆惟真沉默片刻，只能转身，朝和他相反的方向走去。周围这样辽阔，她必须全跑一圈，才能放心。可是，另一个声音在心里说：这里，真的有边界吗？

她的耳朵还是很尖的，听到相距十余米那人，突然停住脚步。

“我们出发的地方，就是这无量境的起点。”陈弦松冷冷的声音传来，“他不可能在那头。”

陆惟真心中一喜，立刻转身：“可是……他不知道要一直往这个方向走……”

陈弦松直接打断她：“我身上还带着玉镜，那个家伙从来不收敛妖气，刚才一路，玉镜都没有感应到他。”

陆惟真明白了，这意味着，许知偃不在他们走过的这片区域。既然陈弦松说出发点是无量境的起点，是否意味着，先掉入葫芦里的许知偃，已经走在他们前头？

她的心情顿时放松下来，抬头望去，茫茫草地中，陈弦松背对着她，风轻轻吹动白背心，他就像一座沉默的山。而她的眼前，天地之间，他是唯一那抹颜色。

陆惟真说：“谢谢，谢谢你了。”

他什么也没说，往前走去。

陆惟真接着跟。

又走了几个小时，天已经彻底变成暗灰色，类似于黎明破晓前的颜色，光线也不太亮了。溪中的水也不再清澈，陆惟真心想接下来，水要省着喝。

前方，出现一片山脉。其实隔得并不远，但看起来依然朦朦胧胧，山也都是深灰色的。然而这是一片匪夷所思的异境。走得更近了，看得更清：有的山仿佛一根石柱，直入云霄；有的山如同龟群匍匐，一个个圆溜溜的前后相接；有的悬崖万丈，上方却平平整整得仿佛被斧子削过；有的似人卧躺；有的似犬跪趴；有的如猛兽盘踞……

放眼望去，全都是山，绵延无际，阻断了地平线。陈弦松领着陆惟真，开始翻山越岭。

这时候，陈弦松终于显现出捉妖师堪比特种兵的卓绝能力来。他的腰包里有攀山索、升降绳等等攀岩用品，而且他徒手都能翻上十来米高峭壁，一路过去，如履平地。

陆惟真要是能量全盛的大青龙，直接御风飞过这片山就行了。但这一天走下来，她的能力也就恢复了个五分之一，比归犬还要差点，御风也就能飞起七八米。好在陆惟真一路还能操纵泥土，给自己打桩方便通过。只是这么翻了半个小时后，她就累得不行，手都快软了。

前头的陈弦松仿佛无知无觉，“嗖嗖嗖”就攀上了一个高陡坡，这对他来说就像家常便饭。陆惟真喘着粗气，连滚带爬，跑到陡坡下，抬头望着足有三十多米高的笔直陡坡，叹气。

御风飞起七八米高，脚就软了，力量也不济。她咬了咬牙，开始控土，只是这空间的元素，本来就还没和她玩熟，那一个个用以借力的小土墩子，也冒出来得不情不愿的。陆惟真心里烦躁，踹了一脚岩壁：“老实点！”

得，小土墩子干脆不再冒新的出来了。任她怎么用力，都聚不起来。

陆惟真沮丧极了，抬头看看还有二十米高的峭壁，又低头看看下面，上不上，下不下的。

如果可以，她是真的不想再向他求助。只是这一路，不要脸地吃他的喝他的还靠他带路，求助还少吗?

陆惟真闭了闭眼，让自己冷静下来，大声喊了下：“陈弦松！”

他也许已经走得很远了。倘若走出很远，他发现自己没有跟上，还会回头吗?

悬崖上方，没有动静。陆惟真刚要提高音量再喊一声，就见一个人影出现了。陈弦松就站在她脑袋顶上，背着光，一言不发看着下面。

陆惟真怔了一下，这样的场景，突然令她觉得丢脸至极。他高高站在上头，换她跟块腊肉似的挂在下头，还要靠他来捞腊肉。

她实在难以启齿，却不能不启齿。她说：“能不能帮我一下？我上不来，没力气了。”

陈弦松什么也没说，转头走了。

陆惟真心中一沉。

只过了几秒钟，一根细却极其结实的绳索，垂了下来，陆惟真抬起头，却没看到人，只有绳索。她一抓住绳索，就感觉到有股牢牢的力量，在将自己往上拉。陆惟真立刻借力蹬着岩壁，轻轻松松就爬了上去。

到顶时，她一翻而上，绳索就被人抽走，前方几米远处，陈弦松头也没回，将绳索收回腰包，继续往前走去。

陆惟真：“……谢谢。”

只是后来再遇到她爬不过去的峭壁，或者跳不过去的峡谷，两人皆是如此。他一言不发先翻过去，丢绳索过来，等把陆惟真拽过去了，他立刻走人，根本不多看她一眼，也不说一句废话。

陆惟真也不说话，气氛太尴尬。

只是这片山，实在太辽阔，又难爬，他们爬了不知道多少个小时，前方好似还有无尽的山丘。陆惟真早已累得筋疲力尽，她本来一直就是靠青龙天赋称霸，本身的身体条件其实一般，少年时体能还算牛，这些年读大学上班，却是偷懒荒废，这一路下来，只觉得双腿都不是自己的了。

陈弦松的体力消耗也很大，他毕竟是肉体凡胎，而且除了自己爬，还要拉一个累赘。他的全身衣服不知湿透了几次，头发湿漉漉紧贴额头，手臂上也多了些擦伤和污渍。

等他们终于爬上那座形似猛兽的雄伟山峰，陆惟真一下子软倒在地，双手撑在地面，不想起来了。陈弦松擦了一把脸上的汗珠，回头看她一眼，一言不发，看了看四周，也坐了下来，掏出水壶，喝了几口，丢给她。陆惟真喝了几口，就丢还给他。他没说什么。

接下来又是一成不变的压缩饼干。他吃了一整块，陆惟真吃了半块就不吃了，包起来要往口袋里放，他突然说：“你干什么？”

陆惟真一愣，答：“你的存粮还有多少？我吃不了那么多，剩的下顿再吃。”

陈弦松没有看她，双臂搭在膝盖上，直视前方，脸上也没有任何表情，说：“我从来不打无准备之仗，存粮也不用你操心。”

陆惟真沉默，到底还是掏出那半块压缩饼干，乖乖吃完了。

陈弦松这才站起来，陆惟真也慢慢站起，听到他说：“找个地方过夜，今天就走到这里。”

陆惟真松了口气。

这座山丘形状奇特，四处长满了灰黑色的树，看起来真像一只狰狞的大怪兽。由于天空颜色变深，整片荒原仿佛暮色降临时。

两人又沿着山脊，攀爬了一段，陆惟真忽然一愣，抬头望着遥远的前方。

她心里“咯噔”一下，难掩激动：“陈弦松！我有没有看错？前面是不是有光？”

陈弦松动作一停。

那娇娇柔柔欢欢喜喜的声音，就在他身后，喊出“陈弦松”三个字。

他没有应声，抬头望去。无边无际的灰黑色的天边，群山背后，有一处隐隐约约的光亮，浮动在半空中。像一颗孤零零的星，也像被乌云遮住的月亮。

见他不说话，陆惟真连忙走近，问：“是不是？就在那里，是不是？”

陈弦松不着痕迹地往一旁退了半步，答：“那应该就是葫芦的出口。不过，距离还非常远，我们恐怕还要走上一整天。”而且，这一路，只怕不是那么容易走过去的——这句话，他没有说出口。

陆惟真露出跌入葫芦空间后，第一个开心的笑容。虽然暮色弥漫，她的脸上都是灰，但那双眼，却终于显得亮晶晶的，嘴角也翘起。

陈弦松转过脸去，望着前方。

就在这时。

陆惟真和陈弦松的耳朵同时动了动，两人同时回头。

身后的树丛，在轻轻晃动。但是，什么也没看到。

陆惟真：“你听到了吗？”

“嗯。”

陆惟真一愣，看着他平静的样子，明白了，他知道那是什么。他只怕早料到了。

她又紧盯着树丛。黑影，一闪而过。

一个，又一个。

近处，有一些东西藏在了树丛里，跟着他们。只是灰黑的树丛，灰黑的模糊的影子，几乎融于一体。

远处，风声猎猎，树木摇曳，是否藏着更多？

陆惟真问：“那是什么？”

陈弦松冷笑：“它们终于还是闻着味儿赶来了。陆惟真，立刻往前走，不要管，也不要回头。”

【031】

两人沿着山脊又爬了一阵子，陆惟真一直感觉有声响在背后，有的渐远了，有的却始终紧咬着。等他们爬上一块平坦的山坡，前方出现一个山洞，陈弦松停下脚步。

此处就快接近山峰最高点，周围树木繁密，山洞藏在岩壁中，洞口附近还散落着一些大大小小的石块，山洞口长着厚厚一层灰草。没有比这里更适合休息的地方了。

陈弦松走向山洞："就在这里过夜。"

陆惟真："后面那些怎么办？"

陈弦松说："来了就杀。再往前走，只会更多。难道你还走得动？"

陆惟真默然。

陈弦松从腰包中掏出一把弯刀，开始清理洞口附近的杂草，陆惟真刚想上前帮忙，就听到身后有东西逼近，伴随着低沉的嘶吼声。陆惟真回头，一惊。

一只约莫有两米长、骨瘦如柴的怪兽，趴在距离她四五米远的地方，两只前爪在地上反复摩擦着，就像下一秒要扑过来。

遇见个怪兽，并不稀奇，陆惟真见过的、处死过的，多了去了。可眼前这只，不仅瘦脱了相，宛如骷髅，更瘆人的是，它一身的颜色。

它是灰色的。

而且这种灰，不是实实在在饱满清晰的灰，而像是原来的颜色褪去后，残存的那种灰，有些部位近乎透明，和周遭灰蒙蒙的环境一样，泛着股瘆人的死气。

陆惟真感觉喉咙有点发干，盯着怪兽，问陈弦松："它怎么回事？"

陈弦松转过身，说："被收进葫芦里的妖怪千千万，它们在这里待久了，颜色就会慢慢褪去，直至被抽干，便如这样，行尸走肉。"

陆惟真一愣，转头看了看陈弦松和自己。

"我们也会吗？"她问。

"时间久了，就会。"陈弦松答，"或者……血被它们喝了，我们也会褪色。而它们，就会获得你我的颜色，也就是你我的能量。不过最终，都会被葫芦吸干。"

陆惟真："……"还带这么玩的啊，当初设计葫芦的人，是个变态吧。

随着两人说话，眼前又蹿出一只、两只、三只、四只……灰色兽，足足聚集了有八只，和两人对峙着，个个灰面獠牙，形似恶鬼，还滴着口水，仿佛下一秒就会同时一跃而起，将两人撕个粉碎。

陈弦松只是拿着那把普通钢刀，连光剑都没抽。陆惟真便知道这些绝不会是两人的对手。

她试着凝聚风团，倏然间，双掌间凝聚起脸盆大的旋涡。当然，比起她之前的山呼海啸，两个脸盆简直就是卑微到了尘埃里。

陈弦松也看了眼她掌间的脸盆风团，又扫了她一眼，没说话。

陆惟真却被他这无声的一眼看得更加讪讪。

那几只兽却被震慑住了，同时慢慢往后退了一步。

陈弦松忽然说："我肉体凡胎，对它们而言，不过是一块普通的肉。这些低等灰色鬼，没什么神智，也不会忌讳你的家世地位。所以，现在你这个能力还被葫芦压制着的大青龙，一身能量血，对它们而言，就像一块不设防的香喷喷的肥肉，它们会飞蛾扑火一样扑向你。"

陆惟真："……"

像是为了验证他的话，那八只形态各异却同样瘦骨嶙峋的灰兽，齐齐发出嘶哑吼叫，根本不管陈弦松，朝陆惟真飞扑而来。陆惟真脸色一冷，虽然她现在也就相当于一个小归犬，但大青龙的气势是在的，左手起风，右手唤土，顷刻就造了个小型沙尘暴，劈头盖脸朝灰兽们打去。只是一边打一边有点无语，简直跟小孩子玩泥巴似的。

灰兽们一起："咯咯咯……"迷眼了，呛到了。

为免夜长梦多，陆惟真伴随着小沙尘暴冲过去，招招下死手，没一会儿，灰兽们倒下大半，还有一只见势不妙想要逃走。陆惟真追上就干，正要踹断它，听到身后一声怒吼——有一只之前被打倒在地的，大概还没死透，又垂死反扑了。陆惟真刚要转身，两面同时迎敌，就见一片雪白刀光在眼前闪过。

陈弦松收刀。那只兽被劈成两半，倒在地上。

陆惟真解决掉最后一只，说："谢谢。"

他转身走向洞内。

陆惟真看了看一地尸身，都是不入流的，也难怪陈弦松连光剑都没拔。只不过，也把她累得够呛。

其实这些……陈弦松的光剑轻轻挥一下，就能解决，但是他没有。他便只是执刀，站在一旁，看着她左右招架。偶尔才补一下刀，就像刚才。

她也没什么好不平的。人家不欠她，是她欠他的，而且现在，越欠越多了。

到了洞内，陈弦松从腰包里摸出一个手电，四处照了照。陆惟真已经见怪不怪了，他要是掏出一张床，她都不会惊讶。

这是个很不错的山洞，大概有二十平米的空间，岩壁干燥，地面也算平整，简直就是天然的投宿地点。陈弦松又从腰包里取出一种粉末，撒在洞口和洞穴周围。

陆惟真猜想应该是驱虫蛇的。她问："我能干点什么？"

"不用。"

又是干巴巴的两个字，似乎带着她上路，已是他的极限，最好她只有吃喝和赶路的功能，永远不要交流。

陆惟真便闭了嘴，径自开始检查和清理地面，把一些锋利的、硌人的石子，都丢出去。偶尔抬头，望向洞外远处，树林间影影绰绰，不知道是否还有灰兽靠近。但也许是外面的八具尸体起了威慑作用，一直也没有进犯者再靠近。

陈弦松把洞内基本规整好，就走出去，将附近的一些大石头搬过来，堵在洞口。陆惟真见状，也去搬。两人沉默地干完活儿，陈弦松的刀还放在手边，人在靠近洞口的一个位置躺下，背对着她，不动了。

陆惟真便在靠里一点的位置躺下，只是两人距离隔得再远，这洞穴也只有那么大，相距不过几米。陆惟真仰卧着，双手放在胸口，闭了一会儿眼，又睁开，慢慢转头，望向洞口那人。

他一动不动，身形高大瘦削，背脊随着呼吸，缓缓起伏着。

陆惟真就这么看着，过了一会儿，湿热感冲上眼睛，她立刻闭眼。

这一天疲惫至极，她很快陷入深深的睡眠里。

不知过了多久。

睡得正沉的陆惟真，猛然间就感觉到身下的地面，往下一沉，身体急速下坠。哪怕半梦半醒，她的本能反应也在，经过这一夜睡眠，身体里的能量感觉又恢复了不少，双掌中风龙突起，往两旁击去。

竟打在柔软有弹性的东西上，四面八方都是，虽然反弹力不强，但足以将陆惟真往上一送，避免一坠到底的命运。

陆惟真睁开眼睛。

她好像掉进了一个洞穴里，首先看到的，是头顶上方一个圆圆的大口子，有光透进来。只是周遭滑腻无比，像是有一层黏液，隐隐还有搏动的感觉。还能闻到某种陈腐的恶臭味。

她在刚刚风力反弹作用下，抓住了一侧的壁，触手都是坚韧的褶皱，而且还在缓缓蠕动。而她悬空的双脚下方，还有一些物体在不断触碰、拨弄她的脚，似在试探。陆惟真的头皮阵阵发麻。

她掉到哪里了?

她不是和陈弦松好好地躺在山洞里吗?

有一条粗大、柔韧、滑腻的东西，突然缠住了她的双腿，强力把她往下拖。饶是陆惟真，也是心惊肉跳，双腿狂蹬，一个个小型风龙从足下飞出，终于将那东西打了下去。她拼命向上爬！只是这壁太滑了，还黏，不断蠕动挤压她。而下方那东西卷土重来，陆惟真一边摆脱它一边爬，极为艰难，勉强才抓住头顶那入口的边缘。

“陈弦松！陈弦松！”她大喊道。

陈弦松骤然睁眼，陆惟真的呼救声隐隐就在耳边，身体下方同时传来剧烈震动，几乎是身体的自然反应，陈弦松就地一滚，滚出了正在塌陷的山洞，撞开几块石头，落在洞外平地上。

他从地面弹起。

眼前的一幕，惊心动魄。

洞穴、山脊、整座山峰，正在变形，正在升高。大地都在摇晃。有什么被撕扯开，又有什么在凝聚成形。他们之前睡觉的洞穴口，陡然被扯得更大，仿佛一张血盆大口。转眼间，洞口已升高距离他是有十几米远。

山崩地裂，乱石飞溅。陈弦松一把抓住棵粗大的树干，人也随着吊了起来，才没有向下滑落。

这一整座山峰，正在他眼前，站起来。

陈弦松突然明白了，这根本不是一座山，而是一只兽，一只石化的灰色巨石兽。它蛰伏着，布下陷阱，诱他们踏入，那山洞就是它的咽喉入口，想要一口将他们吞掉。

陆惟真！

刚刚的呼救声，从洞里传来，她还在里面！

陈弦松神色一冷，攀着一棵又一棵的树，避开不断滑落的石块，如同一只灵巧的野豹，朝洞口——也就是兽嘴方向靠近。

如果此时有人从远处眺望，这只兽的形状就更明显。它庞大的身躯于大地上站起，越来越像个活物。头是头，躯干是躯干，四肢是四肢。它的“头”高高抬起，它的双眼睁开了——远远望去，那就是两块颜色更深、能够自由转动的巨石。

它昂然挺立，俯瞰着自己身上那个渺小的人类男人。

“捉妖师。”它开口了，声音雄浑洪大，震动原野。

陈弦松站在它的一只前足顶端，屹立如一棵孤松，拔出了光剑。

巨兽低沉地笑了一声，说：“捉妖师，吓唬谁呢，在葫芦里，你根本就不敢用剑。”

陈弦松就像没听到似的，剑尖指向巨兽的头：“放了她，我便不杀你。”

巨兽哈哈大笑，说：“看这剑，原来是大名鼎鼎的陈氏捉妖师。虽然在这个葫芦里，有很多、很多、很多无色鬼，对你们陈氏恨之入骨，我却是八百年前被另一支捉妖师家族收进来的，与你无仇无怨。所以，何不你走你的阳关道，我过我的独木桥。你能在葫芦里保命，我也能得到这个大青龙的精血。啧啧，她可真是新鲜、诱人啊，好久没有闻到这么香这么纯的精血味了。”

“放了她！”陈弦松厉喝道，手中的剑光波隐隐。

巨兽瞪大眼，好像感到很不可思议：“她是一个大青龙，你是一个世代相传的大捉妖师，为什么要救她？”

话音未落，它就似乎很不舒服地扭了扭脖子，发出“咔嚓咔嚓”的巨响，然后它张开了嘴，吐出灰黑坚硬的舌头。陈弦松一眼望见，那幽暗的舌根处，似有个人头冒了出来。说时迟那时快，陈弦松一剑便向它的口劈去，竟似要将它的咽喉一剖两半，将里头那人弄出来。

石兽虽然庞大，但反应十分敏捷，修为不俗。它发出一声震天嚎叫，猛地扭头，这一剑就落在它的肩膀上。光波撞入庞大的身躯，石山出现了一道又深又长的裂缝，宛若凌空峡谷。然而它的咽喉要害却躲过了这一击。

巨兽伏地怒吼，地动山摇，天旋地转。陈弦松快如光影，一个侧空翻落在一棵大树的顶端，手中剑始终指着巨兽的头。

巨兽发作了一会儿，见始终不能将陈弦松摆脱，也有点惧怕他的法器，到底平歇下来。只见它用力咽了咽，喉咙似乎舒服了，当它重新开口说话时，陈弦松无论如何已看不清，陆惟真还在不在那里。

巨兽发出一阵怪笑，说："捉妖师，你刚才是疯了吗？居然在葫芦里使用光剑，难道你的祖宗没有告诫过你，在这里使用任何沾染过妖怪之血的法器，意味着什么吗？

"所有被你们陈氏历代捉妖师收进来的大大小小的妖，如今都在葫芦里堕落成无色厉鬼，它们一旦闻着味儿，都会赶来复仇。捉妖师，那可不是一只两只妖怪，是成千上万只！你一个人再厉害，也敌不过那恐怖的万妖狂潮。你会被它们撕成一片一片的，你会被它们极尽凌辱折磨，它们会喝干你的血，吃光你的肉！最后，你只剩一个空荡荡的骨架，和我们一样，也堕落成无色鬼，永生永世徘徊在这虚幻之地！

"哦——我明白了，你刚才之所以拔剑，是想一击即中吧？想要救出那个青龙，即刻就逃。你倒是为了她豁得出去，这份胆魄和机敏亦令我佩服。可惜，你失败了。我生时亦为大青龙，世间还没有哪个捉妖师，一剑就能将我斩首。

"捉妖师，咱们已经把话说得这么明白了，你还站在这里浪费时间？还不赶紧逃？刚才那一剑，它们已经被惊动！你现在只余一线生机了——那就是赶在它们到达前，逃过前面那条黄泉河，逃过那座奈何桥，才能从葫芦幻境里脱身！否则，你必死无疑！

"所以，你根本没有时间和机会，同我大战。你心里也很清楚，一场大战，血染法器，就会连最后那点逃生的时间也没有了。

"陈氏大捉妖师，难道你真的要为了一个大妖，死在自己的葫芦里？用自己的命，去换她的命？"

陈弦松依然像是没听到，保持着那个姿势，剑尖对着巨兽。

巨兽却终于恼怒了，咆哮一声，喊道："大捉妖师！陈弦松！陈弦松！难道你要罔顾祖宗遗训，罔顾父辈教导，真的把命丢在这里吗？就为了一个女妖，一个骗过你，伤过你，夺过你法器，令你几乎无颜面对祖宗牌位的大妖？你是这样的痴情种子？你是这样任性妄为的人？

"你身为捉妖师的责任呢？保护世人免受妖怪侵害的责任，从此不顾？你要让陈氏一脉的血脉和千年法器，在你手里断送？

“你对她，已经够仁至义尽了，没必要为一个不是自己女人的大妖，连性命都丢掉，对不对？”

漫漫荒原中，石山之巅，黑树之冠，陈弦松静静伫立，沉默不语。

巨兽笑了，说：“大捉妖师，如今已不是你我是否一战的问题，而是你还要不要活命的问题。快走，快走，你看着前方，你要马上过黄泉河，跨奈何桥。再不走，就真的来不及了。去！去！去——”

它的声音雄浑沉厚，最后那几个“去”字，竟隐有庄严肃穆之意，听在陈弦松耳里，很有熟悉之感。他心中“轰”的一声，恍惚间好像又听到儿时那个人的教诲。而他也猛然惊觉了，惊觉自己到底面临什么样的选择。什么陷在那头，而什么，又沉甸甸地负在他的背上，压在这头。

他慢慢放下了手里的光剑。

陆惟真感觉快要被这妖怪肚子里的味儿，给熏死了。

刚刚她都爬出了小半个身子，甚至看到石兽嘴巴外，那个站在树上的模糊人影，那一定是陈弦松，他和巨兽对峙着。

陆惟真心中一定。隐隐约约，她听到巨兽在说话，只是声音轰轰隆隆，听不清。

结果妖兽一个用力吞咽，黏糊糊的腐尸味的口水，如同浪一样打下来，陆惟真一下子又被冲下去三四米，她连忙用风旋护住自己，才没有掉进它的胃里。她又再度忍着恶心，向上爬。终于又爬到了喉咙口。

就在这时，无数只触手，从下方急速伸起，将陆惟真的两条大腿缠得严严实实，这就是倾巢出动，不准她逃生了。与此同时，巨兽那根沉重坚硬的舌头，突然往后卷起，就像一块巨大无比的铁板，迎头就朝陆惟真砸来！

前后夹击，陆惟真的脸被压在巨兽的喉咙眼上，满嘴黏液，一点声音发不出来。她拼命地、一点点挣脱它们，一寸寸往外爬。透过铁舌的缝隙，透过巨兽锈化的几颗残牙，她终于又看到了陈弦松。陆惟真心中一喜，刚要再努力往前冲一把——只要陈弦松看到她，就能施以援手，她就可以脱身。

陆惟真忽然一愣。

陈弦松的表情有些奇怪。

他站在一棵树冠上，却有些失神的样子，他也没有和巨兽对峙对抗，而是慢慢放下了手里的光剑。他的表情看起来冷漠又空洞。

这时，陆惟真清楚听到石兽说道：“走吧，捉妖师，再舍不得也要走，不走就来不及了！速速离去，离开葫芦，回到你的世界里去！”

陆惟真一下子拼命往外爬，然而巨兽早有预料，那些触手也爆发了，已经缠到了她的腰上，同时迎面一股腥臭浓稠的口水，撞击下来。陆惟真一只手被撞脱，只剩一只手死死抓住它的咽喉口，她发出一声低吼，一个巨大风龙从掌心腾起，往下轰去。那些触手被打掉一半，陆惟真一个翻身，又爬了上来。

铁舌一下子砸下来，死死压住她的身体。陆惟真咬着牙，慢慢地、慢慢地抬起了头，她再次看到了陈弦松的身影。

看到他转身跳下了树冠，看到他一路跃下巨兽的前爪，很快就变成了一个小小的影子，离开石兽山，身影消失在前方的密林里。

陆惟真死死扛着巨兽的全面压制，一动不动。

巨兽重重的叹息声传来，它说：“大青龙，你看，他还是走了，弃你于不顾，独自逃命去了。在他心里，你早已什么也不是。你怨吗？恨吗？”

陆惟真在它的重压下，始终抬着脖颈，就像一根倔强的木，她慢慢地说道：“他如果救我，是慈悲；他弃我，也是理所当然。我为什么要怨？”

巨兽没想到她会这么说，静默片刻，说：“大青龙，我是替你不值啊。你这一辈子，就没有按照自己的意愿活过吧？你虽生而贵为徵虎，心性平善，亲近人类。却被强迫着，从小被当作未来的战星培养，所以你才消极抵抗，一直不上不下，既无卓绝成就，也过得不快乐。人类也不可能真的接受你这样的半星，你一个人类好朋友都没有。好不容易喜欢上一个人类男人，却是捉妖师。现在，连他也彻底弃你而去，眼睁睁看着你死在这里，陷在这葫芦里永世不得超生。

“这世上，没有什么会永远陪伴一个青龙，也没有人会永远守护你、不肯舍弃你。所以，你何必再为了他人的期望而活着，再回到那个无趣的人世间去？

“大青龙，我们做一笔交易吧。只要你愿意留在这里，留在我的身体里，我就是你，你就是我，咱们渐渐融于一体，共生共长。到那时，这葫芦幻境里，还有谁能与我们为敌？今后再有新鲜血肉进来，咱们都是第一个享用，这个世界所有无色鬼都要臣服。哪怕是在葫芦里，我们永生永世、至尊为王，不好吗？

“你也没有别的选择，进入葫芦还不到四十八小时，能力恢复还不到一半。你是青龙，我也是青龙。若你不肯，我立刻吃了你，血肉照样是我的。所以，与我合伙吧，大青龙，我才是你永远的依靠，永远的伴侣。”

陆惟真："你怎么会知道我的事？"

巨兽笑了，说："你我虽都是青龙，能力自有不同。这就是我的本领了。"

陆惟真说："无所谓了，废话说那么多，打吧。"

巨兽说那些话，也是有几分真心的，这也是它一心一意千方百计想要留下陆惟真的真实原因。万万没想到，自己推心置腹说了那么多，既攻心又威胁，结果这大青龙压根没听进去，如此简单粗暴，执意送死！

巨兽都气得喘气了："你、你……"

陆惟真双臂猛然一振，比之前都要浩大的光波，从她掌心浮现，往四面八方击去。巨兽抬起巨掌，往地上猛地一拍，一股巨大的、足以粉碎一切的震动，如水波向四面八方蔓延。陆惟真感觉到一股铺天盖地的力量，朝自己袭来，她以三色光波死死抵抗，但即使倾尽全力，也不及曾经与陈弦松大战时的一半。片刻后，那光波终于被巨兽无形的能量场吞没，陆惟真眼前一黑，脑子里"嗡"的一声，身体被撞飞，直直坠了下去。

陈弦松如一只沉默的兽，一口气跑出千余米远，抬起头，看着周围环境。他已能感觉到，周遭树林里，那沙沙声越来越多，只是还什么都看不到。天空的云越来越暗，翻涌越来越剧烈，气氛越来越不对劲。

它们，果然已被刚才那一剑惊动。

他抬起头，看着远处的那个明亮的光源，若是倾尽全力，或许能在所有大妖被惊动前，逃出葫芦。

而光源前方，隐隐可以看到一条奔腾的河，河面上有座小桥。天空中无数的乌云，正在向那里聚集。

宿敌将至，万妖集结。

"轰——"身后忽然传来地动山摇的响声，仿佛有什么力量在猛烈撞击，震动都传到了他的脚下。陈弦松脚步一迈，又继续朝前跑。

他的眼睛直勾勾盯着那座小桥。

"轰——"又是一声，隐隐还有巨兽震天的狞笑声传来。

陈弦松的脚步，渐渐慢了。

又跑了几十步，他停住了脚步，就像一根孤零零的木，插在茫茫无际的荒原里。

他的脸上没有一点表情，双臂慢慢垂落。

他看着满眼的荒草和野树，看着苍凉无边的天空，突然笑了出来。

没有一个捉妖师，会为了妖殒命。

也没有一个捉妖师，会为了妖踏入无间地狱。

刚才，他亦是这样对自己说的。

正如巨兽所说，他对她，已仁至义尽。

却想起了决战之日，巨月降临，三色光波澎湃，两种光辉的交映中，她悲痛欲绝，望着他，放下了手臂。

大青龙甘愿受死。

从那一刻，她欠他的，都已还清。

也想起这一路，她小心翼翼，一直看他脸色。她偶尔也敢露出笑靥了，她的呼吸就在他身后，许久望着他的背影不语。

无量幻境，究竟什么才是对人生最重要的？

竟令我如此心若刀悬，步步难行？

是卫道、正义、欲望、贪恋、仇恨、爱恋？

还是勘破世俗偏见与身份束缚后，双目中不改的清明？

明明我已无爱人。

明明我已不再认那爱人。

无量幻境，她骗我弃我，她爱我盼我。她缚我如茧，这一条舍她往生之路，已寸步难行。

……

谁若杀她，我必杀人！

陈弦松睁开眼，眼中已是一片清明。他拔出光剑，转身，如弦上之箭，以比离开时更快的速度，朝来处而去。

陆惟真的感觉就好像是跌入了浑浊无边的泥潭里，天地一片昏暗，周围黑蒙蒙一片，她看不清身在何处，甚至不知道是否还在巨兽腹中。这里仿佛就是一个巨大的空洞，只有她身在其中。

她的意识也越来越模糊，她努力打出一个又一个风龙，全都埋进了那无形无色的沼泽里。有什么正拉着她不断下坠，有什么正在从四面八方淹没过来。先是她的双腿、腰，然后是胸膛、双臂。

然后是脖子、口鼻……她的身体渐渐停止挣扎，隐隐间她明白，这一睡去，只怕再也醒不来。但是她根本无法与那无边无际的力量对抗。

她也迷迷糊糊地想，这不对劲。巨兽的肚子里，怎么会是这样？这只巨兽偏偏能窥知她的过往和不为人知的心事，它到底……

然而头重若千钧，身体也完全没入沼泽里。

陆惟真慢慢合上眼睛。

一道柔和、皎洁、璀璨的纯白之光，划破黑暗，驱散沼泽。陆惟真的眼睛感觉到这强烈刺激，缓缓睁开。她抬起头，看到巨兽被一分为二的庞大身躯，而自己就悬在深深的裂缝中。

裂缝之上，是幽暗天空，天空中一轮巨大皓月，照亮所有。

一个人从月光中，一跃而下，跳进这深不见底的石山裂缝中。他左手持剑，因背光，面容模糊不清，另一只手臂朝她伸来。

陆惟真脸上，两行眼泪无声流下，双手上风龙骤起，击在下方的巨兽骨骸上，一跃而起。陈弦松单手就将她抱住。

他们还没来得及说一句话，没来得及看清彼此的样子。

巨兽原本一分为二的巨大身躯，突然急速崩塌，就像是堆得万丈高的骨牌，一瞬间垮掉，漫天石雨，朝他们砸下来。

陈弦松抱着她高高跃起，穿过石阵急瀑，陆惟真刚要调动风龙，助二人脱身，就在这一瞬间，天空中数以亿万计的大大小小的石块，同时悬停，而后齐齐破裂粉碎，它们碎成漫天灰蒙蒙的尘埃，转眼就化为一片无边无际的灰色柔光。陈弦松悬挂在腰包口的玉镜一闪，两人的身影已消失在那片柔光里。

【032】

陆惟真醒来时，感觉就像做了一个长长的梦，浑身懒得很，茫然不知身在何处。

她发现自己站在一个院子里。

这个院子，很奇怪。看起来很眼熟，四四方方的院子，无论布局还是装修、陈设的风格，和陈弦松在湘城的松木堂，都非常像。但细节又不同，这个院子看起来更大，也更旧。院子中间那棵树，比湘城的更年老更茂密，几乎将整个院子都遮得很阴凉。院子四周堆满木料，还有一些工具和半成品家具。

陆惟真抬头看天，很蓝，也很高远，空气有些干燥，和湘城的气候不同。

院子里是夏日午后的寂静，外面有知了在一声声鸣叫。

她不是正和陈弦松在葫芦里，逃脱巨型无色石兽的尸身石雨吗？

为什么现在会一个人在这里？

她记得，当时有一片灰色的光亮起，然后就失去了意识。昏迷前，她被陈弦松紧紧抱着，鼻间仿佛还残留着他身上的气味。

他现在又在哪里？

莫非那光有玄机……

难道他们已经离开葫芦，出来了？是陈弦松把她带到了这里？

她沿着卧室、书房、工具房外，一步步走过去，房间格局也和湘城松木堂极其相似。

陆惟真一下子就想到了一个地方。

北京的松木堂。

她走到了厨房门口，里面器具齐全，有粮油肉菜，还有残余的饭菜香味，但是没人。同样有一条通道，通往前厅。

陆惟真穿过通道，光线敞亮，前面果然是个家具店，风格和松木堂一模一样，只是房间格局和摆设的家具不同。

店门外却是很耀眼的一片亮光，陆惟真看不清楚，并且觉得非常刺眼。

店里没有客人，有一个男人，站在柜台后，低头在算账。陆惟真恍惚就想起第一次到陈弦松店里的情形。但眼前的男人，看起来和林静边完全不同，反倒是像……

他很高大，一身棉布黑衣，却显得身材挺拔劲瘦。当陆惟真看清他的相貌，心里微惊。

五官轮廓和陈弦松非常像，但是眉毛更浓密，斜飞入鬓。下颌线条也更粗犷，嘴时刻紧抿着，嘴角习惯性下撇，因此显得更加凶悍和严肃。年龄看起来也更大，大概三十五六。

陈弦松他哥？还是堂哥表哥之类。

陆惟真已经站了一会儿，他却没有抬头，好像完全没察觉。

陆惟真沉默片刻，说：“你是……”

他还是没反应。

陆惟真一愣。

这时，有人从店外走进来，模糊的轮廓从门外那耀眼的白光中浮现，陆惟真还是无法直视外面的光，她的心中越来越怀疑。

来的是个陌生男人，笑着对柜台后的男人说：“陈老板，我来付订金了。”

陆惟真想，果然也姓陈。

然而来客仿佛也没看到陆惟真，目光毫不停留地从她身上掠过，走向柜台。

陆惟真在两三米远的位置，看着他们说了一会儿话，然后她径直走过去，也站在柜台旁。

那两个人依然没反应。

陆惟真伸出手，在两人中间晃了晃。她仔细盯着他们的瞳孔，一点反应都没有。

陆惟真慢慢放下手，放在那姓陈的肩膀上。

她的手，从他的身体里穿过了。

准确地说，是他的身体，从她的手臂中穿过。因为她看到，当肢体触碰时，自己的手臂原来是一道近乎透明的影。

她低下头，看着身体，原来，也只是一道影。

她的心中阵阵发寒。

那两人说了一会儿话，客人付了订金，离开。姓陈的男人继续算账。陆惟真走向店门口，光线刺得她睁不开眼。她用手臂挡着脸，刚想向外迈步，却发现脚踢在一大片水波样柔韧的东西上，又被撞了回来。

她连试几次，无论如何，都出不去，从窗或者是门。

陆惟真转身，看着那个依然无知无觉的男人。

她的意识，被困在这里了。

青龙巨兽、窥知内心与回忆、无边泥沼、灰色柔光……陆惟真隐隐猜出，这一切，或许和那只巨兽的能力有关。

所谓幻境，通过某种高频波的形式，侵入人的大脑，控制脑意识，尤其是潜意识。

虽然不是真实世界，但也可以给脑意识带来永久伤害，甚至导致脑死亡。等同于身死。

她必须更加小心谨慎。

璃黄人祖上，对于这种意识形态类的攻击手段，早有应对经验——既然是幻境，只要找到这里与现实和逻辑最大相悖之处，就有可能唤醒自己的潜意识，并且脱身。

不过门窗外的光，并非逻辑悖点，而是边界。

陆惟真再度看向那位陈老板。

只是，巨兽残尸的能力，为什么弄出这样一个幻境？

它的目的，是什么？

还有陈弦松，是否也陷在这个幻境里？

既然这头出不去，陆惟真走向后院。

后院里，还是静悄悄的，太阳在天空的位置，也没有变化。她找到后门，试了一下，依然出不去。于是她开始一间一间房，仔细地找。

当她走到院子侧后方的一间卧室门口时，停住了。

里头坐着个人。

那是个孩子。

大片树荫下，房间里的窗帘又拉上一半，光线昏暗如暮色降临。房间里的陈设简单到似曾相识，一张床，一张桌子，一张椅子，一个衣柜，显得空荡荡的。也没有别的搭配装饰，唯有每一寸家具的线条，透出冰冷和坚硬。

那男孩靠在床边坐着，也就十来岁年纪，穿着黑色短衣短裤，手臂和脸上有血迹。他左手抱着把剑，那看起来是把寻常精钢剑。而他抬头，望着窗外，神色很平静。

陆惟真走到他的正面，看清他的脸。

心头很震惊。

他的脸上青了一块，鼻子下还有点没擦干净的血迹，嘴巴也肿着，衣服上也脏，就像刚跟人打过一架。但是他的表情，看起来很执拗，也很无所谓的样子。

脚步声传来，陆惟真注意到他的身体微微抖了一下。

前店的那位陈老板，走了进来。

男孩立刻下了床，站直了，稍稍低下头。陈老板走过来，把他的下巴捏起，又丢开。

“和谁打架了？”

男孩答：“附近的几个人。”

“邻居的孩子？”

“嗯。”

“啪”响亮的一个巴掌，甩在男孩脸上。那声音重得陆惟真的心都跟着抖了一下，孩子一下子被打得偏了头，身体也晃了晃，差点摔倒，但又马上站直了。

嘴角，有血流下来。他一把擦干。

陈老板说：“我怎么跟你说的？不准惹是生非。我们这样的师门、身份，一辈子都要低调谨慎。你更不能把时间和精力，花在和这些普通孩子玩耍打闹上。我们永远也不能过普通人的生活。”

男孩没吭声。

陈老板沉默了一会儿，说：“犯了错，就要受罚。天黑前进山，只带玉镜和你的剑，杀死一只白雀境妖怪，再回来。”

“是。”

陆惟真的眉头紧紧皱起。白雀？让一个十来岁的孩子，只带一把普通剑，去杀白雀。这个陈老板是疯了吗？怎么可能做到？

然而，这看起来明显是父子的两人，对这一切似乎习以为常。陈老板走了，男孩又坐回原来的位子，抱起剑，抬头继续望窗外，不动了。陆惟真忽然觉得，他这个样子，挺像一只受了伤的无人照看的小狗，爬回了自己的窝里。

男孩忽然自嘲地笑了，擦了一下眼睛，说：“连我为什么打架都不问，他们骂我野种、骂我怪人啊。下次遇见了，我照打不误！”

陆惟真盯着他的每一个神态和动作。

一个念头冒进脑海：不在父亲面前时，他分明就是个漂亮又凶恶的男孩子。

过了一会儿，男孩放下剑，下床，从抽屉里熟练地拿出医药箱，他拿好东西，坐到桌旁，给自己简单处理了打架的伤口，又从隔壁房间拿了压缩饼干和水，装进背包里。

窗外暮色深沉。男孩背着包，走出房间，走向院子的后门。陆惟真犹豫了一下，立刻跟上。

奇怪的事发生了。

当男孩踏出院子时，陆惟真几乎贴在他的后背，一脚居然也迈了出去，之前的无形屏障，消失了。

当陆惟真另一只脚踏出去时，她发现自己不是站在街上，而是在一片山林里。

天已全黑。

月亮高悬在天空，已是半夜了。这是一片一望无际的山林，她站在高高的山腰上环顾，四面八方都是山，只有很远的山谷里，依稀有灯光。

这里是无人区。

前方林子里，有动静。

陆惟真跑过去。

男孩子手持长剑，在这茫茫森林里，显得瘦小又孤单。他的对面，站着一只妖怪。虽然是人形，还穿着人类衣服，头部却是肿胀变形的，呈红褐色，而且四肢前端还有锋利的爪。

妖怪哼笑一声，仿佛看到了什么极其好笑的事，说道："你也自称捉妖师？毛都没长全吧？也敢和我作对？"

回答它的，是男孩手中的长剑，稳稳向前，剑尖指向妖怪头颅。

起剑式。

陆惟真的心发紧，这只妖怪只是白雀境，可这孩子才十来岁！手无法器！

男孩已挺剑前刺。妖怪咆哮一声，完全不惧怕这普普通通的精钢剑，迎面对撞上去。谁知就在这时，男孩一个灵巧的前空翻，人已落在妖怪背后，一剑刺出。虽不是光剑，却也是他师门所制、削铁如泥的宝剑。妖怪的后背顿时多了一条又深又长的口子，鲜血直流。

妖怪快跑两步落地，缩到角落，这时已四肢着地，脸色阴晴不定看着小捉妖师。男孩不急不慌，再次摆出起剑式。小小年纪，竟已有渊渟岳峙的气度。然而陆惟真却更加为他担心，刚才妖怪不过轻敌，才让他得手，现在只怕会加倍报复。

果然，妖怪两只前爪猛地在地上一拍，地上黄土翻滚成龙，有碗口粗细，急速向男孩撞去。妖怪同时跃起，双重攻击！

男孩连一条瞬移腰带都没有，只能靠自身敏捷的身手，躲开这凌厉攻势。但他再敏捷，也不过是个孩子。很快，他就被土龙撞出五六米远，撞在一棵大树上，发出一声闷哼，立刻爬起来，又攻了上去。

陆惟真忍不住上前一步。她张开双掌想要把那小妖的小土龙给按灭，却只抓了个虚空。

她现在只是一抹游魂，又怎么能召唤能量?

她看着男孩又冷又狠的表情，他好像一点也感觉不到身上的疼痛，也不知道害怕，更不懂退缩。

这是一场漫长而艰苦的战斗。起初，妖怪占尽上风，没一会儿，男孩就会倒下一次，或者被撞飞出去。时不时被土龙击中，或者干脆被妖怪的爪牙撕破背上的血肉。起初，妖怪还得意扬扬的，甚至在打斗中，像逗一条狗一样，戏弄折辱男孩。

但是随着时间一点点推移，妖怪的神色渐渐变了，那狂妄的笑也无影无踪。它发现无论被打倒多少次，男孩总能爬起来；它也发现，哪怕已像个血人一样，男孩的剑招始终沉稳凌厉、密不透风；它甚至还发现，男孩在这么短的时间内，似乎已经掌握了它的攻击招数和习惯，他在逐渐变得游刃有余，而它越来越难碰到他的身体了。

这……这是一个怎样聪明、强韧的小捉妖师啊。他还是个孩子，竟已有这样让妖都觉得恐怖的心志!

一旦心生恐惧，即露败象。

一招不慎，妖怪被男孩一剑刺穿腹部，连退数步，摔倒在地，它捂着腹部趴在地上，哀号不已，眼睁睁看着男孩持剑一步步走近。

其实小捉妖师比它也好不到哪里去，一身黑衣，早已被撕成一条一条，每一条缝隙下，都是一个伤口。脸上、手上、身上，全是血，有他自己的，也有妖怪的。最重的伤在右边肩膀，血肉模糊的一团，都可以看到森森白骨。每走一步，牵动伤口，他脸蛋上的肉，就会轻轻抖一下。但是他一声不吭。

他在距离妖怪两米远外站定，举起剑，说：“报上你的名字。”

自始至终，屏住呼吸，看着他与妖死战的陆惟真，听到这句话，用力闭了闭眼睛。

那妖怪也知道，捉妖师让报名字，那就是要下杀手了。可让它就这么死在一个孩子手里，怎么甘心！它吼道：“小捉妖师！我与你无冤无仇，好好待在这深山里，安分守己，为什么非要赶尽杀绝？”

小捉妖师喘了口气，清清晰晰地说：“我仔细观察过，你的洞穴口，有新鲜的人类白骨。我没有滥杀无辜。”

妖怪语塞。

它嚎了一声，身下泥土化为飞雨，朝小捉妖师包裹而去，同时腾空而起，用尽仅剩的力量，拼着同归于尽，也要将这小捉妖师撕碎！

陆惟真的心一沉，暗道：不好！

小捉妖师的双腿果然被泥土裹住，动弹不得，电光石火间，陆惟真望见他那张清寒的脸。妖怪已跃至他的胸口，张开血盆大口咬下。小捉妖师剑光如电，一剑斩落，妖怪的一条腿被斩断，落在地上。但它也将小捉妖师扑倒在地，两只前爪按在他的胸口。

陆惟真距离两人不到一米。她眼睁睁看着妖怪整个身体的重量，都压在捉妖师身上，他动弹不得；看着他用流血的五指，死死按住妖怪的头，而妖怪的獠牙，距离他的喉管不到一寸；看着在这寂静漆黑的森林里，他和妖怪一点点角力，角逐那一线生机。此时的他，看起来更像一只红了眼的幼兽。

她看着妖怪眼里流下绝望的泪，看着他喘着粗气，抬起被妖怪死死按住的持剑的手，几乎是一厘一厘地，将剑锋移动到妖怪的脖颈处。

他再次说：“报上……你的名字。”

妖怪已经动不了了，说了自己的名字，又说：“死前，我也想知道捉妖师的名字。”

血和泪，早已糊住小捉妖师的眉眼，然而当他开口时，脸上竟已显出清正庄严之色。

“陈弦松。”

话音响起时，剑也落下，妖怪的头滚在地上。

可这简简单单的三个字，听在陆惟真耳里，如同雷声滚过。她望着他，已有些痴了。

却看到小捉妖师用力推了妖怪的尸身几下，都推不开，只好慢慢地，从妖怪身体底下爬出来。与妖怪健硕高大的身躯相比，这时他看起来，才又像个十来岁的孩子了。

他把剑一丢，双臂张开，人已瘫在地上。陆惟真慢慢走上前，在他身旁蹲下，低头看着他。他闭着眼，眼皮上也是血和汗。陆惟真伸手触了一下，手却穿过他的额头，碰不到。陆惟真把眼眶的泪意压下去。

难怪后来的他，仅凭一条瞬移腰带，就能徒手杀归犬。

这样的绝境，他早就被逼着面对过。还是被自己的父亲。

然后，陆惟真看到有两行眼泪，从他的眼角滑下来，他抬起一只手，用手背按住自己的双眼，可是抽泣声还是传来。他的整个身体都在颤抖，接着，他就哭出了声音，哽咽着，抽泣着，低声号着，哭得那么伤心。陆惟真蹲在他身边，看着他哭，眼泪也跟着往下掉。

过了一会儿，他不哭了，擦干眼泪，再抬头时，已恢复坚毅神色。他从背包里拿出急救包，咬着牙给那些伤口做简单处理包扎，又掏出一大把药丸子塞进嘴里。然后他用剑撑着地，摇摇晃晃站起来，点火将妖怪的尸身烧掉，再掩埋，一切竟已十分熟练。他起身沿着一条无人山路，往山外走去。

陆惟真就一直跟着他，看着他沉默赶路，看着他机警地避开偶尔遇见的山民，看着他路过一树野果时，脚步一停，继续朝前走。过了一会儿，他突然又拐回来了，摘了个野果子吃，脸上露出一点笑意。

看着他似乎也不急着回家，在一条溪水旁蹲着，半天不动，伸手就捉了条小鱼，默默看了一会儿，又把它给放了；看着他经过一棵特别繁密的古树时，干脆躺下，闭眼睡觉。一开始他是呈“大”字形躺着，慢慢地缩成一团，把双臂都放在耳朵边，腿也蜷曲起来，像一只软软的收起刺的刺猬。陆惟真就在他对面躺下，目不转睛盯着他那张无比寂寞的脸。

哪怕明知这不是真实世界，陆惟真一点也不害怕紧张了。

她想，原来这里不是巨兽所筑的幻境。

这是你的回忆，你的大脑，你的潜意识，你的世界。

而我掉进来了，触碰到了你的脑电波。

陈弦松，原来你被困在这里了。

【033】

陆惟真没想到，自己竟然睡着了。

鬼魂居然也能睡着?

但当她睁开眼时，大树依旧繁密，微风习习，草叶轻响，身旁已没了人。

陆惟真连忙爬起来，这里已靠近人类聚居点，远远地，可以望见山脚下零星几栋房屋。但是她的视野里，半个人影都没有。陆惟真立刻往山下追。

追了大概半个小时，终于望见前方山路上，一个小小的人影拐了个弯，又没了。陆惟真用尽全力奔跑，好在又在前方山路上，看到了他，但是眼看又要拐弯。可不知道为什么，明明是大晴天，陆惟真总觉得看不清他的身影，只是依稀辨认出是他。

她连忙撵上去，就在他又要拐弯时，下意识伸手一抓，自然是没抓着的。眼前竟不再是山路，而是一片与店门外类似的白色的光。陆惟真跟着他，一只脚刚跨进白光，就感觉到一阵强烈的吸引力，整个人被吸了进去。

陆惟真愣住了。

这是……什么?

是陈弦松脑回路里的……沟吗?

光芒于她身后泯灭，她站在一片黑暗的空间中，所有的山、树、景都消失，陈弦松也不见踪影。

她忍不住喊道："陈弦松、陈弦松！"

突然，眼前的黑暗开始急速向后流动，就像是旋涡，里头藏着流逝的光影。那旋涡在陆惟真眼前展开，于是她得以看到一幅幅浮光掠影，而她仿佛身在其中，如同亲历。

她看到刚刚那个陈弦松，下了山，上了早已等在山脚的父亲的车。父子二人沉默无言，车子驶出深山。

他一次次的浑身是血下山，车子一次次驶出深山。

他在一年年长大，一年年长高。孩童的稚嫩褪去，男人的轮廓被塑造。年年岁岁，日日月月，他杀死一只又一只越来越厉害的妖怪，他总是在家中院子里洗手、洗手。

那个院子里总是寂静，父子沉默无言，相依为命。他在大河里，在崖壁前，在深潭里，在父亲的严厉管教下，不断练习再练习，一次又一次挑战人体极限。有时候，他也会望着院中一间上锁的空屋，望上很久，少年的稚气一年年在眼中褪去，变成某种坚硬的东西。

陆惟真的眼睛盯着他，一秒也没有离开过。

他一直非常高大、俊朗、沉默。他也会去普通人的学校上课，只是经常请假，学习也不太好，但这并不妨碍很多女生眼里有他。有许多女孩子递情书给他，他总是一言不发，也不接情书，转身离开。

原来，也曾有过不少人爱上他，他却没有爱上过任何人。

在他十六岁那一年，父亲因为出门捕杀一只大妖，重伤去世了。那一晚，他跪在父亲跟前，父子断续低语，陆惟真听不清。只是在父亲合上眼后，他伸出伤痕遍布的手，握住父亲同样的手，把头埋下去，流下眼泪。

他正式继承了所有东西，光剑、缚妖索、葫芦、木材店……他开始一个人的无声生活。白天是木料店店主，晚上是捉妖师，修炼得更加勤奋艰苦。他不再去学校念书，除了维持生活需要挣钱，不和任何人深入来往。

十九岁那年，他回了趟江城师门，从旁系师叔家领了个孤儿回来，就是林静边。其实林静边也十二了，比他小不了几岁，但还是服服帖帖跪在他跟前敬茶，叫师父。而陈弦松的神色，沉稳得就像个上了年纪的老师父。

陆惟真于是明白了，难怪林静边在他身边，时而胆大包天，时而噤若寒蝉。他们的关系，是师徒，像父子，也像兄弟。那是这些年来，他身边唯一亲近的人。

画面一转，她发现自己来到了一片山坡上，周围都是绿草，天空阴沉沉的，没有太阳，也没有一丝风，空气中隐隐有让人不安的气息。

她走到山坡顶上，听到了隐隐的风雷声、轰鸣声，还有光影在空气里闪过。她朝山的另一面望去。

一只丈许高的巨兽，匍匐在地，满身血和伤口，大口喘气。它的身旁，倒了至少七八个异星人，还有十来个异形。巨兽的爪子下，还有两个异星人，已经被压成了肉泥。

陆惟真眉心一蹙：大青龙！

等她再仔细看周围或死或伤的异星人时，就认出了其中的两人。他们去年也去总部，参加过处长年终述职会。只是陆惟真向来无心仕途，也记不清人家是管哪个区的。可在眼前这个场景里，他们却身负重伤，极其狼狈。

隐蔽无人高山区，巨型大青龙，异星人官员率兵对抗，却遭受重挫。

这一幕她似曾听闻过，这里难道是……

此时，大青龙明显已占了上风，可它竟一副无心恋战的样子，将扑上来的两个异星人再次拍飞，拖着伤躯想往山下逃，还不停回望，像是惧怕着什么。

而那些活着的异星人，竟也望向同一个方向，像是盼着什么人出现，但表情又很复杂，难以启齿的样子。

陆惟真不由得也往那个方向望去。

无风，树枝轻摇。树林里有沙沙轻响，分明有什么急速而来。紧接着半空中光影一闪，有人瞬移出现，悬停于一棵碧绿繁茂的大树树冠之上，拔出了腰间光剑。

陆惟真愣愣地望着那人的样子。

他看起来比第一次与她相遇时，要年轻好几岁，也就二十二三的样子。下巴上，还有刚剃没多久的青色胡茬印。肩背也还有少许少年人的单薄，但已非常高大，他已长成青年了。

他身上明显带伤，肩上的黑色布料，浸湿大片。而握剑的指尖，血正一滴滴落下。然而他的眉眼，庄严清正依旧。

而那些异星人，看到他，竟齐齐露出如释重负的表情。巨型大青龙，全身紧绷，如临大敌。

陆惟真忽然就明白了眼前这一幕，是何年何月何处的一场战斗。

三年前，终南山，捉妖师斩龙。这应是他的前半生中，最值得铭记的一战。在遇到她之前，已经发生。

光剑拔出，他的身影如同海面上浮动的流星，刹那消失，又于大青龙头顶悬停。周围所有异星人和异形见状四散逃窜，神仙打架，他们哪敢靠近。

一轮圆月，如梦幻般降临。

大青龙发出一声惊天动地的嚎叫，两个前掌齐齐拍向地面，天地共振，狰狞土龙平地飞起，朝陈弦松撞去。

陈弦松眼中冷意如冰，喝道："执迷不悔！"

陆惟真心中"砰"的一声，仿佛已看到几年后的那个冷酷的男人。

他挥剑而落，圆月骤然膨胀，与大青龙的能量波相撞，整座山为之一震，外围的异星人们更是被震得七零八落，全部倒地。

唯有数米之外，陆惟真静静站立，无人看见，无人知晓。

生死恶战再次开始。

陆惟真沉默地看着这场足以载入异星人和捉妖师史册的世纪大战。看着陈弦松剑起如流云，看着他身姿翩飞似雁。看到他屡屡得手，她不由得笑了。

又看他一次次中招，鲜血直流，伤痕累累，却如同一根定海神针，始终拦住大青龙逃亡之路，从不畏惧，更没有退缩。陆惟真仿佛又看到了孩童时铁剑杀白雀的那个他。原来某些坚硬的东西，早已刻入这个男人的骨头里，从未改变过。

后来，陈弦松腹部破裂，右臂也脱臼垂落不能再用，和幼时一样，又成了个血淋淋的人。他把光剑换到左手，脸上的表情愈发森然。人若是对什么执拗到这种程度，是会让所有人感到敬畏和动容的。周围的异星人们，早已讷讷不能言，之前忙于躲避的他们，不知何时重捡武器，配合年轻捉妖师，一起围攻大青龙。

最后，陈弦松瞬移至半空，一轮巨月斩落，天地震动，大青龙轰然倒地，缚妖索飞至天空中，连周围的异星人们，都露出惊恐神色，连连倒退，看着那样恐怖的大青龙，变成拇指大小的一个影子，被捉妖师收进葫芦里。看着他手一抬，光剑、缚妖索、葫芦悉数归位。

看着他转身，望着他们这些异星人。

山顶恢复寂静。

陆惟真不由得上前一步。

共同的大敌已除，场面却突然僵住了。

尽管断手提过一句这个故事的结局，可如今身临其境，陆惟真的心就像一张纸，被人慢慢攥紧了。

她望着那张少年气未完全褪去的脸，想知道他当时到底是如何应对的。

他到底是……怎么想的。

然而接下来的一幕，陆惟真完全没想到。

所有还能站起来的异星人和异形，互相看了看之后，都朝陈弦松单膝跪下，每个人，都低下了头。

陈弦松大概也没想到，心里一惊。目光慢慢掠过他们每一个人。

为了围剿大青龙，他们身上同样伤痕累累，他们脸上都是掩不住的惊惧和虚弱。

其中一个异星人官员开口：“大捉妖师，求您放我们一条生路。我们这些异星人从来不曾作恶，一直与人类为善。”

话音落下，所有异星人齐齐叩首在地。

陆惟真心中一酸，也看向陈弦松。

他的面容还是那么沉静，沉默了很久后，沙哑的嗓音响起："走吧，从今往后，继续恪守正道，不犯人类。若是走上邪途，我必将你们一个个追回，亲手杀掉。"

所有异星人和异形，再次叩首，顷刻间走得干干净净。

只余捉妖师一人，站在青山之巅，茫茫四野，只身一人。

陆惟真也抬头望向天空，乌云散去，蓝天露出，浮云朵朵，山高水长。

她慢慢伸手，擦了一下眼睛。

他那时对她吹牛了吧？又或者是身为捉妖师，有些话不好说出口，才会对她说，只要是妖，撞到他手里，依祖训必杀之。

捉妖师再次孤身下山，只不过这一次，山下接应的人，换成了徒弟。

后来，陆惟真又看到很多事。看到他在每一个清晨和夜晚，每一个寒冬和酷暑，认真地教着徒弟。严厉，却从不苛责。强势，却不乏关怀。一开始林静边根本不会做饭，都是当师父的，简单粗糙地把饭食弄熟，两个年龄都不算大的男人，胡乱把自己填饱，在繁华城市里，以一种脱离时代的苦行僧的方式，生活着，相依为命。

她看到他听闻南方异动多，江城师门亦希望他相助，于是来了湘城开店。也看到有女顾客，目光停在他身上，甚至语言暧昧暗示，他把林静边留在前店，转身就回了后院，还锁上了门。

然后，她就看到了那个冬夜。

他打开家门，一个高挑漂亮只是皮肤略黑的年轻女孩，站在他家门口，手里端着一大盆热腾腾的饺子，笑眯眯望着他。

他却没笑。

女孩说："师兄，你先让我进去。"

他说："不用了，我不要。"

女孩脸上的笑没了，手指都快抠进盆子里了，沉默了一会儿，说："那你要什么？这么多年了，你到底要什么？明明没有比我更适合你的人，我真的不甘心，我找不到放弃的理由。"

陆惟真看着，心里像堵住了，闷闷的，很难受。

原来他是一语双关。原来他从来都不是不懂，不是不敢，只是不要。

陈弦松说："遇上了我才知道。那个人不是你。"

女孩眼睛都红了，恨恨地说："那要是遇不上呢？"

陈弦松平静地说："遇不上，这辈子我就不要了。"

陆惟真的眼眶，慢慢被泪水浸没。

后来，她终于看到了那一幕。

灯火辉煌的餐厅，四处都坐着人。已经二十六岁，长成沉稳男人的捉妖师，安静坐在餐桌后。他在等待，等待跟踪数日的谋害三个少女的妖怪出现。

有轻快的脚步声传来。

一个计划之外的人，正朝他走来。

他抬起了头，如月光覆盖的眼睛里，映着来人小小的影子。

他抬头看向了她。

……

当那个人出现的时候，我就会知道。

当她愿意走向我那一天，我怎么能不甘愿就范？

……

陆惟真用手捂住嘴，泪水从指缝滚落。

后来，她还看到了那些自己从不曾知晓的后来。看到他坐在院子里那棵大树下，看着手机银行上的存款数字，脸上浮现年轻男人才会有的那种自信的笑。而林静边在旁边打趣他，是不是急着娶媳妇。他只是笑而不语。

看着他不知在哪个夜里，或许是在送她回家后不久，又把车开了回来，停在她家楼下，坐了很久，这才离去。

然后，就到了那个雨夜里。

那个时分，雨还没有落下，乌云压在小院上空。陆惟真看到他站在院中，有个模糊的人影，弯下腰给他系上腰包，而后他低头在她发顶一吻，转身出门。

陆惟真就站在院子里，看着他和自己擦肩而过，她忽然就想伸手抓住他，让他今夜不要去了。可是手掌穿过了他的身体，她慢慢放下了。

陆惟真蹲了下来，双臂抱住自己，眼睁睁看着他走向那道门。

就在这时，诡异的事发生。当陈弦松一只脚踏出门口，踏入那些白光的一刹那，他的身影突然急速后退，就像一道光影，眨眼就退回到院子里，退回了那个女人身边。

他们开始重复之前的动作。他站在那里，低头看她，而那个女人，弯腰为他系上腰包。他低头在她发顶一吻，转身离去。

他再次从陆惟真身边走过，走到后门，一只脚踏出去。

他的身影急速退回原地。

她再次为他系上腰包，他踏出院门。

他退回原地。

……

一幕一幕，循环往复，无休无止。

陆惟真呆呆看着。

就在这时，更加不可思议的事发生了。陈弦松的人影，变得模糊，开始有了重影，陆惟真好像还看到了别的人。当他再度走向门口时，那些重影也越来越清晰，他们脱离成了三个人。

一个，还是陈弦松。

另一个，是他的父亲，佩带着腰包，看衣着样貌，正是他出门除妖、重伤身死那一夜的模样。

第三个……是女人。三十出头模样，身材窈窕，看不清样子。她手里拎着个大行李箱，单手捂住脸，低着头，步伐匆匆走向门口。

他们三人，就这样一个接一个，走向院门。一个接一个，被门外的白光弹了回来，回到原地；接着再往前走，再被弹回来。

再次……

一个人的死循环，变成了三个人各自的死循环。他们好像看不到对方，只是在各自的那条路上走着。

陆惟真恍恍惚惚地想，原来这就是这个幻境的逻辑悖点所在。

那个女人，是陈弦松的母亲。

他的母亲和父亲，都曾在某个夜晚，离开这道门，就再也没有回来过。

而他自己，在那个雨夜，踏出这道门，等待他的，就是一场无间地狱。

泡泡中的泡泡，幻境中的幻境，被巨兽乘虚而入的心魔。在他的潜意识里，在这个由他的脑神经元搭建的虚拟世界里，在他的心里。他把他们三个，都困在了这里，他们都走不出去。

这样，他们就都不会离开他了。

陆惟真抬手按住了眼睛。她想：我到今天才彻底明白，自己究竟背弃了一个什么样的人。我到底失去了什么，又伤害了什么。或许我从来，就没有资格去拥有他。

过了一会儿，她擦掉眼泪，走向陈弦松，她想去拉他的手，大喊道："陈弦松，你醒醒，这里是幻境，不是真的！你快醒来，我们一起出去！"

他无知无觉，脸上带着未消的温柔的笑，走向门口。

陆惟真想要再次抱住他，却扑了个空。

再次。

再次。

……

"陈弦松。"

"陈弦松。"

"陈弦松！"

……

也不知是在第多少次，他的步子渐渐慢了下来，而那两个重影，不知何时已消失得无影无踪。

他停在了院子里，望着门口，没有什么表情。

陆惟真就站在他的正前方，已累得弯下腰，喉咙也干了，用力去抓他的手，又喊了句："陈弦松。"

他的耳朵轻轻动了一下，指尖也微微一抖。

陆惟真心中一喜，抓向他的胳膊，说："你听得到对吗？你感觉得到我吗？我是陆惟真，我们在葫芦里，这里不是真的，这里是幻境，这里是幻境。"

他的眼眸直视前方，过了几秒钟，穿过她，继续朝门口走去。陆惟真呆呆转过身，当他的脚又要再度迈出门口，再度被弹回原地时，陆惟真大喊道："陈弦松！"那声音，几乎要将整个院子震动。

陈弦松抬起的脚，停在了半空中。

陆惟真流着泪，说："陈弦松，对不起，对不起……我那时候不知道世上还有你这么好的捉妖师，不知道自己会爱上你，我做错了，我真的做错了……我想要你醒过来，快点醒过来，离开这个幻境，离开葫芦，回到你所守护的人世间去，我想要你好好地活着。我现在，只想要这个了。”

周围的一切，天空、乌云、大树、院落、房屋……乃至院子里其他人，林静边、那个面目模糊的女人，都如同流沙一样崩塌。只剩陈弦松一个人，背对着她，站在那里不动。

“陆惟真？”

他的声音慢慢响起，竟于这个空间里，无处不在。

陆惟真心头一震，几乎要喜极而泣，看着眼前人慢慢转过身来，就要望向她。

眼前忽然一片黑暗。

【034】

陈弦松猛地睁开眼，看着周围的一切。

他的感觉，就像是做了个很长很长的梦，很累，一身倦怠，还有些很难受的感觉，残存在心头，却想不起梦里的所有。

他定了定神，发现自己站在一个陌生的房子里。而他所在的，居然是一间儿童房，粉色的窗帘，粉色的公主床，满地玩具。一个三四岁大的女童，白白胖胖的，那肉都快掉地板缝里去了，穿着蓬蓬裙，坐在他脚边的地上，在摆弄玩具。

陈弦松慢慢走到女童正面，女童专心玩玩具，一点都没感觉到。

他看清了她的样子，只觉得有点眼熟，是个很漂亮的小孩子。

房间的门是关着的，外头依稀有人声响动。陈弦松抬头看了看门，继续低头看着这孩子，慢慢将手伸到她面前。

小女孩还是没有反应。

陈弦松手一抬，朝她的肩膀迅速抓去。

抓了个空，他的手穿过女孩的肩膀，是一道虚影。

陈弦松慢慢放下手，说道：“孩子，看得见叔叔吗？”

没有反应。

陈弦松站起来，走向房门，手握住把手，握了个空，他直接从门上穿了出去。

这是一套住宅楼里的房子，在一楼，前后都有小花园，看起来是三室一厅，装修得简约温馨。

一个三十出头的男人，从厨房走出来，手里端着两盘菜，穿着毛衣、家居裤，戴着眼镜，看起来儒雅斯文。他喊道："老婆，真真，吃饭了。"

陈弦松的眉头轻轻一跳，再次回头，看向自己走出的那扇房门。

一个高挑健美的年轻女人，从另一间卧室走出来，坐到餐桌前，打了个哈欠。男人走过去，从背后搂住她的脖子，女人仰起头，两人亲了起来。

陈弦松皱眉，偏头不看。

过了一会儿，男人才松开女人，走进儿童房，将女童抱了出来，放在椅子上。陈弦松就盯着那女童的眉目，看着她拿起乌龟小调羹，一口口舀蒸蛋吃。

陈弦松走到她身边坐下，盯着她，喊道："陆惟真！陆惟真！"

女童似乎吃得不耐烦了，手一指，桌上的碗飞了起来，结果一整碗蒸蛋，扣在她脸上，"哐当"又掉桌上，她满脸沾着蛋渣，呆呆地抬起头，甜甜笑了。

女人一拍桌子："我说过多少次了，吃饭时不准搞！"

男人立刻赔笑："她还小，她还小。"

女童小声说："我不是故意的，对不起妈妈。"

母亲的怒火到底被父亲的笑脸和孩子的委屈模样，给按了下去。结果父亲还偷偷给女儿递一个狡黠的眼神，女儿居然也回了个同样狡黠的表情，小小年纪，鬼灵精怪。

陈弦松的一只手托着下巴，眼睛里露出笑。

他不管那对父母的存在，只看着女童，再次说道："陆惟真，我是陈弦松，这里应当是葫芦中藏着的婆娑幻境，不是真实世界。你不可再沉溺，马上醒了，恢复心志，我们必须立刻离开这里。"

女童毫无反应。

于是陈弦松便知道，这情况，有点棘手了。

父亲重新给她装了一碗饭，这回她老老实实吃完，放下碗，看看父母，小声说："爸爸妈妈，我想去上学。"

父母的动作同时停住了。

她有点要哭的意思了："邻居的小朋友都背着书包去上幼儿园了，我也想去，我不想天天在家里。"

父母对视一眼，谁也没说话。

陈弦松坐在原地没动，光影和时间却在他身旁飞转、流逝。

转眼间，窗外已是暮色沉沉，屋内已无人。他站起来，看向窗外，父亲抱着陆惟真，神色凝重、步伐匆匆走了回来，陆惟真还背着个小书包。母亲沉着脸，跟在他们身后。

他们进屋，经过陈弦松身边。父亲把陆惟真抱进儿童房，放在床上，细声细语地安抚着。母亲则坐在客厅里，脸色越来越难看。

过了一会儿，父亲走出来，带上门，走到母亲身边，伸手要抱她，母亲却挣脱了，说："我早就说过，不能送她去学校，她才三岁，还控制不了自己的能力！现在她手一抬，就把学校游泳池放满了湘江水！把园长给吓晕了，你说怎么办？"

父亲沉默片刻，很小声地辩解："她也是好心，想帮老师干活洗游泳池……"

"可人家觉得她是怪物！她的班主任也看到了！虽然没晕，刚才人还是傻的！"

夫妻两人都沉默下来。

过了一会儿，父亲说："她是多好的孩子，我只希望她无忧无虑，和别的孩子一样。"

"她从生下来那一刻，就注定一生都不会平静。"母亲站起来说，"今晚就搬家。"

陈弦松起身走向房间里。

床上，隆起小小的一团，乍一看，像是睡着了。陈弦松弯腰一看，小人儿眼睛睁得大大的，脸上鼻涕眼泪糊成一团。陈弦松盯着她的脸，听到她用很小很小、没人能听到的声音在反复说："真真知道错了，真真不是怪物；真真知道错了，真真不是怪物……"

陈弦松在床边坐下，过了一会儿，用手去推她："陆惟真，给我醒来！你不是三岁，是二十三岁！快醒来！"

依然没有效果。

小人儿哭着哭着，睡着了。

陈弦松把两只手臂搭在膝盖上，弓着背，就这么坐在床边。这么下去不行，这个婆娑幻境明显是依托她的心志和记忆而生，他必须找到幻境的薄弱点，才有可能将她唤醒，他们才能一起从幻境出去。

想到这里，他又看了床上的人一眼——这么脆弱吗？竟会被那善蛊惑人心的巨兽所残存的能力，迷惑了心志，连幻境都搞出来了。

不可理解。

到底是个女人。

转眼，已是天明。

转眼，幼童已长成小女孩，走下床的小惟真，看起来十来岁模样，完全抽了条，个头高、身材纤细，五官轮廓和成年后的她，已经很相似了，只是满脸稚气，婴儿肥也未褪去。陈弦松看着她，却愣了一下。

他一直以为……初相见时，她的木讷、羞涩、紧张都是装的，都是故作柔弱，想要惹他喜爱。而他又偏偏……中计。

却没想到，眼前这个小惟真，神态气质与那日的她，竟已有几分相似。小惟真看起来并没有同龄人的活泼飞扬，反而有点畏首畏尾，沉默寡言。当她背起新书包，看着镜中的自己，竟显得局促和紧张，手指紧紧抓着自己的衣襟。

陈弦松皱起眉头。

小学三年级，在向父母证明自己已经可以完全控制能力不会暴露，在总是连夜搬家五次后，陆惟真终于第一次背上书包，和同龄人一起去上学。之前，都是父亲在家中教她读书。

但那个躲在被子里哭的小女孩，已经变成眼前这副模样了。

父亲搂着陆惟真的肩膀，一路打气，把她送到学校。陈弦松一路跟着，看着她在校门口对父亲露出勇敢的笑；看着她到了教室里，却不敢和任何人说话；看着所有同学，都打量着漂亮孤僻的转学生；看着她努力而拙劣地试图去讨好每个人，却得到嘲笑和鄙视；看着她被男孩子捉弄，被女孩子孤立。其实孩子不见得有多大的坏心，但一个过于漂亮又内向、成绩不好，尤其是社交能力和认知远逊于同龄人的孩子，会成为他们眼里的“怪人”“讨厌的人”。

所以陆惟真的小学和初中生涯，可谓是一团糟。她没有朋友，成绩不起眼，老师也不在意她，她独来独往，男孩子喜欢不怀好意地招惹她，女孩子看不起她。很多次，她躲在厕所里哭，却从未使用过一次徵虎的能力。而这些，她从来不和父母说，每天放学回家，脸上都会绽放灿烂的笑，好像很自在的样子。

对此，父母没有过丝毫怀疑。母亲会觉得：我女儿是堂堂徵虎，区区小学生，会有她搞不定的？父亲会觉得：我女儿这么善良、可爱、美好，怎么会有人不喜欢她呢？她在学校一定很受欢迎，过得很快乐。

陈弦松冷眼看着这段如流水般在他眼前逝去的时光，他从没想过，陆惟真的少年时代，过得如此窝囊。他那时在学校里也是独来独往，没有任何朋友，成绩比她还差，还因为捉妖经常请假，但是和她相反，谁也不敢惹他。谁惹他，一顿揍。老师都不敢管他。

所以，初遇时她的怯懦羞涩、唯唯诺诺，不是装的，而是从小如此、本性如此？起初，她是真把他错认为相亲对象了，才会红着脸鼓起勇气一次次找他说话——意识到这一点，陈弦松心里说不出是什么感受。

只不过……后来，她也把这辈子仅有的心机、算计和狠心，用在他一个人头上了。

到了高中时代，陆惟真的境况就好多了。一是学生们都忙于高考，谁也没有闲心和精力再去玩那些孩子的把戏，这个时代，连孩子都是现实而务实的；二是陆惟真到底长大了，虽然还是内向，不善交际，却不会再像少年时那样格格不入。她的成绩也开始进步。

陈弦松没想到，还会看到陆惟真的初恋。

或者称之为一段无人知道的暗恋，更为合适。

她的班上，有个小白脸。

那少年个子高、皮肤白、长得秀气、家世好，学习好，还是第一名。陈弦松读高中时，身边也会有这样的同学。不过他和这种乖孩子，从来都不是一个世界的。偶尔还听说过，自己和一个这样的同学，在争什么年级帅哥前三名。他理都没理。

却没想到陆惟真，会对这种连个沙袋都扛不起的小子，怦然心动。

陈弦松看着她站在人群后，一次又一次踮起脚，偷瞄那小子，像一只伸长脖子的鹌鹑；看着她偶尔和人家擦肩而过，脸就红得像番茄；看着她晚上躺在床上，在空中用水拼出那少年的脸，再用土拼出他的五官，然后红着脸傻笑。

陈弦松：“……”

他突然就不耐烦了，自己陷在幻境里，浪费时间，看这些东西？

原本坐在椅子上的他，大步走到床边，盯着她看了一会儿，严厉地喊道：“陆惟真，你还不醒？沉溺得还不够？跟我出去！你还要不要活命？”说完大力去抓她的肩膀。

却依然抓了个空。

陆惟真傻笑了一会儿，转过身去，把脸埋在枕头里，只留一个后背，面对他无处安放的躁怒。

……

后来，陆惟真超常发挥，考上了很好的大学。不过她暗恋的男孩更加优秀，考上了全国TOP2的大学。陈弦松沉默了，他没有参加过高考，但不得不承认，陆惟真很有眼光。

高中散伙饭聚餐的那天，美丽的少女坐在梳妆台前，放下总是束着马尾辫的长发，拿起剪刀，剪掉重重刘海，虽然不太整齐，已露出白皙额头和精致眉眼。她甚至还用了一点母亲的化妆品，从衣柜里找出最漂亮的一件连衣裙，当她打扮整齐，忐忑不安地看着镜中的自己时，陈弦松坐在她身后的角落里，沉默地看着她。

他跟在她身后，走出家门，上了公交车。他看着她迎来无数惊艳目光；看着她脸色绯红、局促不安地低头；看着她不理陌生男孩的搭讪；看着她走下公交车，走向散伙饭聚餐的饭店。陈弦松忽然就想起几年后，她总是往他家跑的那几天，也是这样盛装打扮，极尽美艳。

不，还是不一样的，陈弦松自嘲地一笑。现在的她，是真心实意一片冰心；后来对着他，却是假戏真做，成心勾引。

然而陆惟真这一晚的散伙饭之旅，抑或是原定的表白之旅，还没到饭店，就已结束。

她远远站在饭店外的马路上，看到饭店门口，那男孩牵着同一年级一个女孩的手，看着他们亲密依偎，无比熟悉。

那女孩也考上了TOP2，美丽、自信、开朗、善良、乐观，是无数男孩心中触不到的梦。任哪个同学看来，陆惟真和那女孩相比，都是云泥之别，不值一提。

陆惟真突然就明白了，他们只怕早就两情相悦，大概也约好了一起考到北京名校去，只等高考结束就光明正大在一起。

称霸学海，神仙眷侣，远在云巅。

你以为异星人的血脉源于星河，以为你来自于高级文明世界，就天生比地球人更优秀、更强大吗？不，陆惟真已见得太多，那些人类的坚韧、出色和美好，远超想象。

就好像她，天生徽虎、璃黄百年第一人又怎样？拼了命高考也只有六百分出头。而那对学霸情侣，加起来就有一千四，这还不算省级三好学生、各种全国比赛的额外加分。

相比之下，她着实平凡，也着实渺小。

失恋的少女，失魂落魄地回到家中。她还是穿得那么漂亮，凉鞋踢在一边，坐在床上，半晌不动，像个木头人。

陈弦松望着她，想起她之前对男孩朝思暮想、芳心萌动的模样，心里涌起几分释然和快意。但更多的，是不痛快。直到后来，听到她低低的拼命压抑的、怕被父母听到的啜泣声传来，陈弦松心里就只剩下不痛快了。

十几岁的青春期萌动，她还当真了？他就没有过这样的经历和感觉，纯属浪费时间。

这个幻境里的时间流逝，给人一种很奇怪的感觉，陈弦松仿佛已旁观了她的十八年人生，这一切又像只是在眨眼间发生。

转眼，她已高中毕业，她已十八岁，并且在一次平平无奇的训练里，毫无征兆地突破到了青龙境。

看着她的母亲嘴上不说，脸上难掩骄傲的样子，看着她笑笑摸摸鼻子，好像也没有多激动的样子，依旧是那副母亲踢一脚就动一下的懒散模样，陈弦松的心情却难以言喻。

身为大捉妖师，他也曾经猜想过，陆惟真是如何以十八岁的年龄，突破到青龙的。天赋异禀是一方面，必然离不开数十年如一日的刻苦训练和生死历练打磨。万万没想到，她是数十年如一日的不求上进、混吃等死。最后，多少妖怪毕生渴求，却永远无法抵达的无上青龙境，她失个恋，青春精力无处寄托，破天荒专心练了几日，就达到了……

那个暑假，父母同意陆惟真独自外出旅行，她却依旧“懒得动”，毕竟失恋了还有些蔫头蔫脑，但她似乎对收服男孩的女孩相当服气，很快也就不怎么伤心了。突破到青龙境后，她对修炼更加没兴趣，整天窝在家里，看一些闲书，后来，她找到了厚厚一摞，厉氏某位遥远先祖的手记，开始兴致勃勃地每晚朗读。

当她读出手记第一句的时候，靠在沙发里，闭着眼睛，时时刻刻等待发现她这幻境破绽的陈弦松，就睁开眼，怔住了。

“宇宙通历130亿2000万年，璃黄帝国历13225年，我们的太阳，爆发了。世界末日来临。”

【035】

7月5日。我和父亲、母亲藏在地下堡垒里，我躲在父亲身后，看到天空中的太阳，变得非常非常大，非常非常红。父亲说，外面已经十分冷了。我问父亲：“那么，下雪了吗？”

我最喜欢下雪了。

父亲有些出神，说：“下了啊，听说地表的雪，已超过一百米厚。”

不知为什么，我从父亲的表情里，读出了某种深深的悲痛。

8月30日。逃离计划启动。父亲说，足有数万艘飞船，搭载获得船票的璃黄公民，离开各自的母星。我和父亲、母亲，幸运地上了一艘中型舰。那一天傍晚，我从休息舱的窗户里，望见甲板上站满了飞行员、地勤人员和士兵。他们全都望着母星的方向，那时太阳已红得像个快要爆炸的火炉子，照得他们每个人的脸都红通通的。我看着他们全都把手放在心脏部位，流下眼泪。不知为什么，我也哭了。

这一天的凌晨，我们所在的舰队，执行第一次超时空跳跃。我们的舰队里，除了人类，还有半兽、巨型虫、龙族……很多种群，我还是第一次见到，以前，它们和我生活在不同的行星上。我们只是同属璃黄星系。

母亲说，人人生而平等，每个璃黄人，都是这么认为的，所以逃离资格，抽签决定，而不是看种群和基因的优劣。因此一些进化程度较低的非人种群，才得以上船。

母亲说，伟大的璃黄文明，在她心中，永不坠落。

我想我会以自己是璃黄人而终生骄傲。

9月10日。在飞跃一片星系时，我们舰队中的两艘飞船，因为加速度和弹弓角度不当，被其中一颗星星俘获，坠落大气层。那颗星星，是一片永恒的沸腾的火海。

10月8日。我们又折损了五艘飞船，船上的人在执行超时空跳跃时，不知是故障原因，还是宇宙中不明暗物质引力影响，没有到达预定航线。父亲说，他们迷航了，永远也回不来了。

……

1月3日。一百年过去了，我们已经在太空中航行了整整一百年！起初这支拥有数百艘飞船的舰队，只剩下可怜的三十三艘。我也快要老死了，但是我已经很幸运了。我在飞船上遇到了我的一生挚爱露莎三世，并且生下了八个孩子，五男三女，个个健康可爱、战斗力超群。虽然我身为声名赫赫的厉氏后裔，不曾战斗于太空，但是在星际逃亡时代，我也算是为种族繁衍，做出了不可磨灭的贡献。

我最小的儿子说，会接过笔，继续替我写这份手记，记录舰队接下来的流亡经历，记录这个伟大而悲伤的年代。

璃黄荣耀永在。

3月7日。我是厉冰河，接过父亲的笔，开始记录漫长的宇宙航行历程。按照百年前舰队出发时制订的计划，我们本应在十年前，就抵达目的地，那是位于银河系接近银心点八分之一位置、一条悬臂上的某颗蓝星。那是我们的太空望远镜，所能探测到的距离我们最近的宜居星球。我们不知道蓝星上是否有文明存在，是否会欢迎我们，是否会消灭我们，但是到了今天，我们还没有抵达蓝星。我也不知道我们是否永远也无法抵达蓝星了。

8月15日。太空旅行是非常无聊的，我不知道要写什么好。我读着父亲留下的文字，觉得他很多地方也是随便乱写，没什么逻辑，所以我也乱写一点吧。

小时候，我最喜欢溜到舰长的指挥舱里，看他们操作仪器。尤其喜欢看他们执行跳跃任务。

哪怕是在没有外人的指挥舱里，哪怕旅途再漫长再疲惫，执行跳跃的飞行员，也会穿着整齐的军装，站得笔直，下达和传递指令时，嗓门也特别大。

引擎准备。

燃料准备。

航线校准。

倒计时——十、九、八、七、六、五、四、三、二、一——跳跃！

……

我站在指挥舱的角落里，看着耀眼白光在玻璃舱外亮起，看着空间被压缩变形，星星仿佛变得触手可及。在短暂的晕眩呕吐感后，空间重新在我们面前展开，我看到一片新的璀璨的星……

群星在上，伟大的宇宙之主，愿你护佑，我们这些璃黄幸存者，可以有抵达蓝星的那一天。

10月27日。今天，我们得知了一个非常令人悲痛的消息——原本航行在我们前方两百光年，装载着最优秀的科学家们、璃黄庞大先进科技与文明数据的那支舰队，被黑洞俘获，不知踪迹。

璃黄不在了。

我不想再记录了。

……

9月14日。我以为这一天永远不会来临，却没想到，在我有生之年，在我即将老死前，它来到了。

我们驶入了蓝星所在的星系。

甲板上一片沸腾，所有人痛哭流涕。我们这支舰队，还剩下八艘飞船。目前还不知道其他舰队是否抵达，以及他们的幸存数量。

孙子扶着我，我拄着拐杖来到甲板上，我仔细竖起耳朵，听着飞船正向地球发送的通信短波，所有人一起目睹这激动人心的时刻——如果蓝星有现代文明存在，哪怕只有0.51级，也能给予我们回应。

“尊敬的蓝星人，我们是来自三千光年外璃黄星系的幸存者舰队，我们的星系，已被宇宙之力毁灭。我们经过了长达一百八十年的太空航行与超时空跳跃，才来到这里。我族崇尚和平、法治、人权与道德，并将蓝星视为最后的避难所。我们无意与你们争夺星球控制权与资源，只请求获得避难权，并且愿意遵守蓝星的一切法律制度。如有收到此信号的人，请即刻回复，请即刻回复……”

广播整整播放了三个昼夜时长，我们却没有收到回应，也没有在星球上方，发现任何太空防御力量。不过，我们的望远镜，发现了蓝星表面的文明痕迹和生物活动迹象。

这意味着，我们来到了一个极其初等的文明世界。他们甚至连一架能飞上天的玩意儿都没有！你能相信吗，我们的一次超时空跳跃可以穿越数十光年，他们很可能还在用两条腿在星球表面走路！天哪，我们是生活在同一个宇宙里吗？

不过，话说回来，其实我们比他们，也好不到哪里去。他们至少还拥有一颗星球，他们还有无限未来。而我们所有的科技和文明数据都丢了，科学家也死完了，剩下的除了战士就是平民。飞船上的各种高场能能源，也濒临耗尽，没有技术和专业装置就不可再生，连光剑都没剩几把。除了一身的元素操纵能力还在，我们已经一无所有。

9月20日。在确认我们是第一支抵达蓝星的舰队后，子夜时分，我们趁着夜色，降临在蓝星上的广袤无人区，正式结束漫长的星际流浪，开始我们在这颗星球上的新生活……

夜色很深，一室柔和的灯光。少女陆惟真蜷在床头，埋头读着手记。她并不知道，一个虚影般的男人在床边坐下，就坐在她的侧后方，也盯着手记的文字。他的眼睛就像覆了寒霜的墨石，整个人一动不动。

少女在继续读。

一幅幅生动的画卷，仿佛也随着文字的流淌，在陈弦松眼前展开。他仿佛看到一艘艘飞船，划破地球大气层，搁浅于海面、深山、沙漠……看到陆惟真的先祖们，将飞船藏匿于海底和洞穴，随着千百年岁月的侵蚀，它们最终腐朽崩塌；

看着她的先祖们建起一座座与古代地球人所居住的相同的房屋，他们施展五行操纵术，狩猎、种植、养殖，过上平凡的人类生活。

也看到他们的领航员，站在高处的平台上，向众人宣讲："……我们意在避难，而非争端。这里的文明程度虽然很低，但蓝星人依然征服了极其恶劣的自然环境，建立起了数个初等封建文明。对于这个已经由智者和勇者统治的星球，我们必须予以尊重和敬畏。对于蓝星人类而言，我们才是来自外星的异族。在此，发布《异星人联合宣言》，所有舰队联合约定：永不侵犯蓝星人类，不可改变蓝星文明进程……"

少女柔婉悦耳的嗓音，就在耳边，陈弦松转头，望着窗外深黑的苍穹天幕。他仿佛也看到了，璃黄人中的非人种群，还有在太空旅行中被辐射而基因突变的人，一群一群，最初被井然有序的璃黄士兵们，引领到更加与世隔绝的荒芜地带居住。他也看到随着年月的流逝，那些异形，偷偷溜出禁区，睁大充满欲望的双眼，扑向人类居住地……

如果这就是"妖怪"的起源，如果这就是历史的真相，所谓的十恶不赦、令人类先祖们闻之色变的"妖"，不过是地球人千年来局限狭隘的认知而已！

陈弦松自小也听过各种外星人异闻和科学猜想，但是从未把那些和自己的祖传捉妖使命，联系在一起。在他从小接受的教导里，在几大捉妖师师门的祖训里，都认为妖怪乃天地间邪秽之气所化，五行相生，天生地长。他们拥有强大的、超自然的能力，轻易就能夺走人类的一切，又怎么可能安心与人类和平共处？非我族类，其心必异！他们必会害人，食人精血、惑乱人心、为所欲为、祸害人间。而年幼的陈弦松，在目睹那些妖怪的恐怖异状、目睹恶妖害人作乱，还有父亲法器的强大超自然威力后，又如何不信服？

那些观念，自小灌输，一遍一遍，早已深深刻进他的脑子里，如铜墙铁壁一般。他又怎么可能想过去推翻祖宗千百年的信仰和父辈的深切期望？

只是，信念坚定，并不代表他不会自己去看，去听，去想。从小到大，他遇到过的恶妖无数，然而怯懦的、安分的、弱小的、从不冒犯人类，甚至还试图去保护人类的妖，也有。他也曾对父亲提出过疑问，可回答他的，是父亲严酷的目光："永远也不要试图去了解妖，他们最善蛊惑人心。"年幼的他，噤若寒蝉。

可他，还是会看到，会感受到啊。再遇到这样让他困惑的情况，他不再问父亲了，他会一个人想，想很久。后来，随着年岁渐长，能力也越来越强，他就会有些不必向父亲提及的小动作。譬如说，若是遇到行善之妖，他就当没看到，也不跟父亲提；遇上父亲不分青红皂白，要赶尽杀绝的，他偶尔动作稍微慢一点，跑得绕一点，让那妖能有一线生机。那时，他也只能做到这样了。

后来，父亲过世，他独立除妖，眼光磨炼得越来越毒，追捕能力越来越强，行事准则渐渐自成一派——他只盯着那些恶名在外或是罪证确凿的妖怪，追杀到底。对于别的，便一概不探、不理、不管了。

只是这些，自不必和其他捉妖师和师门提及，甚至不与任何人提及。

再后来，他在与终南山大青龙进行生死之战时，看到那些异星人，竟和他一样，降妖除魔、护卫人类。他已察觉，这些妖怪，并非全是散乱、原始、愚昧的。背后分明有两股力量，一股散落人间作恶，另一股却在惩戒约束那些坏的，似乎努力维持着人和妖之间的秩序和平衡。那时他就已开始怀疑他们的来处，当真是天地间邪秽力量所化，还是另有起源？否则为什么会有那支扬善除恶力量的存在？

再到后来，他就遇到了陆惟真。她曾提过，自己的祖先是从外太空而来；许嘉来和高森也有过只言片语，说过他们不是妖，而是外星人。只是当时他和陆惟真之间仇怨难解，又怎么顾得上去深想她说的几句没头没尾的话？

直至今日，璃黄先祖的手记，细数千年起源，如同一道光劈开眼前幽暗的峡谷，完完整整地将来龙去脉，摆在陈弦松眼前。

他有自己的判断力，直觉告诉他，手记所记录的，都是真实的，那厚重如山的手稿，那生动详实的细节，无法捏造。处于幻境中，对一切无知无觉的陆惟真，也不可能去捏造。再结合多年来除妖生涯中看到的种种，他已有了答案。

寒意却像深潭，淹没了陈弦松的心。他感觉到一阵混乱的、心脏仿佛失去重心般的痛楚。如果先祖“见妖则杀之”的遗训，只是因为认知的局限；如果他们是和自己一样的人类，只不过来自其他星球，基因不同；如果他手里用以捉妖的剑与缚妖索，只是外星人的先祖失落的一两样高级文明世界的武器……

捉妖师们，错了吗？

陆惟真读得累了，将手记放在床头，关灯，睡下了。满室黑暗里，只余捉妖师的魂魄独坐，他的背弓得很深，头也埋下去，很久也没有动。

直至夜半时分，他才抬起头，那双刚才迷茫呆滞的眼，已恢复清明，如月倒映在清澈湾流里。

因为无知、因为误会，见妖不分青红皂白就杀，视为生死仇敌，这是错的，大错。只是，连他都需要这一番细细剖析，才能理解真相，又如何能去苛求崇尚天地神力、认知被时代局限的古人和先辈？

他也曾熟读祖上手记，也曾目睹捉妖师们杀死一只又一只为非作歹的大妖；是他们一次次将本会生灵涂炭的灾祸，扼杀于无声中；他们很多人终生病痛缠身，不得善终，或者干脆被妖所杀；是他们的存在，无声震慑令妖退避三舍……捉妖师一脉，千年传承，藏于普通人类视线之外，无论文明如何进展，无论时代如何变迁，他们都背负责任，苦修坚守，舍生忘死，只为扼守住妖与人之间的边界，又怎么会是错的？

认清了真相，身为捉妖师，更应坚如磐石、心境清正、惩奸除恶、无悔无恨。

还应更加明辨是非，认清善恶，心怀怜悯，而不是一味扛着正义的旗子，杀个痛快。

心境恢复平和，陈弦松这才转头，看向床上熟睡的恬静少女。

看了半晌，他忽然轻轻笑了，伸手凌空虚抚了一下她的脸。

婆娑幻境，意外令我醍醐灌顶，看到此生从未看到过的开阔世界。

你不是妖。

我们，是一样的。

【036】

那是另一个深夜。

陆惟真已经正式拿到大学录取通知书，只等过几天离家。

那天，她外出去参加班上同学的一次聚会，还举着啤酒杯当面祝福曾经暗恋的男孩和那个女孩，在北京比翼双飞，共创辉煌。站在她身后的陈弦松，看着她真心实意的样子，心想她倒是豁达得很。

晚上十一点多，她回到家中，之前她自恃酒量好，喝了不少，有点醉醺醺，不走正门，偏要翻墙。陈弦松跟着她飘进墙内，经过厉承琳书房时，两人同时停下脚步。

还有几个人在，并且能隐约听到他们提到了“陆惟真”。

陆惟真原地蹲下，像只兔子似的，贴在墙角。陈弦松直接穿墙过，站在窗口，这样既能盯着陆惟真的动静，又能清楚看到里面所有的人。

反正他现在是个鬼魂。

厉承琳和许宪安并坐上首，几个副统领在下首。陈弦松在厉家“飘”了这么久，听到看到很多事，几乎已能认全这些人。

厉承琳沉着脸，说：“你们一听说我的女儿突破到青龙境，就赶来想把她带走？大统领，我厉家的人，现在已经沦落到被几个官员招之即来挥之即去了吗？”

这话可真不客气……

几个副统领都变了脸色，到底敢怒不敢言。

许宪安四十余岁，相貌英朗，温文尔雅，他倒不生气，毕竟年轻时早就气饱了。

他说：“你不要急着发脾气，先听我说完。我们的本意，是为了更好地培养她、造就她。整个大中华区，多久才出这么好的一个苗子，不愧是厉家血脉！我们已经开会研究过了，希望集合各方面精锐力量，去教导她一个人，让她成长得更快更强。当然，这也要得到你的同意。并且，你如果不放心，可以和她一起去北京，人就在你眼皮子底下，我们对她做什么，都会经过你同意。”

要不说到底是当年苦苦追求过她的人呢？这话，让厉承琳脸色缓和不少。

陈弦松低头看了眼脚边墙后的陆惟真，她的脸色却很不好，酒意似乎也被吓醒大半，全神贯注听着。

一个副统领附和道：“是啊，厉处长，你女儿才十八岁，就到了青龙境，这是百年来都没有的事。我们听到消息后，都非常兴奋，非常激动，大统领推掉了所有的工作安排，带着我们连夜赶来。一切，都是为了我们璃黄的未来。”

厉承琳淡淡道：“我的女儿，和璃黄的未来有什么关系？”

几个位高权重者都是一怔。

许宪安看了眼另一个副统领，那人正是负责技术研发的，凝重地说：“厉处长，您应该清楚，地球人早已进入核弹时代。最近这些年，他们已开始探索量子领域。”

厉承琳：“那又如何？”

副统领说：“一旦他们掌握初级量子力量，将拥有对行星能量的掌控力；如果他们掌握中级量子力量，将能够开始掌控恒星的力量。如今，我们尚且能和平共处，他们对于我们的存在，虽有察觉，却并不能真正理解。将来呢？作为地球的主人，他们能允许一个在他们看来具有‘超能力’的异种族广泛存在吗？他们会放过这个探索高等文明的机会吗？他们会认为，我们是威胁和敌人吗？”

厉承琳没有说话。

那副统领耿直地说：“我们一直放弃去争夺地球主控权，但若有一天，我族的存亡和延续遭到威胁，每一个璃黄人，也将不惧一战。”

这话让厉承琳点头：“你说得没错。”

陈弦松用冷厉的双眼，望着屋内，每一个异星人。仿佛看到月光下一片深黑的海面，某些坚定的、无形的、柔韧的东西，在其下涌动。若是几天前，他听到一群“大妖”这样的言论，只怕第一个反应就是父亲常说的一句话，“非我族类、其心必异”。但现在他已了解璃黄的来源和过去，也清楚了他们千年来退守和平的做法，如今听到他们的担忧和决心，感觉却颇为复杂。

倘若有朝一日，他们说的情况真的发生，又如何能说是璃黄人单方面的错？这是两个种族对于同一个生存空间资源和主控权的担忧、捍卫和争夺。若不能握手言和，便是滔天大战。

他再度看向脚边的陆惟真，咫尺之间，却仿佛再次看到那条巨大的沟壑，横在两人之中。

陆惟真的脸紧绷着，那双原本流光溢彩的眼珠，此时也沉沉地定住了。

陈弦松忽然就想知道她当日的选择。她会怎么想呢？

这时，另一个副统领对厉承琳说道：“您的女儿，将是我们的防御计划里，最重要的力量。”

厉承琳面色沉冷，却笑道：“她一个小姑娘，说到底才到青龙而已，这就最重要了？各位统领大人，带领我们大中华区璃黄人数十年，未免也太没用了。”

众人再次：“……”

许宪安依然好脾气，耐心地说：“承琳，那还不是因为你的血脉、你的女儿太过优秀！把我们这些老家伙也比了下去。已经有多少年，没有出过六五境的异星人了。你我的有生之年，也未曾见过。你也很清楚，陆惟真是百年来最有希望突破到六五的。只要我们倾注全部力量教导，假以时日，希望非常大。

“一则，传说中的六五境，也就是幻耀境，不仅可以操纵行星级别的能量，强者甚至能引来外太空力量。倘若将来我们和地球人终有一战，她将是我们遏制地球核弹能力的制胜法宝；二则，有她这面旗帜立起来，全族人才更有生存和战斗的信心。承琳，你的祖祖辈辈都是璃黄军人，不会不懂这个道理。她的存在就是意义。

“而且，如果我们能有一个六五，或许能从她身上得到更多经验，说不定就能更快培养出第二个、第三个六五。你知道这意味着什么。以我们现在的人数和能力，在地球人面前，自保都很困难。但若将来能有几个六五，与地球人分庭抗礼，就不是不可能的。所以，这个孩子，对我们来说，对于璃黄未来的安危，意义极其重大。”

厉承琳沉默不语。

屋外的陆惟真，也神色怔怔。

厉承琳问：“你们想怎么做？”

几个副统领都露出释然表情，许宪安也微微一笑，说：“明天，就让她跟我们去北京。我们会安排最好的老师，教她所有的东西，力量控制、潜能激发、战略战术、心理学、星战理论……我们会把她当成一个全面的军事领袖、一颗战星，全力打造。”他那双波光沉沉的眼，盯着厉承琳，“我会把她打造成完全不输你，不输厉家祖上最优秀元帅的统帅。承琳，你知道这对于你，对于我，对于她，对于厉家，意味着什么。我也邀请你，去担任她的元素控制主导师。我们一起，为璃黄人打造一个新希望出来。”

厉承琳的唇紧抿着，再度沉默。

陈弦松却看到，陆惟真的眉头紧皱着，脸色也变得失望，显然是不愿意的。这令陈弦松的心头，仿佛有什么在轻轻滚动着。

这时，厉承琳说：“可是她已经考上大学，还是985，你们可能不了解，是地球人非常难考的高校之一，课业只怕也很重。这样只怕她太累。”

许宪安和手下们对视一眼，说：“我们的意思是，地球人的大学，就不需要上了。按照我们的计划，她全部的时间和精力，都用来接受本族精英教导和修炼。”

厉承琳想了想，重重叹了口气，眼睛却有意无意瞟了瞟窗外墙根，点头说："我明白了，大统领，让我再想想。这件事，必须征求她父亲的意见。如果陆浩然同意，真真……也不反对，我身为璃黄人，绝不会阻挠你的计划。那也将是真真身为璃黄人的无上荣誉。但是，作为一个母亲，大统领，我希望你知道，没有什么，比我女儿更重要。为此，我会不惜一切代价去保护她。"

……

陈弦松跟着陆惟真，回到房间，看着她在窗前独坐，看着她唉声叹气，看着她时而露出坚定神色，时而愁眉苦脸。

他以为她要么顽抗到底，要么屈服。这事若换成他，大概也是两难，他或许会选择先接受教导——他想的是，只有自己变得更强大，将来无论遇到何种局面，才能更有话语权和影响力。

但他万万没想到，在纠结了几分钟后，陆惟真的选择是——就像一只上了发条的青蛙，满屋乱窜收拾行李。

她，干脆跑了。

半夜三更时，年轻的青龙扛着行李，翻墙而去，不辞而别，御风踩水，连夜离开湘城，天明前就抵达大学所在城市，在学校的山上睡了八天，直到新生报到日。

陈弦松："……"

倒也不失为一种两全的解决办法。

后来，他不知厉承琳如何和许宪安交涉，并没有异星人来找陆惟真，也没有人来干涉她的大学生活。这件"伟大的六五培养计划"，似乎就这样胎死腹中了。

只是陈弦松看着陆惟真一脸虔诚地站在大学校园里，突然就明白了。

这就是她身为半星，二十多年来的生存方式吗？想要靠近人类，又不敢太近；想要保护族人，又不愿侵略。她虽生而徽虎，成年青龙，却一直生活在夹缝里。就像一棵小小的坚韧的草，一直努力抬头，往上生长，小心翼翼，不伤害到任何人，然后尽自己所能仰望属于自己的那一小片星空。

她想要的实在太过平凡，却始终没能真正得到。

和他一样。

她和他的骨子里，原来一模一样。

他们都得不到。

陈弦松重新抬起深渊般的黑眸，看着陆惟真四年大学生涯，如流光掠影，在眼前一闪而过。看着她埋头苦读，门门成绩优异，却依然不会跑关系走路子，什么场合也不会来事儿；看着她和同学们相处得还不错，但到底藏着秘密，未能交心；看着她被男生告白，吓了一大跳，想都没想直接拒绝……陈弦松轻笑出声。

她寒暑假也极少回家，外出打工，挣生活费。她像个普通的人类姑娘那样生存着。而对此，她的父亲，偷偷疼爱，偷偷给钱，父女间永远都藏着小秘密；母亲依旧严苛，对于她离家出走，尤其是在大学荒废修炼之事，始终冷言冷语，极尽讽刺——厉承琳似乎已经不想管这个女儿了，却没有真正强迫她回来。

陈弦松看着她毕业后求职，进的便是朱鹤林、周盈所在的那家公司。看着开头那几个月，她谦卑而努力，却依然遭受人类的不公。看着朱鹤林一次又一次骚扰她，看着周盈把她当牲口一样随意使唤。她忍气吞声，处处忍让。不止一个夜里，她握着拳对自己说："陆半星你要忍，忍字头上一把刀！绝不能就这么辞职，不能让母亲看扁，更不能让上头的人，有借口带走自己。"

尽管这些事，陈弦松之前也知道一些，可如今亲眼一幕幕看得更清楚，他的眼神也渐渐变得阴沉。

当初他该狠狠教训这两人一顿的。哪怕分手，与此无干。

然后，他就看到，在那个夜晚，她踏进了那家餐厅。

看着她左顾右盼，脸色绯红，故作镇定。当她抬起头，明月一样皎洁的脸庞上，双眼明亮如星。她看向了坐在不远处的那个男人，刹那怔住。

她轻呼了一口气，似乎鼓足了勇气，才能走向那个陌生的男人。

陈弦松也轻叹了口气，闭了闭眼，又睁开。

然而他再次看到的，已不是那个夜晚。

他看到一连好几个夜晚，她坐在房间里，望着星空，发呆，又打开手机，看着"松林木业"的微信，把朋友圈每一条都来回看好几遍；看到他第一次亲她的那个晚上，她几乎是失魂落魄地回到家里，痴痴对着墙壁自言自语，很久后，她抬头看天，整个人仿佛已傻了；看到她一遍遍翻看"异星人联盟管理处处长职位说明书"，上面清楚地写道：如遇捉妖师，必夺法器，那是我璃黄旧物……

也看到了，他们决裂的那个夜晚，她喝了一肚子酒，跌跌撞撞飞向周盈的家，她像个孩子一样，睁着一双懵懂的眼睛，趴在周盈家窗外，看到周盈在照顾生病的幼女，她沉默转头离去。而后看到她绑了朱鹤林，恶作剧般的折磨报复，令陈弦松也不禁露出笑，大感畅意。

最后，朱鹤林也跑了，她却如行尸走肉一般，沿着那青黑色的桥墩子，慢慢滑落，很久都不动。

陈弦松突然就不想再看。

够了，真的够了。后面所发生的一切，他都已经知道。她为什么还不醒？他已看遍了她二十余年的人生，她为什么还不肯醒来，她的灵魂，到底藏在这幻境的哪个角落里，像一只乌龟，紧紧蜷缩着？

陈弦松走到靠在桥墩上的陆惟真身边，蹲下，抓向她的肩膀："陆惟真！"

"陆惟真！醒过来！

"和我离开幻境！"

抓不住，她也听不到。

……

"陆惟真！"

"陆惟真！"

"陆惟真——"

……

他突然厉喝起来，一声比一声更加雄浑且透着蚀骨冷意，仿佛要划破她的血肉，直刺到她的心窝里去。原本一动不动的陆惟真，突然猛烈一颤。

就在这时，突如其来的水，四面八方的水，不知从何处而生，朝两人淹了过来。这个世界骤然暗去，月光、村庄、桥墩、树木……统统消失不见。四周只有弥漫的暗黑的水，瞬间淹没陈弦松的口鼻。他立刻奋力划动，一望之下，胆战心惊，只见陆惟真就像一具木偶，一动不动，朝水的深处，直坠下去。

陈弦松是捉妖师，他知道幻境对于一个人来说意味着什么。哪怕只是在幻境中长眠、溺水而亡，一旦堕入了无穷无尽的黑暗，在现实里，这个人只怕永远也不会醒来。他一头往她的方向扎下去。

眼前是一片茫茫的水，漆黑无边。陈弦松一口气游下去很深，才看到水底深处，似乎有光。而一个人影，正朝那光坠去。

暗流涌动，世界昏暗。

等陈弦松接近那光亮处，却已不见陆惟真身影。当他看清水底建筑的模样时，心头一震。

是他的家。

湘城的那个短暂的家。

四四方方的院子，院门虚掩，隐约可见里头的大树，一切都沉在水底。

陈弦松游进院子里。

在这个婆娑幻境里，在陆惟真的心里，在眼前的水底，家中一切，和他离开前，没有任何区别。做了一半的木料和工具，堆在院子里；厨房里还挂着林静边买的腊肉香肠；地上，甚至还有阳光透过树叶，投射下来的影。

一个人，抱着双膝，坐在院子的角落里。

“陆惟真！”

陈弦松游到她面前。

仿佛有千斤重的水波，在两人之间，轻轻摇晃。

她睁着眼，一动不动，无知无觉，无悲无喜。

这里，这个她，就是婆娑幻境的缺陷所在。无根之水，无路之境，无魂之人。

陈弦松托起她的脸，只隔着十几厘米的距离，静静盯着。

婆娑幻境，如梦似幻。刹那半生，为我窥探。你的痛苦与快乐，压抑与怒放，挣扎与坚持，我已全部知晓。你从何处来，想往何处去，我也明了。

……

她不是作恶多端的妖，她是从宇宙深处流浪到我眼前的半颗星。

巨兽窥心，她心有魔障，转身沉沦，而我坠入。

她把自己困在这二十余年的沉默、忍耐和坚守里，困在我们分开的那个雨夜，困在冰凉深黑的水底。

无上大青龙，作茧自缚，不知归去。

茫茫黑暗水底，唯有男人长长的一声叹息。

而后，陈弦松将陆惟真抱进怀里，说：“陆惟真，你醒醒。所有的事，都过去了——今天之前，所有的事。”

静了一瞬，他说：“若有来生，我们……”终究没有说下去。

她在他怀里，依然保持着雕像般定格的姿势。陈弦松的手慢慢收紧，那是足以让她感到疼痛的力量。过了一会儿，两行眼泪，从她的眼中滑落。

一道柔和光芒，从两人周身绽出，渐渐吞没水，吞没院子，吞没一切幻境。光芒无边无际，破除一切，直冲上天。陈弦松抱紧了她，闭上眼睛。于光芒中，身体渐渐往上方浮动升起。

【037】

陈弦松睁开眼，看到一片暗灰色的天空，他猛地坐起。

他在一片碎石砾中，这碎石砾铺了足有千余平米，灰黑坚硬。周围是一座形状奇特的山，远处，光源之门还在天空中发亮，一片片黑色树林，像是一群沉默的矮人，点缀在灰色荒原上。

这就是他和陆惟真踏入巨兽的陷阱之前，所在的位置。

他看到几米远处，趴着个人，腰身纤细，黑发披散。陈弦松两步就到她身旁，刚伸出手，又停在半空中，而后动作很轻地将她翻过来，抱在怀里。

陆惟真双眼紧闭，脸色有些发白，但是呼吸还算均匀。

陈弦松便坐在这一堆黑色碎石砾上，看了她一会儿，才轻拍她的脸："陆惟真，醒醒！"

陆惟真迷迷糊糊的，感觉有粗糙的手指，捏住了自己的下巴。她闻到那人怀抱里熟悉的气息，眼还没睁开，低喃："陈弦松……"

他低声答："嗯，我在。"

陆惟真脑子里一个激灵，睁大眼，就撞进那双可以吞光沉星的眼睛里。

一片荒芜的背景里，她在他怀里，而他低头看着她，一切像是在做梦。

两人一时都没说话，也没有动。

陆惟真反应过来，连忙挣扎爬起来。陈弦松放下原本捏着她下巴、被她挣脱的手，也站了起来。

也许是她才醒吧，心里才会这样恍恍惚惚，如同又长出了一片细细的野草。明明还是这个葫芦，还是只有他们两人，她却觉得气氛好像变得有点怪。

她看向周围："我们是在……巨兽的残骸上？"

“是。”

陆惟真想起了昏迷前的事，想起巨兽的身体被一剖为二，天空那轮巨大的圆月下，跃下的那个身影。他去而复返。

“谢谢你回来救我，多谢。”她说，停了停，叹息一声，像是自嘲，“你又救了我一命。”

她说这话时，眼睛望着远方。陈弦松便盯着她耳边垂下的一缕乌黑长发，答：“举手之劳，不必在意。”

陆惟真又问：“我记得之前听到巨兽威胁你说，不走就来不及，那是什么意思？是不是有什么危险？”她转头看向他。

陈弦松却移开目光，看向远处，语气近乎冷漠：“它胡言乱语，不足为惧。”

陆惟真：“……哦。”

两人同时眺望远方的黄泉河与奈何桥，乌云更密了，一幅风雨欲来的暗黑景象。空气中，仿佛有什么在朝那个方向，不断涌动聚集。陆惟真忽然就感到了一丝不安。

这时，陈弦松从腰包里掏出了玉镜，镜子正闪个不停，仿佛有光泽在镜面上乱跳。陆惟真：“这是……”

陈弦松抬头盯着她：“那个小青龙，就在附近。没有谁的妖气，会跳得像他这样躁乱。”

陆惟真心中一喜，还没等她开口相求，陈弦松已越过她，走了出去：“我带你去找他。”

陆惟真一愣，跟了上去。

陈弦松走下碎石堆，沿着一座山的山脚开始寻找，陆惟真找着找着，忍不住看他一眼，他的神态专注而平和。

她想：他的态度怎么突然变了？在葫芦外，他和许知偃打得你死我活，一脸杀意。后来进了葫芦，她要去找许知偃，他也没给过好脸色。现在却主动说带她找人。

陆惟真现在脑子里，只记得在陈弦松幻境里，发生的那些事。她想：难道陈弦松也记得，是我把他唤醒带了出来，所以他才不和他们计较，帮我找许知偃？但是按理说，幻境筑境者，也即脑意识被操纵者，即使醒来，也会对幻境中发生的一切，毫无印象和记忆。

陆惟真试探地问：“在你昏迷期间，有没有发生什么事？”

陈弦松脚步一顿，眼角余光瞥见她清澈见底的双眼，脑海中闪过陆惟真所筑幻境中，那一幕一幕——婆娑幻境的筑境者，醒来后只会一无所知。

陈弦松答：“没有，什么也没发生，只是睡了一觉。”

“哦。”陆惟真答，“我也是。”

陆惟真松了口气，以陈弦松的性格，肯定不愿意让人知道那些私密过往，不愿让人窥知心底的脆弱创伤——更何况那个人是她。他若记得自个儿弄出的幻境，彼此反而更尴尬。

她不希望他记得。

陆惟真拨开草丛，继续找寻。却没注意到旁边的陈弦松也抬起头，看了她一眼，眼神复杂。

“他在这里。”陈弦松说，陆惟真跑到他身边，只见草丛之中，一条尚算清澈的溪流旁，躺着个人，正是许知偃。

只不过，刚靠近此处，陆惟真就闻到一股浓烈得令人发晕的恶臭……从许知偃身上传来，她不得不先捂住口鼻。连一向定力惊人的陈弦松，也皱眉，他先是屏住呼吸，几秒钟后，还是不得不捂住了鼻子。

许知偃穿的还是掉进葫芦时那身衣服，但是全身上下，都裹着厚厚一层灰黑色半透明的黏液，身体下方的地上，也有一大摊，整个人看起来像是只巨型鼻涕虫……他的胸膛有规律地起伏着，脸色苍白，眉头在睡梦中紧锁，身体微微发抖，仿佛遇到了什么极恐怖的事。

陆惟真和陈弦松几乎同时条件反射想到——他也坠入了幻境。但是谁也没开口说出来。

陆惟真蹲下，刚想把许知偃唤醒，谁知靠得近了，恶臭更迫人，她一时没招架住：“哕……”

刚干呕了一声，身体就被人从地上一把提起——陈弦松把她丢在了身后。陆惟真惊讶抬头，看到陈弦松已换到她先前的位置蹲下，也没捂鼻了，用力拍许知偃的脸：“醒醒！醒醒！”

陆惟真心中说不出是什么滋味，上前两步，蹲在他身边。陈弦松却没什么表情，更没看她。

许知偃的脸都被打红了，也没见醒，眉头始终紧皱着，呼吸也变得急促。看来是在幻境里遇到了什么艰险的事。

“他身上黏糊糊的是什么？怎么会搞成这样。”陆惟真说。

“他可能掉进了巨兽的胃里。”陈弦松说。

陆惟真：“……哦。”

两人才说了两句话，地上的小青龙突然原地打了个滚，蜷成一团，不像小青龙，而像小青虫。他的眉毛也舒展开，发出“嘿嘿嘿嘿”一阵偷笑，然后用刚被陈弦松打干净的脸，蹭了蹭满是黏液的地面，又蹭了蹭，一脸美妙表情。

陈弦松看了眼地上蠕动的人，忽然抬头看了陆惟真一眼。

陆惟真被他这个眼神看得很丢脸，轻咳说：“他可能是做什么美梦了，要不我试试用个光波，狠狠震他一下，看能不能震醒？”

“不需要。”陈弦松说，“你退后。”

陆惟真犹豫未动，陈弦松看她一眼：“听我的。”

很平静的三个字，陆惟真的心却像是被什么给攥了一下，鼻子竟有点发酸，她往后退出几步。

陈弦松从腰包里掏出缚妖索，陆惟真眉毛一挑，却没阻挠。陈弦松将缚妖索抛出，晶莹耀目的光网在空中张开，又突然如蛛网收缩，将地上的小青龙结结实实捆住。光在每一个绳格上流动，锐亮如刀锋。陆惟真不由身上一寒——她记得被缚妖索捆住的滋味，那可真不好受。

果然，许知偃脸上甜美傻气的笑容，消失得一干二净，他的五官因为痛苦挤在一起，身体也开始剧烈抖动。才过了几秒钟，他浑身一震，还没睁眼，手已撑着地面，坐了起来。

陈弦松手一抬，缚妖索松绑、飞起，落到他手里。陈弦松动作一顿，对陆惟真说：“我去清洗一下。”陆惟真看到他手里缚妖索的模样，说：“……好。”

陈弦松没再管地上的许知偃，走到一旁溪边，蹲下清洗法器。

陆惟真忙跑过去，许知偃也睁开眼，看到是她，先是一喜，接着一悲：“半星！我是不是在做梦？你怎么也被收进来了？”

爬起来就要抱她。

哪怕兄弟情比山高比海深，陆惟真也是一僵，伸手挡住，说：“你先别过来……你……先到溪里洗一下我们再说话。”

许知偃一呆，这才反应过来，刚刚一直萦绕在鼻尖的奇臭，竟是从自己身上发出的，他低头一看……

“啊啊啊——这是什么恶心的东西！半星你快救我！”

“救你个头，自己跳水里去！”

许知偃三两步跑到溪边，都没来得及看蹲在溪边的那人是谁，就一头扎进去，把头埋在水面下，半晌没出来。

他在水下干什么？他在拼命搓啊，现在他也想起，自己一个人在荒原里走了一天一夜，后来爬上一座山，找了个看起来很好睡的山洞睡觉，结果却落入了一只巨兽的肚子里。后头的事，他就都不记得了。这些黏液，肯定是巨兽肚子里的。啊啊啊啊恶心死了！完了完了，他在半星面前丢了这么大的脸，这么臭的人，谁肯嫁啊？换他他也不肯啊！

正搓得发狂呢，他忽然听到岸上，半星用一种很奇怪的、他从来没有听到过的柔软语气，问道：“洗好了没有？”

有个男人答：“好了。”

那声音有点耳熟，许知偃一时想不起在哪里听过。

毕竟他和陈弦松只见过一次，而且一上来就是拼死相搏，讲话都带着狠劲儿和喘息，再说一共也没说几句话。

许知偃在水下，耳朵都听竖起来了。

又听陆惟真说：“多谢你帮忙。”

那男的却高冷得很，说：“不必。叫他出来，不想死就赶路。”

这个耳熟的“死”字，突然就令许知偃茅塞顿开，死死死死！他想打死杀死弄死的那家伙，那家伙也一样——他知道岸上是谁了！小青龙如同离弦之箭，从水中射出，刚射到半空，正要发大招，猛然间一股强劲的力量迎头就拍了下来，小青龙都还没来得及放句狠话，就被这一巴掌拍回了水里……

陆惟真放下手掌，鉴于上次的经验，她早有防备，上次是她精疲力竭突如其来，没拦住也拦不住。这次决不能让许知偃再找事，陈弦松都不计前嫌救他了，再打起来，大青龙只能狠揍小青龙了。

陈弦松也看到了这一幕，陆惟真转向他，讷讷道：“得让他好好说话，别动手。”

陈弦松却已起身离开溪边。

陆惟真一怔。

那头，小青龙呛水呛得呀，陆惟真这一巴掌拍得可不轻，他都咳得半死不活了，勉强抬头，看着陆惟真，骂道："半星你有病啊，拍我？帮一个捉妖师？你是怎么掉进葫芦的，是不是被他踹进来的？你们同归于尽了对不对？干得漂亮！"

陆惟真简直不想听他再说下去了，这小青龙的破脑子啊！

她神色冷冷："你过来。"

许知偃慢吞吞地划水到她面前，一副不情不愿的样子。

陆惟真蹲在岸边，抱着膝盖，脸上一点笑容也没有，盯着他："我和他已经和解了，从此无仇也无怨。而且他刚刚还救了我的命，也帮了你。如果没有他，我们根本就不可能出去。璃黄人恩怨分明，你自己想想该怎么做。你如果再对他不客气，我绝不会坐视不管。"

然而小青龙有时候像个硬骨头，有时候又是个多么软萌的人啊。他默默想了一会儿，问："他救了你的命？"

"对。"

"他帮我什么了？"

"没有他的玉镜，这个荒原无边无际，我下辈子也找不到你。而且刚才你昏睡不醒，也是他想办法把你唤醒的。"只是陆惟真没提用的是缚妖索暴力"电击"。

小青龙发了一会儿愣，干脆点头："行，既然他有意示好，那我就勉为其难也和他两清。不揍他了。"

陆惟真心想：你不去找挨揍才对。

"起来，快走，赶路。"她站起来，小青龙从水里爬起来，跟在她身后，又嘀咕道："不对，这么算，我好像还欠着他的，他杀我，我杀他，扯平了。他又救我一命。"

饶是前路茫茫，陆惟真也忍不住笑了一下，到底是许知偃啊，她说："嗯，对，你知道就好。"

两人同时抬头，望向已独自一人走出山脚范围的陈弦松。许知偃忽然又在背后问："半星，你喜欢得死去活来的那个人，就是他对不对？"

陆惟真说："不是，别胡说八道。"

许知偃拉住她的后衣摆："你喜欢谁都行，一个男人而已，算得上什么。但是他不行，陆半星，他是捉妖师，还是大捉妖师。"

陆惟真沉默片刻，也没回头，说："你想多了，他不会喜欢我的，我们也不可能在一起。"

她这么说，按理说许知偃本该放心一些，可为什么他心里更不是滋味了呢？他抬起头，前方的大捉妖师和眼前的半星，明明隔了有几十米远，为什么他却感觉到有一种奇怪的无形的联系，存在于他俩之间？

而他……是多余的。

这个念头一冒出，许知偃的百转柔肠立刻消失得无影无踪，全变成一股子酸劲儿。他眼珠一转，开始暗戳戳挑拨："我也觉得他不喜欢你。你看，他都走那么远了，根本没想过等你。男人要是喜欢一个女人，哪怕跨越种族、世代家仇——大捉妖师和大青龙又怎么样？也会想着办法去克服。他心里要是想着你，就一定会等你，怎么会舍得和你离这么远，让你跟我走在一起呢？他都不吃醋啊。"话一说完，他自己都觉得自己是撬墙脚的天才！

却没想到，陆惟真听到后，只是微微一笑，很平静的样子。

这超出了许知偃对感情的理解能力，他莫名其妙："你还笑？笑什么？"

陆惟真抬起头，望着远方那个身影，说："因为已经够了啊。"

她在幻境里说的话，没人听到，他也永远不会知道，但那是真的。她早就已放弃了心中那点渺茫的、不敢对任何人提起的奢望。她早已心平气和。

她已明白了他的人生。她比以前更清楚，他是个多么珍贵的人。

只要他好好活着，只要他能平安离开幻境，就够了。

【038】

陈弦松抬头，望向远方。剩下的荒原，一马平川，奈何桥还是个小黑点。哪怕他们全力赶过去，至少还需要三个小时。

风，不知何时停了。云，在天空不动。通往奈何桥的这条路上，头顶的黑云越来越多，越来越浓密。但它们只是安静聚集，不再翻滚涌动。一切，恢复得就像他们刚入葫芦时那样平静。

这些景象，陈弦松从碎石堆上醒来时，就已注意到。

某些变化，在他陷入幻境昏迷时，已经完成。

他偏过头，眼角余光瞥见，陆惟真已带着人，跟了上来。陈弦松忽地转头，重新向前。

他开始全速奔跑，看起来就像荒原上的一头敏捷猎豹，肩膀、手臂、大腿……每一处的肌肉都随着强劲的节奏起伏，爆发力惊人。

陆惟真和许知偃看得一怔。脑海里居然冒出同一个念头：这要是只靠自己的双腿，这辈子都撵不上这个肉体凡胎的地球人！

但是许知偃顿悟了！阴险啊，秀肌肉！要不然捉妖师跑个步怎么都如此健美性感？他冷哼一声，足下御风，如一支飞箭，朝捉妖师直追过去。

陆惟真也御风直追，忽地一愣，又试了试身体里的力量——全恢复了！她又是一个大青龙了。她心中很高兴，又瞄一眼远处的陈弦松，心想若再遇到什么危险，她便可以挡在他前头。

不让他……再为了保护别人受伤了。

很快，许知偃就超过了捉妖师，他还故意在捉妖师面前晃了两下，可惜人家根本不看他，只赶自己的路，全速奔跑。

被无视的许知偃：“……”

吸引不了陈弦松的注意，许知偃竟有些失落，他又在空中连翻三个跟头，冲到前面去，保持百米左右的领先优势，一马当先，舍我其谁，这才又得意起来。

陆惟真追到陈弦松身后几米远，保持这个距离不变。陈弦松察觉了，回头看了她一眼，那目光依然幽深没有温度。陆惟真心中莫名咯噔一下，又偷偷打量他。他的脸上已一层汗，脸色有点红，背心也湿透了。

陆惟真说：“我恢复了。”

他说：“好。”

“路还有那么远，你要不要保存体力，我拿风助你？”陆惟真说，“你帮了我那么多，我也想帮点小忙。”同时手一抬，一道风就悬在陈弦松背后。只要他点头，陆惟真便能帮他加速而行。

陈弦松静了一瞬，语气冷淡：“不必。”话音未落，身影骤然一闪，消失了。陆惟真一滞，抬头望去，他的身影出现在数百米远处，甚至远远超过了许知偃。陆惟真默然，慢慢加速，又追上去，只是这一次，隔了十余米，不再靠近。

许知偃一看，喊，犯规！居然用法器。他于是一顿狂飙，又超过了始终当他不存在的陈弦松，这回留了个心眼，大概保持了五百米左右的绝对领先优势，这才心满意足地一个人在前头飘。

三人跑了大概有一个小时，其间陈弦松瞬移十余次。这时，头顶的黑云已经很多很密了，有种昏天暗地的感觉。远远地，已能望见奈何桥上方，那一大片遮天蔽日的黑色云层，在聚散翻涌，仿佛大雨将至。

陆惟真和许知偃虽能御风，却不是永动机，这么全速前行，也很疲惫。

陈弦松忽然站定，说："休息五分钟。"

陆惟真跟着他停下。陈弦松直接席地而坐，从腰包里掏出水壶，连灌几大口，头也没回，把壶丢过来。陆惟真一把接过，她知道出口就在前方，节省已不必要，更应全力以赴，她也连灌几大口。然后她看向远处，累得佝偻着腰，还在御风奔跑而不自知的许知偃，问："能让他喝几口吗？"水还有大半壶。

陈弦松双臂撑在草地上，看着前方，依然不看她一眼："随你。"

"谢谢。"陆惟真大喊，"许知偃——"

许知偃一扭头，这才发现他俩凑在一块呢，他突然意识到，自己一直跑前头拿第一，岂不是正好给了他们独处的机会？鱼与熊掌到底不可兼得。

他转身就往回跑，一直跑到陆惟真身边，往两人中间的空地一杵，气这才顺了几分。

陆惟真把水壶丢给他，叮嘱道："喝两口就行，省着点。"这个道理许知偃自然懂，喝了两口，缓过劲儿来，就乖乖不喝了，还给陆惟真。陆惟真盖好盖子，丢给陈弦松，陈弦松塞进腰包里。

许知偃陡然一僵。

这是……陈弦松的水壶？

他和捉妖师，嘴对嘴喝了一壶水？还有半星，也对了嘴？

许知偃默立半晌。

虽说成大事者不拘小节，但这么一搞，他都不知道自己到底是占了便宜，还是吃亏了……

陈弦松站起来："继续。"

三人继续赶路。

这回，许知偃虽然还飘在前头，但是留了心眼，只领先了两百米，可进可退，还可以偷偷观察那两个人有没有在自己背后搞小动作。

然而那两个人，一路无话。

其间，陈弦松又让休息了一次，还拿出了足量的压缩饼干，居然还有三个牛肉罐头，三人一扫而空。陆惟真明白了，这是为了最后冲刺，补充体力。前几天，陈弦松根本没提有罐头，自己也没舍得吃。

奈何桥前百余米。

陈弦松站定，陆惟真和许知偃分立在他身后，三人望着眼前光怪陆离的景象。

原来，荒原的终点，是一条河。

黑色的大河，约莫有四五百米宽。河水黑得没有一点杂质，波涛汹涌，水声轰隆。就像有无数野兽，在水下涌动、撞击。但你什么都看不到。

这条河很长很长，它横跨了视线可见的所有边界，将荒原阻断，看不到起点，望不见终点。

在河的背后，大概两公里远处，就是他们之前望见的光源所在。现在可以清楚看到了，葫芦幻境的尽头，地平线的终结点，是一片朦胧璀璨的光。它就像一扇竖在天空中的光之大门，你看不到门的那一头，是什么。

要抵达大门，必过黄泉河。

要过黄泉河，必过奈何桥。

那是一座很旧的铁桥，铁链铁索，铁板铺就，处处闪烁着冰冷昏暗的光泽，湿意弥漫。桥面只有一人宽，长长一条，悬在水面上方十余米高处。

奈何桥上空，天空变得很低，似乎在幻境出口附近，空间也更拥挤狭窄。他们曾经远望见的那些黑云，现在看得更清晰。它们就像是浓墨被泼洒在天空中，各自翻滚，又片片交叠相连，足足连接成一大片有几千平米的巨型黑厚云，笼罩住奈何桥上方的整片天空。它们就像是由无数小旋涡聚集成的一个超级大旋涡，又像是无数鬼怪成群结队，低头凝视着地上的人。

此情此景，令见惯了大场面的大小青龙，心中都有些发寒。

天上的云和地下的河，都在翻腾滚动，绵延覆盖，只有一道长长细细的孤桥，直通其中。许知偃忽然说：“感觉像走进了恶魔的嘴里。”

陆惟真看向陈弦松，她听他的。他说进就进，他说停就停。他说要做什么，她都可以。不管前方有什么，她都不在意。

陈弦松抬头看向她，双目对视一瞬，他什么也没说，拔出光剑。

陆惟真双臂一振，全身能量场蓬勃而起。

许知偃见两人不声不响都亮了家伙，也知这条桥上或有艰险，他也不玩了，沉默下来，调动能量场，严阵以待。

陈弦松说："小青龙打头，陆惟真第二，我殿后。"

陆惟真和许知偃同时说："不行！"

陆惟真看了眼许知偃："你先闭嘴。"看向陈弦松，"我殿后。"许知偃哪肯闭嘴，说："为什么是我打头，捉妖师为什么不第一个？"

陈弦松的神色很沉静，照旧没理小青龙，看了眼陆惟真："过来。"转身就走。陆惟真跟着他走到一旁去，许知偃想跟，被陆惟真狠狠踩了一脚，不敢了。

两人站在一片荒草地里，耳边是江流的奔腾声，天地昏暗，四野茫茫。一时间，两人心中却都涌出某种寂静的感觉。

陆惟真看着他，他却看着桥。

"小青龙实力最弱，让他走最前，尽快过桥，免得拖累我们。"他说。

陆惟真点头："明白了。桥上，会遇到什么？"

暗暗的光线映在他脸上，仿佛被暮色笼罩的样子。他笑了一下，挺冷的样子，说："谁知道呢，或许是一些厉害的无色鬼。或许它们并不敢靠近，我们过了桥，就不会再有事。"

陆惟真心中定了几分，大小青龙，加一个法器俱全的大捉妖师，只有这一小段路程，再厉害的无色鬼过来，顶多和巨兽一样的青龙，应该也能应付。

"我殿后。"她说。

陈弦松依然望着桥，嗓音冷淡如初："你忘了我说过的话？大青龙的精血对它们来说，诱惑最大，我不会有危险。你如果殿后，我反而要分神回头救你。你在中间，我和小青龙可以双面夹击，同时助你。这样对于我来说，反而最省事。"

陆惟真便找不出反对的理由了："……行。"

他沉默下来，陆惟真转身刚想走，他喊道："陆惟真。"

陆惟真抬头，他终于看向了她。

这竟是进入葫芦以来，他第一次这样正面注视她，不再无视，不再冷漠，不再焦躁克制。他的目光深邃、平静、专注。

陆惟真便仿佛被人施了定身咒。

他说："等过了桥，出了葫芦，我们就桥归桥，路归路。你忘了陈弦松这个人。"

陆惟真："……好。"

"大青龙，以后务必继续惩恶扬善，克己克欲，时时珍重，好自为之。"

"……是。"

"若遇到捉妖师为难，不理解你的身份和作为，就同他提陈氏弦松是你故友，或许能有用。"

陆惟真擦了一把眼泪，用力说："你也一样，如果遇到棘手的大妖，就提湘城陆半星。"

他干脆点头："好，多谢。"

陆惟真只想马上过桥，刚转过身，身后人已靠近，手臂被人抓住，陈弦松已低头狠狠吻下来。陆惟真如遭雷击，僵立难动。他却不管不顾，牢牢扣住她的手腕，舌头长驱直入，极其用力地亲着她，仿佛要将她全部的气息和柔软都吞咬下去。陆惟真全身都在发抖，流着泪，被他这样对待着。

不远处的小青龙本就在偷窥，谁知他们一言不合就亲上了！他看得清清楚楚，还是强吻！他就知道这捉妖师一肚子龌龊坏水！刚要冲过来搞破坏，就见捉妖师抬起眼来。陈弦松单手抱着陆惟真，另一只手里还握着光剑，剑身光芒浮动，清冷的眼，盯住了许知偃。

许知偃脚步一停，心中也"哐当"一下。

他倒也不是怕捉妖师发飙砍人还怕光剑太牛……

只是捉妖师那个眼神，怎么就像死了老婆似的，看着瘆人，还叫人心里有点堵呢。

陈弦松已松开陆惟真，退开两步，脸上依然是那副清冷无波的表情。陆惟真的舌头和嘴唇却都被咬疼了，她红着眼盯着他："你做什么？"

他笑了一下，那股子很少流露人前的不羁劲儿透了出来，说："你不是总觉得欠我的吗？现在还清了。"不再看她一眼，朝桥头走去。

陆惟真心里就像堵了块石头，锋利的棱角一寸寸在磨她的心脏。他突如其来的这一下，既让她无措，又令她难受。

却又有个念头莫名闪过脑海——她曾见过的，那个又凶又漂亮的少年，分明一直活在他的灵魂里，就像现在。活在捉妖师清正克己、舍生忘死的面孔之下。

陆惟真的脸也彻底沉冷下来，经过许知偃身边时，将蹲着假装在看河水风光的小青龙，一把提起，远远丢到了桥面上。小青龙怒道：“走就走，扔我干什么！”看一眼陆惟真的脸色，再看旁边陈弦松同样冷酷的脸色，接下来的话不知怎的，又憋了回去。

许知偃大步上桥，而且不计前嫌地喊道：“半星，跟紧我！”

陆惟真低头上桥，走了几步，听到身后那人，也跟了上来。

就在陈弦松一只脚踏上桥面的一刹那，腰包中的玉镜，骤然暴起、疯狂撞击，撞得腰包整个都开始颤动。陈弦松一把按住腰包，沉默地继续朝前走。

许知偃和陆惟真都御着风，步伐极快，随时观察着桥两侧的情形，主要是防着是否有无色鬼从水里突然跃出攻击。

一路，头顶的云层、脚下的河水，似乎都没什么变化，一直涌动着，但没有别的动静传来。

许知偃和陆惟真都稍稍松了口气。

许知偃过了桥中线。

陆惟真也过了中线。

就在这时，在外游历过三年、知觉敏锐远胜常人的小青龙，脚步突然一顿，耳朵猛地一动，大喊道：“半星，跑！”人已如离弦之箭，朝对岸射去。

陆惟真的身形也是一滞，寒意如同霜雪浸遍全身，然而她根本没有如许知偃所愿向前跑，反而一下子刹住脚步，转身回望。

陈弦松和她隔了有十余米，正手持光剑、低头疾奔。

此时此刻，他的身后，天空中的巨大黑云旋涡，和桥下汹涌如黑龙的河水，同时合围、涌至桥上。它们接成一片黑色密集的巨阵，又仿佛怪兽终于张开血盆大口，朝困于正中的捉妖师吞噬而去。

捉妖师的手已按在腰带上，身形刹那模糊，即将瞬移而去。与此同时，他猛地朝半空中一跃，快上加快，想要一瞬间逃离。

然而无数只黑色的、粗大的、细小的触手，同时从黑潮中涌出，以比瞬移更快的速度，从四面八方，抓住了捉妖师的身躯。陈弦松本已跃至半空、变得半透明的身体，被它们硬生生拖拽回去，恢复原形。

陆惟真如同一道光，直射过去。

第二股黑潮涌上桥面，如法炮制，抓住陆惟真闪电般急速飞来的身躯，将她往后丢了出去，陆惟真摔在桥面上，连滚数圈。

而在陈弦松落入它们手中的一刹那，他手中光剑猛地挥落，雪白巨月浮现。

然而与庞大密集到可以噬日吞月的黑潮相比，从来无敌的巨月竟是惊鸿一现。

千千万万道触手，再次伸出，抓向捉妖师的巨月。巨月瞬间就被吞噬掉大半，月坠泥潭，不见踪迹。而在被束缚住的陈弦松身后，那浓烈翻滚的黑潮深处，竟隐约有无数大妖的影子浮现，明明暗暗，此起彼伏，每一个都面目狰狞、七孔流血、面含怨恨。

“陈氏之子——纳命来！”千万个声音在空中齐齐怒吼，那声音妖异、嘶哑、歇斯底里，只震得人心惊肉跳。

一切发生在一瞬间。

它们太快，快得可以抓住瞬移的捉妖师，快得可以一招制住无上大青龙，快得眨眼就吞噬巨月，进而吞噬陈弦松。

陈弦松全身都被黑色触手紧紧缠住，他的额上青筋暴起，身上每一块肌肉都紧绷如铁，眼眸冷厉如染血。他的手臂剧烈颤抖，想要再度挥剑斩落，然而背后的黑潮涌出，剑身已被吞噬。

然后黑潮漫过桥面，从他的脚底开始上涌，淹没过腿、腰、胸膛、双臂……他整个人不由自主腾空而起，完全陷入泥沼。腰包被脱去，腰带也被扯掉，它们统统掉入黑潮里。而那些黑潮，仿佛已和他融于一体，已长在他身上了。

陆惟真在桥的吊索上连撞数下，人还没停稳，已跌跌撞撞想要爬起，她一抬头，就看到陈弦松的脸被黑潮吞噬的那一幕。

他只有一张脸还露在外头。

那是一副什么样的表情呢？他脸上的肌肉每一寸都紧绷着，近乎扭曲；他连眉梢都在抑不住地颤抖，但是他看起来是那样执拗，眉宇间写满不屈和刚毅。

然后他也看到了她，四目非常非常短暂地凝视。

当他看向她时，眼中竟有某种沉静的情绪。这份沉静，自他从幻境醒来开始，就沉淀在他的眼底。

沉静到近乎温柔。

他用口型无声对她说："逃！"

陆惟真突然如醍醐灌顶。

他知道。

他早就知道，在葫芦的尽头，会有万妖来袭，知道会是他难以逃脱。

他全都知道。

陈弦松的脸，转眼没入黑潮中。

黑潮卷动，万妖沸腾。

捉妖师已完完全全，被它们吞噬，不知所终。

陆惟真就像一根腐木，站在原地，一动不动。一个人，对着一片如山高的黑潮。

桥的另一头，光源依然盈盈照耀，纯洁清澈。

桥上，黑潮铺天盖地，几乎覆盖这一整片天空，覆盖整条长河，云与水已融于一体，它们剧烈地翻滚着、涌动着、伸缩着，仿佛正在共同享受一场酣畅淋漓的饕餮盛宴。

许知偃都快跑到桥头了，一听身后还没人跟上来，霍然回头，恰好看到陈弦松被吞掉那一幕。他只觉得全身发麻，腿也发软。他这辈子都没见过这样多的怪物，这是万妖集结！陈弦松是有能和两个青龙对抗的实力，也眨眼就被灭！这谁能打？跑，得赶紧跑！

陆惟真怎么还站着不动？他简直要急疯，刚想再次叫她一起逃命，谁知下一刻，他就被惊得魂飞魄散——陆半星如同一支渺小无比的光箭，平地疾速拔起百余米高，朝那黑潮，无声无息直射过去。

【039】

陆惟真面前，是一片沸腾的黑海，它铺天盖地，绵延无边，仿佛一堵不可逾越的高墙。墙面之上，就像是有无数黑蛇黑虫在蠕动、缠绕。

陆惟真悬停于高墙前二十余米位置，目光冰冷狠辣，如鸟展翅，一轮完全不输她与陈弦松山顶之战时的三色能量波，从她背后炸裂而生，犹如一颗恒星降临。

磅礴黑墙，因此一震。

一时间，仿佛有万妖在墙内尖啸嘶吼，无数只黑色触手，从墙面分裂而出，与那一颗彩色恒星对峙。

许知偃还远在桥头，看到这一幕，心惊肉跳。

陆半星不要命了。

她为了那个死捉妖师，真的连命都不要了。

许知偃的鼻子突然酸得厉害，打不过的啊，小半星，你虽然一直是个傻乎乎的好姑娘，可也要懂得趋利避害啊！就算再喜欢，再舍不得，也不能明知是送死，还要上啊！

小青龙抬头，看着天空中那一颗孤零零的恒星，又转头，看了眼不远处的光之大门，叹了口气，脚下风龙突起，便如同第二道渺小光箭，朝陆惟真直射而去。

当然，他可不是去为捉妖师送死的。

天上那个，是他兄弟，最好的兄弟，心肝小宝贝。他这么机灵的人，当然是上去捡漏的，时不时搞黑墙一下，搞不赢也恶心它一下；要是情况不对，他立马拉上陆惟真，逃命去。

顷刻已至。

陆惟真刚要发作，身边多了个人。许知偃一脸没好气的样子。

陆惟真："你快走。"

许知偃说："我不走，就不走。你上赶着送死，兄弟一场，我总要来替你收个尸。难道你想和捉妖师一样，被这些恶心的东西拖进去？瞧你这细皮嫩肉的。"

陆惟真："……"

再悲壮再狠绝的心情，只要这家伙一开口，气氛就往某种奇奇怪怪的方向去了。

但她望着小青龙明亮坚定的双眼，心中涌起暖意，说："情况不对你就走，站我背后。"

小青龙绝不逞强，立刻飘到她背后。

陆惟真再次看向黑墙，当她开口，声音明明不大，却像有一条河在空中无声奔流，方圆千余米，都听得清清楚楚。

她说：“我是璃黄厉氏，厉承琳之女，异星人联盟湘城管理处处长，三属上境大青龙。立刻放了捉妖师，否则，就是与我为敌，我必将报仇雪恨，不死不休。”

她身后的许知偃也开口：“你们也都给我听着，我是异星人联盟大中华区大统领、最高指挥官许宪安最宠爱的小儿子——小青龙许知偃！识相就立刻放人，否则我叫我爸带兵进来灭了你们！”说完还朝陆惟真挤挤眼，心想半星可以啊，没有被爱冲昏头脑，有勇有谋，还知道先拿身份权势压人。虽然葫芦里的妖怪都是些死鬼，生前毕竟也受异星人联盟管束，必定有所忌惮。

果然，黑潮中的尖啸声渐渐平歇，那些黑色触手也停在原地，没有靠近他们。

陆惟真想起最初遇到无色鬼时，陈弦松说过的话。他说那些低等无色鬼，无神无智，会来攻击她；反倒是大妖，可能会忌惮她的身份家世。现在看来，或许是真的。

只是，在桥上时，他是故意诓骗她的吧？说妖怪都会冲她去，又冷言冷语让她不要给自己添麻烦。陆惟真这一路都对他言听计从，习惯性退缩，免得惹他不痛快，当时也就没有细想。

结果她走在中间，前后都有人保护。他留在了最后。

以前怎么就不知道，他这么会骗人呢？

这时，一道灰色的、足有一幢房子那么粗的光柱，从黑潮中射出，直冲上天，一团光又砸落下来，渐渐幻化成一只足有二十米高的妖怪。它似龙非龙、似虎非虎，灰面獠牙，身体千疮百孔，瘦骨嶙峋。

陆惟真看清它的样子，一怔，有点眼熟。

紧接着，是第二道光芒。

第二只妖怪，落在奈何桥上方的天空中。这只虽比第一只小，只有十来米高，却是人首蛇身，尾巴足足盘了四大圈，皮剥骨露，缓缓抽动，看着非常瘆人。

然后是第三个。这一个，生前应当是巨人族，虽是人形，也有二十多米高，没有皮肤，一身骨骼外露，却还有一些腐肉生于骨头间，仿佛行尸走肉。他睁着一双井口大的眼睛，眼珠里却只有灰白色，俯瞰着他们。

第四个。亦是巨兽，身高和第二只差不多，呼吸粗重，骨骼劲瘦，爪牙锋利，眼露凶煞。

黑潮停止涌动，四个巨型灰色鬼，也是四个大青龙，盘踞在奈何桥上空，与二人对峙着。

许知偃一脸强横凶恶，后背却已满是汗水，妈呀，四个大青龙？他还是个柔弱的小青龙，就算加上陆惟真，也抵不上人家一半。更何况黑潮里，还有数不清的徵虎、归犬、白雀，加起来更恐怖。

陆惟真的脸色没有一丁点变化，抬头，直视着他们。

为首的大青龙，也就是第一只出现的巨兽，它往前一步，低头看着脚边那小小的人影，竟然咧嘴一笑。

它的声音雄浑如雷鸣："大小青龙，我乃三年前，终南山大青龙。"

许知偃心里"啊"了一声。三年前，终南山大青龙作怪，他也有所耳闻。只知道那是个厉害得不得了，也残忍得不得了的大妖，害死了很多人类和异星人。当地处长带兵去都搞不死。后来据说还是个路过的超厉害的捉妖师干掉的。没想到居然在葫芦里遇上了……等一下，这是不是说明，那个他以前觉得超有个性、超神秘、超大气的捉妖师，就是……陆半星的小心肝儿？

只是，这终南山大青龙，生时，就有当世第一青龙的称号，现在还加上三个不知道从哪个古代来的大青龙，这可如何是好？

陆惟真却似乎并不把这臭名昭著的大青龙看在眼里，她说："原来是你，还没死透啊？"

终南山大青龙一滞，怒意已涌上鬼脸，身后的三个大青龙，也齐齐躁动。

终南山大青龙冷笑，喝道："你一个大青龙，为何要替捉妖师出头？我们皆是为陈氏所收之妖，生生世世在这葫芦里受尽折磨，与陈氏不共戴天。陈弦松既进了葫芦，又不知收敛，暴露法器，引得我们万妖前来，是他自寻死路，我们如何能放了他？哪怕你们身后站着厉氏、许氏，站着大统领，也绝没有阻止我们找捉妖师报仇偿命的道理！退下！"

许知偃是后来才和他们相遇的，听得似懂非懂，小声问陆惟真："陈弦松到底干了什么，把它引来了？"

陆惟真却像是没听到，眼睛定定的，问："他暴露法器？暴露什么法器？"

终南山大青龙哼笑一声说："那把光剑！那把斩过我们所有人，染过我们心头血的光剑！他还爆出了那么大的光波，在葫芦中，隔得再远，我们都会被吸引前来。他既为持剑者，怎么会不明白这个道理？还如此托大，使用光剑，自掘坟墓，他不死谁死！”

却只听得陆惟真喃喃道：“原来是这样。”

许知偃：“怎样？”

陆惟真说：“我到现在，才明白。到现在才明白……”

许知偃有点慌了：“明白什么啊？”

陆惟真没答，她的背微微前弓，双手也缓缓抬起，背后的那颗彩色恒星，竟进一步膨胀扩大，而她就像背负着恒星的小小的蜗牛，低着头，你却觉得她的身影此刻就像一座沉默的山。

终南山大青龙，抬起头。

“厉氏青龙——”四个大青龙同时开口，像是一个声音，又像是万道妖音，齐齐怒吼，天地都为之震颤。

“退下！”它吼道，“我们与你，井水不犯河水，只要捉妖师。否则，杀无赦！”

“退！”

“退！”

“退！”

“杀无赦！”

“杀无赦！”

“杀无赦！”

万妖狂潮，声震云霄。

陆惟真背负恒星，慢慢抬起头。许知偃一把抓住她的衣袖，对她摇了摇头。

陆惟真也摇了摇头，说：“我不退，你保重。”许知偃的心顿时就跟下了油锅似的。

陆惟真看着四大青龙与黑潮万妖，平静地说：“谁杀陈弦松，我就杀谁。”

话音未落，恒星升起，朝四个青龙撞击过去。许知偃看得眼都红了，他是最了解陆惟真的，平时又软又糯，混吃等死，是个面人。但她若真的发了怒，跟人玩命，那就哪怕只剩一口气也会死扛到底。许知偃好想哭，真要玩命？他能怎么办，自己的人，提着头上也要护着！小青龙一声暴喝，光芒在身后炸开，也跟着陆惟真冲了上去。

四个青龙跃至高空，同时怒吼，只震得黑潮更加翻涌，震得奈何桥“哗啦啦”作响。无数道光芒，从它们身体里绽出，白色、蓝色、黄色、金色、绿色……风火土金水木，所有元素能量齐聚。这些光芒，汇聚成一颗比陆惟真的恒星，大上三倍的浑圆光球，朝他们对撞过来！

许知偃眼睛都瞪圆了，这怎么打，单方面碾压啊！和人家相比他真的是个渣渣。他就像一条抛物线似的，迅速逃窜出光球的攻击范围，同时大喊：“半——星——要——不——还——是——算——了——吧——”

陆惟真像一个光点，快速射向高空。她的光球虽不如四青龙的大，却更灵活，也跟着她升起。四青龙的大光球一击落空，迅速回升，追了上去。四个青龙也腾空而起，向陆惟真攻去。

陆惟真就像没看到它们似的，这时她已升至黑潮的上方，双臂齐推，恒星坠落，朝黑潮撞去。

“轰隆——”惊天动地一声巨响，那黑潮被撞凹下去一个坑，无数妖的惨叫声响起。但是陆惟真的恒星，也残缺得只剩三分之二。数不清的触手抓住恒星，就像它们吞噬掉陈弦松的圆月一样，开始蚕食。

谁知就在这时，陆惟真自己一头朝黑潮撞去，撞入残缺的恒星。此时，人在星中，星在人中，她就像个御星者。恒星光芒第二次爆发，反过来吞噬掉许多触手，又往黑潮中推进了一段距离，双方一时竟陷入了胶着。

四个尾随而来的青龙，见状大怒，齐齐吼道：“找死——”它们的前爪同时往下一拍，大光球骤然加速，甚至进一步膨胀，灰色的天地，都被这恐怖光球照亮。大光球朝陆惟真直撞而去！

正躲在下方安全地带的许知偃，一看这情形，知道要完！陆惟真以身为刀锋，深入黑潮，已无路可退。到他出场的时候了！他从下方也直飞上去！

陆惟真也注意到了背后的攻势，那硕大的光球，足以灭了她。她看着眼前正在深深凹下去，且正在自动修复回弹的黑潮，她已往里突进了这么多！可是她的光球，也被吞噬掉大半。她根本没有把握，能将这黑潮彻底撞破一个口子。

只是，如果她现在逃了，就是前功尽弃。陈弦松还能有生机吗？

这个念头一浮现，陆惟真的脑海里一片决然与清明，她双臂一振，几乎超出身体负荷上限的能量场，再次炸开。她的恒星再度绽放异彩。第三次，她朝黑潮撞去！

而她的身后，无比巨大的光球，来了！

再度撞上黑潮的一刹那，陆惟真似乎听到了某种破裂的声音和万妖哀号。她抬头望去，心中一阵狂喜，只见原本密密麻麻的黑潮墙面上，果然出现了一道又长又深的裂缝，里头隐隐有光。然而，还没等她的手触碰到裂缝，它已迅速修复合拢，那条裂缝消失得无影无踪。

陆惟真一怔。

巨日一样的光球，朝她的后背覆盖上来。耗尽全部能量的陆惟真，就像一只小鸟，被轻飘飘地撞飞了出去。光球正要碾压而上，将她彻底吞没，一道细细的光影从下方直射过来，那人用自己的后背挡住了光球，并将陆惟真一把抱起，往外飞去。

两人同时于空中喷出一口鲜血。

陆惟真软在许知偃怀里，一把抓住他的衣襟。

许知偃一个字都没说，连飞带纵，转眼带她逃离光球的攻击范围，落在奈河桥上。他又几个飞纵，过了桥，往前直奔百余米，到了一片树林里，小青龙一头栽倒在地。

陆惟真爬起来，连忙抱住他，却见他脸色惨白，双目紧闭，嘴角全是血迹，衣服上也是，已经昏死过去。

陆惟真眼睛一红，大喊："知偃、知偃！"她抱紧他，眼泪夺眶而出，霍然抬头，只见奈河桥上，黑潮万妖依然铺天盖地，不停涌动。而那四个大青龙，守在桥头，没有再追上来。

陆惟真抱着许知偃，一动不动。过了一会儿，她感觉身体恢复了些力气，又抬头看了眼黑潮万妖。然后她俯身背起许知偃，朝光之大门飞奔而去。

两公里的路，转眼就到了。

陆惟真背着许知偃，抬头看。

光之大门足有百余米高、四五十米宽。灰色的背景里，它看起来纯洁璀璨。门内，无数斑驳的光在流动，你根本看不清里头到底是什么。

但是陆惟真相信陈弦松。这里就是出口。

她一步步走向大门。

终于，到了跟前。即使站在门口，柔和洁白的光，也已笼罩住她和许知偃。

陆惟真抬起头，望着大门，心中升起一股即将没顶的悲伤和虔诚。她把许知偃轻轻放下。虽然这家伙挨了那么一下，又吐了血，但是他一向身体健壮，陆惟真刚刚探他的呼吸脉搏和能量场都很稳定，不会有事。

陆惟真摸了一下他的头，说："知偃，谢谢你，保重。"然后将他推进那虚影交织的门中。

就在这时，一只手突然从门内伸出，抓住了她的手，死死抓住。

许知偃竟在这时醒了，只是他整个人都浸在光里，看起来就像一道虚影，唯有伸出来的半截手臂，是真实肉体。

许知偃咬牙切齿地说："半星，你要干什么，为什么不和我一起走？我们都已经到这里了！"

陆惟真很温和地说："松手，你先去，探探路，我很快就来。"

许知偃说："你疯了吗？刚刚你也看到了，救不出来的！而且过去了这么久，说不定他早就死透了！刚刚你差点把命搭上，已经仁至义尽！现在回去就是送死，他在地底下知道了也不会怪你！跟我走，求求你，跟我走！"

陆惟真的眼睛模糊了，说："知偃，你不明白，我没有路可以走。"

"我怎么就不明白了？"许知偃吼道，"不就是个男人吗，给你，都给你！只要你肯跟我出去，将来你要哪个男人，捉妖师也好，妖怪也好，我都给你捉来，行不行啊？"

陆惟真听他胡言乱语，又笑了出来，说："除了他，谁也不行。知偃，你不知道，一开始，我骗走他的法器，伤了他的心。可他最后还是舍不得杀我，又放了我。要不是因为我，他不会掉进葫芦里。他本来可以一个人早早离开葫芦，但是他一路带着我，照顾我，帮我……要不是为了救我，他又怎么会使用光剑，引来万妖报复，被黑潮吞没。他那时候本来都走了……又跑回来了。

"我不知道他是怀着什么样的心情，走完这一路。最后他还是把我们，送到了奈河桥上。他对我说，要时时珍重，对我说，要好自为之。甚至还说，将来遇到捉妖师为难，可以报他的名字……知偃，我不要出葫芦了，我真的不要出葫芦了。我要去找他，他死在哪里，我就死在哪里。他成了无色鬼，我也去做无色鬼。我欠他的，实在太多太多，我不想还了，也还不清了。我要陪着捉妖师，我要和他在一起。"

光门中的许知偃也泪流满面，闭上眼，一个字说不出来。

结果又听到陆惟真说："这些年来，我妈，还有所有人，总是希望我……哪怕没希望成为六五，也能成为一个伟大的青龙。但我总是不求上进，只想混日子。现在，我决定去做一个伟大的青龙了。"

许知偃只听得心肝俱裂，她却用力挥开许知偃的手，并且一个光波过去，将他往里深深一推。许知偃痛哭道："陆半星！你个傻子——你伟大个屁啊——"

他终于被光淹没。

陆惟真转身向后。

【040】

陈弦松就像是一个胎儿，落入母虫的腹腔；又像是一粒食物，被抬回众蚁的巢穴。

他躺在其中，触目所及，四面八方，密密麻麻全是触手，它们在往他身上不断攀爬、缠绕。陈弦松全身肌肉绷得像铁块，一条条青筋反复鼓起，几乎已没有什么皮肤露在外头。他一直以极微小的幅度颤抖着，一次又一次，他想要抬起握着光剑的手，它们却越缠越紧。

还有一些触手，在拉拽、掰开他的手指，企图剥夺这最后一件法器。而腰包、瞬移腰带早已不知所终。陈弦松死死攥着剑柄，指缝已流出血来，触手们一阵狂颤，将血吸吮干净。然而他终究是肉体凡胎，如何是万妖的对手？他感觉到越来越窒息，四肢也逐渐脱力，光剑正一点点从掌心滑出……

陈弦松闭上了眼睛，神色无悲无喜、无惧无悔，清正如佛。

突然，他身上的所有触手，同时一松，就像绷紧的弹簧同时泄了力。陈弦松握剑的手一瞬间就抬起——没有比身经百战的捉妖师，更能把握这转瞬即逝战机的人，这已是他的本能。

光剑挥出，巨月覆盖住捉妖师，他身上的触手被焚烧殆尽，其余触手猛地缩回。陈弦松凌空一个翻身，人已站起来，飘浮在这个诡异的空间里。他手中的光剑不断泄出月华，巨月熠熠生辉，而那些触手，就像蛇头伸在空中，想靠近又不敢，一时僵持。

陈弦松心念急转。它们不可能放过他，刚刚他差点就死亡，它们却在那时松开。

除非它们不得不松开。

陆惟真。

她没有走。她不肯走。一定是她，在进攻黑潮。

原本那颗视死如归的心，突然又变得如火烧般滚烫，隐隐灼痛他的每一块骨骼。

傻姑娘，不要命了。他的嘴角浮现一丝似甜还苦的笑。

这让他怎么甘心去死！

胸中战意，陡然暴涨，更胜从前！

一剑再次挥出，光华至净至纯，那些触手仿佛被烫伤，发出窸窸窣窣的收缩声，以他为圆心，数十米范围内，一时竟无黑潮敢再靠近。

陈弦松心中只剩一个念头：出去！破出去！

我陈弦松此生从不负人，不能让她孤军奋战，不能让她为我送死。哪怕只是再看一眼也好。看到她，喝止她，逼她逃命去。万妖是他的仇敌，使用光剑是他自己的决定，不要再多交待一条命在这里。她这一路都很听他的话，他拿命说出的话，她不会不听。

突然间，整个空间一震，陈弦松的斜上方黑潮顶部，有光一闪而逝。

是她！

“轰——”第三震！那里出现了一道细细的裂缝。

陈弦松瞳孔急缩，剑往后用力一挥，砸在黑潮上，巨大的反弹力令他腾空而起，朝那裂缝处，直扑过去。无数触手射出，抓住他的脚，缠住他的腰。陈弦松再斩一剑，斩断那些束缚。

然而更多的黑潮，迅速涌出填补好那一道缝隙，也堵住他的去路。

那一线光熄灭了。

咫尺天涯。

三次震动之后，再无响动。

她……失败了？

她是否无恙？

压下心头强烈的焦躁，陈弦松剑光如水流，源源不绝。捉妖师一旦抢得先手，又怎么会那么容易让敌人近身？但他也无法从黑潮中突围。此时若有人远远从高空俯视，便能看到黑潮涌动如庞大沼泽，而沼泽中，有一个细小无比的光点，浮浮沉沉，就是不肯陷下去。

这样险象环生地斗一段时间后，陈弦松气喘吁吁，汗湿全身，甚至握剑的手都在颤抖着。然而他的眉宇间一片沉毅，剑招丝毫不乱，周身密不透风。一剑下去，灼烫声和哀号声不断。

哪怕它们无穷无尽，哪怕明知必死，他也必战至最后一口气，必让黑潮万妖付出血的代价，也就算对得住，外面那个傻青龙，为他多搏出的这一刻的命。

一人一剑，誓斩万妖。

就在这时。

黑潮突然停止纠缠攻击，慢慢往后缩。缩了大概有几十米，以他为中心，大片空间空了出来。

汗与血已打湿了陈弦松的眉眼，他抬起头。

它们又想要什么花招？

一个声音，在他身后响起："松儿。"

陈弦松浑身一震，慢慢回头。

那个死去快十年的人，出现在他眼前。和他记忆中的模样，几乎没有差别，只除了整个人都是灰色的。高高瘦瘦的个子，坚毅刚强的一张脸，线条如刀刻，还有布满疤痕的手，只是看起来比活着时更加瘦削。那人穿着和他同样的黑色衬衣和黑色长裤，站在几米远处，连那眼神都和在世时一模一样，仿佛无情，却又似乎藏着某种永远也解不开的情绪。

陈弦松极其讥讽地一笑。

陈常山也轻轻笑了："怎么不叫人？"

陈弦松的回答，是抬起光剑，直指向他。

陈常山说："长本事了，敢拿剑对着我？"他的语气，和当年的父亲一模一样，但陈弦松怎么可能相信。

"闭嘴。"陈弦松说，"别变成他。"

陈常山说："你不信现在这个我，也是情有可原。这件事我从没有跟你说过——陈家每一代的捉妖师，死后，魂魄都会坠入葫芦。你爷爷是，你的太爷爷是，我是。你将来也是。”

陈弦松脸色冷厉无比，一剑挥出。

然而不可思议的事发生了。

对面的陈常山，伸手随意一抓，陈弦松手里的光剑突然脱出，飞了出去，落在陈常山手里。陈常山手握光剑，姿态熟稔无比，于空中轻轻一划，剑尖指向了陈弦松。

“没用的东西，现在信了吗？”他说。

陈弦松脑子里“轰”的一声，一动不动望着陈常山。

陈氏对这把剑的操纵已有数百年，人剑合一，剑随意动，血在剑在。只要剑在陈弦松手中，任何妖怪，哪怕是十个青龙，可以杀他，却不可能从活着的他手中夺剑。

除非眼前的人，真的是他的父辈，身体里同样流淌着陈氏之血。

父亲依然和从前一样，单手负后，单手持剑，岳峙渊渟，静静凝望着他。这样的姿态气度，妖怪如何模仿得出来？陈弦松却如同一尊已长得比父亲更高大更坚硬的雕像，矗立在剑尖前。

陈弦松眼中仿佛有火在剧烈跳动。

这到底……是怎么一回事？

死去父亲的魂魄，竟然真的在葫芦里？他们祖祖辈辈都是？

父亲出现在黑潮中。黑潮并不攻击他，甚至停在他身后。

父亲的亡魂，与黑潮万妖、与永生永世被囚禁在这葫芦中的妖怪亡魂们，是什么关系？

像是察觉了陈弦松心中所想，陈常山放下剑，随手一丢，那剑落入黑潮，被吞噬不见。陈弦松救之不及，脸色骤变。却听陈常山说道：“不必怕，剑在此处无用。阿松，你是否还不明白，为何会在这里见到我？”

陈弦松缓慢地问：“为什么？”

陈常山露出一丝苦笑，他本生得器宇轩昂，如今清瘦孑立，看起来比陈弦松记忆中更加威严不可冒犯。他说：“因为，我们都错了。从祖师爷到你的太爷爷，到我，到你，都错了。堕入葫芦，这就是宇宙之力给予我们陈氏一族世代的惩罚！”

陈弦松：“是吗？”

陈常山说：“它们根本就不是妖，而是另有身份，这个世界上是没有妖的。”

然而陈常山没有想到，陈弦松并未露出震惊神色，而是轻轻一笑，说：“是又如何，不是又如何？惩恶扬善、卫道众生、固守本心，问心无愧，何错之有？”他反而紧盯着陈常山的眼睛，“爸，记得你一遍一遍对我耳提面命的这些话吗？难道你在这葫芦里，已被恶妖亡灵蛊惑了吗？”

最后竟是疾言厉色，陈常山一怔，半晌后，他嘴角露出傲然的笑，那锐利如刀锋的目光，一如陈弦松记忆中的样子，仿佛要望进儿子的灵魂深处。他说：“被蛊惑的，明明是你吧？陈弦松，你爱上了一个青龙。你竟然为了她，什么都不要了，命都不要了，刚刚你口口声声说的卫道责任也不要了。我和你的祖辈们，死则死矣，死有余辜。你却为一个女人堕落至此，对得住历代祖宗，对得住我的教导，对得住你死去的母亲吗？”

陈弦松吼道：“你别提她！你配吗？”

陈常山并不生气，高高在上，怜悯地看着他。

“阿松。”有个柔和而熟悉的女声喊道，陈弦松整个人仿佛被定住了，因为陈常山身后，走出了一个女人。秀美的容颜，灰色的脸庞，温柔的眼神，正望着他。

陈弦松低喃：“妈妈……”

母亲对他微笑，她从头到脚，都是浅浅的灰色，眼珠是，嘴唇是，手也是。她非常非常瘦，可分明还是许多年前离开时的样子，而且看起来很干净整洁。

陈弦松问：“你怎么会在这里？”又望向陈常山，厉喝道，“她为什么会在这里？”

陈常山不语。母亲却走了过来，走到陈弦松身边。陈弦松静立不动，她抬起手，要抬得很高，才能摸到他的头。她轻抚了几下，说：“阿松，因为我也来赎罪了，替你们陈氏一门，但是我无怨无悔。”

陈弦松红着眼，一把抓住她的胳膊，冷冷道：“谁要你赎罪，你不是已经走了吗？走得远远的，去过正常人的生活，不好吗？谁还能逼你回来？！”

母亲流下眼泪，只是不断摇头。

陈常山轻叹一声，也走了过来，就如同陈弦松少时记忆中那样，揽住了母亲的腰，唯有这时，这个男人的神态动作里，才会透出如水的温柔。陈常山说：

“阿松，你一直不知道真相。你母亲从来没离开过你，离开我们。在你八岁那年，她被一只前来报复我的大妖吃掉了。我和你母亲早有共识，如果出现这样的事，只对你谎称她离开了，免得你伤心。”

陈弦松笑了笑，又笑了笑，问：“那只大妖呢？”

陈常山答：“我那晚就是发现了它的踪迹，杀了它，但是自己也重伤死在它手里。当我再次醒来后，就在葫芦里。而你的母亲，已经在葫芦里被折磨了八年！

“阿松，你知道这是什么吗？是报应，是天谴，是宇宙之神对我们的惩罚。因为愚昧无知，因为固执，我杀了太多不该杀的生命，应有此劫数。捉妖师一脉，本就不该存在于世。因此我们陈氏祖祖辈辈，还有许多其他捉妖师的亡魂，都堕落在此处，永世不得超生。你的母亲也是，她同样也逃不掉。你看到黑潮了吗？看到那些无色鬼了吗？我们也成了无色鬼。最终，我们和它们没有差别。这就是上天给予我们捉妖师的回报，这就是我们每个人都会有的结局。”

像是为了印证他的话，背后的黑潮里，竟隐隐浮现许多个人影。高的、矮的、胖的、瘦的，年幼的、年轻的、年迈的，身着袈裟、道服、军装、布衣的……他们全都沉默伫立，每一个都隐隐可见法相庄严，然而黑潮萦绕，他们的面孔上似乎都泛着一丝血红之气，又显出几分妖异。而你已分不清，他们究竟是捉妖师的亡魂，还是黑潮之一？

陈弦松定定地望着黑潮与法师，脸上的肌肉轻轻抖动，眼中暗光如火。

母亲却在这时，轻轻抱住了他，将头靠在已经长大成人的儿子的胸口，说：“阿松，别难过，都过去了。你终于还是来了，这里虽然苦，但是我们一家人，可以永远在一起了。妈妈再也不离开你，永远陪着你，好不好？妈妈好想你，这些年，妈妈真的好想你……”她伸手把陈常山也拉了过来，陈常山慢慢伸出手，将他们两人，都抱在怀中。

被死去的父母两人抱住的陈弦松，骤然按住胸口，脸色灰暗无比，“哇”的一声，吐出一大口鲜血。他这一路走来，旧伤未愈，又添新伤，每每大战，都靠强韧的意志支撑。如今终于再难压抑，那口腥甜悲苦的心头血，尽数吐了出来。

随着这口心头血吐出，陈弦松只觉天旋地转，仰头倒下。身旁的父母，却变成了两道模糊的影子，看不清晰。四面八方都是黑潮在涌动，而父亲、母亲、那许许多多历代捉妖师的脸，都在他眼前急速旋转。许许多多个声音，同时在他耳边窃窃私语：

“急急如律令、急急如律令……”

“大捉妖师，你可知自己，罪在何处！”

“临、兵、斗、者、皆、阵、列、在、前！”

“阿松，留在这里，和我们在一起。”

“他们是外星人，这个世界上是没有妖的，捉妖师本不该存在。”

“你爱上了一个青龙，你被蛊惑了，你早已心念不纯，贪欲焚身。”

“留下吧，陈弦松，因为你的祖祖辈辈，都要赎罪啊。你忍心看着父母两人在这里受罪吗？你不想陪着他们，和他们在一起吗？从此，你可以永永远远休息，再也不用拼命，再也不用出生入死，再也不用过着不见天日的除妖生活，再也不用忍受求而不得之苦，这不是你从小盼望的生活吗？”

……

无数触手，像是终于沸腾的蛇群，颤抖着一拥而上，攀上缠上他的四肢他的腰身他的脸他的发。每一条触手，都拼命吸吮，疯狂吞噬，将捉妖师吐出的那一大口宝贵的心头血，吸吮得干干净净。整个黑潮沼泽，仿佛都因此而战栗不已。

陈弦松已陷入昏迷。

他从头发至胸口，所有颜色一瞬间褪去，褪成惨淡的灰。而他身旁，那两道人影，本就模模糊糊，似有似无，渐渐地，他们化为两抹血红的影子，飞入黑潮，消失不见。

陆惟真走在返回奈何桥的路上。

她的心中既无恐惧，也无忐忑，既毫无希望，又满怀决心。她将那无用的悲痛和焦急，统统丢到脑后。她的心中有一团火，烈烈地无声燃烧，烧得她刺痛而清醒。

她的脑子里只剩一个念头：怎么做，才有可能救出陈弦松？

为此她愿意付出一切代价。

她在心中反复演练盘算，四个大青龙，加无数徽虎归犬白雀，而她，一个青龙。无论她如何拼命，都是以卵击石，都是送死，没有胜算。

刚刚那一轮，她已竭尽全力，差点死在大光球之下，也不过把黑潮撕出一道细细的裂缝，而裂缝不到半秒钟就合上了。

它们是铜墙铁壁，无穷无尽，能量霸道，碾灭万物。

不过，或许……她有一线机会。

那就是偷袭。四个大青龙绝对想不到，她会明知不可为而为之，去而复返。

陆惟真少年时，也被有野心的母亲暗暗灌输过很多兵法和军事指挥理论。虽然她学得一言难尽，但那么多年熏陶下来，总归能记住那么一两点。

她记得。古往今来，孤兵战雄师，以一敌千，唯有刺客一法，能在千军万马中，出其不意，深入敌后，一击制胜。

她必须像一根针，飞快刺入黑潮中，或许有可能把陈弦松弄出来。

只是，陆惟真想到了那生生不息的庞大黑潮，还有四个强悍大青龙。它们的防线那么强，真的能被她偷袭得手吗?

她别无选择，只能向前。

距离黑潮一公里处，陆惟真止步。

一个念头无法克制地冒出：离陈弦松被黑潮吞噬，已经过去几分钟了。他还活着吗? 她现在一头扎进不归路，是否还有意义?

这念头令她心底泛起阵阵凉意。

她却忽然笑了一下。

在她被巨兽吞噬时，捉妖师明知拔剑的代价是今日这下场，依然去而复返，为她斩落一轮向生的明月。

那时候，他也不知道，她是死是活吧?

心中突然变得很安宁，安宁到近乎温柔，因而无所畏惧。她想：我终于明白他那时望着我的眼神。我们终于成了一样的人。

一股疾速无声的旋风，于她脚底升起。她快得像一道不存在的影，直冲云霄。

无上大青龙!

【041】

陆惟真像一只蚊子，无声无息悬在黑潮上方的高空中。

向下俯瞰，眼前的一幕是如此惊心动魄。只见茫茫的灰色平原上，绵延数千平方米的黑潮，像是一颗巨大的心脏，它非常有力地搏动着，显得比她离开时，还要生机勃勃。

是什么令它焕发生机？

陆惟真抬起幽潭般的一双眼，于空中，慢慢地、慢慢地转头向下，人笔直倒悬，双手轻轻一抓，两柄气剑浮现。

她没有光剑，在这泡泡宇宙里，连把铁剑都没有。水、风、土，三色能量，在她手中汇聚成气剑，比上好的精钢更锋利，削铁如泥。

一切保持寂静，像一幅默画。黑潮万妖，飘浮于奈何桥上方。对岸的光之大门，灼灼生辉。天地间，一道线坠落。

黑潮猛地一震。

像一线光掉进了漆黑峡谷，又像是一根针刺入巨兽腹部。整个黑潮开始剧烈抽动，无数触手伸出乱弹，万妖齐声尖叫。四个大青龙再度咆哮着，从黑潮中跃出，当它们发现了偷袭者的身影，掉头向下，直追过去。

然而已经来不及了，因为陆惟真太快了。

她牢记着人类军事典籍里的一句话："集中优势兵力，单点闪电突破。"之前一战，她爆发出全部能量，化成前所未有的恒星能量球，然而在四个大青龙的能量球前，不过小巫见大巫。现在，她把全部能量收拢，集中在一个点上，那个点就是她自己。果然，她瞬间刺破一层层黑潮，速度奇快，什么也阻挡不住。

"退后！退后！退后！"四个大青龙追来了，在她身后暴喝。

黑潮中，四面八方，成千上万只妖歇斯底里："退后！退后！厉氏青龙，退后！"

那些声音一下子在陆惟真耳边炸开，此起彼伏，她的脑子里一阵晕眩，胸中气血翻滚，强自忍耐，继续往里疾刺突进。

然而，越到深处，黑潮越紧密，阻力越大，想要抓住她的触手也越多。她不得不分出一只剑去斩断那些触手，速度渐渐变慢。而身后，四个大青龙可不是吃素的，它们越追越近，就像是一柄巨大的刀锋，逐渐逼向陆惟真颈后。

陆惟真看着眼前源源不断的黑潮。她已深陷腹地，却依然不知陈弦松人在何方。

是否……还能被找到。

陆惟真的瞳孔剧烈收缩。

因为她看到自己的前方，有一块黑潮，明显比周围的黑潮更紧密结实，抽动速度也更快。触手的色泽非常鲜亮饱满，仿佛有一个人形物体，被紧紧包裹在其中。

陆惟真直勾勾看着那块东西，双剑同时飞出，一下子斩断大半触手，露出其下斑驳的皮肉。然而更多的触手一捅而上，去覆盖那些暴露的皮肤。陆惟真扑过去，手还没能触到那人身上，一只巨爪从背后重重搭在她的肩头。

陆惟真眼都红了，还想往前挣，人已被大青龙抓起，往后丢出。陆惟真于空中做出一串极高极快的连续空翻，四个青龙仰头，她已落在那个巨人青龙的颈后，手起，一把气剑再度凝现，她用力一割，巨人青龙的脖颈断开，头颅滚落在地，而巨人的身躯慢慢往后倒地，迅速泯灭成一道灰光，消失不见。

其他三个青龙见状暴怒，三道强光，同时从它们身体中射出，汇成一道极强的光柱，击向陆惟真。

陆惟真一点声音都没发出，就被光柱打飞了出去，往后撞破层层黑潮，高高抛起，掉在奈何桥旁的土地上。

三个青龙，同时落地，将她围在正中。

陆惟真张开一只血肉模糊的手，慢慢按住地面，想要把自己撑起。终南山大青龙抬起前爪，慢慢地、极其残忍地，将她按平在地面上，发出骨骼寸寸断裂的脆响。陆惟真全身都因为极度的疼痛而剧烈颤抖着。

终南山大青龙移开前爪。三个青龙盯着垂死的陆惟真，过了一会儿，陆惟真竟慢慢地又抬起上半身，巨蛇青龙一尾巴扫过来，重重压在她身上，她吐出一大口血，重新跌落在地。

她再也爬不起来了。

三个青龙大概也觉得折磨够了，这个垂死青龙再无威胁，它们便退了回去，退守黑潮。随之，三道如洪钟般的声音同时响起：“厉氏青龙，执迷不悟，九死一生，你可低头？”

“九死一生，你可低头？”

“你可低头？”

“你可低头？”

……

万妖再次齐吼，陆惟真痛苦地闭上眼睛。

对不起，陈弦松，我已竭尽全力，可是万妖无穷无尽，青龙不可撼动，我救不出你，我救不出你。

她很慢很慢地，抬起一只已露出白骨的手。

青龙们停下咆哮，万道妖音渐歇。

陆惟真的声音很哑、很轻：“让我看他最后一眼，活也好，死也好，看一眼我就死心，看一眼我就低头。厉氏青龙陆惟真，叩首臣服，绝不违逆。”

三个青龙互看一眼。终南山大青龙一笑，说：“想不到大名鼎鼎的厉氏青龙，也会有向我们低头的一天。”

三个青龙让开，它们身后，黑潮万妖顶部，无数触手慢慢向两侧舒展打开，打开了一个口子。就像一朵巨大无边的黑色莲花，一层层打开它的花瓣。

有东西从黑潮腹地，被慢慢托举了出来。那是被无数触手缠住的一个人。周围张开的一片片花瓣，全都是由触手组成。它们兴奋地往中间伸缩着、簇拥着，仿佛迫不及待要将他蚕食殆尽。

陆惟真用最后一点力气，忍着断筋碎骨的痛，慢慢坐起。她定定望着万妖欢腾托举的那个人，脸上没有一点表情。

终南山大青龙挥了挥前爪，所有缠绕在陈弦松身上的触手，同时缩回，只剩一簇，从下方牢牢托举吸吮着他。

陆惟真终于清楚看到了他的样子。

陈弦松就躺在那里，双目轻合，看起来已经没有半点气息。他的头发、脸、肩膀、手臂，还有整个胸膛，全都变成了暗暗的灰色。而那灰，似乎还在一点点往下蔓延。他原本健硕结实的身体，也变得干瘪枯败。上身的肌肉萎缩大半，脸颊也深凹下去，手臂枯瘦如柴。

它们在吸他的血。

它们正在一点一点，贪婪地吸尽捉妖师的精血。

然后，他就会堕落成无色鬼，变得和她这一路所见，所有枯败的、绝望的、疯狂的无色鬼一样，被囚禁在这个泡泡宇宙里，沦落与千万恶鬼为伍，永世不得超生。

这就是捉妖师的结局？

那么好，那么珍贵，举世无双的一个人。那个被她当成稀世珍宝，当成心头朱砂，今生已只敢凝视，不敢奢望的人。那个坚持把她送到奈何桥上，强吻她又放开她的人……这就是他的下场?

陆惟真忽然笑了出来。

"呵呵……呵呵……呵呵呵呵……"她笑出了声音，然后放声大笑，"哈哈——哈哈哈——哈哈哈哈哈——"

她就像一具骷髅，摇摇晃晃，满身的血，遍体的伤，从地上慢慢爬起来。三个大青龙，冷漠地望着这个像是疯了的女人。

她站起来了，大概因为伤势太重，步子还是踉踉跄跄，头还是垂着，像是喝醉了酒，又像是没了魂。

她"哈哈"笑个不停，笑得打了嗝儿，笑得抽了气。渐渐地，笑声变成了哭声。

她开始呜咽，开始抽泣，她的哭声越来越大，她开始旁若无人地号啕大哭!

那哭声，近乎野兽的哀号，又像是将胸膛从中撕裂开，才能掏出的声音。

声声泣血，如刀凌肉，如剑剖骨。

突然，那哭声就穿破了云霄；突然，哭声就传遍了整个荒原。所有的树都为之颤抖，所有的草为之弯折，所有的云躁动不安。黑潮万妖也开始摇晃，层层花瓣急速收拢。三个大青龙为之一惊，它们咆哮而起，跃至陆惟真身旁，再次将她围住，以防她垂死反扑。

可陆惟真好像完全感觉不到，也看不到周围的一切。她一步一步，朝黑潮万妖的方向，艰难而行，每走一步，双腿都淌下血来。她一直在哭，低着头，痛哭流涕，悲不自胜，声入云霄，万野同悲。

突然，黑潮万妖开始疯狂颤抖，明明悬在空中，却仿佛掉进了全是刺的陷阱里，它收拢再收拢，从几千平方米，迅速收拢到只有几百平方米，还在不断压缩收拢。万妖开始尖啸，开始战栗。

三个大青龙同时跃起，三道足以毁灭一切的无上能量波，同时袭向陆惟真。可诡异的事发生了，浩大光波就像撞在她身边的一层无形能量壁上，被弹飞了出去，迅速泯灭于空气里。

三个大青龙悚然大惊。

而那个哭着前行的人，依然对这一切，无知无觉。她似乎终于哭累了，哽咽着，渐渐安静下来，她的头依然垂着，双手猛地同时伸出握成拳，指缝间鲜血长流。

她同样染血的齿间，吐出刚硬如铁的一个字：“风！”

风，疾风，雷电之主，催生万物，摧毁万物。

平静了数千年的荒原上，突然起了阵阵狂风。你根本不知道风是从何处而生的，在这一刹那，荒原每个角落，每一寸空间，都起了风，它们仿佛受到了神的召唤，争先恐后涌出，汇聚成更大的气流。四面八方的风，都朝同一个方向疯狂奔去。

通往奈何桥这条路上方的漫天乌云，刹那被狂风吹得一干二净。唯有风，破除一切，势不可挡，听令而来。

三个大青龙不知想到什么，大惊失色，终南山大青龙怒吼：“杀死她！”它们齐齐扑向陆惟真，想要抢在那件恐怖的、不可思议的事完成前，先下杀手。然而陆惟真甚至没看它们一眼，呼啸的狂风，已死死将它们按在原地，根本无法靠近她半步。

哪怕是无上大青龙，也不能够！

在这场足以席卷整个荒原的风暴中，陆惟真终于抬起了头。

她的眼眸中无悲无喜，漆黑的瞳仁深若苍穹。血泪干在她脸上，她仿佛孤独无依，又仿佛顶天立地。她慢慢抬起一只右脚，迈出，在地上轻轻一踩。

“土！”

土，黄土，中君之主，长夏之主，地球之主。

以她的脚下为圆点，深灰的土地里，突然生出无数黄色明亮的纹路，它们细若溪流，如光如电，向四面八方迅速分裂蔓延。渐渐地，视野内所有灰色的黑色的土地，全部生满黄色纹路，全部发出浅浅的黄光。

荒原不再，黄土为王。

三个大青龙僵立不动，那个蛇身青龙失魂落魄，低喃道：“难道是……是……”

“水！”

水，净水，寒冬之主，星空之主，生命之主。

整个泡泡宇宙、葫芦幻境中，所有的溪、河、潭、海，还有面前的黄泉河，所有的水，齐齐腾空百丈高，又齐齐坠落。整个空间，响彻水的轰鸣奔流声。而原本灰的、暗的、浑浊的、赤黑的水质，在砸回地面的那一瞬间，统统褪去颜色，洗去杂质，恢复清澈透明。

三个大青龙，一动不动。而幻境中所有的无色鬼、石兽，白雀、归犬、徽虎、青龙……被囚禁了百世的这些恶妖之魂，全都抬头望向天空，风、土、水共同臣服的那个方向。

原本凶悍霸道的黑潮万妖，此时竟龟缩得只有一间房子那么大。它想要逃，却被一股股疾速的风、强横的土和柔韧的水，团团包围，困在原地。仿佛只要它敢轻举妄动，这些可怕的征服者，就会把它碾轧成渣。

陆惟真抬起头，望着黑潮万妖，两行眼泪无声流下来，终于说出那两个字："六五。"

平静之声，响彻荒原。

天地为之震动，万鬼为之色变。飓风席卷大地，黄土熠熠生辉，水流奔腾不息。葫芦幻境内，所有无色鬼同时匍匐于地，跪拜叩首，包括那三个不可一世的大青龙。

风、土、水悍然爆发，一瞬间就将区区黑潮万妖撕得粉碎。触手纷纷落地，如花枯败。黑潮中无数妖鬼的寄生亡灵，消散于空气里。

那里，只剩下一个人，枯瘦如鬼，干干净净，毫无生息，悬浮于半空中。

陆惟真望着那个人，慢慢闭上了眼睛。

陈弦松，我终于走到你面前了。

粉身碎骨，万箭穿心。九死一生，执迷不悟。在这颗渺小的泡泡里，在无穷无尽的葫芦空间中，一切如露亦如电，如梦幻泡影。

二十三岁的孤独青龙，终于走完了这条淌血的路，为你，破境六五。

【042】

没人注意到，当陆惟真的第一声哀号传来时，被托举于黑潮上方的陈弦松，指尖轻轻一颤。

他面临的是另一个世界。

因为失血过多，脑袋昏昏沉沉，意识不知去向。浓浓的悲哀凝在心头，周围像是有无数只手，拉着他往深深的泥潭里坠。恍惚间，还有一只温柔的、熟悉的手，轻轻捂住他的眼，令他怎么也睁不开。她在他耳边低喃："睡吧……孩子……睡吧……我的松儿……"

无量幻境，她是春日温暖的风，他是炎夏炽烈的阳。他们在拉着我，往下坠。只要我点头，只要我沉沦，他们就会永永远远陪伴我。

再也不会……

再也不会，弃我一人于深夜中。

然而外头的那个悲泣声，为什么越来越大，一声高过一声。她压过了我耳边的纷杂低语，仿佛一把尖刀，刺穿我的神经。

哭得我心乱如麻，哭得我灵魂难静。

……

陈弦松隐约中感觉，大脑的浑浊感减轻了一些，他模模糊糊意识到，自己遗漏了什么很重要的事，很重要的一个人。那个在哭的人是谁……她为什么要哭……

然而这时，那些在他耳边低语的声音，突然变大了，就像一条又厚又紧的棉巾，一下子裹住他的头，让他再也听不到外头的哭声——

"急急如律令、急急如律令……"

"捉妖师，你错了，祖祖辈辈都要赎罪！"

"你的父亲已因捉妖而死，你的母亲也是……"

"松儿，留在这里，留在这里，陪我们一起。"

"松儿，留下吧！"

……

他痛苦地陷入了眩晕中，仿佛又慢慢往泥潭里滑落。

然而这困境只维持了一小会儿。

外头那人的哭泣声，骤然撞破一切，一下子又传到他的耳朵里。耳边那些窸窸低语，突然就消失得无影无踪，仿佛被风无情卷走，扫荡了个一干二净。只剩她在他耳边，一个人霸道地号啕大哭。

陈弦松脑海里，猛然浮现一个画面。

那还是在鹿围山之巅，他和那个人，拼死相搏。那人就站在他的圆月之下，大青龙就是这样双眼淌着血泪，号啕大哭。

还有，在他家的院子里，在那个暗黑的水底，那个人抱着双膝，坐在那里，泪流满面，无知无觉。哭得他心如刀绞，哭得他只恨此生不能相守。

那个人是……那个人是……

陆、惟、真！

随着这个名字出现在脑海里，所有记忆也纷至沓来。陈弦松想起了自己还在葫芦里，想起奈何桥上他被黑潮万妖所擒；也想起了陆惟真三撞黑潮，自己与万妖殊死搏斗，两败俱伤。

然后，他的父亲就出现了。

他本不肯信的，以为父亲是妖怪所化，或者又是一个为他所置的幻境。然而父亲却能从他手里夺剑，抛入黑潮。非拥有陈氏之血者不能御剑，妖怪更加不能。他的信念，就是在那一刻产生了裂缝。

紧接着，他的母亲出现了，成百上千个捉妖师的亡灵出现了。他们告诉他，这是捉妖师的罪孽和结局——永堕为无色鬼；告诉他，母亲早已被妖所杀，生生世世将于这葫芦里饱受折磨——他原本心中对于母亲那一点渺茫的念想，就此被捏得粉碎；然后父亲和母亲就抱住了他——就像是夜半无人知晓的深梦中的一幕，终于成真，他的意志就是在那一刻轰然崩塌……

可这一切，确实是真的吗？

捉妖师真的会遭受宇宙之力的反噬，永堕为无色鬼？

他看到的真的是父母？

黑潮中那些，真的是千百年来被囚禁的捉妖师亡灵？

他二十余年来的信仰，真的毫无意义？

他的父亲，真的已认命，与黑潮为伍？

……

可如果不是真的，那个人，又怎能做到夺去他的光剑？

像是有一个模糊的光点，在陈弦松脑海中飞快闪过，他却无法准确捕捉到。他的眼也无法睁开，全身的力气，仿佛已被抽走，万斤重担压在眼皮上。

就在这时，陆惟真的哭声停止了。陈弦松的心一紧，接着奇异的事发生了，他感觉到周围的黑潮万妖，开始剧烈颤抖。它反而开始发出阵阵惊恐的啼哭。陈弦松甚至感觉到，那些缠绕着自己的触手，开始慢慢缩回、抽动、放松。

陈弦松的脑海随之更加清明，浑浊感少了大半，仿佛有一道光照亮一切。

他知道哪里出错了。

是他被妖怪们抓住了心中的那一点贪念，是他吐出心头血后神魂不守，才会被它们趁虚而入。

那不是他的父母。

那绝不是他的父母。

父亲短暂一生，杀妖无数，虽然也杀了许多无辜之妖，但也救人无数，至死刚烈无悔。以父亲的性子，哪怕有朝一日知道真相，知道那些不是妖，知道自己杀了无辜的璃黄人，只怕也倔强地不肯认错。他宁可自罚、宁可赎罪、宁可受尽折磨，也一定会捍卫捉妖师的功业和责任，不肯认错，他就是这么固执、死板的人。哪怕真的堕入葫芦幻境，他只怕也会持剑杀尽最后一只无色鬼，才能死而无憾，绝不会与它们为伍。

至于母亲，更不可能有刚才的言行。

无论如何，她不会劝他放弃生路，留在葫芦里赎罪。

她不会。

他们，终究只是幻象。

是假的。

他们不在这里，不在他身边的任何地方。他们离开了，就永远不会再回来。

昏迷中的陈弦松，唇畔轻勾，是自嘲，也是释然，胸中心魔尽扫，无牵无挂。

只是那个“父亲”，如何做到操控陈氏光剑？

陈弦松紧闭的眼皮下，眼珠急转。他已结合葫芦幻境中的种种，推测出答案，只有一个合理的解释。

就像幻境中，万妖能够闻到光剑上的残血，倾巢而出。那些被杀死的大妖身上，也留有父亲的残血。它们幻化成人，只是利用父亲的一抹残血，操纵光剑，夺取光剑，迷惑他心志，诱他沉沦。

他在黑潮万妖中所见的那些捉妖师面孔，也不是真的。他们早已仙去，世代捉妖，铮铮铁骨，永不言悔。那些，不过是每一代捉妖师们，遗失在葫芦中的一抹抹残血。

陈弦松的灵台，重新澄明如宝镜。

父亲，母亲。

千百年来，历代大捉妖师前辈们，留在葫芦中之残血，为万妖所驱使之无主残血……请看清我的样子，请忆起捉妖师之声名，请认陈氏弦松为主！

助我睁开双眼，助我降妖除魔，助我剑破万妖，助我灵台清明照见万生万物！

……

风停了，水缓缓流动，大地掩去金光。

黑潮已毁，幻境中各处无色鬼，依然跪拜不敢动。三个大青龙，缩在一旁。

只有陆惟真一人，静静站立着，面对着几十米外，被风托举在空中的，半人半鬼的捉妖师。

所有无色鬼都屏住呼吸，不敢打扰。刚刚那一幕幕，实在把所有鬼的胆都吓破，简直是闻所未闻、百年不出、撼天动地、恐怖如斯。它们真的怕陆惟真又跺一下脚，或伸一下手，一时冲动毁了这荒原，又或者伸出一根手指捏死它们一大片。所以它们都胆战心惊地等待着，不知道陆惟真接下来要干什么。

那两个大青龙，则和终南山大青龙交换了个眼神，终南山大青龙也示意它们少安毋躁，连它也在刚刚那场足以毁天灭地的三元素能量波中，抑不住地瑟瑟发抖。它们只能静观其变，不能轻举妄动。

然而谁也没想到，这位新晋六五大人，在默站了一会儿后，蹲了下来，把脸埋在双臂间，一动不动。

众鬼：……弄不弄死我们，给个痛快啊。

但谁也不敢发出半点声音，更不敢催。这时，也不知是哪只无色鬼脑子活，想讨好六五大人，慢慢地改跪为蹲，把脸埋进两只前爪间，将六五大人的姿势和那一身丧到泥土里的劲儿，都复制得一模一样。其他无色鬼见了，你看看我，我看看你，渐渐地，也都小心翼翼调整成和六五大人一样的姿势。最后，整片荒原上，所有无色鬼，万妖如一，复制粘贴，全部丧丧地蹲好了……

终南山大青龙身边，另一只巨兽青龙也想蹲，终南山大青龙瞪它一眼，但它还是假装没看到，慢吞吞蹲好。旁边的人头蛇身青龙哭了，它蹲不起来啊。

过了一会儿，终南山大青龙，也绷着脸，慢慢蹲好了。

它们这些小动作，陆惟真根本没看到，她也不会去看它们。她只是望着那一个人，脚下却像生了钉子，没有办法再前进半步。

她没有办法走到他面前，去细看那干瘦枯败的容颜，告诉自己，这就是陈弦松；她没有办法去触碰他冰凉的身体，去试他的脉搏心跳还有没有，一旦落空，她根本无法想象自己要怎么面对这个结果。

可是，事实早已残忍地摆在她眼前——陈弦松被黑潮吃掉了这么久，他已是无色鬼模样，直到现在他也没能睁开眼……一想到这些，陆惟真的眼泪又冒出来，哽咽出声。

别的无色鬼还好，隔得远，也看不清发生了什么，茫然等待着。三个大青龙，却是看得胆战心惊。谁也没想到，百年来第一个六五大人，竟然这么爱哭，又哭上了！刚刚她那一哭，就突破到了无上玄妙的六五境。这又哭，真哭得青龙们的牙齿都开始打战了。

陆惟真哭了好一会儿，擦干眼泪，还带着浓浓的哭腔，问：“他还活着吗？”

问的就是旁边的三个大青龙。

三个大青龙，都慢慢低下头。无人敢答。被黑潮吞噬这么久，又被吸了心头血，断无活路。

陆惟真用手捂住嘴，泪滚滚而下，她强行忍住，咬着牙，一指那蛇身青龙，说：“你说！”

蛇身青龙一抖，几乎是直起整条尾巴，做了个九十度弯折的跪拜姿势，秒哭道：“大人，大人……我们错了，我们真的错了，我们罪该万死啊！求你大人大量，饶恕小的们！只因那陈氏捉妖师和我们世代宿仇，我们也是死得憋屈，才杀了他报仇啊！是我们有眼不识泰山，求你大发慈悲饶恕我们、求你大发慈悲饶恕我们……”它连连叩首。

它的谄媚苦情，陆惟真根本不理。她听到青龙亲口确认了陈弦松的死亡，慢慢闭上了眼睛，长长地、长长地出了一口气，仿佛这样才能呼吸。

三个大青龙，噤若寒蝉。

陆惟真已经不再流泪了，她睁开眼，那眼神无比地空洞，她慢慢站了起来，说：“那你们就陪葬吧。”

话音未落，三个大青龙掉头就往天上冲。荒原上所有无色鬼，慌成一团。

陆惟真抬头，冷哼一声，一掌拍出。

这是她晋升六五后，第一次真正出手，全凭心意，一掌随随便便就挥出。只见她的掌心，并未像从前那样生出能量场，空空如也，仿佛打的是空气。然而天空中一道恢宏光柱，犹如闪电，骤然砸落，直接砸在那蛇身青龙身上，它哼都没哼一声，就灰飞烟灭了。

陆惟真低头看了看自己的手，从此六五了。可移山，可填海，行星级别能量，任我驱使。一个人，可抵一支小型星际舰队。璃黄星际联盟全盛之时，也不过十个六五。若璃黄帝国还在，六五——也即幻耀境高手，可直接授予上将衔。所以刚才青龙们才称呼她为大人。

可她的心中，没有半点喜悦，只有一片近乎麻木的深不见底的痛楚。她又偷偷抬头，看了眼悬在空中那人，眼泪又掉下来。

另外两个青龙，已吓得魂飞魄散，抱头鼠窜，六五大人她可又哭了啊！果然，陆惟真又抬一掌，另一只怪兽青龙悲哀地看着光柱迎头落下，闭上了眼睛……

眼见陆惟真两掌杀双龙，终南山大青龙心知自己无论如何逃不掉了，它一咬牙，掉头飞了回来，“扑通”一声，结结实实跪在陆惟真面前，连连磕头：“大人！大人！从此本大青龙……从此小南愿为你驱使，葫芦也好，人间也好，永生永世奉你为主！只求你饶小南一命！”

陆惟真笑了笑，说：“你求我？求我饶你？之前你们往死里折磨我，我拼了命，想要救他出来时，你们呢？你们有没有心软过？”话说完，自己却又掉了一滴眼泪。

终南山小南也哭了。六五大人，别哭了，一哭我尿都要吓出来了。

果然，陆惟真掉完眼泪，又心不在焉地举起了手掌，小南心如死灰瘫在地上。

就在陆惟真要再度掌杀巨龙时，身后不远处，响起一道熟悉而虚弱的声音：“归位。”

陆惟真的手掌就这么停在了半空中，整个人一动不动。

身后有很轻的响动声传来，有人站起来了。陆惟真突然就笑了，泪水涌满眼眶。她慢慢地转过身来，看到原本躺在半空中那人，不知何时，已呈站立姿势，悬停在空中。只是他低着头，她看不到他的样子。

然而，随着他一声“归位”，身后荒原各处，生出数道洁白的光，就像飞逝的流星，朝他的身上撞来。

陆惟真猛地上前一步，又刹住脚步。

因为那些亮光是……

腰包归位。

缚妖索归位。

变形镜归位。

玉镜归位。

瞬移腰带归位。

浑天雷归位。

……

眼前的一幕，竟是如此寂静而庄严，陆惟真眼眶发热，静静仰望着。

而此时，捉妖师慢慢伸出左手，猛地往空气里一抓！

另一道更强的光，从地底生出，一飞冲天，又落于他手。

光剑归位。

捉妖师持剑不动，又伸出了右手，五指一收！

一道比光剑更强的光，从他背后的虚空中浮现，平平稳稳落至他手里。

陆惟真慢慢睁大了眼睛——那是另一把光剑，此前从未见过，比左手那把看起来更加古朴陈旧，剑身光芒浮动，令人见之心中发寒。

捉妖师面容似鬼，手持双剑，诸法器归位，眉眼低垂，悬停于无尽荒原之上。

这一幕让陆惟真心中难受得要死，又欢喜得发狂。一时间竟有些不敢靠近，只怕一切都不是真的，怕一切都成空。

就在这时，陈弦松背后的虚空中、荒原里，树林、天空、江河中……突然涌现无数道细细的光芒，它们晶莹流彩、璀璨夺目，却透着血色。它们从四面八方飞射过来，全部撞在陈弦松背上，刹那就注入不见了。

在第一道流光出现时，陆惟真已如箭射出，奔至陈弦松的下方，但是她停住没动了。

手握双剑的陈弦松闷哼一声，头往后高高仰起，身体在空中一下子绷直，像是强行扛着身后千万道血色流星的撞击。陆惟真得以看清了他的脸，依然是灰败枯瘦的，双目紧闭。但比之前沉睡时，已多了几分生气。

与此同时，天空中响起无数个低沉、庄严，仿若梵音般的声音："拿去！拿去！拿去！"

陆惟真心头一凛，那绝不是妖音。

反倒是像有千百个和陈弦松一样的捉妖师，在齐声怒喝。

那些血色光芒全部注入，空中一暗，陈弦松仿佛终于脱了力，坠落下来。

陆惟真一把接住他，轻轻放在地上。手摸到的是冰凉的皮肤，眼前是他灰白的头发，而且他整个人好像都变得没什么重量。陆惟真眼眶阵阵发酸，一个字说不出来。

陈弦松单膝跪在地上，还没抬头，双臂已猛地抬起，双剑于空中同时挥出，浩大强劲的双星光波击出，撞向正趁机逃向天边的小南。

陆惟真回头，就看到小南在高空中呜咽了一声，被撞成了三截，掉落下来，泯灭于空气里。

她连忙又转回头来。

陈弦松抬起灰白若鬼的一张脸，看到她欣喜若狂又悲不自胜的模样，他把手中双剑一丢，将她紧紧抱进怀里，晕死过去。

【043】

陆惟真看着怀中的男人。淡灰色的头发，淡灰色的眼，灰白的脸庞深陷下去，几乎只剩一层皮包骨。上半身也一样，肩膀、胳膊、胸膛，全是灰色的，原本那一块块肌肉，仿佛被吸走所有精血，不同程度地萎缩着。

下半身稍微好点，但是腰身和双腿也瘦下去一大圈。

人不人，鬼不鬼。

陆惟真低头，脸和他轻贴着，蹭了几下。

他活着已是上天恩赐，在她一只脚踏进人间炼狱时，把她拉了回来。

陆惟真想起刚才看到的那一幕，许多道红光注入他体内，还有无数道梵音怒喝，而陈弦松就像一个光核，把所有光芒都吸收。她不清楚到底发生了什么，但看到所有法器已归位，直觉告诉她，这些光不是坏事。

只是现在，陈弦松看起来依然非常虚弱，气若游丝，没有醒来。

她要带他离开葫芦。

这个念头令她生出无尽的决心和力量，连全身的血，都微微发烫。她小心翼翼将他扶起，放在背上，缓缓背了起来。他真的轻了很多，好像只剩一把骨头的重量。陆惟真的鼻子狠狠一酸，低着头，开始往光之大门走去。

怕他颠簸，怕他不舒服，怕他死在背上，陆惟真不敢御风御水，不敢施展任何能力，百年唯一六五，像一只蜗牛，一步步慢慢走着。

天空中的乌云早已散得一干二净，浅灰色的天空竟也显得高远澄透。风轻轻地、温柔地吹着，吹动着脚下的草，吹动着沉默的树。大地是一片淡黄色，隐隐还有荧光。溪流清澈无比，冲击着灰黑的石头，在他们身旁流淌。

碍于六五淫威，又目睹了四个大青龙如菜鸟般暴毙，这荒原上所有无色鬼，都躲得远远的，几乎躲到了荒原的起点。所以陆惟真和陈弦松身边，非常宁静，宁静得好像他们是这个世界里仅有的两个人。

陆惟真抬头看了眼两公里外的光之大门，忽然笑了一下。她居然有了那么俗的一个念头：她希望这条路，可以一直这么走下去。走到海枯石烂，走到他们都老死了。

有柔软的发丝，被风吹着，轻轻拂在陈弦松脸上，带着血和泪的气息。他慢慢睁开眼，首先看到的，是女人散落在肩头的黑发和露出的一小段脖颈。他定定地看了一会儿，又看向她的脚下，走得很慢很慢，就像量着步子在走。

她不像在赶路，像是从此迷了路。

陈弦松抬起一只骨瘦如柴的手，轻轻碰了一下她的脸。

陆惟真微微一抖，立刻惊喜地问：“你醒了？”

“嗯。”

两人都沉默了一会儿。

陆惟真说："我之前先把许知偃送进了光之大门，咱们现在过去，很快就能出葫芦。"

他没有说话。

他慢慢伸出手臂，从背后，把她的脖子，轻轻搂住，脸也慢慢贴上她的脖颈。

陆惟真脚步一缓，又接着往前走，望着前方璀璨朦胧的光之大门，眼睛里，也模糊了。

"还好吗？"他问。

陆惟真微微垂下头，让他鼻间的呼吸，不要离自己那么近。她答："还好，我有什么不好的。你呢，感觉怎么样？"

他慢慢地答："感觉……再好不过了。"

陆惟真的眼泪又冒出来。

他说："六五了？"

她用力"嗯"了一声，带着点哭腔，也带着点笑意，说："完了，捉妖师，我现在是绝世大妖了。"

他却说："当时……很害怕吧？"

陆惟真一怔，那一颗本已变得坚硬无比的心，就像被温柔的风抚慰而过。世人只道，六五百世难求。母亲半生刻苦修炼，从不松懈，仍不可得；历代多少大青龙，终其一生，都如龙困迷雾，摸不到六五的一点边儿；许大统领用尽一切办法，只求一个六五，复兴璃黄。

他却只问她，当时是不是很害怕。

怕，怎么不怕，怕死了。怕他在黑潮里受尽折磨，怕他一身铮铮铁骨至死不屈，怕自己怎么拼命也走不到他身边，怕他死了，也怕他变成无色鬼从此疯狂如野兽……她自己也会怕痛、怕死，怕从此以后每天睁开眼，想起世上再无陈弦松。

可是，那时候，当她看到他孤零零躺在那里，被万妖托举着吸血食肉，她突然就什么也不怕了。

她不想答这个问题，转而问道："对了，那把剑……哪儿来的？"一出口，又有那么一点懊悔，捉妖师的秘辛，他也许并不愿意答。

却听到他说：“应当是哪位捉妖师先辈，遗落于葫芦中的佩剑，如今，认我为主。”

陆惟真不由得高兴起来：“好，太好了！”心念微动，又试探地问，“那些撞到你身上的光是……”

“是历代捉妖师之血，他们都给了我。”

陆惟真一怔，有点琢磨出意思：“他们把力量给了你？”

“也许。”

陆惟真想，可是捉妖师，世世代代不都是普通人吗？所谓的捉妖师之力之血，又是什么呢？而且法器到了捉妖师手里，才能爆发出超强威力，甚至超过了璃黄人。

是否，捉妖师在地球人当中，本来就是基因相对特殊的一群人。他们对高等级场能的感知和掌控能力，远超普通人。所以他们才会一代代传承，担任捉妖师之职。

眼前的路，已走了一半。

陆惟真忽然感觉到，背上的人，似乎重了不少，忍不住轻轻掂了掂，好像是真的。她低下头，看着他一直搂在她脖子上的胳膊，意外地发现明显粗回来一些，皮肉饱满不少，甚至能隐约看到红色血管——之前干得只剩一张皮。虽然他的胳膊看起来还是灰白色的，已足以让陆惟真欣喜若狂。她问：“你是不是……恢复了？”

“是，也许是捉妖师之血，起了作用。”他答。

“太好了！”

他的一只手臂忽然下滑，几乎是沿着她的手臂摸下去，握住了她的手臂。

用力握住。

陆惟真一声不吭，继续朝前走着，眼睛里慢慢蓄满泪水。

“你我走到今天这一步，我只问一句话。”他慢慢地说，每个字都很用力，“陆惟真，你敢不敢？”

陆惟真的耳边，就像有一阵狂风，狂啸经过。她的脑子突然变得非常非常空。

见她不说话，他忽然说：“我不是被你妈妈打进葫芦的。她落地时，离葫芦还有一段距离。”

陆惟真怔怔。

他说：“陆惟真，我是自己跳进来的。”

陆惟真再也走不动了，她慢慢抬起头，看着苍茫的天空，想笑，可两行眼泪又淌下来，她几乎是艰难地说：“你问我，敢不敢。大捉妖师，你敢吗？”

“我敢。”

她轻声地、慢慢地说：“你敢，我也敢。”

他推了一下她的背，她下意识松手，他人已滑落在地，但还是握住她的手臂不放，就像要握到她的骨头里去。

陆惟真不敢转过身来。

他把她拉过来，她慢慢抬起头。他果然已恢复了很多，肩膀结实了，胸部以下都恢复了正常色泽，肌肉也恢复了饱满紧实。只有脸还是灰的，眼睛和头发也是灰色的。

他就用那双暗灰的眼，看着她，另一只手抬起，扣在了她的颈后。熟悉的带着茧的手指，一触上陆惟真的皮肤，那许久不曾有的，恍恍惚惚如在云端的感觉，就已传遍了陆惟真全身。

她想：我怎么可能抗拒得了他呢？从遇到他第一天起，我就无力抗拒。

他微微低下头，就这样隔着很近的距离，凝望着她，声音沙哑而温柔：“想好了？”

陆惟真全身都感到僵硬，小声道：“你想好我就想好。”

“不会后悔？”他问。

她说：“我不后悔。”

“不会再离开我？”

陆惟真鼻子酸得不行，答：“不会再离开你。”

他慢慢地说：“不会再放弃这段感情，也把我放弃？”

陆惟真泪流满面，说每一个字都在哽咽：“我不会再放弃这段感情，不会……再放弃你。”

他那灰色的眼睛里，也慢慢流下两行眼泪，沿着同样泛灰的脸庞，坠落在他们脚下的尘土里。

他飞快转头擦去眼泪，深呼吸了一下，说：“那就抱紧我，陆惟真，抱着我。”

陆惟真几乎是跳了起来，伸出双臂搂住他的脖子，他一把将她接住，紧紧抱在怀里。他笑了，是那种经过了沧海桑田，依然如初的笑。陆惟真却还在哭，满脸的泪擦都擦不完。他一低头，就啄去她眼角刚流出的一滴泪，辗转向下，一路温柔地亲掉泪水，最后落在她唇上。两人都有刹那的愣怔，他猛地就咬住了，陆惟真开始微微发抖。他从来没有吻过这么凶，以前从没有，仿佛要将心中压抑太久的情绪，都发泄出来。陆惟真的脚尖都被他抱得离了地，整个人几乎挂在他身上。他的手很重地揉在她腰上，就像是一只受伤的野兽，疯狂汲取她的每一缕气息和柔软。

陆惟真的心颤抖得无处安放，她极其柔顺地任他往死里索求，一心一意近乎虔诚地回应着他。她的十指都插进他灰白的头发里，很轻很轻地抚摸着他。

两个人，站在茫茫无际的灰色天地间，风彻底停了，水缓缓流动，大地寂静以待。唯有他们两人那个小小的世界里，狂风已呼啸而过，卷走过往所有痛与悔；爱意如声声惊雷下的潮涌，无惧未来任何艰难险阻，撞破一身牢笼，淹没你我。

宇宙苍穹，群星静默。

无量乾坤，叹我何求。

……

我们，再也不愿分开了。

过了很久，两人才松开。新晋六五上将，软得好像没骨头，要靠陈弦松单手抱着，才没有晃倒。两人你望望我，我望望你，额头抵着额头，都笑了。

陆惟真望着陈弦松脸也恢复了正常颜色，唯有头发还在发灰，脑子里竟闪过个念头：莫非和我接吻，也能让他恢复精力?

他问："在想什么？"

陆惟真："没什么。"

可陈弦松居然一副很了解她的样子，捏着她的下巴："惟真，说。"

陆惟真现在脑子里还有一半是浆糊，只好尴尬地把刚才的想法说了。

他果然笑了，也没说什么，就是一直笑着，心里很高兴的样子。

陆惟真却突然感到心疼，凑上去又亲了他一下。

该赶路了。

陆惟真说："我背你吧，你再休息休息。"

陈弦松轻笑一声，好像她说的话有点可笑，他说："过来，我背你。"

"那怎么行？你还没完全好……"陆惟真话还没说完，他已背过身，双臂将她往上一送，轻轻松松背了起来。

"我好了。"陈弦松说，"这辈子还没被女人背过，脸都丢光了，你就让我找回点场子。"

陆惟真忍不住笑了，又看他背部已宽厚如常，肌肉紧实有力，一点也不吃力的样子，就慢慢趴下来，趴在他背上，轻轻搂着他的脖子。

陈弦松感觉到背后那一团娇柔、温暖的身子，感觉到她轻轻依赖的手臂，感觉到她把脸贴在自己脖子上，他抬起头，望着前方的光之大门，突然觉得这一切像是一个让人难以置信的美梦。

他低低笑了，带着点自嘲："其实进了葫芦，这一路上，我都挺想背的。"

陆惟真本来都好好的了，听他这么一说，也想起这一路上的种种，鼻子又狠狠酸了。

"背一辈子，好不好？"他说。

结果陆惟真的眼泪，就真的又掉了下来，她忍着不出声，又听他笑了笑，说："你不用回答，我这个人就是这样，谈了几天恋爱，就想到了结婚生孩子。你让我背一次，我就会得寸进尺想一直背。我没谈过恋爱，比较死脑筋，今天实在太高兴，就说了出来。以后你多担待。"

陆惟真用力搂着他，泪水也滴在他的颈后，心想：他看起来是真的很高兴很高兴啊。她说："一辈子其实也没多长，你不是死脑筋，因为我也觉得这个想法可以。"

他沉默了好一会儿，双臂将她扣得更紧。

他们到了光之大门前，陈弦松放下她，但还是牵着她的手，两人并肩看着。

在陆惟真眼里，大门和她离开时，没什么两样，依然莹莹发光，朦胧璀璨，时间仿佛在大门内，没有半点流逝。

"进去吗？"陆惟真说。

陈弦松点头，看她一眼，将她拉到自己身后："跟着我。"

陆惟真："不是……应该我走前吗。"小声嘀咕，"我现在可是六五……"

他听到了，转头看着她：“那又怎样？”

陆惟真忽然就语塞了。六五……那又怎样……仿佛又回到了当初，他百般爱护，百般管束，百般包容。

她低下头，咬着点唇，笑了，任他牵着手将自己护在身后，往大门走去。

到了大门跟前，纯白的光覆盖住他们二人，陈弦松拿手触碰了一下那光，正要往里走，里头却传来一阵奇怪的响动，好像有人在里面步伐凌乱地走动。

陈弦松拉着陆惟真往后退了两步，两人松开手，他的手按在腰包上，陆惟真也全神贯注盯着，打算一旦里头跑出个什么妖怪，直接一掌拍死。

陈弦松看一眼腰包里亮起的玉镜，一怔，手倒是放开了腰包。

一个人跌跌撞撞跑了出来，竟是许知偃！

陆惟真瞪大眼，许知偃赫然还是大半个小时前，重伤被她送进去时的模样，一身的血，脸色白白的，看起来又脏又可怜。不过他好歹也是小青龙，看样子已恢复行动力，精神头还不错，伤势应该恢复了不少。

只见他脸上写满焦躁和崩溃，眼睛里也空空的，仿佛迷路的孩子。但是，在看到陆惟真的一刹那，他的眼睛里顿时浮现一片雪花般的亮光，冲上来两步，一把将陆惟真抱进怀里。

陆惟真连忙接住他，问：“你怎么了？怎么还没出去？”

陈弦松看着这两个抱在一起的家伙，暂时没动。

许知偃却是欣喜若狂，他以为陆惟真死定了，没想到又能看到自己的心肝小宝贝，俏生生站起来，怎么脸色看起来还挺红润的，嘴唇也水光红润，太好了……虽然旁边还有个多余的捉妖师，忽略掉就好了。他紧紧抱着陆惟真，真的好想蹭几下啊，事实上他也把脸凑上去了，同时喊道：“半星，你没死！你没死！太好了！真是太好了！牛！真牛！你还把这个废物救出来了……”

眼看脸就要蹭到人了，陆惟真忽然把脸往后一仰，许知偃：咦，没蹭到……说时迟那时快，旁边突然伸过来一张大掌，挡在他和陆惟真之间。

许知偃的脸就这么被人家的五指给牢牢按住了。他瞪大眼，刚要发飙，结果陆惟真先推开他，说：“不许你这么说他！”许知偃还没反应过来这个“他”是谁，又听到旁边一道冷冷的声音说：“陆惟真，过来。”

许知偃隔着五指山，眼睁睁看着他的小心肝，跟只温柔小白兔似的，走到捉妖师身边。

捉妖师这才放下扣在许知偃脸上的手，看都没看他一眼，牵起了小白兔。小白兔轻轻抓住他的胳膊，两人对视一眼，捉妖师眼中才浮现一点笑意，而后抬头，看了许知偃一眼。

这是怎样的一眼啊！

许知偃只感觉一把沾满山西老陈醋的匕首，一下子就扎到自己心窝上！

许知偃难以置信、面带惊恐地看向陆惟真，结果他的心肝儿面色微红、神色美好地站在捉妖师身旁，冲他微微一笑。

那意思是……事实就是你看到的那样。

许知偃："！！！"

所以，当他在光之大门中，疯狂迷路、一无所获、心如死灰时，他们之间发生了什么？这是复合了？大捉妖师和大青龙，终于冲破世俗枷锁和道德束缚……私奔了？

呜呜呜呜呜……

他就知道！不该放她一个人回去的！古往今来，什么孤男寡女同生共死，最容易发生奸情了！早知道，他剩最后一口气，也要跟着陆惟真一起回去，防火防盗防捉妖师啊！

他面如死灰，原本还活蹦乱跳的一个人，一下子将头耷拉下来。

呵……天大地大，人生茫茫，生来贵胄，一人之下万人之上，却又只剩他孤零零一个了。

连陆半星都有爱人了，他不再是她最亲密最信任的人了。

许知偃一副跑了老婆的模样，陈弦松自然看在眼里，脸色不变，只是把陆惟真的手握得更紧。再想起曾经，自己日日夜夜躲在暗处，眼睁睁看着小青龙和陆惟真形影不离，亲密无比，心中终于涌起了一股畅快淋漓。

陆惟真也看到了许知偃瞬间灰败的脸色，但据她对他的了解，他就是觉得独属于自己的心爱玩具被抢了。所以她很温和地关心道："知偃，你的伤口好些了吗？感觉还难受吗？要不要让我们看看？你嘴唇看起来很干，要不要喝水？陈弦松，还有水吗？"

陈弦松把水壶掏出来，丢给许知偃。

许知偃接住水壶，原本千斤重的脑袋抬了起来，眨眨眼，看着他们。

半星……还是很关心我的嘛，突然就觉得没那么生气了，还有点隐隐的小骄傲——你看，就算她和你好了，我还是她的白月光！

而且他确实渴得不行，好汉不吃眼前亏，打开水壶不客气地喝了几大口，还给陈弦松。

小青龙向来能屈能伸，立刻进一步展开自我心理治愈：算了，他们现在刚复合，肯定情深义重，神仙也拦不住。我要避其锋芒，撬墙脚来日方长。现在……眼不见为净！

许知偃斜了斜眼，瞟向一旁，就是不看那对碍眼的情侣，他说道："半星，你把我推进大门后，我像是被一道光吸了进去。里面，到处都是白光，什么都没有，没有方向，也没有出口，走到哪里都是一样的。我走了很久很久，眼睛都快走瞎了，只好回来了。"

【044】

陆惟真和陈弦松同时陷入沉思。

他们历尽千辛万苦，才走到大门，却没想到，面临的是这样一个局面。

陆惟真还想到，许知偃虽然平时没个正形，办正事却非常细心靠谱，连他都找不到出口，这就棘手了。

她看向陈弦松："确定是这里？"虽然这么问，但若说这里不是出口，她自己都不信。

陈弦松答："确定。每一代捉妖师继承葫芦时，都会被告知这一点。这是唯一出口。"

"那有没有说怎么通过这道门？"陆惟真问。

陈弦松脸上也闪过困惑，摇了摇头。具体怎么出去，祖训确实没提，只说到时候自能出去。

许知偃在一旁，满怀惆怅地叹了口气，说："男捉妖师的话要是能靠得住，母猪它也能爬上树。”

陆惟真和陈弦松都没理他。

陆惟真在从另一个角度思考。这个葫芦，对捉妖师来说，是无量幻境。但在异星人看来，其实是一个被设计出的泡泡宇宙，一个被折叠的次维空间。现在他们要出去，就是要在两个空间之间穿行，那就必须存在虫洞。虫洞才能把他们送回原来的世界。

这个大门既然是出口，说明这里就是虫洞连接点。只是，虫洞藏在哪儿？如何才能触发？

只能进去找了。

陈弦松想的是，祖训不说透，自有玄机。许知偃是妖，还是不那么厉害的妖，当然找不到出口。唯有捉妖师亲自踏入，才能见真章。

两人对视一眼，看到彼此眼中相同的意图，陈弦松什么也没说，往里偏了一下头，陆惟真点头。他往里迈步，陆惟真跟着。

他们的互动明明很简单，许知偃却觉得硬是透着股旁人插不进去的亲昵劲儿。他就是那个旁人！

树争一块皮，人争一口气！许知偃抢上一步，想插到他们中间去，对陆惟真说：“半星，我来保护你。”

陆惟真看他一眼，心想：我到了今时今日，还真的不需要区区一个小青龙保护……不过，做了十几年兄弟，想到破境的事，忍不住就想和他分享。但一抬头，看到许知偃五彩斑斓的脸，又忍住了。

这么多年，这厮一直想追上她的境界，一直在努力，从来没超越。现在他还受伤了，又一副被抛弃的惨样，若是这时还得知她达到六五境……只怕他替她高兴之余，也会如遭晴天霹雳，一箭穿心。

于是陆惟真又把话给咽了下去，说：“你伤没好，还是我保护你吧！”

许知偃：“嗯。”

又被关心了……

那他就大人有大量，暂时不给他俩搞破坏了。

三人重新进入大门。

光在他们身后合拢。

眼前，的确如许知偃所言，一片茫茫的柔和白光，无论往哪个方向望，都是白的，什么也看不到。但光芒一点也不刺眼，他们就像进入了一个只有纯白的世界。

许知偃已经迷路过一次，现在自然只能等着队友带着躺赢，一转头，看到那两个人，不约而同都低着头，闭着眼，像是在感受什么。

许知偃：“……”

搞什么搞什么？搞什么！你们一个大妖怪，一个捉妖师，搞得这么神同步干什么？你俩难道脑电波互通了不成？！

其实，陆惟真是因为新晋六五，体内能量好似无穷无尽，但她运用得还不熟练，所以想尝试用能量感受一下周围，看有没有发现。

而陈弦松，则是闭上眼，灵台清明。他现在不仅所有法器归位，又添一剑，体内还有历代捉妖师之血，整个人的精神气血比从前还要充沛饱满，自我感觉修为又上了一个新境界。所以，他也想感受一下，葫芦是否会在此对他有所启示。

然后他们同时感觉到了。

陆惟真感觉到的是，他们周围，存在着一片非常广袤细微的能量场，就在那些光里。但如果是从前还是青龙的时候，她绝对感觉不到。那些能量场像弥漫的水雾，在非常缓慢、细小地流动着。

她慢慢伸出双手，然后更加清晰地感觉到，它们正在往同一个方向汇聚着。

而陈弦松心神凝聚，周遭于他而言，仿佛空无一物，耳边所有声响也消失，只有他站在这片茫茫白光里。渐渐地，他听到一些非常细碎微小的声响，像是有什么在空气中波动，在往某个方向牵引。

两人同时睁开眼，抬手往同一个方向一指。然后他们不约而同转头，看向对方。陆惟真得意地扬了扬下巴，陈弦松则淡淡一笑。

许知偃：“！！！”

真是够了！这两人是吃了爱情毒药吗？这都能蒙到一起去？灵肉合一啊他们……许知偃猛地一震！常言道，好的不灵坏的灵，难道，之前他们同生共死那段时间里，捉妖师还抽空把他的小宝贝给睡了？！

仔细想想，非常有可能啊！干柴烈火、绝境之爱、冲破禁忌、梦寐以求，最容易越过道德的边界，走进爱的禁区了。捉妖师吸食了大青龙的妖气，大青龙采了捉妖师的阳气，你中有我，我中有你。要不，他们能这么心有灵犀？要不，这一路上两人能这么眼波荡漾、火花不断？还在葫芦里呢，捉妖师就这么迫不及待，禽兽啊！

等一下！

虽然没手表，但陆惟真来回也就大半个小时，算四十五分钟吧，救人最少扣掉二十分钟，来回路上十分钟。

那就只剩下……

噢。

许知偃的嘴角慢慢翘起。

陈弦松注意到，那个神经病一样的小青龙，又用一种非常奇怪的目光看着自己，怜悯、得意、幸灾乐祸……甚至还往他两腿间瞄了一眼。

陈弦松："……"

陆惟真一拍许知偃的头："发什么痴，跟上。"

许知偃又望着她，目露悲悯。

陆惟真也："……"

小青龙又犯病了。

三人一直往前走，一直是白色，一直没有尽头。

但无论是陆惟真还是陈弦松，感觉都越来越强了。

许知偃依旧毫无感觉。

在走了大概半个小时后，陈弦松脚步一停，按住腰包。陆惟真："怎么了？"

陈弦松摊开手掌，蓝光大盛，陡然盖过周围柔和的白光。陆惟真和许知偃定睛一看，许知偃还不明所以，陆惟真却认出了，陈弦松掌心中躺着的，正是之前被她视为不明物的白玉圆疙瘩——也就是捉妖师口中的浑天雷。此时，它却像世上最通透璀璨的宝石，发出一大片幽幽蓝光。陈弦松腰包中剩下的三个圆疙瘩，同样也在剧烈发光，整个腰包都被映成了蓝色。

三人都屏气凝神。陈弦松抬头，看向眼前的白色空间，说："就是这里。"

许知偃："你怎么知道？"

陈弦松："我是捉妖师，这是我的葫芦，我自然知道。"

许知偃："……"

行行行，你只有十五分钟，你说得都对，我让着你，呵呵呵。

陈弦松把那蓝疙瘩在手中掂了掂，忽然甩手就往前方白色空间中丢去。

陆惟真和许知偃都是一惊。

蓝疙瘩在飞了一小段距离后，突然悬停于半空中。不可思议的一幕出现了。

它在空中骤然变黑、拉长，仿佛怪物在突变，一下子就拉成了一条长长的管子。乍一看去，它好像只有三四米长，碗口粗细。再仔细一看，你又觉得眼花了，它好像长得无穷无尽。

就在一瞬间。

黑色管道膨胀到无穷大，一下子吞没了整个白色空间，也将他们三人吞了进去。

陈弦松眼明手快，一把抱住陆惟真，按进怀里。许知偃则在时间与光的环流中一个人飞速旋转，同时兴奋地大喊："哈哈哈哈！虫洞！我竟然见到了真的虫洞！"

陆惟真一点也不害怕，只是很震惊！虫洞装置居然一直就在陈弦松的腰包里。他包里还有三个！我的妈，今后异度空间、过去未来，我的男朋友想去哪里，就能去哪里！

三人被旋转的光流和无尽的黑暗吞没。

陆惟真睁开眼，看到一片高高的屋梁，有点眼熟。但这时她还没太注意，身子底下冰凉凉的，一摸，是地板。她转过头去，陈弦松就躺在边上，手还搂着她的腰，她一动，他就慢慢睁开眼睛……

下一秒，陆惟真倒吸一口凉气——人已被他一把扣回怀里。

这条件反射……陆惟真的脸埋在他胸口，心里就像被塞满柔软温暖的棉朵。

陈弦松搂着人，警惕环顾一周，这是个三十余平米的陌生房间，看着像个客厅，装修简洁雅致。窗外，天是阴的，非常寂静。

许知偃就趴在两人脚边，还是出葫芦前那张彩色的脸，正很有节律地打着呼噜。

陆惟真从陈弦松怀里抬起头，再看一眼周围，愣住了。

这里是……她家啊。

石头砌的房子，水磨石地板，高高的屋顶，木雕的窗棂和桌上的一瓶花，一切都是父母亲手打造的，属于他们一家三口的避世之所。

两人站起来，地上有什么滚了一下，两人低头，看到躺在地板上的紫金葫芦。

所以他们终于出来了？

陈弦松弯腰，一把捞起，在手里掂了掂，塞回腰包。

陆惟真手一挥，一道风拍过去，拍在许知偃身上，他猛地一颤，一个鲤鱼打挺从地板上弹起来，如警犬般目光锐利。他很快认出这是哪里，也是一愣，疑惑地看向陆惟真。

陆惟真对陈弦松说："这是我家。"

陈弦松眸色深深，没有说话。

陆惟真想，这是怎么回事，他们不是在森林里掉进葫芦的吗？按理说出了葫芦，也应该在森林里……她突然明白了，她妈当时不是赶到了吗？肯定是把葫芦带回家了，谁也不可能抢过她。

陈弦松大概也想到这一点，握住她的手，两人对视着。

哪怕两人已生死相许，谁也没想到这么快就……

"害怕？"他低声问，却不去担心他自己的处境。

陆惟真一想到母亲的态度，确实头皮发麻。可有些事对于她人生的意义，或许已经是父母都无法理解的。

更何况……她妈现在也打不过她了。

那么和捉妖师的事，就比从前好谈多了。

她对陈弦松说："兵来将挡水来土掩。"陈弦松还没说话，旁边的许知偃幸灾乐祸："哎呀哎呀，这是谁家的'丑媳妇要见公婆'了。也不知道我最敬爱的大青龙伯母，看到一个捉妖师女婿，会不会当场就把人给咬死呢？"

陆惟真："你闭嘴！"

许知偃闭嘴。

陈弦松根本就懒得理这神经青龙，只看着陆惟真的眼睛，说："你如果为难，要不要我先离开？"

陆惟真："不要，还是让我妈给我个痛快吧。"

陈弦松轻轻笑了："好。"她要他留下，他就留下。

许知偃看他俩一副落难鸳鸯模样，先是窃喜，转而又心疼。他都能想象出，小半星夹在当中得多为难啊……那等一会儿，可怕的大青龙来了，他到底是讨好半星她妈，还是帮半星呢？

他立刻就陷入了私欲和责任的两难。

陈弦松的耳朵突然动了一下，陆惟真也抬头望着窗外，连许知偃都是一愣："什么声音？"

天空鸟飞过的振翅声，风吹动树叶的声音，溪水在田间流动的声音，这些都平平无奇。但是刚刚，庄园外传来一阵窸窸窣窣的声音，像是有人拖着步子在走，而且不止一人。隐隐还夹杂着一些模糊的喘息声。

三人跑到屋外，陆惟真只觉得皮肤一紧，空气竟清寒无比，比他们几天前掉进葫芦时，感觉冷了很多。她抬起头，看到灰蓝色的天空中，几只鸟清啸而过。

说不出什么感觉，空气中有种让人不安的味道。

刚刚那些隐约的声响却停下了。

三人举目四顾。

陆家的园子修得很大，当时弄了十来亩地，除了粮食，还种了大片花草树木，修筑了一片庭院。此时，庭院寂静，树木耸立，田地安静，一切似乎都还是老样子。

陆惟真的目光越过这一切，落在园子外的围墙上，眉头紧紧蹙起。

围墙，加高了。原本是两米高，新砌的部分至少到了四米高度，而且顶部还安装了铁丝网和一排排锋利的刀片。他们之前听到的异响，就是从墙外传来的。

陈弦松："那边有人！"

陆惟真抬头，果然看到稻田的另一头，几百米外，有几个人影。陆惟真一愣，那是……

"许嘉来——高森——断手——"陆惟真挥手大喊，忍不住往前冲了几步。那几个人影一顿，就听到许嘉来撕心裂肺地大喊一声"半星——"，他们飞也似的穿过农田，御风御土而来。

陆惟真眼眶也热了，虽然在葫芦里只呆了三天左右，但毕竟历经生死，终于重逢。

不过，他们怎么都在她家？难道是因为她的事，来挨她妈揍了吗？

她翘首以盼，许知偃偷偷凑到陈弦松身边，小声说："捉妖师，你现在可是落到妖怪窝了，大妖怪还没出来呢，怕不怕？"

陈弦松看他一眼："不怕，她会护着我的。"

许知偃："……"

陈弦松忽然一怔。

许知偃循着他的目光望去，反应过来，也是一愣——许嘉来不是重伤吗？怎么看起来生龙活虎？这也好得太快了吧？

然而有一个人，比许嘉来等人来得更快，闪电般从房屋后跃出，两步就奔到他们面前的空地上。

陆惟真微微一僵，抬头，看着来人。

许知偃即刻噤声，陈弦松眉眼不动。

厉承琳来得实在太快，身后还有跑动的余影。她站在树下，面无表情看着陆惟真。

陆惟真眼眶一热，然后一愣。

厉承琳平时在家穿得都很随便，有时候就穿陆浩然的T恤大裤衩，除非和陆浩然约会。今天，她却穿着一身迷彩服和长靴，靴上插着匕首，腰间有断手为她打造的佩枪——这还是当年她当处长，叱咤风云时的标准装束。而且她看起来，比陆惟真上次见到时，瘦了很多，下巴尖了，人也瘦削，目光清寒，神色却显得很疲惫。

三天，怎么就憔悴成这样？陆惟真的喉咙忽然发干，心里也闷闷的，低声喊了声："妈。"

许知偃立刻热热闹闹打招呼："伯母！打扰了！"

陈弦松神色不卑不亢，到底朝她微微颔首。

厉承琳却像根本没看到许知偃，也没看到捉妖师。她的脸上浮现笑容，那是个极苦的笑，飞快泯灭在唇角。她的眼圈一下子红了，但是表情冷酷。

"陆惟真，你终于回来了。三年了，我以为你早就死了！"

三人同时一愣，陆惟真忽然有点慌："妈，你说什么？三年？不是三天吗？"

厉承琳摇了摇头："三年，三年四个月零五天。也好，在这个世界变成地狱之前，你终于还是回来了。"

—

未完待续

—